Die Liebe des Kartographen

D1829579

Das Buch

Der Kartograph Philip Vogel durchwandert mit seinem Pferd ganz Württemberg, um im Dienst des Herzogs Land und Wälder zu vermessen. Auf seiner Reise begegnet er Xelia, einer ungewöhnlichen Frau. Sie versteckt sich in einer Höhle, da ihr Vater den Sohn des reichen Tuchhändlers Blaustein im Affekt erschlagen hat. Und nun will er ihr den Mord anhängen.

Die junge Frau findet den verwundeten Philip, den sein Pferd in einer Gewitternacht abgeworfen hat, und schleppt ihn in ihre Höhle, um ihn gesund zu pflegen. Nach und nach entwickelt sich zwischen den beiden eine zarte Liebe. Doch die ist in Gefahr, denn die Verfolger Xelias sind ihnen auf den Fersen, und die einzige Fluchtmöglichkeit – zu dem Spitalarzt Adalbert Hyronimus – hat sich zerschlagen...

Die Autorin

Petra Durst-Benning, geboren 1965 in Schwaben, lebt mit ihrer Familie als freie Autorin in Wernau. Sie hat sich nicht nur mit ihren Sachbüchern, sondern vor allem mit ihren historischen Romanen einen Namen gemacht.

In unserem Hause sind von Petra Durst-Benning bereits erschienen:
Die Silberdistel
Die Zuckerbäckerin

Petra Durst-Benning

Die Liebe des Kartographen

Roman

List Taschenbuch Verlag

List Taschenbuch Verlag 2000
Der List Taschenbuch Verlag ist ein Unternehmen der
Econ Ullstein List Verlag GmbH & Co. KG, München
Originalausgabe
2. Auflage 2000
© 2000 by Econ Ullstein List Verlag GmbH & Co. KG, München
© 1998 by Econ Verlag München – Düsseldorf
Lektorat: Gisela Klemt
Umschlagkonzept: HildenDesign, München – Stefan Hilden
Umschlaggestaltung: HildenDesign, München,
unter Verwendung des Gemäldes von Jan Vermeer »Der Geograph«
Titelabbildung: AKG, Berlin
Satz: Josefine Urban – KompetenzCenter, Düsseldorf
Druck und Bindearbeiten: Ebner Ulm
Printed in Germany
ISBN 3-548-60061-1

Für Bertram – alles ist gut

– 1 –

Das Schnaufen des Mannes wurde schneller, lauter. Die Augen zugekniffen, die Hände ins Leinentuch gekrallt, versuchte das Mädchen sich an einen anderen Ort zu wünschen. Durch seine dichten Wimpern drang silbernes Mondlicht, dessen Glanz in höhnischem Kontrast zu dem stand, was in der stinkenden Hütte geschah. ›Mach, daß er bald fertig ist‹, flehte die junge Frau im stillen, ohne ihre Bitte an jemand bestimmten zu richten. Was immer der Pfarrer ihnen auch erzählen mochte – seit ihre Mutter so jämmerlich verrecken mußte, war es mit ihrem Glauben an den Herrgott sowieso geschehen. Außerdem, wenn es wirklich einen Gott gäbe, würde er doch hierbei nicht seelenruhig zugucken, oder? Oder es gab ihn doch und er hatte Wichtigeres zu tun.

Ihre langen Zöpfe hatten sich unter ihren Rücken geschoben und zerrten schmerzhaft an ihrer Kopfhaut. Sie konnte nichts dagegen tun. Mit einem letzten Grunzen erschlaffte der Körper des Mannes schließlich, und sein Gewicht drückte sie schwer in die dünne Strohmatratze. Nach einem kurzen Moment wälzte er sich von ihrem Leib herunter, zog die Nase hoch und wischte sich den Schweiß von der Stirn. Dann gab er ihr einen leichten Schlag auf die Wange. »Schlaf' ja nicht mehr ein, faules Luder, 's ist eh bald Zeit, deine Schwestern zu wecken.«

Erst als der Mann aus der Hütte getreten war, um dahinter seine Notdurft zu verrichten, öffnete Xelia die Augen. Sie fühlte sich so tot wie die zum Trocknen aufgehängten Tierhäute, die sie erst gestern aus den Gerberbottichen gezogen hatten. Unter den Trockengestellen hatten sich feuchte Pfützen gebildet, die sauer rochen. Sie biß die Zähne zusammen, sonst hätte sie laut aufgeschrien.

»Er war heut' nacht wieder bei dir.« Ob es sich dabei um eine Frage oder lediglich um eine Feststellung handelte, war Annas Tonfall nicht zu entnehmen.
Xelia zuckte mit den Schultern. Was hätte sie darauf auch antworten sollen. Mit einer Kopfbewegung holte sie die lose aus ihrem Zopf hängenden Haare nach vorne, so daß sie wie ein lichter Vorhang vor ihrem Gesicht hingen. Seltsamerweise fühlte sie sich hinter diesem Schleier besser.
Für einen Moment war nur das Schaben ihrer Werkzeuge zu hören. Seit dem frühen Morgen waren die beiden Schwestern schon unterwegs, um Eichenrinde zu sammeln. Aus dieser wurde die Gerblösung hergestellt, in der die abgezogenen Tierhäute fast ein dreiviertel Jahr eingeweicht wurden, bevor sie weiterbearbeitet werden konnten. Ein Sack war bereits randvoll mit den rauhen Stücken, ein zweiter zur Hälfte gefüllt. Weitere drei Säkke lagen noch zusammengefaltet daneben. Es war eine mühsame und langwierige Arbeit, denn sie konnten von jeder Eiche nur eine bestimmte Menge Rinde abschälen, wollten sie den Baum nicht tödlich verwunden. Eichen waren rar, und die wenigen, die es in der Nähe von Leinstetten gab, standen weit auseinander. Doch so mühevoll die Arbeit auch sein mochte, die Mädchen taten sie gern. Hauptsache, wie waren weg vom Haus und seinen stinkenden Fellen und Tierhäuten. Und vom Gerber.
»Bald jede Nacht kommt das Schwein zu dir. Ich wart' nur drauf, daß er sich auch noch an Sybille vergreift.« Anna zog geräuschvoll die Nase hoch. »Dem Himmel sei Dank, daß ich so häßlich bin.« Ihr Atem malte kleine Wolken in die Märzluft. Im Gegensatz zu Xelia hatte sie ihre Haare zu einem straffen Zopf um den Kopf gelegt, was ihrem Gesicht einen schutzlosen und gleichzeitig strengen Ausdruck verlieh. Sie steckte ihr Werkzeug in die Schürzentasche und rieb sich die klamm gewordenen Hände. Von lauer Frühlingsluft war hier oben auf der Alb noch nichts zu spüren.
Wieder blieb Xelia stumm. Je weniger sie über das sprach, was

nachts in ihrer Hütte geschah, desto weniger hoffte sie den Ekel und die Abscheu davor zu spüren.

»Und unsere Mutter selig hat nichts Besseres zu tun, als uns mit diesem Teufel allein zu lassen.«

»Anna!« Xelias Gesicht war plötzlich aus seiner Starre erwacht, Entsetzen über Annas grobe Worte mischten sich mit dem Kummer, so unerwartet an ihre Mutter erinnert zu werden. »Versündige dich nicht!«

»Versündigen, daß ich nicht lache! Wenn der Pfarrer wüßt, was bei uns los ist, würd' er uns eigenhändig aus der Kirche jagen! Wir sind schon so mit Sünde besudelt, da brauch' ich nichts mehr dazutun. Nicht, daß es mir was ausmachen tät', wenn mir der Kirchgang verboten würde«, fügte sie noch trotzig hinzu. Sie knotete das wie eine Schürze um ihre Hüfte gewickelte Tuch auf und band es sich um den Kopf, um ihre ausgekühlten Ohren und Wangen zu wärmen.

»Ich geh' gern in die Kirche. Ohne Kirchgang würden wir doch gar nichts mehr davon mitkriegen, was im Dorf geschieht! Es ist doch jetzt schon so, als würden wir am anderen Ende eines breiten Flusses leben, über den es keine Brücken gibt!« kam es heftig und laut von Xelia. Dann ließ auch sie den Eichenrindenschäler sinken, um sich kurz die Hände unter ihrer Schürze zu wärmen. »Und außerdem«, fügte sie leise hinzu, »es ist nicht recht, wenn du so über Mutter sprichst.« Es war einfacher, sich über die Einsamkeit ihres Alltags aufzuregen, als über den Verlust der geliebten Mutter nachzudenken. Sechs Jahre war sie nun schon tot. Wie wäre ihr Leben wohl verlaufen, wenn sie damals bei der Geburt des langersehnten Sohnes überlebt hätte? Sie und das Kind?

»Warum hat sie sich von ihm wieder schwängern lassen! Wenn sie wirklich eine so gute Heilerin war, wie manche Leute behaupten, dann hätt' sie doch wohl etwas dagegen machen können.« In Annas Stimme schwang plötzlich die ganze Verlorenheit einer unfreiwillig Zurückgebliebenen mit.

Xelia biß sich auf die Lippen. Sie wußte nicht, ob es ihr lieber war, wenn Anna zornig oder wenn sie traurig war. Mit der Anna, die immer einen bissigen Spruch auf den Lippen hatte und deren Blick so verschlossen war wie das Tor vom Gut des Markgrafen, konnte sie umgehen, an die war sie gewöhnt. Daß jedoch hinter der verbitterten Miene ihrer jüngeren Schwester eine verletzte Seele steckte, verdrängte Xelia gern. Es reichte ihr, den ganzen Tag Sybilles Leidensmiene zu sehen, sie umsorgen zu müssen, nur weil sie die jüngste war.

»Gegen das Schwangerwerden ist noch kein Kraut gewachsen, aber wenn Mutter das Kind nicht hätt' austragen wollen, dann hätt' sie's wohl zu verhindern gewußt. Aber du weißt doch, wie der Gerber immerzu auf sie eingeredet hat wegen einem Buben.« Schon mehr als einmal hatte Xelia selbst gezittert, wenn die monatliche Blutung auf sich warten ließ. Ohne Worte hatten Anna und sie sich jedesmal angeschaut, jede die Gedanken der anderen gekannt, als wären es die eigenen. Schon mehr als einmal hatte Xelia schließlich mit einer ihrer Kräutermischungen nachhelfen müssen.

Anna lachte bitter auf. Als hätte es keine Redepause gegeben, fuhr sie fort. »Schon bei Sybilles Geburt ist sie fast draufgegangen! Wieso hat sie es bloß nochmals versuchen müssen?«

Dasselbe hatte sich Xelia schon oft gefragt. »Mutter hat doch nie über so etwas gesprochen.« Eigentlich hatte sie ihre Mutter gar nicht richtig gekannt, hatte kaum etwas von ihr gewußt. Im Haus war sie still gewesen, da waren nur die nötigsten Sätze gesprochen worden. Aber wenn sie zusammen draußen in den Wiesen gewesen waren, kam alles, was sich in der dunklen Hütte aufgestaut hatte, aus ihr herausgeplätschert wie ein rauschender Bach. Sie hatte stundenlang über die Wirkung verschiedener Heilkräuter erzählen können und mit unendlicher Geduld jede von Xelias Fragen beantwortet. Nur über sich selbst hat sie nie etwas gesagt. Warum hatte Eulalia, die Heilerin, ausgerechnet den Gerber Xaver Feltlin geheiratet? Wie hat sie ihr Leben aus-

gehalten? Warum hat sie sich nicht gegen seine Grobheiten gewehrt? Viele Fragen, die Xelia nie gestellt hatte, und für die es jetzt zu spät war. Sie wußte noch nicht einmal, woher ihre Mutter stammte! Daß sie keine Leinstettenerin gewesen war, hatten die Leute sie allerdings mehr als einmal spüren lassen.
Xelia zog das Messer aus der Tasche und arbeitete weiter. Sie mußten sich beeilen, sonst würde es nachher ein Donnerwetter geben. Sybille würde wahrscheinlich schon mit weinerlicher Miene auf ihre Rückkehr warten. Keiner von ihnen war es besonders wohl dabei, mit dem Gerber allein zu sein. Doch bevor es nach Hause ging, mußte Xelia zum Bach, komme was wolle. Sie konnte es kaum erwarten, das klebrige Harz von ihren Fingern zu bekommen. Mit aller Macht würde sie schrubben müssen, ein wenig Seifenkraut würde ihr dabei helfen, sich reinzuwaschen vom Schmutz der Arbeit. Sie seufzte. Wenn sich nur alles so einfach bereinigen ließe . . .

– 2 –

Es war die Nacht vor seiner Abreise. Die Straßenlaternen waren längst erloschen. Kein Hundegebell, kein Lärm heimkehrender Zecher drang mehr von Tübingens Gassen durch das Fenster in seine Kammer. Die Stadt hatte sich zur Ruhe gelegt. Und das wollte Philip Vogel auch. Doch je dringender er sich den Schlaf wünschte, desto weniger lullte die Müdigkeit ihn ein. Die Arme hinterm Nacken verschränkt, versuchte er sich zu entspannen. Wie zum Trotz strahlte der Mond die zwei großen Bündel Gepäck an, die neben seiner Schlafstatt lagen. Die gleißende Helligkeit des Lichtstrahls durchdrang seine geschlossenen Augen, und seine Lider begannen zu brennen, bis er sie unfreiwillig öffnete. Sein Blick blieb an der Leinentasche hängen. Er hatte sie so sorgfältig gepackt, daß er nicht nur jedes Packstück ohne Nachdenken nennen konnte, sondern auch seine ganz genaue Lage: Zuunterst lag Kleidung zum Wechseln, sollte er in einen Regenguß kommen, darauf zusammengerollt eine mittelschwere Decke, die er bei schlechtem Wetter auch als Umhang benutzen konnte. Sein Eßgeschirr samt Löffel und Messer hatte er zusammen mit einem Laib Brot in ein dünnes Tuch gewickelt. In ein weiteres, dickeres Tuch eingeschlagen und mit Riemen zugebunden war ein Stapel Bücher. Philip wollte nicht einmal daran denken, was er tun würde, sollten diese durch irgendwelche äußeren Einflüsse auf der Reise Schaden nehmen! Ein Feuerstein und andere nützliche Dinge füllten die Lücken aus, die zwischen den größeren Packstücken entstanden waren. Geld und die Reiseerlaubnis des Herzogs, die ihm auf allen Wegen eine freie Passage erlaubte, wollte er in einem Brustbeutel direkt am Leib tragen. Im zweiten Bündel befanden sich ein Kompaß, ein Polimetrum, mit dessen Hilfe er

Winkelmessungen durchführen konnte, eine dicke Rolle Pergamentbögen, eine blecherne Dose mit Griffeln, mehreren Tuschefedern und einem Tintenfaß. In einer weiteren Blechdose bewahrte er kleine Leinenbeutel auf, die verschiedene Pulver enthielten, aus denen er mit Essig und anderen Flüssigkeiten Farben jeder Schattierung anmischen konnte. An der Außenseite des Sacks war mit mehreren Lederbändern ein schmaler, lederner Schlauch befestigt. Darin steckte der Kupferstich einer Landkarte, die in Philips Augen bis dato das bedeutendste Werk württembergischer Landvermessung darstellte. Das ganze Land war darauf in einem Kreis abgebildet, der Kartenrand wurde von Jagdszenen geschmückt und wies auf Gebiete hin, die jenseits der Landesgrenze lagen. Seit der Fertigstellung der Karte waren 22 Jahre vergangen, und noch immer war man, was die Identität ihres Verfassers anging, keinen Deut schlauer als im Jahr 1558, als dieser sein Werk lediglich mit den Initialien I.T.S. unterzeichnet hatte. Es wurde zwar gemunkelt, daß sich der Ulmer Johann Sizlin dahinter verbarg, doch Genaues wußte man nicht. Philip konnte nicht verstehen, wie sich jemand jahrelang einer so mühevollen Arbeit widmen konnte, um am Ende weder den Lohn noch die Ehre dafür einstreichen zu wollen. Er würde es da anders halten. Doch im Grunde genommen war es ihm gleich, wer die Karte gezeichnet hatte, die ihm lediglich im Zweifelsfall als Grundlage für seine eigenen Vermessungen dienen sollte. Was er wissen mußte, hatte er im Kopf – lang genug hatte er alles studiert, was es an Kartenmaterial über Württemberg und seine Ländereien gab. Deshalb hatte er auch das Angebot Herzog Ludwigs dankend abgelehnt, er möge einen Satz Karten seines Kollegen Schweickhers mitnehmen. Zugegeben, der Atlas von 54 Tafeln, auf denen Heinrich Schweickher die einzelnen Ämter Württembergs verewigt hatte, war für sich gesehen beeindruckend. Doch das Wissen, wo das Stuttgarter Amt aufhörte und das Cannstatter Amt begann, war für Philips Plan, die württembergischen Forstgebiete zu vermessen, von geringerer Bedeutung: Bäume bzw. Wälder hatten die Gewohnheit, sich nicht an von Menschen gesetzte Grenzen zu halten, sondern diese zu überschreiten, wann und wo es Mutter Natur paßte. Und *er* hatte dasselbe vor, schoß es ihm durch den Sinn. Grenzen überschreiten.

Er warf sich von einer Seite zur anderen. Als Herzog Ludwig ihm Ende letzten Jahres den Auftrag erteilt hatte, einen vollständigen Überblick aller Forsten und Wälder im Land zu erarbeiten, hatte er sein Glück nicht fassen können. Er, einer der jüngsten Kartographen in Stuttgart, sollte auf die große Reise gehen, die ihn kreuz und quer durchs ganze Land führen würde. Was für eine Aufgabe! Ein Lebenswerk. Und doch nicht genug für ihn. Denn im gleichen Moment hatte er den ehrgeizigen Plan gefaßt, daß seine Karten mehr sein sollten als nur eine Darstellung aller Wälder. Daß er alles erfassen würde: Forsten und Wälder natürlich, aber daneben auch Städte und Dörfer, Flüsse und Seen, Berge und Hügel. Er würde detailgetreu arbeiten und Straßen, Wege und Brücken einzeichnen, Klöster, Kirchen und andere wichtige Bauwerke. Es konnte ihm niemand verbieten, auch einen Blick auf die Landschaft außerhalb der Wälder zu werfen und das, was er sah, festzuhalten. Sein Auftraggeber, der Herzog, würde mehr bekommen, als er gewünscht hatte.

Philips Füße zuckten unruhig auf der harten Strohmatratze, als könnten sie es keine weitere Stunde untätig aushalten. Was seine Messungen anging, würde Philip sich nur mit allergenauesten Zahlen zufriedengeben – lieber würde er einen Punkt zuviel anpeilen als einen zuwenig. Je mehr er über sein Vorhaben nachdachte, desto aufgeregter wurde er. Welcher Mensch hatte schon das große, das übermenschliche Glück, seine Leidenschaft zum Beruf machen zu können?

Hatte es eigentlich je eine Zeit in seinem Leben gegeben, in der die Kunst, Land zu vermessen und diese Messungen auf Karten festzuhalten, ihn nicht fasziniert hatte? Er konnte sich nicht daran erinnern. Von klein auf, wann immer er seinen Vater, einen hohen Verwaltungsbeamten, im Stuttgarter Amt besuchten durfte, hatte er die Möglichkeit genutzt, um mit den Kartenmalern zu reden und ihre Werke zu bestaunen. Wie allwissend und mächtig ihm diese Männer damals vorgekommen waren! Und wie sehr er es bedauert hatte, daß sein eigener Vater nur einer derjenigen war, die Zahlen auf Papier hin und herschoben. Als es an der Zeit war, mit seinem Studium zu beginnen, widmete er den allergrößten Teil davon der Kartographie. Keine Berechnungsmethode, keine Zahlenreihe war ihm zu aufwendig. Der Kompaß wurde sein ständiger Begleiter, und bald konnte er keinen Schritt mehr tun, ohne ihn im Geiste schon in eine Karte eingezeichnet zu sehen. Mochten andere Studenten tiefschürfende Diskussionen über den Sinn des Lebens nach dem Vorbild Melanchthons und Luthers führen, er steckte seine Nase in alte Bücher über die Geographie des Ptolemäus, setzte sich mit den Schriften antiker Schriftsteller auseinander und zeichnete alte Karten nach. Sogar in der Kunst des Kupferstechens hatte er sich zeitweise geübt! Bei der Erinnerung an seine unregelmäßigen Sticheleien auf der rutschigen Kupferplatte mußte Philip grinsen. Nein, nein, darin hätte er wohl nie dauerhafte Erfüllung gefunden. Was ihn fesselte, war die Arbeit, die *vor* dem Stechen stattfand, das eigentliche Erarbeiten einer Landkarte. Und das war von Anfang an so gewesen. Während seine Kameraden den Mädchen schöne Augen gemacht hatten, war er durch Tübingens Auen marschiert, einen Kompaß in der einen, einen Bogen Pergament samt Griffel in der anderen Hand und hatte einfache Wegvermessungen durchgeführt. Statt wie andere das Studium zu unterbrechen und die Abenteuer eines Feldzugs mitzumachen, hatte er kleine Aufträge für seinen Vater erledigt. Ein wenig hatte er die Heimkehrer schon um ihre aufregenden Geschichten über gewonnene Schlachten und eroberte Landstriche beneidet – als er jedoch mitbekam, wie schwer es den Männern fiel, sich wieder in den geordneten Studentenalltag einzufügen, war er froh, erst gar nicht aus dem

Schritt gebracht worden zu sein. Nach Beendigung seines Studiums war er in der Verwaltung Stuttgarts mit allerlei Sonderaufgaben betraut gewesen, bei denen sein großes technisches Wissen gefragt war. Sein unermüdliches Arbeiten hatte sich gelohnt. Bald sprachen sich sein Fleiß und wohl auch sein Können bis zum Herzog herum. Jetzt war er kurz davor, sein Wissen anzuwenden. Was der berühmte Kartograph Philipp Apian für Bayern erreicht hatte, nämlich ein lückenloses Werk von 40 Karten zu schaffen, das würde ihm auch gelingen. Dank seiner Arbeit würde Württemberg dem Nachbarland in nichts mehr nachstehen. Seine Karten würden einmalig werden! Diesem Anliegen – und nichts anderem – würde er sein Leben widmen.

Philip setzte sich auf und starrte aus dem Fenster direkt in das rauhe Gesicht des Mondes, als würde er eine Reaktion von ihm erwarten. An Schlaf war nun nicht mehr zu denken.

– 3 –

Am nächsten Tag war Philip beim ersten Lichtstrahl auf den Beinen. Nach einer kurzen Morgenmahlzeit schulterte er ungeduldig sein Gepäck und ging über den Hof zum Reitstall. Dort sollte er das vom Herzog zur Verfügung gestellte Pferd abholen. Lange Zeit war er gar nicht sicher gewesen, ob er es überhaupt wollte, vor allem angesichts der Tatsache, daß er gar nicht reiten konnte – was der Herzog natürlich nicht wußte. Hatte er in der Vergangenheit hin und wieder längere Distanzen zu überwinden gehabt, dann hatte er die Passage in einer Kutsche vorgezogen. Weder im elterlichen Haus in Stuttgart noch während des Studiums hier in Tübingen hatte sich die Gelegenheit geboten, zu lernen, wie man ein Pferd beherrscht. Bisher hatte Philip auch keine Notwendigkeit dazu gesehen. Sich hoch zu Roß fortzubewegen galt in Studentenkreisen – und zu denen hatte er schließlich vor noch gar nicht allzulanger Zeit gehört – als hochnäsig, das Mitfahren in einer Kutsche als unmännlich. Was blieb, war der Marsch zu Fuß. Das Laufen war Philip gewohnt, seine Beine waren kräftig, und auch mit der Ausdauer hatte er keine Probleme. Würde ein Tier ihn also nicht eher stören als ihm nützlich sein? Letztendlich hatte er sich dann aber doch für das Pferd entschieden. Es sollte sein Gepäck tragen und ihm gleichzeitig bei der Abmessung von Distanzen behilflich sein. Indem er zählte, wie oft der Gaul seinen rechten Vorderfuß aufsetzte, konnte er sehr genau berechnen, welche Entfernung er zurücklegte. Große Abweichungen waren hierbei nicht zu befürchten, es hieß, ein gesunder, kräftiger Gaul könne sein Schrittempo wie auch seine Schrittlänge über weite Distanzen unverändert beibehalten, während ein Mensch bergauf oder auch bei Ermüdung eher kürzere Schritte tat.

Der Reitstall lag direkt hinter der Herberge. Dort präsentierte er die herzögliche Anweisung, man möge ihm ein gutes Reitpferd samt Zaum und Sattel übergeben. Auf die Frage, ob er denn schon mit Pferden zu tun gehabt habe und reiten könne, antwortete Philip wahrheitsgemäß mit Nein. Nach einigem Hin und Her zwischen dem Reitstallbetreiber und seinem Knecht bekam er die Zügel eines braunen, mittelgroßen Tieres in die Hand gedrückt.
»Wann immer Sie einen Bach oder Teich finden, lassen Sie den Gaul saufen. Alle paar Stunden lassen Sie ihn grasen, 's ist ja schon wieder genügend Grün auf den Wiesen, so daß Sie nicht extra Hafer für tagsüber mitnehmen müssen.«
Philip nickte ungeduldig. Was hielt der Mann ihn mit Lappalien auf? Und was glaubte er eigentlich von ihm? Der Gaul würde schon nicht verhungern oder verdursten.
»Abends sollten Sie schon einen Schöpfer Hafer für ihn bezahlen, Sie haben schließlich eine weite Strecke vor sich. Wenn er schwitzt, reiben Sie ihn mit einem Bündel Gras oder Stroh trokken, damit er bei Gesundheit bleibt. Und wenn er . . .«
»Haben Sie vielen Dank für Ihre Erklärungen«, unterbrach Philip, »aber so genau brauch' ich das alles nicht zu wissen. In jeder Herberge und auch in den Klöstern oder großen Haushalten, in denen ich nächtigen werde, wird es wohl jemanden geben, der sich mit Pferden auskennt.« Er schaute dem Gaul, dessen Kopf in seiner Augenhöhe hing, kritisch ins Gesicht. Seine Augen waren dunkelbraun und wach. Versuchsweise klopfte er ihm auf den Hals. Keine Regung folgte. Gut, es schien vom Wesen her nicht sonderlich schwierig zu sein. Dann ging er um das Tier herum und schaute es von allen Seiten kritisch an. Es schien einen guten Eindruck zu machen, trotzdem konnte sich Philip des Gefühls nicht erwehren, den ältesten Gaul im ganzen Stall ausgehändigt bekommen zu haben. Aber was blieb ihm anderes übrig, als zu hoffen, daß die herzögliche Anordnung genügend Eindruck auf den Stallbesitzer gemacht hatte, so daß er ihn nicht übers Ohr haute?

Mit Hilfe des Mannes band er sein Gepäck fest, nahm den Führzügel in die Hand und marschierte vom Hof. Das Pferd trottete folgsam hinter ihm her.
Auf den Straßen Tübingens herrschte jetzt schon reges Treiben. Marktleute waren mit mehr oder weniger beladenen Karren unterwegs, Mägde, die die Tageseinkäufe für die feinen Häuser machen sollten, Studenten, die sich angeregt unterhielten. Die Blicke der jungen Frauen, die Philips stattlicher Figur, seinem kantigen Kinn und seinen dunkelgrünen Augen galten, bemerkte er gar nicht. Ihr Seufzen, als er an ihnen vorbeimarschierte, ohne sie eines Blickes zu würdigen, hörte er nicht. Aus den Häusern war der Lärm der Handwerker zu hören, die dort ihrem Tagwerk nachgingen.
Bald hatten sie das städtische Treiben hinter sich gelassen und passierten das westliche Stadttor. Links von Philip erhob sich das Schloß Hohentübingen, das im Morgenlicht düsterer aussah als zu anderen Tageszeiten. Als er es hinter sich gelassen hatte, hielt er das erste Mal an. Um ihn herum waren Weinberge, durch die sich der Neckar südwärts schlängelte. Als wäre die Landkarte seines unbekannten Vorgängers in seinem Kopf eingebrannt, hatte er sie vor Augen: Ungefähr einen Tagesmarsch entfernt, lag in südöstlicher Richtung Reutlingen, sein nächstes Ziel. Von Reutlingen aus würde er die gleiche Richtung beibehalten und nach einigen Tagesmärschen Urach erreichen. Von dort würde sein Weg ihn in südöstlicher Richtung weiterführen bis zu dem Ort Blaubeuren. Urach wie auch Blaubeuren lagen beide schon auf der Alb, einer teilweise unwegsamen Berglandschaft, weshalb Philip sich mit einer Einschätzung der benötigten Tagesmärsche zurückhielt. Von dort würde er weitergehen bis nach Ulm, dort einen Richtungswechsel vornehmen und in südwestlicher Richtung die Donau entlangmarschieren, bis er letztendlich am Neckarursprung ankommen wollte. Von dort aus sollte es nach Tübingen zurückgehen. Nach dieser Strecke würde er den größten Teil des südlichen Württembergs wie die

Schenkel eines Dreiecks abgewandert haben. Danach kam die eigentliche, mühselige Arbeit: das Ausfüllen der noch weißen Fläche innerhalb dieses Dreiecks. Doch ein Schritt kam nach dem anderen, sagte er sich. Mochten die Ausmaße seiner Aufgabe andere vielleicht abschrecken – ihn scheute es keinen Augenblick davor.

Daß seine Reise ihn für lange Zeit von Stuttgart und seinem Elternhaus fernhalten würde, machte ihm nicht im geringsten etwas aus. Genauso wenig faszinierte ihn die Reise selbst. Das Unterwegssein war für einen Kartographen nun einmal so notwendig wie das Amen für die Kirche. Außerdem würde er jedes Jahr den Winter in Stuttgart verbringen, denn in der dunklen Jahreszeit, wenn Schnee jeden Grenzstein versteckte, war es für einen Kartographen unmöglich, Messungen durchzuführen. Dafür konnte er in den Wintermonaten seine Notizen und Skizzen ins reine zeichnen.

Ja, er sah alles schon ganz genau vor sich: Gute Gesundheit und Gottes Wohlwollen vorausgesetzt, würde er zügig und vor allem planvoll seines Weges gehen. Schließlich wurde er vom Herzog weder für eine Lust- noch für eine Abenteuerreise bezahlt.

Bei dem Gedanken griff er sich an die Brust. Erleichtert spürte er durch den Leinenstoff seines Hemdes den Lederbeutel, in dem er seine Gulden aufbewahrte. Darauf und auf die Reiseerlaubnis würde er höllisch aufpassen müssen – es wäre ärgerlich und kostspielig zugleich, wenn etwas davon in die Hände von Wegelagerern oder Tagdieben geräte!

Philip schaute sich prüfend um, bis sein Blick an einer kleinen Kapelle auf einem Hügel hängenblieb. Laut Kompaß war seine Richtung Nordnordwest. Dann konnte es ja losgehen! Er zog am Zügel seines Pferdes, das die Pause genutzt hatte, um zu grasen, und marschierte zielstrebig auf die Kapelle zu, immer auf den Hufschlag seines Pferdes achtend. Nachdem er dreihundert Schritte gezählt hatte, standen sie direkt vor dem winzigen Gotteshaus, das aus der Nähe betrachtet einen jämmerlichen Eindruck machte. Philip kämpfte kurz mit sich, ob er es überhaupt in seine Karte aufnehmen sollte. So, wie es aussah, würde es sicherlich bald verfallen sein. Der Griffel kratzte stumpf über den rauhen Papierbogen, als er die erste Linie zog, an deren Ende er schließlich doch mit wenigen Strichen die kleine Kapelle andeutete. Als nächsten Punkt für seine Messungen peilte er eine Gruppe von drei Tannen in östlicher Richtung an. Ihr dunkles Grün stach angenehm aus der braunen Umgebung hervor, die noch auf das Farbenspiel des Frühlings warten mußte. Nach zweihundertdreißig Schritten hatte er sie erreicht und malte auch diesen Punkt auf den mit hellgrauen Quadraten überzogenen Bogen Papier, der die Vorlage für seine Karte geben sollte. Aus seinen beiden ersten Messungen und deren Richtungsverlauf ergab sich nun logischerweise die Strecke zwischen den drei Tannen und seinem Ausgangspunkt, der kurz hinter dem Stadttor lag.

Auf diese Art bewegte er sich langsam in Richtung Reutlingen fort, immer wieder das Gelände in Dreiecke aufteilend, deren Schenkel er abschritt. Stets suchte er markante Punkte, die er in seine Karte einzeichnen wollte: hier eine leichte Steigung, dort ein Bach, auf dessen linker Seite sumpfiger Boden ihn und sein Pferd knöcheltief einsinken ließ, etwas weiter zu seiner Rechten ein bäuerliches Anwesen, das aus zwei größeren Häusern und einem kleineren Haus bestand. All dies malte er in seine Karte ein. Sie wurde von Stunde zu Stunde dichter. Am frühen Nachmittag dachte er an den Rat des Reitstallbesitzers und ging zu dem Bach zurück, um sein Pferd ausgiebig zu tränken. Dann setzte er sich auf einen Baumstumpf und packte den Brotlaib aus, um das lauter werdende Rumpeln in seinem Bauch zu beruhigen. Das Pferd begann sofort zu grasen und machte keinerlei Anstalten, davonzulaufen. Wohlwollend tätschelte Philip seinen Hals.

Während er auf einer dicken Scheibe Brot kaute, schaute er zufrieden sein bisher geschaffenes Werk an, das er vor sich auf dem Boden ausgebreitet hatte. Ein gutes Stück Arbeit für einen Tag! Es war sicherlich kein schlechter Gedanke, nach seiner Rast auf dem kürzesten Wege nach Reutlingen aufzubrechen, um dort noch bei Tageslicht anzukommen. Übernachten würde er in einem Gasthof, den ihm sein Tübinger Wirt empfohlen hatte. Hoffentlich bekam er dort eine Kammer für sich, dann konnte er in aller Ruhe seine Notizen ins reine zeichnen. Und mit seinem Tagebuch wollte er auch beginnen. Wenn er am nächsten Morgen von Reutlingen aus die zweite Hälfte der Strecke sozusagen rückwarts vermaß, konnte er am Tag darauf schon...

Das Pferd hatte plötzlich aufgehört zu grasen und eine sonderbare Haltung eingenommen. Noch ehe Philip wußte, was geschah, begann das Tier sich mit einem plätschernden Strahl zu lösen, der restlos alles, was sich in seiner Umgebung befand, mit säuerlicher, gelber Pisse bespritzte.

– 4 –

Nachdem Xelia sich von Anna getrennt hatte, die für ihre Badegewohnheiten nichts übrig hatte, ging sie ein gutes Stück an der Muhr entlang, bis sie zu einer Stelle kam, wo sich der Bach wie eine Schleife um einen kleinen Hügel wand. Hinter diesem Hügel zog Xelia sich aus und stieg ins Wasser. Die Leute aus dem Dorf holten ihr Wasser aus dem Brunnen in der Dorfmitte, deshalb war Xelia hier vor neugierigen Blicken sicher. Wann immer sie sich davonstehlen konnte, kam sie hierher, um sich zu waschen. Sie rubbelte sich von oben bis unten mit einem Büschel Gräser ab, bis ihre Haut fast wund war. Ihr Körper begann zu prickeln wie von tausend Nadeln gestochen, dann wurden Arme und Beine ganz lahm, was Xelia nicht als unangenehm empfand. In diesem Zustand überkam sie regelmäßig das Gefühl, als würden sich in ihr tausend Kammern öffnen, deren letzte Winkel im kalten Wasser ausgespült wurden, bis nur noch saubere, reine Luft darinnen war. Im Sommer tauchte sie zu guter Letzt jedesmal mit dem ganzen Kopf unter Wasser, in der kalten Jahreszeit verzichtete sie jedoch darauf.

Auch heute wartete sie auf das zufriedenstellende Gefühl am Ende ihres Bades. Doch umsonst. Sie konnte sich noch so lange mit dem weich gewordenen Grasbüschel abreiben – den säuerlichen Geruch, der an ihr haftete wie Pech, bekam sie nicht aus der Nase.

Wer von innen her beschmutzt ist, dem hilft auch das gründlichste Bad nichts, schoß es ihr durch den Kopf, bevor sie den Gedanken verhindern konnte. Was der Gerber nachts mit ihr tat, war unrecht, dessen war sie sich sicher. Doch wenn es vorbei war, schaute er sie immer so haßerfüllt an, als trüge sie die Schuld an seiner Lust. Vielleicht war es ja so? Schließlich be-

nutzte er nur ihren Körper, nicht aber den ihrer Schwestern. Xelia schlug mit beiden Händen heftig auf das vorbeirauschende Wasser, als müsse sie es für etwas bestrafen, dann tauchte sie doch noch mit dem Kopf unter und kam erst wieder hoch, als ihr schwindlig wurde.
Als sie aus dem Wasser steigen wollte, blieb ihr die Luft ein zweites Mal weg. Vor ihr stand ein hochgewachsener Junge.
»Was willst du hier? Hau' sofort ab, sonst...« Mit der flachen Hand spritzte sie Wasser in seine Richtung. Dann zwang sie sich, ruhig weiterzuatmen. Noch nie war sie hier von jemandem überrascht worden!
Der Junge schien mindestens so entsetzt zu sein wie Xelia. Er machte zwar einen Schritt nach hinten, ansonsten aber keine Anstalten, zu verschwinden. Stumm starrte er sie an.
Langsam wurde es Xelia kalt. Während ihres Baderituals hatte das eisige Wasser ihr nichts ausgemacht, aber jetzt wollte sie nur noch in ihre Kleider schlüpfen und sich auf dem Weg zur Gerberei warmlaufen. »Worauf wartest du? Hast wohl noch nie ein nacktes Weib gesehen? Hau' ab, sonst mach' ich dir Beine«, schrie sie mit mehr Überzeugung, als sie empfand. Was sollte sie tun, wenn der Kerl nicht freiwillig ging? Was wollte er? Sie spritzte erneut Wasser ans Ufer und diesmal gelang es ihr, seine linke Seite naß zu machen. »Wenn du noch eine Ladung willst, dann bleib' ruhig stehen!« Wieder tauchte sie ihre Hand ein.
»Halt, warte! Ich such' doch nur jemanden.« Seine Stimme klang erstaunlich dunkel für sein knabenhaftes Aussehen. »Ich soll nach Xelia, der Heilerin, fragen, hat man mir im Dorf gesagt. Und daß ich sie an manchen Tagen hier draußen bei der Kräutersuche finden kann. Vielleicht kannst du mir ja sagen, wo ich sie finde.« Und dann drehte er sich endlich um.
Hastig kletterte Xelia das Ufer hoch. Als sie endlich ihre Kleider erreicht hatte, war sie bis auf die Knochen durchgefroren. So lange war sie noch nie im Wasser gewesen. Wenn sie jetzt wegen dieses Trottels krank wurde, dann... Wer war er überhaupt?

»Was willst du von Xelia?« fragte sie mit ungnädiger Stimme. Von nahem sah er älter aus, als sie zuerst angenommen hatte. Und anders als die Männer, die sie kannte. Ein Bauer konnte er nicht sein, deren Hände waren von der Arbeit auf den Flachsfeldern zerschnitten, ihre Gesichter von der kalten Albluft rauh, und ihre Haare dünn. Der junge Mann vor ihr war in feinstes Tuch gekleidet, seine Hände zart, sein Gesicht hellhäutig.
»Ich komme, weil meine Mutter Hilfe braucht«, sagte der Fremde, der sich ihr nun wieder zugewandt hatte.
»Und warum kommt sie nicht selber, wenn sie was will?« Xelia hatte nicht vor, es ihm leicht zu machen.
»Weil sie nicht kann. Sie ist an ihr Lager gefesselt, seit Jahren schon. Kannst du mir jetzt sagen, wo ich die Heilerin finde, oder nicht?« Seine Stimme klang ungeduldig.
Es geschah nur noch selten, daß jemand aus dem Dorf sie ihrer Heilkünste wegen ansprach. Nach dem Tod von Eulalia waren die Leute wie selbstverständlich zu ihr gekommen, um nach Rat oder einer Salbe zu fragen. Jeder wußte, daß Eulalias älteste Tochter die gleichen Heilkräfte besaß wie ihre Mutter. Doch nach einiger Zeit hatte Xaver Feltlin den Besuchen der Leute einen Riegel vorgeschoben. Daß sie zum Kräutersammeln ging, paßte ihm ganz und gar nicht. Statt froh über ihr Wissen zu sein, beschimpfte er sie als »Kräuterhex'« und warf ihr vor, ihre Zeit zu vergeuden, statt beim Gerben zu helfen. Doch manchmal, während sie nach Kräutern suchte, kam auch heute noch jemand aus dem Dorf zu ihr und bat sie in der Verschwiegenheit des Waldes um Hilfe. Wann immer Xelia Rat wußte, half sie weiter. Aber alles mußte heimlich geschehen, das wußten die Dorfbewohner. Trotzdem hatte einer von ihnen einem Fremden ihren Namen verraten. Das hatte sie nun von ihrer ganzen Hilfsbereitschaft! Aber neugierig war sie inzwischen schon.
Und dann war ihr auf einmal schlagartig klar, wer vor ihr stand: Es mußte der Sohn des Tuchhändlers Aaron Blaustein sein. Der edle Stoff, sein feines Aussehen und die bettlägerige Mutter!

Seit vielen Jahren hatte Sarah Blaustein niemand mehr gesehen, jeder im Dorf wußte, daß sie schwer krank war und ihr großes Haus hinter den dichten Tannen nie verließ.

»Ich bin Xelia.« Sie zog ihr dünnes Tuch enger um die Schultern. »Was ist mit deiner Mutter?«

»*Du* bist die Heilerin?« fragte Samuel Blaustein ungläubig nach. Statt zu antworten, klapperte Xelia vor lauter Kälte nur mit den Zähnen.

»Irgendwie habe ich mir jemand ganz anderen vorgestellt«, fuhr er lahm fort. Eine Kräuterhexe war doch alt und hatte Warzen und Haare im Gesicht! Doch das Mädchen hier war jung und schön und ... Unvermittelt strich er ihr über die Wange, was für ihn mindestens so überraschend gekommen war wie für Xelia, die nicht einmal Zeit hatte, zurückzuweichen. Erstaunlicherweise war seine Berührung nicht unangenehm, sondern warm und weich wie die Schnauze eines jungen Kalbes. Und genauso harmlos.

»Samuel Blaustein ist mein Name.« Verlegenes Schweigen. Dann sagte er: »Du kennst dich also mit den Kräutern aus.« Er versuchte sich zu erinnern, weswegen er gekommen war, doch Xelias nackter Körper tauchte immer wieder vor seinem inneren Auge auf. Sein Gesicht lief rot an.

»Ja, und wenn dir das nicht paßt, solltest du dir jemand anderes suchen, der deiner Mutter hilft.« Xelia wollte ärgerlich klingen, war jedoch über den fremden Klang ihrer Stimme überrascht. Die Verwirrtheit des Tuchmachersohnes irritierte sie. Seine Familie war die reichste weit und breit – das ganze Dorf stand bei Aaron Blaustein, dem Juden, in Arbeit, von ihrer eigenen Familie einmal abgesehen – und Samuel guckte sie an wie der Dorfdepp, der nicht bis drei zählen konnte. Xelia wandte sich zum Gehen ab.

»Nein! So warte doch!« Er hielt sie am Ärmel fest. »Ich brauche dich.« Seine Stimme hatte einen so flehentlichen Ton angenommen, als ginge es um sein Leben.

Als würde sie ihm damit eine große Gnade erweisen, drehte Xelia sich langsam wieder um und schaute ihn an. Etwas an ihrer Situation war seltsam: Eigentlich hätte sie, das nackte Weib, sich wehrlos und ungeschützt fühlen müssen, während der Blaustein-Sohn seine Überlegenheit ihr gegenüber ausspielen konnte. Dem war aber nicht so, ganz im Gegenteil: Fast schien es, als hätte ihr Gegenüber Angst vor ihr. So eine Torheit! Sie mußte lachen. Ohne zu wissen, worüber sie sich amüsierte, fiel er in ihr Lachen ein. Seine Augen waren groß und verwundert, arglos und so klar wie ein Bergsee. Plötzlich entdeckte Xelia eine verheißungsvolle Welt darin – und sie wünschte sich nichts mehr, als Samuel wieder zu treffen.

– 5 –

Mit gerunzelter Stirn saß Philip Vogel am hintersten Tisch des Wirtshauses und versuchte, sich auf sein Tagebuch zu konzentrieren. Alle Bänke um die anderen Tische waren bis auf den letzten Platz besetzt, viele Männer tranken ihr Bier sogar im Stehen. Gleich vier Schankmädchen beeilten sich, den Gerstensaft in Steinkrügen so schnell wie möglich an die Tische zu bringen. Die Ankunft jedes neuen Kruges wurde von den Gästen mit einem Aufjohlen gefeiert. Hätte Philip gewußt, was sein Tübinger Wirt unter einem »empfehlenswerten« Gasthof verstand, hätte er sich um eine andere Bleibe für die Nacht bemüht. Nicht einmal eine eigene Kammer hatte er im Gasthof zum Grünen Baum bekommen! Statt dessen würde er warten müssen, bis die Zecher genug hatten und die Wirtsleute die Tafeln aufheben konnten, um Decken auszurollen. Immerhin war er der einzige Übernachtungsgast. Trotzdem, so hatte er sich die erste Nacht seiner langen Reise eigentlich nicht vorgestellt. Das nächste Mal, nahm er sich vor, würde er gleich bei der Ankunft in einem Gasthaus die Übernachtungsmöglichkeiten genauer inspizieren. Vor allem in größeren Städten wie Reutlingen gab es mehr als genug Gasthöfe, so daß der Reisende eigentlich nur die Qual der Wahl hatte. Aber nein, er hatte sich wahrscheinlich den schlechtesten aufschwätzen lassen! Genau wie bei der Mißgeburt von Pferd, schoß es ihm durch den Kopf. Philip war froh, es erst einmal los zu sein: Je weniger er mit dem Biest zu tun hatte, desto besser. Kaum war er mit dem Braunen in den Hof des Gasthofes einmarschiert, hatte ein eilfertiger Stallknecht ihm die Zügel aus der Hand gerissen und das Tier ins Stallgebäude geführt.

Nachdem der Gaul fast sein ganzes Tagwerk zunichte gemacht

hatte, hätte er ihn am liebsten ordentlich verdroschen. Nur wußte er leider nicht, welche Regungen das Vieh darauf zeigen würde. Vielleicht wäre es vor lauter Angst auf der Landkarte herumgetrampelt, noch bevor er sie hätte in Sicherheit bringen können? Oder hätte gar seine Äpfel darauf fallengelassen! Oder wäre samt Gepäck auf und davon galoppiert. Nur aufgrund dieser nüchternen Überlegungen hatte Philip sich schließlich zusammengerissen und es bei einem lauten Fluch belassen.

»Ist alles in Ordnung, gnädiger Herr?« fragte ein Schankmädchen mit unsicherer Stimme. Als Philip den Raum betreten hatte, war zwischen ihr und den anderen Weibern fast ein Streit darüber entstanden, wer den gutaussehenden Burschen bedienen durfte. Jetzt war sie sich nicht mehr so sicher, ob es wirklich ein solches Glück war, für seinen Tisch zuständig zu sein. Diese düstere Miene! Wo er doch so ein feiner Herr war! Wenn er sich später beim Wirt über sie beschwerte, hätte das ein paar ordentliche Ohrfeigen für sie zur Folge.

Philip schaute auf. In Ordnung war heute gar nichts, aber welchen Sinn hätte es gehabt, dem Weib das zu erklären? Er bestellte noch einen Krug Bier und zwang sich zu einem Lächeln, das jedoch eher einer Grimasse gleichkam. Als das Schankmädchen wieder an seinen Tisch trat, beugte sie sich mit ihrem Oberkörper so weit über ihn, daß Philip ihren Unterarmgeruch riechen konnte. »Wenn der Herr noch etwas wünscht...« Wie einen Köder an der Angel ließ sie den Satz in der Luft hängen.

Unwirsch winkte Philip sie davon. Für ihre Brüste hatte er keinen Blick übrig.

Wieder allein am Tisch, starrte er vor sich hin. Gut. Vielleicht würde er jetzt wenigstens mit seinem Tagebuch beginnen können. Er nahm die bereitgelegte Feder in die Hand, tauchte sie ins ebenfalls bereitgestellte Tintenfaß und öffnete fast andächtig das Buch mit den noch leeren Seiten. Auf die erste Seite pinselte er in großen, schwungvollen Buchstaben die Worte »Cartographia Würtembergica«.

So würde er sein Werk später einmal nennen, und so sollte auch sein Tagebuch heißen. Er hatte sich vorgenommen, den Reiseverlauf und seine Beobachtungen wann immer möglich – am besten natürlich jeden Tag – darin festzuhalten. Vielleicht würde es für seine Nachwelt einmal interessant sein zu lesen, wie eines der bedeutendsten Kartenwerke Württembergs entstanden war?

»Reutlingen, am zwanzigsten März im Jahre 1580.
Der erste Tag meiner Reise liegt nun hinter mir. Heute habe ich die Strecke zwischen Tübingen und Reutlingen vermessen ...«

Nach einer kurzen Beschreibung der Landschaft und des Wetters hielt er inne. Was jetzt? Hätte er etwa schreiben sollen, daß sein Roß im hohen Bogen auf seine Skizzen gepinkelt hatte? Was würde die Nachwelt wohl dazu sagen?

Hinter ihm brüllten sich zwei Männer laut an, warfen mit einem Ruck Tisch und Bank um und hielten einander am Kragen fest. Angewidert drehte Philip sich ab und verfolgte nur aus dem Augenwinkel, wie der Wirt zwischen die beiden Streithähne trat. Gut so, dachte Philip – und wurde im gleichen Moment von hinten ins Kreuz gestoßen, als einer der beiden Betrunkenen sich wieder zu setzen versuchte.

»Das darf doch nicht wahr sein!« entfuhr es ihm. Jetzt hatte er wegen dieses Trottels eine Ecke seiner ersten Tagebuchseite abgeknickt! Am Nachmittag der Gaul, jetzt dieser Betrunkene – hatte es denn jeder auf seine Aufzeichnungen abgesehen? Der lädierte Anblick des vor kurzem noch jungfräulichen Blattes verursachte ihm fast schon körperliche Schmerzen. Er versuchte, die abgeknickte Ecke wieder zu glätten. Wäre Philip abergläubisch gewesen, hätte er dies für ein schlechtes Omen für sein Unternehmen halten müssen.

»Und? Wo geht die Reise morgen hin?« Mit einem Aufseufzen hatte sich der dickleibige Wirt gegenüber Philip niedergelassen. Er rieb sich die bierfeuchten Hände an seinem Kittel ab und schaute seinen Gast erwartungsvoll an.

Auch das noch! Auf ein Gespräch mit dem Wirt hatte er nun gar keine Lust. Philip überlegte kurz, ob er demonstrativ seine Feder in die Tinte tauchen und weiterschreiben sollte, entschied dann aber, daß dies doch zu unhöflich wäre. »Zuerst wieder ein Stück zurück in Richtung Tübingen. Wenn ich in diesem Gebiet fertig bin, geht's weiter nach Urach.«
Dem Wirt war anzusehen, daß ihm einige Fragen auf der Zunge brannten, gleichzeitig wußte er jedoch nicht so recht, wie er damit beginnen sollte. Einen Kartographen hatte er schließlich noch nie in seiner Wirtsstube gehabt.
Philip hatte gehofft, seine herzögliche Reiseerlaubnis würde ihn vor allzu ausführlichen Fragen bewahren. Die Erfahrung hatte ihn gelehrt, daß die wenigsten Leute etwas mit Beamten zu schaffen haben wollten. Nicht, daß er nicht bereitwillig über seine Arbeit, das Landvermessen und Kartenzeichnen, Auskunft gegeben hätte. Er gierte sogar regelrecht danach, sich mit anderen darüber auszutauschen. Aber doch nicht mit einem Gastwirt! Spätestens in Blaubeuren und danach wieder in Ulm würde er auf einige befreundete Gelehrte treffen. Mit ihnen konnte er sozusagen unter seinesgleichen belebende Gespräche führen. Ganz besonders freute er sich auf Adalbert Hyronimus, einen seiner ehemaligen Tübinger Lehrmeister, der sich inzwischen in Blaubeuren als Arzt niedergelassen hatte. Er wußte, daß Hyronimus neben seiner medizinischen Tätigkeit an einer Abhandlung über das Vermessungswesen schrieb, und hoffte, von ihm noch lehrreiche Einzelheiten für seine kartographische Arbeit zu erfahren.
»Darf ich einmal sehen, was der Herr so alles aufgezeichnet hat?« wollte der Wirt nun wissen.
Nur ungern rollte Philip den Bogen mit seinen Skizzen auf, dann schob er ihn über den Tisch. Aber es nicht zu tun, hätte mehr Erklärungen zur Folge gehabt, als den Mann einen Blick darauf werfen zu lassen. Die Frage, ob sein Gegenüber überhaupt lesen konnte, vermochte er sich gerade noch zu verkneifen.

Der Wirt beugte sich über die Aufzeichnungen. Wenn ihm die gelben Flecken und der scharfe Geruch seltsam vorkamen, so behielt er dies für sich.
Ungeduldig wartete Philip auf eine Reaktion. Warum fragte der Mann ihn nicht, was die einzelnen Zeichen bedeuteten? Oder tat so, als würde er alles verstehen, um sogleich die Karte zurückzuschieben?
Als der Wirt endlich aufschaute, lag Anerkennung in seinem Blick. »Alle Achtung! Sie haben sogar die kleine Anhöhe mit der Kapelle nicht vergessen. Soweit ich das beurteilen kann, ist Ihre Karte sehr gelungen. Ich war früher selbst Fuhrmann, müssen Sie wissen. Im ganzen Zwiefaltener Forst und im Uracher noch dazu hab' ich Holz gefahren.«
Philip bemühte sich, ein interessiertes Gesicht aufzusetzen. Seine Karte sei gelungen! Unerhört! Was erlaubte der Mann sich überhaupt ein Urteil?
Der Wirt hielt Philips Schweigen für Interesse. »Mit zwei Kaltblütern und einer riesigen Ladung Holz war natürlich kein schnelles Vorankommen möglich, da hatte ich immer Zeit genug, mir die Gegend anzuschauen. Deshalb kenne ich auch jeden Busch und jeden Baum ringsum! Und die Wege müssen einem als Fuhrmann auch geläufig sein. Nicht überall ist ein Durchkommen möglich, zumindest wenn der Wagen vollbeladen und die Ladung schwer ist.« Er schaute wieder auf die Karte. »Da! Die Brücke zum Beispiel, die war bis letzte Woche noch nicht befahrbar.«
»Und warum nicht?« Philips Stimme klang leicht gereizt, doch er konnte einen Hauch Wissbegierde nicht ganz verbergen. Die Brücke, von der der Wirt sprach, war doch ein recht solides Gebilde gewesen?
»Weil die Echnau nach der Schneeschmelze Hochwasser hatte, so wie jeden Winter. Statt zügig abzulaufen, staut es sich hinter einer bestimmten Biegung jedes Jahr auf, bis es schließlich sogar über die Ufer tritt. Was für eine Plage! Ist Ihnen denn nicht auf-

gefallen, wie sumpfig die ganzen Wiesen in diesem Gebiet sind?«

Philip schüttelte den Kopf. So weit war er gar nicht von seinem Weg abgegangen. Die Wiesen, von denen der Wirt sprach, hatte er vielmehr mit Hilfe seiner Dreiecksberechnungen ausgemessen.

»Da hatten Sie aber Glück! Bis zu den Knöcheln wär' Ihr Gaul im Sumpf versunken! An manchen Stellen kommt man aus eigener Kraft fast nicht mehr heraus, und wenn, dann muß man sich schwer schinden. Deshalb wird das Gelände bei uns auch Schindersumpf genannt.«

»Das ist ja interessant!« entfuhr es Philip unwillkürlich. Schindersumpf! Er spürte, wie er von einem wohligen Zittern erfaßt wurde. Der brave Mann ihm gegenüber konnte nicht wissen, daß er mit seiner harmlosen Bemerkung Öl auf ein flammendes Feuer gegossen hatte. Eine Landschaft veränderte sich im Laufe eines Jahres, das wußte jeder. Viele Wege waren im Winter nicht passierbar – auch das war bekannt. Aber diese Aspekte in einer Karte festzuhalten hatte vor ihm noch kein Kartograph versucht. Für Philip unfaßbar, wo doch gerade dieses Wissen für Reisende und Fuhrleute von größtem Interesse wäre!

»Von wann bis wann im Jahr ist der Sumpf denn einigermaßen trocken und begehbar? Oder ist gar kein Durchkommen möglich?«

Bereitwillig teilte der Wirt nun sein Wissen mit Philip. Ihm war auch noch etwas anderes an der Karte aufgefallen. Ein Stück Land, welches Philip dem Zwiefaltener Vorst zugeschrieben hatte, gehörte tatsächlich noch zur Herrschaft Hohenberg. Der entsprechende Grenzstein mußte wohl wieder einmal – von wem auch immer – ausgegraben worden sein. Mit seinem kräftigen Zeigefinger wies der Wirt genau auf den Punkt, an dem er eigentlich hätte stehen sollen. Und die kleine Kapelle, die sich in einem so erbarmungswürdigen Zustand befand, gehörte . . .

Bald waren die beiden Männer in eine so angeregte Unterhaltung vertieft, daß keiner von ihnen merkte, wie sich die Gaststube langsam zu leeren begann. Die Schankmädchen räumten zügig die Stube auf, stellten die Steinkrüge wieder auf die Wandregale und schoben die Tischplatten an die Wand. Keines stolperte auch nur einmal über die eigenen Füße oder ließ einen Krug fallen, wie es sonst vor lauter Aufregung öfter geschah. Der Wirt war ein strenger Herr, der nach ein paar Krügen seines eigenen Bieres nicht unbedingt gerechter wurde und jedes Versehen mit einer schallenden Ohrfeige bestrafte. Er konnte sich zwar damit rühmen, daß in seinem Haus noch kein Gast je von einem Bediensteten bestohlen oder übers Ohr gehauen worden war. Auch überwachte er das Ausschenken des Bieres höchstpersönlich, weshalb die Gäste gern und zahlreich in den Grünen Baum kamen. Sehr beliebt war er deshalb bei seinen Leuten trotzdem nicht.

Philip hingegen fand den Mann inzwischen gar nicht mehr so unangenehm. Als draußen die letzten Lampen gelöscht wurden und außer ihnen kein Mensch mehr in der Schankstube war, stellte er überrascht fest, daß er sich keinen Augenblick gelangweilt hatte. Er mußte sogar zugeben, daß er die Sache mit dem Grenzstein allein nicht festgestellt hätte – wie auch?

Als der Wirt die Lichter löschen und sich auf den Weg in seine eigene Kammer machen wollte, bat Philip ihn darum, eine Lampe brennen zu lassen, damit er noch einige Zeit weiterarbeiten konnte. Hatte er sich zu Beginn des Abends wie ein Analphabet gefühlt, flog Philips Feder nun im Lichtkegel der kleinen Flamme geradezu über das weiche Papier des Tagebuches. Er hatte sich entschlossen, sein Vorhaben, mehr in die Karte aufzunehmen als lediglich die vom Herzog gewünschten Forstgebiete, gleich zu Beginn der Aufzeichnungen kundzutun. So würde man gleich erkennen können, welche Weitsicht, welche Visionen er, Philip Vogel, von Anfang an gehabt hatte!

Er schaute auf, in die schummrige Schattenwelt der Wirtsstube. Das kleine Stäubchen Angst, das sich auf seine Schulter zu setzen drohte, fegte er mit einer unwirschen Bewegung beiseite. Nichts würde ihn aufhalten können. Er hatte das Wissen, das Werkzeug und den herzöglichen Wohlwollen für sein Unternehmen. Mit diesem beruhigenden Gedanken legte er sich schließlich für die Nacht nieder. Der Dielenboden war hart und roch sauer nach jahrelang verschüttetem Bier. Philip zog die Decke über seine Nase. Bald spürte er, wie sein einziger, sein ewig gleicher Traum ihn überspülte. Er würde ein Kartenwerk schaffen, wie es für Württemberg einmalig wäre. Kein Winkel, kein Weg sollte darin übersehen werden, Schönheit und Detailtreue würden darin erblühen, der Betrachter eine Vollkommenheit spüren, wie sie nur der Anblick wahrhaftiger Kunst hervorrufen kann.

Eigentlich fehlte ihm nur noch ein geeigneter Name. Lateinisch mußte er sein, soviel war sicher. Jeder Kartograph, der etwas auf sich hielt – und andere Gelehrte dazu – gab sich einen lateinischen Namen. So hieß zum Beispiel Philipp Apianus, der große bayrische Kartograph, in Wirklichkeit Bienewitz. Doch die Lateinisierung »apis« – von »die Biene« – hörte sich wirklich besser an, das mußte jeder zugeben. Auch der von Philip sehr verehrte Martin Waldseemüller hatte sich seinerzeit Hylacomylus genannt und war seiner Nachwelt auch mit diesem Namen in Erinnerung geblieben. Philip schwankte noch zwischen Philipus Avis als Anspielung auf seinen Nachnamen und Philipus Geometres, was einfach hieß: Philip, der Landvermesser. Oder war das doch zu anmaßend? Er würde beide Namen eine Weile mit sich herumtragen, beschloß er. Vielleicht würde sich einer schließlich wie eine zweite Haut von selbst um ihn legen.

– 6 –

Elende Sauerei! Verflucht noch mal!« Zornig blickte Xaver Feltlin an sich hinab. Aus den aufgesprungenen Fingerkuppen seiner rechten Hand quoll hellrotes Blut direkt auf das vor ihm auf den Bock gespannte Lederstück. »Was glotzt ihr so blöd? Wo ist ein Lappen? Schnell!«
Anna wühlte im Eckschrank nach einem Stück Lumpen, während Xelia versuchte, mit Wasser und einer Bürste die Blutstropfen aus dem Lederstück zu reiben, bevor sie tiefer in die Fasern eindringen konnten. Zu spät. Beim Anblick der roten Flecken wurde ihr ganz schlecht. Ausgerechnet in die Mitte eines makellosen Leders war Feltlins Blut getropft. Sie spürte seine Wut wie eine rotglühende Axt durch den Raum schwingen. Es dauerte neun Monate, bis durch das Drehen und Wenden in der Eichenrindenlösung, durch Schaben, Waschen und Aufspannen aus einer zotteligen Tierhaut schließlich weiches Leder wurde. Wenn sie die Flecken nicht rausbekämen, konnten sie das Leder nicht verkaufen, und dann wäre die ganze Arbeit umsonst gewesen. Doch so sehr sie auch rieb, die roten Sprenkel wurden zwar schwächer, aber ganz verschwanden sie nicht. Sie warf einen Blick zu Feltlin hinüber, dessen Hand gerade von Anna mit einem Tuch verbunden wurde.
»Streng dich an, Herrgott noch mal! Ich schaff' mir die Hände wund für euch, da wirst du es doch fertigkriegen, ein paar Flekken rauszuwaschen.« Und zu Anna gewandt: »Los, hilf deiner Schwester!« Mit dem Fuß stieß er sie in den Rücken. Dann entkorkte er die Flasche Branntwein, die auf dem Tisch stand, schenkte sich einen großzügigen Becher davon ein und setzte sich ans Fenster, keinen Blick von Anna und Xelia lassend. Sybille, die ebenfalls vor einem aufgespannten Fell saß, machte

sich ganz klein. Wenn er im Raum war, schien die Hütte noch beengter zu sein als sonst.
Am liebsten war ihnen die Zeit, wenn Feltlin das fertig gegerbte Leder auflud, um es nach Ulm zum Verkauf zu bringen. Meist blieb er dann einige Tage in der Stadt, um seine Verkäufe bei Bier und Wein zu feiern, was ihnen nur recht war. Für ein paar Tage war danach seine Laune erträglich, und auch Xelia ließ er dann in Ruhe, von seinen Beschimpfungen einmal abgesehen. Doch kaum war eine Woche vergangen, war der Segen wieder vorbei.
Eine Zeitlang war nur das Schrubben der Bürste zu hören. Dann atmete Xelia tief durch. »Ich muß an den Bach, Seifenkraut holen, sonst krieg' ich das Blut nicht raus.« Sie spürte seinen mißtrauischen Blick und setzte sofort nach: »Dann kann ich auch vom Spitzwegerich mitbringen. Du weißt doch, eine Paste davon heilt deine Wunden besser als alles andere.« Sie hielt den Atem an. Würde er sie gehen lassen?
Xelia wartete schon lange darauf, daß er ihr die Heilkunde ganz verbot. Bisher hatte er sie zähneknirschend gewähren lassen, aber nur, solange sie ihr Tagwerk in der Gerberei ordentlich verrichtete! Und wahrscheinlich auch nur deshalb, weil ihre Salben und Tinkturen auch seinen Blessuren zugute kamen. Wie sie weiterleben sollte, wenn er ihr die Heilkunde eines Tages wirklich verbot, wollte sie sich nicht vorstellen. Dann käme sie aus der Gerberei gar nicht mehr hinaus, würde mit den Dörflern gar nichts mehr zu tun haben, und ihr Verstand würde verdörren wie eine Trockenpflaume.
»Geh und hol das Zeug! Aber beeil dich, die Arbeit schafft sich nicht von allein! Und glaub nicht, daß wir für heute schon fertig sind.« Er blickte mürrisch nach draußen. Dank des diesigen Nebels, der wie eine nasse Decke über der Alb hing, schien es schon später Abend zu sein, in Wirklichkeit war es erst Nachmittag.
Annas und Sybilles sehnsüchtige Blicke ignorierend, suchte

Xelia Korb und Schneidemesser zusammen. Erst, als sie draußen war, gestattete sie sich, die angehaltene Luft hinauszulassen. Dem Himmel sei Dank! Den ganzen Tag über hatte sie hin und her überlegt, wie sie es wohl anstellen konnte, aus dem Haus zu kommen. Und jetzt war ihr die beste aller Ausreden direkt in den Schoß gefallen!

Natürlich hatte Xelia eingewilligt, eine Salbe für Sarah Blaustein zuzubereiten. Samuels Mutter hatte durch ihr langes Liegen wunde Stellen an den Beinen und am Körper. Laut Samuel bohrte sich an ihrer Hüfte schon ein Knochen durchs blanke Fleisch. Die arme Frau! Da Xelia in der Gerberei keine Kräutervorräte aufbewahren durfte, hatte sie ihr Kräuterversteck im Wald aufsuchen müssen: Ein kleines, unterirdisches Erdloch, das hinter einem Hügel so verborgen lag, daß bisher weder Mensch noch Tier es entdeckt hatten, war Xelias Schatztruhe, in der sie ihre Kostbarkeiten aufbewahrte. Doch ein Blick auf ihre Vorräte hatte sie schnell ernüchtert. Für eine Salbe, wie Samuels Mutter sie benötigte, war nach dem langen Winter nichts mehr da. Also hatte sie frische Kräuter suchen müssen. Leicht war das nicht gewesen, und es hatte viel Zeit gekostet: Außer Huflattich, Gänseblümchen und Spitzwegerich wuchs im März für eine Wundsalbe noch nichts Geeignetes. Xelia hatte sich das Gehirn zermartert, um auf die bestmögliche Mischung zu kommen – noch nie war es ihr so schwer gefallen, sich einer Sache zu widmen. Immer wieder hatte sie an die sanften Augen Samuels denken müssen und an das eigenartige Gefühl, das sie in seiner Gegenwart überkommen hatte. So, als ob die Sonne plötzlich heller schien. Nein, das traf es nicht. Oder nicht richtig. Dachte sie an Samuel, war ihr zumute, als müßte ... im nächsten Moment etwas geschehen. Etwas Gutes. Samuel war irgendwie ... verheißungsvoll! Sie mußte über sich selbst kichern und kam sich sehr komisch dabei vor.
Ob er wohl wie verabredet am Bach auftauchen würde? Warum

begann sie zu zittern, wenn sie nur daran dachte, daß er es sich womöglich anders überlegt hatte?
Hastig pflückte sie auf dem Weg zum Bach einige Handvoll Spitzwegerichblätter ab, die sie für den Gerber brauchte. Und das Seifenkraut durfte sie nachher auch nicht vergessen, sonst...
Nach wenigen Schritten war ihr Rock kniehoch naß. Erst mittags hatte es geregnet, und der Boden war kalt und feucht. Wenn ihre Mutter sie jetzt sehen könnte, würde sie wahrscheinlich verständnislos den Kopf schütteln. Wie konnte man nur bei diesem Wetter Kräuter sammeln!

Je näher Xelia dem Bach kam, desto stärker klopfte ihr Herz. Dabei war sie gar nicht so schnell gelaufen.
Und dann sah sie ihn stehen: Wie letzte Woche in edlen Zwirn gekleidet, mit Lederschuhen an den Füßen und sauber gewaschenem Haar. Noch nie hatte sie einen so feinen Mann gesehen! Einen Augenblick lang schob sich ein anderes Bild vor ihre Augen: wie der Gerber am Laugebottich stand; dreckig, stinkend, gemein. Nie durfte Samuel Genaueres über ihr Zuhause erfahren!
Plötzlich um Worte verlegen, drückte sie ihm den Tiegel mit der gelbgrünen Salbe in die Hand und staunte dabei über ihr Zittern. »Damit soll sich deine Mutter dreimal am Tag die wunden Stellen einreiben. Wenn sie es selbst nicht kann, muß ihr jemand dabei helfen.« Xelia blies sich ein paar Haarsträhnen aus der Stirn, um ihr Gegenüber besser sehen zu können. Ja, auch diesmal war ihr so wohl in seiner Gesellschaft! Obschon er weiß Gott kein großer oder besonders kräftiger Mann war, hatte sie neben ihm das Gefühl, nichts auf der ganzen Welt könne ihr etwas anhaben. Es war, als würde er eine innere Stärke in ihr wecken. Seltsam. Krampfhaft überlegte sie, was sie als nächstes sagen sollte, doch nichts kam ihr in den Sinn. Sie fühlte sich auf einmal tölpelhaft und dumm, und trotzdem wollte sie das

Zusammensein mit Samuel unter allen Umständen verlängern. Sollte das alles gewesen sein? Warum geschah denn nichts? Wo blieb das Verheißungsvolle? Verunsichert hielt sie die Luft an.
Samuel konnte seinen Blick nicht von ihr abwenden und schämte sich wegen seines Gestarres. »Was kostet die Salbe?« hörte er sich schließlich krächzen, und seine Wangen färbten sich rot vor Verlegenheit. Noch niemals hatte er ein solch anmutiges Mädchen gesehen, eine Anmut, die um so mehr hervorstach, als sie in krassem Kontrast zu den Lumpen stand, mit denen Xelia bekleidet war. Seine Hände zuckten, und er mußte schwer an sich halten, nicht über ihr wie Silber glänzendes Haar zu streichen. Er war so verwirrt, daß er beinahe vergaß, sie nach dem Lohn für die Salbe zu fragen. Dabei hatte sie doch sicher jeden Heller notwendig!
Xelia jauchzte innerlich auf. Seine Verwirrung, sein seltsames Verhalten, das irgendwie mit ihr zu tun haben mußte, erfüllte sie mit einem Glücksgefühl, das sie nicht kannte. Sie wußte nicht, was sie für die Salbe verlangen sollte. Fragte sie jemand aus dem Dorf nach einer Medizin, fiel ihr immer ein passender Preis dafür ein. Viel nahm sie eh nicht. Wo sollte sie mit dem Geld auch hin? Feltlin durfte es keinesfalls sehen und ausgeben konnte sie es auch nicht. Nicht einmal in ihren Rocksaum konnte sie die Geldstücke einnähen, dort hätte Feltlin sie als erstes entdeckt. Ihr schauderte, und auf einmal hatte sie einen dicken Kloß im Hals. Warum mußte sie gerade jetzt *daran* denken? Irgendwann hatte sie angefangen, das Geld in ihrem Kräuterversteck im Wald aufzubewahren, und so hatte sich in den letzten Jahren ein ganzer Beutel voller kleiner Münzen angesammelt, die in ihren Augen jedoch völlig wertlos waren. Sie wollte nicht, daß ihre Begegnung mit Samuel damit endete, daß ihr Geldbeutel weiter anschwoll. Sie wollte ihn wiedersehen und sie wollte – ja was?
»Deine Mutter soll die Salbe erst einmal nehmen. Wenn sie wirkt, kannst du mich ja nächste Woche bezahlen.«
So blieb ihm zum Glück nichts anderes übrig, als einzuwilligen, nochmals hierherzukommen.

– 7 –

Die Salbe würde helfen, meinte Samuel beim nächsten Treffen und bat Xelia um ein weiteres Mittel. Seine Mutter hätte gleichzeitig vom Liegen so dicke Beine, wie mit einem Blasebalg aufgeblasen. Ob Xelia wohl dagegen etwas wüßte? Und wieder starrte Samuel sie an, als stünde eine Prinzessin vor ihm. Und wieder schlich er um sie herum wie eine Katze um den Sahnetopf. Keiner von beiden wollte ihre Zusammenkunft beenden, und doch war es, als hätten sie Knoten in der Zunge, so schwer taten sie sich mit dem Reden. Wie beim ersten Mal überfiel Xelia eine Aufgeregtheit, die sie nicht kannte, eine Art freudige Erwartung, auch wenn sie nicht wußte, auf was sie eigentlich wartete. In Samuels Gegenwart fühlte sie sich zum ersten Mal in ihrem Leben als jemand Besonderes.

Wieder in der Gerberei, erwischte sie sich dabei, leise vor sich hin zu summen, was ihr einen mißtrauischen Blick des Gerbers einbrachte. Dabei hatte sich eigentlich nichts in ihrem Leben geändert: Sie mußte so viel und so schwer arbeiten wie zuvor, der Gerber nahm sich immer noch, was er als sein Recht ansah, und die Stimmung in der kleinen Hütte war so freudlos wie eh und je. Doch Xelia konnte bald nur noch an Samuel denken. Im stillen malte sie sich aus, wie ihr nächstes Treffen verlaufen würde, oder sie durchlebte die letzte Zusammenkunft in jeder Einzelheit noch einmal. Sie spürte Annas und Sybilles fragende Blicke, doch sie erzählte ihnen nichts. Obwohl sie in manchen Momenten das Gefühl hatte, beinahe zu platzen. Aber sie wollte nicht durch ihr eigenes Glück Annas und Sybilles Pein verstärken. So hütete sie ihr Geheimnis, wie man ein Katzenjunges schützend unter einer Jacke versteckt.

Sie trafen sich immer wieder. Jedesmal brachte Xelia eine Salbe, einen Tee oder auch nur ein Büschel frische Kräuter mit, die der armen Sarah Blaustein Linderung verschaffen sollten. Es war nicht leicht, ständig Ausreden für ihre Fluchten aus dem Haus zu finden. Xelia gelang es dennoch. Über den Einfallsreichtum, den sie dabei entwickelte, staunte sie selbst am meisten. Soviel Schläue, aber auch soviel Hinterhältigkeit hätte sie sich selbst gar nicht zugetraut. Doch ein schlechtes Gewissen hatte sie dabei trotzdem nicht.
Einmal, der Gerber war gerade nach Ulm aufgebrochen, um die Arbeit der letzten Monate in klingende Münze umzusetzen, hätte Xelia die gute Gelegenheit, aus dem Haus zu kommen, fast ungenutzt verstreichen lassen. Erst im letzten Augenblick hatte sie es sich anders überlegt und war die ganze Strecke von der Gerberei bis zum Waldrand gerannt, um Samuel noch anzutreffen. Doch als sie seinen Blick sah, bereute sie ihren Entschluß sofort wieder.
»Um Himmels willen! Was ist denn mit dir passiert?« Er strich über ihre blaugefärbte linke Wange, über ihr zugeschwollenes Auge, und seine Lippen zitterten dabei. Seine Bestürzung war so tief und so echt, daß Xelia den Drang verspürte, ihre Verletzung herunterzuspielen.
»Es ist nicht so schlimm, wie's aussieht.«
Mit der Zunge fuhr sie an dem locker gewordenen Zahn entlang, den Feltlins Faust am Abend zuvor ebenfalls erwischt hatte. Dann verzettelte sie sich in fadenscheinigen Erklärungen über irgendwelche Mißgeschicke ihrerseits, die Feltlin zu Recht mit einer Ohrfeige bestraft hätte, woraufhin sie gegen den Tisch gefallen wäre ...
»Xelia! Was soll das?« Samuels große Augen starrten sie an. Er nahm ihren Kopf zwischen seine Hände, als handle es sich um ein rohes Ei. »Warum nimmst du den Gerber in Schutz?« Unwillkürlich hatte er ihre Redeweise übernommen und nannte Feltlin ebenfalls nur »den Gerber«. »Und selbst wenn du

den größten Fehler der Welt begangen hättest, wäre das kein Grund, dich grün und blau zu schlagen.« Er war so wütend und so hilflos, daß es Xelias Herz rührte. Ohne weiter auf seine Worte einzugehen, lenkte sie ihr Gespräch in unverfänglichere Bahnen. Doch als sie sich nach einer guten Weile wieder verabschiedeten, mußte sie feststellen, daß sein nachdenklicher Blick sie nicht mehr so unbeschwert anstrahlte wie zuvor.

»Warum holt dein Vater eigentlich keinen richtigen Arzt für deine Mutter?« wollte sie beim nächsten Mal wissen und war von der Heftigkeit in Samuels Antwort überrascht.
»Für ihn ist meine Mutter schon so gut wie tot! Zweimal im Jahr kommt ein Arzt aus Ulm zu ihr, untersucht sie und läßt ein paar Pillen da, die Mutter jedoch weder von den Schmerzen noch vom Wundsein befreien. Aber ihn kümmert das nicht. Sie ist ihm schließlich zu nichts mehr nütze, also tut er so, als wär' sie nicht mehr da.« Seine Stimme erstickte fast an seinem Kummer. »Vater darf nie erfahren, daß ich zu dir komme, um Medizin für Mutter mischen zu lassen! Erstens ist für ihn jede Heilerin eine Hexe, die Hokuspokus betreibt, und zweitens hält er Mutter sowieso für wehleidig.« Samuels Mund wurde schmal. »Er hört ihr tägliches Weinen schließlich nicht.«
»Nach dem, was du erzählst, will er es nicht hören«, antwortete Xelia trocken. Was für ein Ekel! Aaron Blaustein konnte sich ja fast mit Feltlin die Hand reichen!
Samuel schien es gut zu tun, mit jemandem darüber reden zu können. Er fuhr fort: »Vater haßt kranke Menschen, und das weiß sie. Aber kaum ist er aus dem Haus, fängt das Gejammere an. Meine Ohren können gar nicht groß genug sein, so viel, wie sie sich anhören müssen!« Dies sollte ein Scherz sein, doch weder ihm noch Xelia gelang ein Lächeln.
Er ergriff ihre Hände. »Aber du! Erzähl von dir. Ich weiß doch gar nichts, außer, daß du die Tochter des Gerbers bist.« Seine

Augen hatten wieder beinahe ehrfürchtig gestrahlt, wie so oft, wenn er Xelia anschaute.
»Über mich gibt es nichts zu erzählen.« Xelia hatte ihre Hände zurückgezogen und hinter ihrem Rücken versteckt. Nachdem sie am Tag zuvor frische Gerbsäure angesetzt hatten, waren ihre Hände gelb verfärbt und runzelig – nicht gerade eine Augenweide. Nie würde sie auch nur einen Ton über ihr Zuhause verlieren. Niemals! Das hatte sie sich schon bei ihrem ersten Treffen geschworen. Lieber wollte sie die rätselhafte Heilerin bleiben, die Samuel wohl in ihr sehen mußte.

Nie gab es bei ihren Zusammenkünften – Woche für Woche, das ganze Frühjahr über – viel, das sie miteinander zu bereden hatten. Meistens erzählte Samuel von seinen Begegnungen mit Leuten aus dem Dorf, die für seinen Vater Flachs anbauten oder Leinen webten. Die meisten Familien kannte Xelia nur vom Sehen oder von gemeinsamen Fronarbeiten beim Markgrafen. Wenn Samuel sich wunderte, warum Xelia sowenig mit den anderen aus dem Dorf zu tun hatte, so fragte er nicht nach. Und ihr fiel nichts ein, womit sie die besondere Situation ihrer Familie hätte erklären können. So wie ihr überhaupt wenig zu erzählen einfiel. Was hätte sie auch sagen sollen? Manchmal kam sie sich dumm vor, viel zu schweigsam. Dann plapperte sie irgend etwas daher, um sich im nächsten Moment heimlich eine blöde Gans zu schimpfen.
Trotzdem zog es sie immer wieder zueinander hin, und Xelia begann zu träumen. Von einem Leben, in dem sie täglich mit Samuel zusammensein konnte, mit ihm lachen und über die Leute im Dorf reden konnte. Von einem Leben ohne den Gerber und seine stinkenden Bottiche. Von Nächten, in denen sie schlafen konnte, statt starr vor Angst und mit angehaltenem Atem auf das Unentrinnbare zu warten. Und schließlich überlegte sie krampfhaft, was sie tun konnte, um diesen Traum wahr zu machen.

Und dann, als Samuel irgendwann einmal seinen Mund auf den ihren preßte, erschrak sie kurz, ließ es jedoch geschehen. Der Flaum über seinen Lippen kitzelte in ihrer Nase, doch in der Berührung lag nichts Grobes. Es war nicht so, daß sie irgendetwas Besonderes dabei empfunden hätte, doch Samuel schien Gefallen an der Küsserei zu finden. Von Woche zu Woche preßte er seine Lippen fester und länger auf Xelias Mund. Einmal, als er sie so fest im Arm hatte, daß sie sich kaum mehr bewegen konnte, spürte sie etwas Hartes zwischen ihren Lippen und erschrak. Doch im nächsten Moment war dieses Etwas wieder weg, und sie kniff ihre Lippen fester zusammen. Während sie darüber nachsann, ob seine Zunge wohl unabsichtlich zwischen ihre Lippen gekommen war oder nicht, fiel es ihr wie Schuppen von den Augen: Der Sohn des Tuchmachers war ein feiner Herr, aber unerfahren, was das andere Geschlecht anging. Er war gierig darauf, Lippen zu küssen, Brüste anzufassen, einen Frauenleib zu erforschen. Solange er das durfte, würde er sich mit ihr treffen. Gleichzeitig würde er nie mehr von ihr verlangen, als sie zu geben bereit war. Nie würde er ihr Gewalt antun, das spürte sie mit untrüglichem Instinkt, sonst hätte sie seine Vertraulichkeiten nicht so einfach hinnehmen können.

Es dauerte noch einige Wochen, bis er unbeholfen versuchte, ihr das Leibchen über den Kopf zu streifen, und sie ihm dabei half, die Schnüre aufzubinden. Ohne viel Aufsehen streckte sie ihm ihre Brüste entgegen, deren Warzen in der Kühle des Frühlingsabends so fest waren wie zwei noch nicht erblühte Löwenzahnknospen. Über seine nahezu andächtige Miene mußte sie beinahe lachen. Was war so Besonderes an ihrer Nacktheit? Ihr kam sie alt und abgenützt vor. Und gewöhnlich. Reglos ließ sie es zu, daß er sie streichelte. Sie empfand nichts dabei, aber sie hatte auch keine Angst davor, daß er ihr Schmerzen bereiten oder Gewalt antun würde. Sie hatte keine Angst vor Samuel. Alles war gut, wenn sie mit Samuel zusammen war. Daran wollte sie fest glauben.

– 8 –

»Das darf doch nicht wahr sein!« entfuhr es Philip. Vor ihm türmten sich Berge mit Unrat auf, um die Abertausende von kleinen Fliegen schwirrten. Das ganze Flußufer entlang lagerten die stinkenden Hügel, teilweise war das leise plätschernde Gewässer gar nicht mehr zu sehen. Auch im Flußbett selbst türmten sich Berge, die er bei näherem Hinsehen als menschliche Fäkalien ausmachte. Pfui Teufel! Er spürte, wie sich ihm der Magen umdrehte.

Seit dem frühen Morgen, als er mit seinen Messungen begonnen hatte, war er von einem unangenehmen, süßlichen Gestank begleitet worden. Zuerst hatte er ihn nur im Unterbewußtsein wahrgenommen – wie immer, wenn er mit seiner Arbeit beschäftigt war, trat alles andere um ihn herum in den Hintergrund. Doch im Laufe des Vormittags hatte er sich durch den Geruch richtig gestört gefühlt. »Jetzt weiß ich auch, warum du hier kein Gras fressen wolltest!« Zum wiederholten Male ertappte er sich dabei, mit dem Pferd, das er irgendwann auf den Namen Alois getauft hatte, zu sprechen. Es blähte seine Nüstern, als wolle es ihm zustimmen. Dutzende von kleinen Mücken flogen um seinen Kopf und setzten sich in seine Augen, die schon ganz gerötet waren. Mit der Hand jagte Philip die Viecher davon. »Wie kommt der ganze Dreck bloß hierher?« fragte er sich und seufzte. »Es gibt doch kein Haus weit und breit!«

Du meine Güte! Schon wieder ein Selbstgespräch. »Heißt es nicht, wenn du ein intelligentes Gespräch führen willst, dann rede mit dir selbst?« Philip lachte vor sich hin. »Außerdem, was macht es schon für einen Unterschied, ob ich mit mir oder mit dem Gaul rede!« Er begann, durch den Mund ein- und auszuat-

men, um so den ekelerregenden Geruch aus der Nase zu bekommen.
Dann warf er einen Blick auf seine Unterlagen. Er hatte gut gearbeitet. Bald war es an der Zeit, die ersten Karten ins reine zu zeichnen. Kein Fleckchen war mehr weiß, alles war mit Linien, Wellen und Symbolen überzogen. Flächenmaße standen neben Distanzangaben, der ganze Blattrand war mit Notizen und vor allem mit Fragen übersät, die für seine spätere Überarbeitung wichtig waren: Hatte der kleine Fichtenwald einen besonderen Namen? Wie wurde der Hügel mit dem Wallfahrtskreuz genannt? Hatte der Fluß im Winter Hochwasser? Und vor allem: Wie kamen diese Berge von Kot an den Fluß? Lauter Fragen, die er am Abend seinem Wirt im nächsten Ort stellen wollte. Er dachte kurz nach: Eigentlich war es noch früh am Tage. Wenn er sich beeilte, konnte er auf der anderen Seite des Dorfes schon damit beginnen, ein weiteres Stück Land zu vermessen. Dort begannen große Waldgebiete, die zudem sehr hügelig waren. Die Höhenunterschiede würden seine Berechnungen kompliziert machen, und wahrscheinlich würde er nur sehr langsam vorwärts kommen. Doch er konnte es kaum erwarten, mit diesem Gebiet zu beginnen.
»Nein, lassen wir's für heute gut sein.« Er rollte seine Unterlagen zusammen, steckte sie ein und machte sich in Richtung des Dorfes auf. Nur weg von dem Gestank.
Es war das erste Mal, daß er schon mittags mit der Arbeit aufhörte, und er fühlte sich seltsam dabei. Nach wenigen Schritten wurde er wieder wankelmütig. Was sollte er einen halben Tag lang in diesem kleinen Dorf? Wenn es sich wenigstens um eine ordentliche Stadt wie Urach oder Blaubeuren handeln würde! Aber Urach lag schon hinter und Blaubeuren noch ein ganzes Stück vor ihm. Bis dahin würde er durch keine größere Ortschaft kommen. Seinen Unterlagen nach mußte er sich vielleicht sogar auf ein paar Nächte im Freien einstellen, was er jedoch nicht hoffte. »Und wenn's so wär', dann werd' ich's auch überleben!« Seine erste

Übernachtung in Reutlingen kam ihm in den Sinn, und er mußte lachen. Wie entsetzt war er damals gewesen, weil er keine eigene Kammer bekommen hatte. Hah! Die Nacht auf dem blanken Wirtshausboden gehörte inzwischen zu seinen angenehmeren Erinnerungen. Wo er in den letzten Wochen schon überall sein Haupt zum Schlafen niedergelegt hatte – er mochte gar nicht daran denken! In vielen Häusern lebten die Leute nicht besser als das Vieh, das mit ihnen hauste. Und ihre Besucher konnten nichts anderes erwarten. Selbst Alois schien wiederwillig angesichts des kniehohen Mistes und des vergammelten Heus, das ihm in manchen Häusern als Futter vorgesetzt wurde. Philips Hoffnung, daß sich in jedem Ort mindestens ein angesehener Haushalt finden lassen würde, hatte sich leider nicht erfüllt.
In Anstetten, dessen Dächer mittlerweile zu sehen waren, sollte es wenigstens eine Badestube geben, zumindest war ihm das von dem Schultes, in dessen Haus er die Nacht zuvor verbracht hatte, gesagt worden. Dabei hatte dieser mit den Augen geblinzelt und ihn vertraulich mit der Schulter angestoßen, als ob die Baderei etwas Anstößiges war. So ein Blödsinn! Aber was konnte man von einem Dörfler schon erwarten?
Philips Schritt wurde schneller, und Alois verfiel neben ihm in einen unsteten Zockeltrab. Zuerst würde er sich ein Quartier für die Nacht suchen und dann wollte er baden gehen. Wie es manche Reisende wochenlang ohne ein reinigendes Bad aushielten, war ihm unklar. Er konnte es jedenfalls kaum erwarten, in einen Zuber voll heißem Wasser zu steigen und sich von Kopf bis zu den Zehenspitzen kräftig abzubürsten.

Kaum hatte er die ersten Häuser passiert, hörte er ein lautes Brummen, das vom Dorfplatz herzukommen schien. Er folgte dem Lärm durch die ausgestorbenen Straßen. Das ganze Dorf schien sich auf dem Platz versammelt zu haben. Doch gefeiert wurde nicht, auch wurde kein Schiedsgericht abgehalten. Statt dessen redeten alle aufeinander ein, in lauten, streitbaren Tönen.

Einige Weiber weinten. Am Rand des Platzes waren Tische aufgebaut worden, auf denen Flaschen wie Soldaten aufgereiht standen und sich Säckchen mit Pulver türmten. Die Männer hinter den Tischen schienen einen schwunghaften Handel damit zu treiben, doch Philip konnte nicht ausmachen, was sich in den Behältnissen befand.

Du meine Güte, wo war er da nur hingeraten? Mit Alois am Zügel, versuchte Philip, sich einen Weg am Rande der Menge entlang zu bahnen. Von überall her trafen ihn feindselige Blicke. Er war es inzwischen gewohnt, in jedem Dorf, in das er kam, mißtrauisch beäugt zu werden, doch eine regelrechte Welle von Ablehnung wie diese hier hatte ihn noch nirgendwo erwartet. Wen von diesen aufgebrachten Bauern sollte er wegen eines Quartiers ansprechen? Und wen nach der Badestube fragen? Am liebsten wäre Philip auf der Stelle wieder umgekehrt, doch just in dem Moment, als er genau dies zu tun beschloß, wurde er angesprochen.

»Was wollen Sie hier? Wer sind Sie?« fragte ein großer, gutaussehender Bursche, der im gleichen Alter wie Philip zu sein schien. Seine Stimme war nicht unfreundlich, nur etwas herausfordernd.

Philip atmete einmal tief durch. »Mein Name ist Philip Vogel. Ich bin herzöglicher Kartograph und suche ein Quartier für die Nacht.« Nach dem Badehaus wagte er vorerst nicht zu fragen.

»Na, da kommen Sie gerade richtig! Sie hatten sozusagen den richtigen Riecher.« Der Mann lachte über seinen eigenen Scherz. Was ein Kartograph machte, schien ihn nicht zu interessieren. Er war jedenfalls der erste, der diese Frage nicht stellte. »Sie sehen doch, daß hier der Teufel los ist.«

Philip schaute sich um. »Und was ist los, wenn man fragen darf?«

»Unser Wasser ist vergiftet! Seit genau zwei Wochen. Drei sind schon gestorben, alte Leut' waren's. Aber jetzt haben natürlich alle Angst, wann der nächste dran ist – und wer's ist.«

Vergiftetes Wasser! Das paßte ja wunderbar! Erklärte das die bösen Blicke? Die Leute glaubten doch nicht etwa, er hätte etwas damit zu tun. »Ja, aber die Leute werden das Wasser doch nicht mehr trinken, wenn es vergiftet ist«, begann er lahm. »Und außerdem: Wer oder was hat es denn vergiftet?«

Der Mann fühlte sich jetzt sehr wichtig, das war ihm anzusehen. »Natürlich trinken wir das Wasser nicht mehr. Aber das ist ja das Problem! Unsere Weiber laufen sich schon die Füße wund wegen Trinkwasser. Aber auch das Wasser, das wir von weit her aus dem Fluß holen, ist nicht gut. Dabei haben wir letzte Woche den Fluß sogar gestaut, ein großes Stück vom Flußbett abgetragen, so daß jedes Gift eigentlich weg sein müßte.« Der Mann zuckte hilflos mit den Schultern.

Diese Stelle mußte Philip auf seinem Weg ins Dorf wohl übersehen haben. Dafür kamen ihm die Berge mit Fäkalien in den Sinn. Ob die wohl etwas mit dem schlechten Wasser zu tun hatten? Diese Frage konnte und wollte er jetzt allerdings nicht lösen. Er brauchte zunächst einmal ein Dach überm Kopf. »Wo kann ich den Pfarrer finden? Oder den Schultes? Oder gibt es hier einen Lehnherren?« fragte er sein Gegenüber über die lärmende Menge hinweg. Ein Gasthaus würde es in diesem Seelendorf garantiert nicht geben.

Wieder grinste der Mann. »Unser Schultes hatte einen besseren Riecher, der hat sich zum Verwandtenbesuch nach Ulm abgesetzt. Einen Lehnherren haben wir wohl, aber der ist mit seiner feinen Baggage zum Jagen in der Pfalz. Und unser Pfaff ..., der hat zu tun.« Erwartungsvoll schaute er den Fremden an.

Philip tat ihm den Gefallen, nachzufragen. »Und was hat der Pfarrer zu tun, außer die Toten anständig zu beerdigen?«

»Der muß Gulden scheffeln.«

Das wurde ja immer besser. Vergiftetes Wasser, ein geldgieriger Pfarrer und so, wie es aussah, kein Quartier für die Nacht. Warum ...

»Sie können bei mir übernachten, zehn Heller nehm' ich dafür, und der Gaul kostet noch mal fünf. Dafür gibt's ein Abendmahl. Mein Weib kocht ganz manierlich.«

Daß die Frau des Böttchers – als solcher erwies sich nämlich sein Gastgeber – mit dem Kochlöffel umzugehen verstand, mußte Philip später zugeben. Zu dritt saßen sie in der erstaunlich sauberen Stube am Tisch. In der Mitte stand ein großer Suppentopf. Ein Brotlaib und ein geräucherter Schinken lagen daneben, von beidem schnitt die Frau großzügige Scheiben ab. Dazu hatte sie einen Krug Wein auf den Tisch gestellt, wie Philip erleichtert zur Kenntnis nahm. Wasser hätte er sicherlich keines getrunken. Langsam spürte er, wie sich sein Nacken etwas entspannte. Er fühlte sich nicht unwohl bei den Böttchersleuten, obwohl er sich den Altersunterschied zwischen den beiden nicht erklären konnte. Die Frau mußte mindestens doppelt so alt sein wie ihr Mann. Aber inzwischen begann er sich damit abzufinden, daß in Anstetten vieles seltsam war.

Natürlich drehte sich das ganze Gespräch um das schlechte Wasser, wobei der Böttcher das Wort führte, seine Frau fast gar nichts sagte und Philip nur hin und wieder einen Satz einwarf. Er war müde und noch immer verärgert wegen der vermeintlichen Badestube.

Nachdem der Böttcher ihm den Weg zu seinem Haus erklärt hatte, hatte Philip ihn gleich nach der Badestube gefragt. Die Miene des Mannes hätte ihn eigentlich stutzig machen sollen, ging es Philip jetzt durch den Kopf. Richtig geglotzt hatte er und dann ebenso vertraulich getan wie der Wirt aus dem letzten Dorf. »In die Badestube wollen Sie? Das lassen Sie besser nicht mein Weib hören!« Dann hatte er Philip den Weg gezeigt und sich noch erboten, Alois gleich mit zur Böttcherei zu nehmen. Das Bild eines dampfenden Badezubers vor Augen, war Philip mit seinem Gepäck durch die immer noch leeren Gassen marschiert, bis er an einem der größeren Häuser am Dorfrand angekommen war. Schon während er an die

Tür geklopft hatte, war ihm ein seltsames Stöhnen zu Ohren gekommen. Wurde da drinnen jemand verbrüht? Argloser Trottel! Nicht einmal, als die in ein ärmelloses Gewand gekleidete, barfüßige Frau vor ihm gestanden hatte, war er aufgewacht.

Erst als er sich drinnen umgesehen hatte, war ihm klargeworden, wo er sich eigentlich befand: in einem Hurenhaus! Dessen einziger Raum war durch verschmutzte Vorhänge in winzige Kammern abgeteilt worden – und was in denen vorging, wollte sich Philip nicht vorstellen! Verwirrt und noch immer ungläubig, hatte er etwas von einem Badezuber gestammelt, war dann aber, ohne die spöttische Antwort der Frau abzuwarten, geflüchtet. Statt sich zu waschen, hatte er schließlich den Nachmittag damit zugebracht, sein Tagebuch auf den neuesten Stand zu bringen.

»Und vor zwei Jahren war es schon einmal das gleiche mit dem Wasser aus dem Fluß! Ich weiß es noch ganz genau!« Zur Bekräftigung schlug der Böttcher mit der flachen Hand auf den Tisch.

Philip schreckte auf. »Auf meinem Weg hierher habe ich eine ungewöhnliche Beobachtung gemacht.« Und dann erzählte er von den Fäkalienhaufen.

Der Böttcher winkte ab. »Das ist der Inhalt unserer Fäkaliengrube. Die wird einmal jährlich geleert, und zwar immer dann, wenn der Fluß im Frühjahr Hochwasser hat. Dann hat das Wasser soviel Kraft, daß es alles wegschwemmt.«

»Das kann ja wohl nicht stimmen, sonst würden doch keine ganzen Berge mit Unrat daliegen« entgegnete Philip.

»Es braucht halt alles seine Zeit.« Der Böttcher zuckte mit den Schultern. »Die Grube ist ja auch nicht von heut' auf morgen voll – wie kann sie dann von heut' auf morgen wieder leer sein?« Er fand seinen Vergleich so lustig, daß er laut auflachte.

Darauf hätte Philip einiges erwidern können, doch er schwieg. Sein Gastgeber fuhr fort: »Ja, wir Anstettener sorgen schon dafür, daß unser Fluß sauber bleibt. Oder haben Sie irgendwo Tierkadaver liegen sehen? Oder Abfall?«

Philip verneinte. Doch was er im Fluß gesehen hatte, hatte ihm gereicht. Ein paar tote Hunde oder Hühner hätten auch keinen großen Unterschied mehr ausgemacht. Aber er sparte sich auch diese Antwort. Morgen früh würde er schon wieder unterwegs sein und Anstetten nur noch ein kleiner Fleck auf seiner immer dichter bemalten Landkarte. Würde er sich in jedem Weiler die Sorgen und Nöte der Leute anhören und sich womöglich noch einmischen, hätte er viel zu tun! Aber interessant war die Sache schon, das mußte er zugeben. Wenn er ehrlich zu sich war, konnte er es kaum erwarten, seinem alten Lehrer Adalbert Hyronimus davon zu erzählen und dessen Ansicht zu erfahren. Wenn er nur schon in Blaubeuren wäre! Er seufzte und widmete sich wieder seinem Gegenüber.

Als der Böttcher von sich aus das Thema wechselte, war Philip ganz froh darüber. Und was er dabei erfuhr, war mindestens so spannend wie die Wassergeschichte: Martin Rau war der ehemalige Geselle des verstorbenen Böttchers und hatte nach dessen Tod die Witwe geheiratet. Daher der Altersunterschied! Sein Weib hatte sich längst zum Schlafen zurückgezogen, als der Böttcher dies brotkauend verkündete. »Aber *warum* haben Sie die Witwe geheiratet?« Bei dem steinalten Weib war eine solche Frage doch erlaubt, oder?

Der Mann beugte sich nach vorne. »Wie meinen Sie das?« kam es stirnrunzelnd.

Philip rutschte auf der Bank hin und her. War seine Frage doch unhöflich gewesen?

Sein Gegenüber lachte plötzlich auf und lehnte sich selbstzufrieden zurück. »Tja, daß unsereins soviel Glück hat – und auch noch Köpfchen dazu –, das sind Sie wohl nicht gewohnt, was?« Er lachte erneut. »Handwerksgesellen dürfen nicht heiraten, grad so, wie es für Knechte auch verboten ist. Wenn wir ein Weib haben wollen, dann schließen wir eine Maienehe. Das heißt, ab

ins Freie!« Es war ihm anzusehen, was er von diesen Verboten hielt. »Tja, und dann ist der Böttcher gestorben, und mein Glück hat sich gewandelt.«
Jetzt wurde Philip das Gespräch doch viel zu vertraulich. »Und dann?« hörte er sich dennoch fragen.
»War ein guter Meister, nicht so wie die anderen. Kein einziges Mal ist dem die Hand ausgerutscht. Aber da wär' er bei mir auch an der falschen Stelle gewesen.«
Das glaubte Philip dem Mann aufs Wort.
»Und da war ich plötzlich frei. Ohne Meister kein Geselle, so einfach ist das! Das Weib war Witwe und allein, was hätt' sie ohne mich machen sollen? Da hab' ich sie geheiratet und bin damit selbst Meister geworden.« Der Stolz in seiner Stimme ließ Philip aufschauen. Der Böttcher sah eigentlich ganz und gar nicht unzufrieden aus, sondern eher so, als sei er glücklich über sein Schicksal. Und dazu hatte er auch allen Grund, wenn Philip es recht bedachte.
»Es wird Zeit, daß ich mich schlafen lege!« Er gähnte übertrieben laut. Auf was für Gespräche ließ er sich nur ein!
Obwohl er todmüde war, ging ihm später noch soviel durch den Kopf, daß er lange nicht einschlafen konnte. Wenn es doch nur schon Morgen wäre! Philip konnte es kaum mehr abwarten, zu seiner Kartenarbeit zurückzukehren. Beim ersten Lichtstrahl würde er den Böttcher für die Unterkunft bezahlen, Alois zäumen und aufbrechen. Blaubeuren, so der Böttcher, lag ungefähr sechs Tagesmärsche von Anstetten entfernt. Laut der Karte aus dem Jahre 1558, die Philip als Vorlage diente, hätten es dreimal soviel Meilen sein müssen. Auch gut! Dann würde er um so eher Adalbert Hyronimus besuchen und herausfinden können, was aus seinem alten Lehrer geworden war. Adalbert hätte das vergiftete Wasser der Anstettener zu seiner höchstpersönlichen Angelegenheit erklärt, schoß es Philip durch den Kopf. Mit Gott und der Welt und dem Anstettener Pfarrer noch dazu hätte er sich angelegt und nicht eher geruht, bis die Ursache ein für

alle Mal gefunden worden wäre. Philip verzog den Mund. So sehr er Hyronimus als Kapazität schätzte, so sehr war ihm dessen umtriebige, geradezu aufrührerische Seite ein Greuel! Er erinnerte sich daran, wie er sich früher bei Hyronimus' hitzigen Ausbrüchen oft dazu verpflichtet gefühlt hatte, Stellung zu beziehen – zu Dingen, die ihn weiß Gott nicht interessierten! Oder die ihm nur Ärger eingebracht hätten, hätte er sich weiter mit ihnen beschäftigt. Aber vielleicht hatte das Alter und der aufopfernde Beruf den Arzt ein wenig leiser und weniger streitsüchtig gemacht. Man konnte es nur hoffen, dachte Philip und kroch unter seine Decke.

– 9 –

Wieder einmal waren Xelia und Anna im Wald, um Eichenrinde zu holen. Jetzt im Sommer war diese Arbeit noch mühsamer als in den kalten Monaten. Die Rinde war trokken und ließ sich schlecht vom Stamm lösen. Fast schien es, als wehrten die Bäume sich mit ihrer ganzen Kraft dagegen, entblößt zu werden. Der Schweiß lief den beiden jungen Frauen in Bächen herab, während sie stumm, jede in ihre eigenen Gedanken versunken, vor sich hin schabten. Immer wieder störte ihr Messer eine der Kolonnen rotbrauner Ameisen, die auf vorbestimmten Wegen den Stamm auf- und abwanderten und die sich in ihren Händen festbissen. Dort verspritzten sie ihr Gift, so daß es höllisch brannte. Ein ums andere Mal hielt Anna inne, um das Brennen mit ihrer Spucke zu betäuben.

Xelia spürte nichts. Weder die körperliche Anstrengung ihrer Arbeit noch die Hitze oder die roten Plagegeister. Letzte Woche war es soweit gewesen. Da hatte Samuel die erlösenden Worte gesagt: »Ich hole dich raus aus dem ganzen Elend.« Er müsse nur noch einen guten Moment abpassen, um mit seinem Vater zu reden, hatte er gemeint, und seine Stimme hatte nur ein kleines bißchen gewackelt. Xelia hatte seine Hand genommen und auf ihre Brust gelegt.

Sie seufzte und fing einen Blick von Anna ein. Wenn's nur schon wahr wäre! Nicht, daß Samuel in allen Einzelheiten wußte, was im Hause des Gerbers geschah, Gott behüte! Welcher Mann würde ein Weib wollen, das vom eigenen Vater besudelt wurde? Nicht mehr anlangen würde er sie, geschweige denn eine Freude an ihr haben! Feltlins andere Grobheiten hatte er jedoch mitbekommen. Nicht immer trafen seine Schläge nur dorthin, wo die Mädchen die Folgen geschickt durch einen Schal oder eine Jacke verbergen konnten. Hatte Samuel beim Anblick von Xelias blaugeprügeltem und zugeschwollenem Auge noch hilflos dagestanden und in seiner Verwirrung sogar ihren Trost heraufbeschworen, so war er bei jeder weiteren Mißhandlung immer wütender geworden. Er, der keiner Fliege etwas zuleid tat, verstand einfach nicht, wie ein Mann einem Weib solche Gewalt antun konnte. Xelia schwieg dazu. Hätte sie den Gerber etwa weiterhin in Schutz nehmen sollen? Sie spürte jedoch, daß ihre Verletzungen in Samuel etwas ausgelöst hatten: Als Sohn des einflußreichsten Mannes der ganzen Gegend hatte er sich noch nie um irgend etwas kümmern müssen. Jede Entscheidung wurde ihm abgenommen, sei es vom Vater oder den dienstbaren Geistern des Hauses. Plötzlich war dies anders: Xelia traf sich nur mit ihm, mit niemand anderem. Nur er wußte von ihren Qualen. Xelia war einzig und allein seine Angelegenheit. Er war für sie verantwortlich. Dabei hatte sie sich nie beklagt. Mit keinem einzigen Laut den Wunsch geäußert, der Gerberei entfliehen zu können. Das war aber auch nicht nötig gewesen. Der Gedanke an Xelias geschundenen Körper – und die Freude, die dieser Körper ihm trotz seiner erlittenen Qualen bereitete – ließ ihn bald nicht mehr los. Im Sommer schließlich stand für ihn fest: Er würde Xelia retten. Zuerst hatte er nur vage Andeutungen über die Zukunft gemacht, gerade so, als traue er sich selbst und seinen eigenen Plänen nicht. Dann aber war er immer konkreter geworden, hatte gemeint, etwas müsse sich ändern, so könne Xelia nicht weiterleben, er würde ihr helfen.

Und Xelia hatte begonnen zu hoffen. Nun sah es so aus, als würde sich ihre Hoffnung bald erfüllen.

Sie schaute zu Anna hinüber, die mit verkniffenem Mund Rindenstücke vom unteren Teil des Stammes schälte. In der gebückten Haltung stachen ihre Schulterknochen hervor, als seien sie ganz fleischlos, und der Rücken dazwischen wölbte sich unnatürlich. Bald würde Anna einen Buckel haben, dabei war sie fast zwei Jahre jünger als Xelia! Sie hätte vor Wut

schreien können. Der Gerber betrug sie alle um ihre Jugend, um ihr Leben.
Während andere Dörflerinnen sich auf die Sonnwendfeier und den Tanz freuten, standen die Gerberstöchter Tag für Tag über die Laugefässer gebeugt, um die eingeweichten Tierhäute zu wenden. Während die Dorfmädchen den Burschen auf den Feldern schöne Augen machten, kratzten sie Fleischreste von den aufgespannten Fellen. Während in den Spinnstuben gelacht und gesungen wurde, trieb der stechende Geruch der Gerberbottiche ihnen die Tränen in die Augen. Besucher hatten sie auch nie, die fertigen Lederstücke brachte Xaver Feltlin stets eigenhändig zum Verkauf nach Ulm. Kein Bursche weit und breit hatte auch nur einen Blick für die Mädchen aus der Gerberei übrig. Wer wollte schon etwas mit einer Gerberstochter zu tun haben? Samuel, flüsterte eine fast ungläubige Stimme in ihrem Inneren, die sie erschauern ließ. Mit jeder anderen hätte Samuel es einfacher gehabt, jeder Vater im Dorf wäre stolz gewesen, wenn der Sohn des reichen Juden ein Auge auf seine Tochter geworfen hätte. Aber nein, er wollte sie, Xelia, die Tochter von Xaver Feltlin. Und Samuel war es gleich, ob Xelia aus einer Gerberei oder einem Schloß kam!

Erst vor ein paar Tagen hatte Xelia ihre beiden Schwestern in ihre Heimlichkeiten eingeweiht. Just zu diesem Zeitpunkt war der Gerber unterwegs nach Ulm gewesen, so daß sie den ganzen Tag ungestört waren. Immer wieder hatte sie jede noch so kleine Einzelheit über Samuel und ihre heimlichen Zusammenkünfte erzählen müssen. Wie sie ihn kennengelernt hatte. Wie er aussah. Was er erzählte. Sybilles Augen schienen vor Staunen fast überzulaufen, und Anna war immer sprachloser geworden, so wenig hatten die beiden zuerst glauben können, was Xelia ihnen da erzählte. Xelia und der Sohn des Tuchmachers! Also gab es doch Feen auf der Schwäbischen Alb. Ausgehungert nach schönen Gefühlen, gerieten die beiden ins Schwärmen. Von Samuels

feinen Gesichtszügen, seiner stattlichen Figur, seinen edlen Kleidern, von allem eben, was sie bisher nur aus der Ferne hatten bewundern können. Stumm hörte Xelia ihren Schwestern zu und machte dabei eine wichtige Entdeckung, die sie mehr als ein wenig erschreckte: Es war gar nicht Samuel selbst, der ihr Herz schneller schlagen ließ. Sie mochte ihn sehr, das schon. Aber er war vor allem die Möglichkeit, Feltlin zu entkommen. Vermutlich die einzige, die sie je bekam.
Erregt rammte sie jetzt das Schabemesser in den Baumstamm und drehte sich zu Anna um. »Wartet's nur ab, wenn ich erst mit Samuel verheiratet bin, dann hole ich euch zu mir! Dann kann er schauen, wo er bleibt!«
Anna stimmte zu: »Dann muß der Alte sehen, wo er bleibt mit seinen stinkenden Bottichen!« Ihrem Tonfall war jedoch anzuhören, daß sie weder an Xelias Glück, geschweige denn an ein eigenes glaubte. Trotzdem hellte sich ihre Miene ein wenig auf. »Im ganzen Dorf und auch in der Umgebung wird er niemanden finden, der verzweifelt genug ist, um bei ihm arbeiten zu wollen.«
»Warum sollte er auch? Warum sich die Hände mit Gerbsäure verbrennen und aus jeder Pore stinken wie ein Ochs, wo es doch dank Aaron Blaustein immer genügend Arbeit auf den Flachsfeldern gibt?«
Anna kicherte. »Das dürfte er nicht hören! Du weißt doch, wie er immer tönt: ›Abhängig sind sie, alle abhängig vom Juden!‹ Erst gestern hat er das dem Webers Karl vor die Füße geschleudert, als der an unserem Haus vorbeikam. Und der Depp hat sich auch noch auf ein Gespräch mit ihm eingelassen!«
« Ob's das anderswo auch gibt? Daß ein ganzes Dorf mit dem Anbau von Flachs und der Herstellung von Leinen beschäftigt ist?« Plötzlich war diese Frage für Xelia sehr wichtig. Schließlich würde sie bald zu der geachtetsten Familie weit und breit gehören!
Anna zuckte mit den Schultern. »Das glaub' ich nicht. Sonst

würden doch nicht jedes Jahr zur Erntezeit soviel Auswärtige zum Arbeiten kommen, oder?« Ihr Blick schweifte sehnsüchtig in die Ferne. »So gut hätt' ich's auch gern! Die machen ihre Arbeit und werden dafür entlohnt. Seit Blaustein jedem Haus die gesamte Flachsernte abnimmt, gibt's keinen Hunger mehr. Und gut zu zahlen scheint er auch, egal, was die Leut' reden. Sonst könnten sie nicht so manierlich leben, oder?«
»Im Gegensatz zu uns«, stimmte Xelia ihr wütend zu. »Wir arbeiten uns die Finger wund, ohne je einen Heller zu sehen. Und was bei uns auf den Tisch kommt, ist zum Leben zuwenig und zum Sterben zuviel.« Wie aufs Stichwort knurrte Annas Magen laut und deutlich, und sie mußten beide lachen.
Eine Zeitlang arbeiteten sie stumm weiter. Dann hub Xelia erneut an: »Weißt du, was mich dabei besonders ärgert?« Ohne auf eine Antwort zu warten, fuhr sie fort: »Daß kein einziger Mensch im Dorf dem Tuchhändler dankbar ist! Wann immer Blausteins Wagen vollbeladen mit Stoffballen durch die Gassen fährt, hetzen sie über ihn. Wie er sie übers Ohr haut. Und daß er sie schlecht bezahlt. Aber nicht ein einziger tät' ihm so was ins Gesicht sagen, ganz im Gegenteil: Jeder bemüht sich, nur recht freundlich zu sein.«
»Ja, und am schlimmsten von allen hetzt unser Vater!«
Xelia wollte gar nicht an Feltlins Schmähreden denken. Seine Abneigung gegen Blaustein hätte ihn eigentlich mit den anderen Dorfbewohnern vereinen müssen, doch das war nicht der Fall. Mochten sie Blaustein schon nicht sonderlich leiden – mit Xaver Feltlin, dem Gerber, wollten sie erst recht nichts zu tun haben!
»Wenn Vater wüßte, wie es um Samuel und mich steht – das wäre mein Ende«, flüsterte Xelia, und ein Angstschauer lief ihr über den Rücken. Annas Augen waren ebenfalls vor Schreck geweitet. »Totschlagen tät' der dich, noch bevor du einen Schritt aus dem Haus gemacht hättest! Du mußt aufpassen, noch viel mehr als bisher! Feltlin darf erst etwas erfahren, wenn du weg

bist.« Was dann los sein würde, daran wollte Anna noch nicht einmal denken. Wahrscheinlich würde er seine ganze Wut an ihr und Sybille auslassen!

Xelias Gedanken wanderten weiter, von einem düsteren Pfad zum nächsten. Aaron Blaustein mit seinem ganzen Reichtum hätte sich für seinen einzigen Sohn garantiert eine bessere Partie gewünscht als eine Gerberstochter. Doch Samuel war sich sicher, daß sein Vater umzustimmen war, vor allem, wenn er Xelia erst einmal kennengelernt hatte. Wie es allerdings zu einem Treffen zwischen ihnen kommen sollte, war Xelia bislang unklar. Es gab für Aaron Blaustein nicht den geringsten Anlaß, mit dem Gerber und seiner Familie zusammenzukommen. Aber Samuel würde etwas einfallen, da war Xelia sich sicher. Ihm *mußte* einfach etwas einfallen.

– 10 –

Auf den Tag genau eine Woche nach seiner Abreise aus Anstetten kam Philip vor den Toren Blaubeurens an. Bevor er in die Stadt einritt, packte er sein Kartenmaterial und seine Meßgeräte in Alois' Satteltaschen und gönnte sich einen Moment des Nichtstuns. Während er auf einem umgefallenen Baumstamm saß, ritten oder fuhren unentwegt Reisende an ihm vorbei, auf dem Weg ins nahegelegene Kloster oder zum städtischen Markt. Kein Baum, kein dicker Moosboden dämpfte hier das Hufgeklapper und die lauten Zurufe von einem Wagen zum anderen, und es tönte laut und fast störend in Philips Ohren. Die letzten zwei Nächte hatte er im Blaubeurener Forst unter freiem Himmel verbracht und dabei außerordentlich gut geschlafen. Zu Beginn seiner Reise hätte er keine Stunde ohne ein Dach überm Kopf durchschlafen können. Inzwischen fühlte er sich draußen in der Natur nicht mehr unwohl, ganz im Gegenteil. Lieber schlief er in seine Decke gehüllt auf dem Waldboden als in einer verlausten, engen Hütte mitsamt ihren schnarchenden, stinkenden Bewohnern! Außerdem hatte er aus Gesprächen mit vorbeifahrenden Reisenden erfahren, daß keine Wegelagerer oder Räuber zu fürchten waren, die ihm nachts hätten auflauern können. Das war im Grunde verwunderlich, denn die Straße durch den Wald war – als Verbindung zwischen Urach und Blaubeuren – stark befahren, und so hätten Räuber angesichts der vollbeladenen Fuhrwerke eigentlich auf eine gute Beute hoffen können. Philip war jedenfalls erleichtert gewesen zu hören, daß der Wald sicher war. Jeder, der vorbeikam, hatte ein paar Worte mit ihm wechseln wollen – was er hier tat und wozu seine Geräte gut seien. Zuerst hatte Philip Mühe gehabt, die gurgelnden Dialekte der Älbler zu verstehen, doch bald hatte er sich an deren etwas grobschlächtige Sprechweise gewöhnt. Nachdem er die gutgemeinten Fragen so einfach und knapp wie möglich beantwortet hatte, war es an ihm gewesen, Fragen zu stellen: Hatte der Hügel mit den vertrockneten Disteln einen besonderen Namen? War die Brücke über den Fluß, der sich quer durch den Forst schlängelte, auch im Winter befahrbar? Gab es eine andere Strecke, um den nicht unerheblichen Brükkenzoll von einem Pfennig pro Pferd und Reiter zu umgehen? Kaufleute, Postillons und Boten – alle hatten seine Fragen bereitwillig beantwortet, und er hatte sich eifrig Notizen gemacht.

Sein Magen knurrte laut und lange und erinnerte ihn daran, daß er seit dem frühen Morgen keinen Bissen mehr zu sich genommen hatte. Philip stand auf und wischte den Staub von seinem Hosenboden ab. Heute wollte er nur noch eines: Nach einer warmen Mahlzeit bei einem Krug Wein – oder auch zweien – mit Adalbert Hyronimus die Nacht durchreden. Hoffentlich würde er ihn antreffen, und hoffentlich hatte sein alter Lehrherr Zeit für ihn! Philip war ganz versessen danach, ihm seine bisherigen Vermessungen zu unterbreiten.
Er war sich der Qualität seiner Arbeit ziemlich sicher und gehörte nicht zu den Gelehrten, die Schulterklopfen und Lobhudeleien benötigten wie das tägliche Brot. Dazu eignete sich die Kartographie auch weniger als beispielsweise das Verfassen von Gesetzen und Verordnungen. Kaum waren dabei zwei oder drei Bögen Papier vollgeschrieben, konnten diese vom Herzog verabschiedet werden und als Gesetz in Kraft treten – ein kurzer Vorgang also. Wurde ihm dagegen ein Auftrag erteilt, wußte jeder, daß es sich um eine langwierige Angelegenheit handelte, die Monate oder Jahre, ja, auch ein ganzes Menschleben in Anspruch nehmen konnte. Niemand erwartete von ihm schnelle Ergebnisse, es gab keine Kontrolle, sondern blindes Vertrauen in seinen Fleiß und seine Selbstdisziplin. Das einsame Vor-sich-

hin-Arbeiten war *ein* Grund, warum Philip die Kartographie zu seinem Lebensinhalt erkoren hatte. Es wäre ihm lästig gewesen, sich täglich dem Arbeitsrhythmus anderer anzupassen, mit deren Eifersüchteleien, Nörgeleien und Eigenheiten leben zu müssen. Doch Hyronimus' Meinung war ihm wichtig. Sein Lehrherr hatte es zwar selbst weder zu Ruhm noch zu Ehren gebracht, doch lag dies einzig und allein daran, daß Adalbert Hyronimus sich von der Kartographie abgewandt hatte und nun kranke Menschen behandelte. Doch bis zum heutigen Tag hatte Philip keinen anderen getroffen, der mit soviel Scharfsinn und Erfindungsgeist an die herkömmliche Vermessungslehre herangetreten war und sie durch neue, ausgefeiltere Methoden ergänzt hatte. Durch ein von ihm entworfenes Instrument waren Messungen horizontaler und vertikaler Winkel möglich geworden, was beim Errechnen von Distanzen äußerst hilfreich war. Dreiecksberechnungen unter Zuhilfenahme von Sinustafeln – von vielen Kartographen lange geschmäht und vermieden – hatten schon vor Jahren zu Hyronimus' Repertoire gehört, welches er seinen Schülern als Handwerkszeug mit auf den Weg gab. Hyronimus war zwar in mancher Hinsicht ein komischer Kauz, und sie waren sich bei weitem nicht immer einig gewesen in ihrer Sicht der Dinge, aber Philip hatte ihm viel zu verdanken. Das war ihm auf seiner Reise klar geworden und genau das wollte er ihm während seines Besuchs in Blaubeuren sagen.
Er lächelte. Hyronimus würde Augen machen, wenn er so einfach bei ihm hereinspazierte! Er hatte zwar seinen Besuch schon vor seiner Abreise in Tübingen angekündigt, doch keinen genauen Zeitpunkt genannt. Mit einem Ruck stand er nun auf, rüttelte an Alois' Zügeln und marschierte in Richtung Stadttor.

Nachdem der Wachposten seinen herzöglichen Passierschein Wort für Wort kontrolliert hatte, wurde das schwere Eichentor geöffnet und Philip eingelassen. Doch bevor er weiterging, fragte er nach Hyronimus' Adresse.

Der Mann trat einen Schritt zurück. »Der Arzt von den Sondersiechen?«
Philip zuckte mit den Schultern. »Adalbert Hyronimus meine ich.« Es konnte doch wohl nicht mehrere Männer gleichen Namens in der Stadt geben?
»Den suchen Sie hier umsonst! Der schafft doch draußen im Spital bei den Aussätzigen, vor den Toren der Stadt.« Der Mann trat einen Schritt zurück. Seine Augen wurden klein und kritisch. »Sie sind doch nicht etwa so einer?«
»Du liebe Güte! Wie kommen Sie denn darauf?« Philip war völlig verwirrt.
Jetzt war es an dem Wachmann, mit den Schultern zu zucken. »Man kann's nicht wissen. Seit es das Spital gibt, treibt sich allerlei Gesindel in der Gegend rum. Man muß vorsichtig sein!« fügte er rechtfertigend hinzu. »Wenn Sie nicht krank sind, was wollen sie dann dort, hä?«
Das fragte sich Philip auch! »Ich... habe nicht gewußt, daß Hyronimus bei den Aussätzigen arbeitet.« Ihn schüttelte es allein bei dem Wort. »Er... er ist mein alter Lehrherr. Ich wollte ihn eigentlich besuchen...« Er war sich plötzlich gar nicht mehr sicher, ob er das wollte. Philip drehte Alois wieder in Richtung Stadtausgang und ging steif wie eine Holzpuppe und ohne ein weiteres Wort davon.
»Zum Spital müssen Sie den ersten Weg links nehmen!« rief der Wachmann ihm hinterher.

Nach wenigen Minuten fand Philip sich auf dem Baumstamm wieder, auf dem er schon zuvor gerastet hatte. Er fühlte sich wie eine Eidechse, die durch die einbrechende Kälte des Herbstes in ihren Bewegungen wie gelähmt war, so sehr betäubte ihn die Neuigkeit über Hyronimus' Tätigkeitsfeld. Daß der Arzt mit den Brüdern des naheliegenden Benediktinerklosters zusammenarbeitete oder die Armen der Stadt pflegte, daß er sich auf ein besonderes medizinisches Gebiet wie das der Frauenheil-

kunde spezialisiert hatte, oder Zulauf von weit und breit erfuhr – mit allem hatte Philip gerechnet. Nur damit nicht: Adalbert Hyronimus als Arzt in einem Spital der Aussätzigen!
»Was mach' ich jetzt?« hörte er sich fragen. Alois schaute nicht auf, sondern zupfte weiter verdörrtes Gras. Nur um etwas zu tun, begann Philip, die Satteltaschen umzupacken. Seine Lust, den alten Meister wiederzusehen, war plötzlich zu einem Nichts zusammengeschrumpft, mußte er feststellen. An ihre Stelle war vielmehr etwas anderes getreten – eine peinliche Berührtheit, Ablehnung, das Gefühl, etwas von sich abschütteln zu müssen. Er wußte nicht viel von der unheilvollen Krankheit, und er wollte auch gar nichts darüber erfahren, wenn er ehrlich war. Der Gedanke, in eine Siedlung zu gehen, die nur von Aussätzigen bewohnt wurde, war ihm nicht nur unangenehm, sondern ängstigte ihn. Was, wenn er sich ansteckte?
Das konnte er nicht riskieren. Er würde nicht nur das Vertrauen, das der Herzog ihm geschenkt hatte, enttäuschen, sondern auch seine Arbeit, sein Lebenswerk gefährden und damit seinem Land einen nicht wiedergutzumachenden Schaden zufügen! Würde er mit seinem Kartenwerk nicht vorankommen, hätte Bayern auf dem Gebiet für alle Zeiten die Nase vorn, und Württemberg... Nein, er konnte es einfach nicht riskieren, von den Aussätzigen angesteckt zu werden. Er mußte auf einen Besuch bei Hyronimus verzichten, auch wenn es jammerschade war.
Er schaute sich um, als erwarte er von den Vögeln in den Baumwipfeln zustimmende Rufe. Doch nichts. Ihr Zwitschern blieb so arglos wie eh und je. Alois zupfte weiterhin mit grünverschmiertem Maul Grasbüschel. Fuhrwerke, beladen mit Waren aller Art fuhren nach wie vor an ihm vorbei in Richtung Stadttor. So normal der Tag um ihn herum verlief, so normal war auch seine Entscheidung, versuchte Philip, sich einzureden. Er hatte seine Wahl getroffen, nach nüchternen Überlegungen und zum Besten seines Herzogs und seines Landes. Als zähle er Alois' Schritte bei Vermessungen, sagte er sich im stillen Wort für

Wort bei jedem Hufschlag vor. Doch als er die Abzweigung nach links, die zu Hyronimus geführt hätte, ignorierte und in Richtung Benediktinerkloster weiterging, überkam ihn plötzlich ein heißer Schwall Scham, der ihn zu Boden gucken ließ, als sei er eines aufrechten Blickes nicht wert.

– 11 –

Xelia schaute sich unsicher um. Kein Mensch weit und breit. Wieso hatte sie trotzdem das Gefühl, nicht allein zu sein, verfolgt und beobachtet zu werden? Im schwindenden Tageslicht war kein auffälliger Schatten zu erkennen, nichts, was sie hätte beunruhigen müssen. Trotzdem war da dieses seltsame Gefühl.

Gestern hatte Samuel mit seinem Vater sprechen wollen. Der Zeitpunkt sei günstig, hatte er mit einem leichten Zittern in der Stimme gemeint und sie ganz nahe an sich herangezogen. Nach wochenlanger Anspannung sei Aaron, der Tuchhändler, nun in Hochstimmung. Seit feststand, daß kein vorwitziger Sommersturm, kein plötzliches Gewitter mehr die hohen, blaßblau blühenden Pflanzen gewaltsam niederdrücken und ihnen Schaden zufügen würde. Ein Teil der Felder war schon abgeerntet, der Flachs zu Garben zusammengebunden und zu Mandeln zusammengestellt, der Rest würde in den nächsten Tagen folgen. Die Leinstettener hatten dieses Jahr ihrem Namen alle Ehre gemacht und mehr angebaut als je zuvor. Durch die sorgfältige Pflege ihrer Felder schien es ein sehr guter Ertrag zu werden. Aarons Geschäftspartner in Ulm standen mit dem Geldsäckel in der Hand parat, bereit, alles abzunehmen, was er ihnen an Rohmaterial wie an fertig versponnenen Leinen liefern würde. Mit anderen Worten, die Flachsernte schien wieder satte Gewinne zu versprechen.

Vielleicht würde er sie heute abend ja gleich mitnehmen? Zu Anna und Sybille hatte sie jedoch nichts gesagt, aus Angst, ihre bedeutungsvollen Blicke oder unglücklichen Tränen würden dem Gerber doch noch etwas verraten. Für den Fall, daß sie nicht mehr zurückkommen sollte, hatte sie ihre paar Habseligkeiten in ihren langen Schal gewickelt und sich das Bündel umgeschlungen. Viel war es eh nicht, was sie ihr eigen nannte: ihr Messer, ein kleines, blechernes Amulett von Eulalia, mehrere geschnitzte Löffel, mit denen sie ihre Salben anrührte und einige Tiegel.

Der Duft der verbliebenen blühenden Flachsfelder wehte zu Xelia herüber, ihr lichtes Blau bedeckte den sandigen Albboden wie mit einem seidenen Teppich. Bald schon würde das Land wieder ausgemergelt daliegen, nackt wie ein gehäutetes Huhn. Bis zum nächsten Sommer, wenn die zarten Blüten wieder wie von Zauberhand alles mit ihrem bläulichen Schimmer überpinselten.
Xelia bückte sich und zupfte einige Stengel Gras ab. Hundert Tage dauerte es, bis sich aus einem Leinsamen eine erntereife Pflanze entwickelte, hatte Samuel ihr erklärt. Genausolange kannten sie sich jetzt schon. Heute würde es das letzte Mal sein, daß sie sich heimlich treffen mußten. Sie schaute sich um: Wie friedlich es hier am Waldrand war! Nichts deutete darauf hin, daß tief drinnen im Wald, dort, wo die Wipfel so eng zusammengewachsen waren, daß es auch am Tage dunkel blieb, Menschen lebten. Verfolgte, Verfemte, Freiheitsuchende, die keinem Herrn dienen wollten. Aber auch Tagdiebe, die ihre Zeit damit verbrachten, Reisenden auf ihrem Weg nach Ulm aufzulauern, um sie um ihr Hab und Gut zu bringen. Xelia schauderte. Nicht umsonst war das Stück Straße, das hier Wald vorbeiführte, von den Reisenden gefürchtet. Jeder versuchte, so schnell wie möglich daran vorbeizukommen. Unglücklich war derjenige, dessen Pferd gerade hier zu lahmen begann oder dessen Fuhrwerk gerade hier einen Achsenbruch erlitt. Ein Glück, daß nie jemand versucht hatte, Samuel oder sie zu überfallen! Und doch hatten sie genau dieser Gefahren wegen letztendlich diesen Ort als ihren geheimen Treffpunkt ausgewählt. Nirgendwo sonst wären sie vor den Dorfbewohnern mit ihrer Neugier sicher gewesen.
Xelia schaute auf. Das Tageslicht war schon einem schummri-

gen Grauschleier gewichen. Eigentlich hätte Samuel längst hiersein müssen. Wenn es dunkel wurde, mußte sie wieder zu Hause sein, das wußte er. Was hielt ihn nur auf? Ein kleines Weilchen würde sie noch warten ...

Langsam wurde sie immer unruhiger. Sie zwang sich, nach Zutaten für einen Schlaftee zu suchen. Sollte sie heute doch nochmals in die Gerberei zurückkehren, würde sie für Anna und Sybille einen Vorrat davon anlegen. Wenn man einen Becher Wasser mit drei Fingern von dem Kraut aufbrühte und noch einen Fingerbreit Branntwein dazugoß, schlief der Gerber kurze Zeit später selig davon ein, und man hatte seine Ruhe vor ihm. So oft es ging, hatte Xelia Feltlin den Tee mit dem Hinweis verabreicht, er würde seinem Kreuzweh von innen her guttun. Im Geiste sah sie zwar ihre Mutter mißbilligend den Kopf schütteln, aber das war ihr gleich.

Sie hörte hinter sich das Knacken zertretener Äste. Hastig drehte sie sich um. Samuel stand vor ihr. Sein Gesicht war so kreidebleich, daß es in der Nachtdämmerung wie von einer inneren Fackel beleuchtet wirkte.

Ohne ein Wort zu sagen, griff er nach ihr. Seine Arme, die ihr immer stark und kräftig vorgekommen waren, zitterten, als seien sie halb erfroren.

Xelia spürte Angst in sich hochkriechen – schlimmer, als sie sie je gekannt hatte. »Was ist? So rede doch, Samuel! Sag, was ist geschehen?« War seine Mutter gestorben? War nun auch sein Vater krank? Oder er selbst? Sie würde ihm beistehen, was immer es auch war. Doch schon spürte sie einen kalten Luftzug an sich vorüberziehen, einen Hauch von Vorahnung, daß sie es war, die Hilfe benötigte.

»Es ist aus, Xelia«, sagte Samuel mit brüchiger Stimme. »Wir können uns nicht mehr treffen.«

Mit einer fahrigen Bewegung strich sich Xelia die losen Haare aus dem Gesicht. Sie hatte das Gefühl, als würde sie alles, was um sie herum geschah, nur durch einen Schleier hören und

sehen. Am liebsten hätte sie sich die weißblonden Strähnen ganz ausgerissen. Warum war Samuel so seltsam? Was redete er für einen Unsinn?
Samuel kauerte vor ihr auf dem Boden nieder. Er schien kleiner als sonst, sein Leib in der Mitte durchgebrochen zu sein. Er weinte hemmungslos und stammelte unverständliche Worte vor sich hin.
Es war dieses Weinen, das Xelia aus ihrer Versteinerung riß. Sie kniete sich ebenfalls hin und wollte ihn in die Arme nehmen. Immer wieder rief sie seinen Namen, doch er hörte sie gar nicht. Krampfhaft preßte er seine Hände vors Gesicht und wiegte seinen Oberkörper hin und her, als sei er von allen guten Geistern verlassen.
Noch nie hatte sie einen Mann weinen sehen. Sie hatte nicht einmal gewußt, daß so etwas möglich war. Mädchen wie Sybille, ja, die weinten. Aber ein Mann? Was konnte so schlimm sein, daß es seine Schleusen öffnete? Xelia konnte sich nicht daran erinnern, wann sie die letzte Träne geweint hatte. Nicht einmal beim Tod ihrer Mutter war das gewesen. Viel zu wütend war sie damals mit Gott und der Welt. Was änderte sich schon zum Besseren, wenn man weinte?
›Nichts!‹ schoß es ihr bitter durch den Sinn. Auf einmal war der Schleier vor ihren Augen fort, und sie sah alles so gestochen scharf wie an Tagen, an denen schlechtes Wetter drohte. Xelia schaute Samuel an – und sah einen Jungen vor sich, der nicht genug Kraft hatte.
»Du hast mit deinem Vater geredet.« Was wie eine Frage hätte klingen können, war lediglich eine Feststellung. Natürlich hatte er mit seinem Vater geredet. Und Xelia wußte auch, welchen Ausgang dieses Gespräch genommen hatte. Sie wußte es und wollte es doch nicht wahrhaben.
Samuel nickte nur stumm vor sich hin.
»Und? Was hat er gesagt?« Sie konnte es ihm nicht leicht machen. Es ging um ihr Leben, wußte er das nicht?

Samuel schaute auf. »Er hat getobt wie ein wildgewordener Stier. So habe ich ihn noch nie erlebt. Es würde nicht angehen, daß ich eine mit anderem Glauben heirate, nie würde er das zulassen, hat er geschrien.«
Für einen kurzen Augenblick war Xelia wie vor den Kopf gestoßen. Erst dann fiel ihr wieder ein, daß Samuel Jude war. Über ihre unterschiedlichen Religionen hatten sie nie gesprochen.
»Und? Was hast du zu ihm gesagt?« Ihre Stimme klang weniger herausfordernd, als sie gewollt hatte. Nur müde klang sie. Die Sonne, die die letzten Monate für sie vom Himmel gestrahlt hatte, verschwand endgültig hinter einem Berg dunkler Wolken.
»Was hätte ich denn sagen sollen? Daß es mir gleich ist, was mein Vater von meiner Brautwahl hält? Daß wir auf und davon ziehen werden? Daß ich sein Verbot einfach nicht befolgen werde?« Er lachte bitter.
Xelia hätte alle drei Antworten für gut befunden, sagte aber nichts. Samuel war an der Reihe. Außerdem arbeitete ihr Kopf im Augenblick langsamer, als ihr lieb war. Sie hörte zwar Samuels Stimme, was seine Worte jedoch bedeuteten, wollte einfach nicht zu ihr durchdringen.
»Du kennst Vater nicht. Was er will, das bekommt er auch. Und er hat es sich in den Kopf gesetzt, daß nur eine Jüdin als Frau für mich in Frage kommt. Daß er bereits eine ausgesucht hat, wußte ich allerdings nicht.« Samuel schüttelte den Kopf. Die jüngste Tochter eines Geschäftspartners aus Reutlingen sollte er heiraten, Leyla hieße sie, und ein Besuch in Reutlingen sei schon für kommenden Monat geplant. Beim Gedanken an das Gespräch mit seinem Vater begann er, erneut zu zittern.
»Und was bedeutet das für mich? Ich soll einfach zurück in diese stinkende Hölle und so tun, als ob nichts gewesen sei zwischen uns? Soll alles vergessen, was wir gesprochen und gefühlt haben?« Xelias Stimme klang schrill. »Warum gilt nur, was der Herr Tuchhändler will? Sind unsere Wünsche denn nichts wert?« Sie preßte beide Hände an ihre Schläfen, wo es unter der

Haut hämmerte und pochte, als würden Samuels befremdliche Worte gewaltsam Einlaß suchen.

»Xelia! Was soll ich...« Seine tränenerstickte Stimme verstummte.

Weder Xelia noch Samuel hatten die große Männergestalt näherkommen sehen, so sehr waren sie mit sich beschäftigt. Lautlos wie ein Luchs hatte sich Xaver Feltlin angeschlichen und stand nun vor ihnen.

»Elendige Judenhure!« Mit der rechten Hand packte er Xelia am Genick wie einen Hund, mit der linken holte er zu einem Schlag aus, der mitten in ihrem Gesicht landete. Die dünne Haut über ihrem rechten Auge platzte, und Blut spritzte in tausend kleinen Sprenkeln über ihre Wangen. Für einen kurzen Augenblick blieb Xelia die Luft weg, und vor ihren Augen tanzten Sterne. Während sie krampfhaft versuchte, das Gleichgewicht wiederzuerlangen, packte der Gerber Samuel. »Ich hab's schon lange geahnt. Mich betrügen und belügen! Das ist noch niemandem bekommen!« Eine böse Beschimpfung folgte der nächsten. Hilflos versuchte der Sohn des Tuchhändlers, sein Gesicht vor den Pranken des tobenden Mannes zu schützen. Xelia schrie auf Feltlin ein, unzusammenhängende, bedeutungslose Worte. Er schüttelte sie ab wie eine lästige Fliege und drosch erneut auf Samuel, der seinem Gegner nichts entgegenzusetzen hatte und nur noch wimmerte.

Was soll ich nur tun, was soll ich nur tun, hämmerte es immer wieder in Xelias Kopf. Gerade noch war es Samuel gewesen, der sie verletzt hatte. Doch innerhalb eines Lidaufschlags war aus ihm, der sie im Stich lassen wollte, wieder ihr Verbündeter geworden. Dem sie helfen mußte! Verzweifelt griff Xelia nach einem abgebrochenen Ast und schlug damit auf Feltlins Arme ein. Doch statt ihr mehr Stärke zu verleihen, lähmte auch sie die Angst, und ihre Schläge vermochten nicht im geringsten, Feltlin außer Kraft zu setzen. Statt dessen reizten sie ihn nur. Mit einem Brüllen wandte er sich zu ihr um, riß ihr den Prügel aus der Hand und schwang ihn in die Höhe.

Im gleichen Augenblick machte Samuel einen Schritt nach vorne in Xelias Richtung.
Das Holz traf Samuel mit einem dumpfen Schlag am Kopf.
Ein Unfall? Absicht? Fassungslos sah Xelia Samuels Gestalt zu Boden sinken – wie die Figur eines Puppenspielers, der die Fäden fallenließ. Ohne noch einmal zu zucken, ohne die kleinste Bewegung blieb er auf dem dunklen Waldboden liegen. Seine rechte Kopfhälfte war seltsam verformt, Blut quoll aus seinem Ohr. Seine Zunge hing grotesk aus dem Mund, bei seinem Sturz mußte er wohl darauf gebissen haben.
»Du hast ihn umgebracht.«
Feltlin starrte wie Xelia auf das leblose, blutende Bündel.
»Du hast ihn getötet«, wiederholte sie und begann, heftig zu keuchen. Ihr war, als würde ihre Brust von einem eisernen Griff umklammert, der immer enger wurde und ihr die Luft nahm. So mußte es sich anfühlen, wenn ein Mensch den Verstand verlor. Dieses Gefühl, diese Leere im Kopf, die einen ganz schwindelig machte und nicht mehr richtig denken ließ ...
Langsam, den Prügel immer noch in der Hand haltend, drehte Feltlin sich zu ihr um. »Nein.« Er schüttelte den Kopf. »Nicht ich habe ihn getötet. Du hast es getan!« Er machte einen Schritt nach hinten, als wolle er den Abstand zwischen ihnen vergrößern. »Du bist schuld an seinem Tod, genau so, als hättest du den Prügel selbst geschwungen!« Mit einem Satz war er dann so nahe bei ihr, daß sie seinen Atem riechen konnte. Er packte sie am Arm und drehte ihn ihr hinter den Rücken, bis sie ihm bewegungslos ausgeliefert war. »Kräuter sammeln! Daß ich nicht lache! Belogen und betrogen hast du mich. Herumgehurt hast du und das auch noch mit dem Juden«, spuckte er ihr ebenso haßerfüllt wie ungläubig ins Gesicht.
Xelia spürte, wie in ihrem Hals ein dicker Kloß wuchs. Wie sinnlos alles war! Plötzlich vernahm sie ein Lachen, das doch eigentlich ein Weinen sein wollte. Was würde ihr Vater sagen, wenn er von ihrem Gespräch mit Samuel wüßte? Daß Samuel sie gar nicht

gewollt hatte? Sie preßte die freie Hand auf den Mund und hatte abermals das Gefühl, als würde sie ersticken. An der Wahrheit.
»Du bist es gewesen!« Mit Wucht schleuderte Feltlin das Holz davon und ließ seine Tochter los. »Das sag' ich jedem, der mich danach fragt! Und jeder wird mir glauben.« Seine Augen bohrten sich wie Schwerter in sie hinein. »Es ist doch klar, was hier passiert ist: Das Bürschchen hat nicht so wollen wie meine durchtriebene Tochter, und da hat sie ihn aus lauter Wut mit dem Prügel totgeschlagen.« Sein Blick forderte sie heraus, ihm zu widersprechen – und sagte ihr doch gleichzeitig, daß er niemals damit rechnete.
»Nie im Leben würd' ich einen umbringen! Das wissen die Leut'! Das kannst du nicht machen! Ich werd' ihnen schon sagen, wie's passiert ist«, brachte Xelia mit dem Mut der Verzweiflung heraus. Sollte er sie doch auch gleich totschlagen, ihr war alles egal.
»Wem glauben die Leut' wohl mehr? Einem mannstollen Luder oder einem Handwerksmeister, den es bitter reut, mit so einer Tochter geschlagen zu sein?«
Daß sich vieles für sie ändern würde, damit hatte Xelia gerechnet. Sie hatte auf diesen Tag gehofft, dafür gebetet, ihn heiß ersehnt. Wann immer ihr die Kraft auszugehen drohte, hatte sie neue Stärke aus der Quelle der Hoffnung geschöpft. *Bald, bald hat alles ein Ende,* war ihre ständig wiederkehrende Litanei gewesen. Nun war alles zu Ende. Feltlin würde sie für immer und ewig in der Hand haben. Im Geist sah sie schon seine bedeutungsschweren Blicke, mit denen er sie erpressen konnte, wann immer es ihm in den Kram paßte. *Lauf davon! Renn, so schnell und so weit, wie deine Füße dich tragen können!* schrillte es plötzlich in ihrem Kopf. Statt dessen setzte sie sich neben Samuel auf den Boden und hatte das Gefühl, nie mehr aufstehen zu können. Weder im Leben noch im Tod hatte er ihr zu helfen vermocht. Sie war so allein, wie ein Mensch nur sein konnte.
Feltlins Blick ließ sie nicht mehr los. Von oben bis unten taxierte

er sie, immer wieder. Ungläubigkeit stand in seinen Augen, brodelnde Wut, aber auch Ratlosigkeit. Nie hätte er gedacht, daß jemand den Versuch wagen würde, aus seiner kleinen Welt auszubrechen. Zu lange hatte er darin allein das Sagen gehabt, ohne daß ihm ein anderer Grenzen gesetzt hätte. Er scharrte mit seinen schweren Lederstiefeln auf dem trockenen Waldboden. Außer diesem Geräusch war nichts zu hören. Die Stille raubte Xelia fast den Verstand. Warum schrie er sie nicht weiter an? Warum tobte er nicht? Oder verprügelte sie? So unauffällig wie möglich hob sie den Kopf und schaute zu Feltlin hinüber. Welche noch viel heimtückischere Strafe brütete er aus? Seine Hände zuckten, ballten sich zu Fäusten und öffneten sich wieder, als wolle er sie im nächsten Moment damit erdrosseln. Xelia begann, um ihr Leben zu fürchten.

Zeit verging. Stille. Nur schweres Atmen. Ihr Atmen.

Es war schon fast völlig dunkel, als seine Stimme zu ihr drang. Worte, die rauh klangen, so, als hätte der Sprecher versäumt, sich zuvor zu räuspern. »... in meinem Haus, ... brauchst nicht zu glauben, daß wir ohne deiner Hände Arbeit nicht auskommen ..., täglicher Anblick ..., ... Schande ... kein Verdacht auf die Gerberei fallen ...«

Feltlin sprach mit ihr! Endlich gelang es Xelia aufzuschauen. Sie mußte sich zusammenreißen!

Seine Augen waren kalt wie überfrorene Steine. Sein Mund war voller Abscheu verzogen. Fast beiläufig holte er mit seinem rechten Fuß aus, als wolle er nach ihr treten, und Xelia krümmte sich schutzsuchend zusammen. Doch der erwartete Schmerz blieb aus. Seine Stiefelspitze bohrte sich vor ihr in den Boden, der aufgewirbelte Staub brannte in ihren Augen, sie mußte blinzeln. Als sei sie ein Straßenköter, den es davonzujagen galt, nicht mehr als einen verächtlichen Tritt wert, drehte er sich um. Über die Schulter hinweg schleuderte er ihr noch einen letzten Satz zu: »Hau ab und laß dich nie wieder hier blicken! Sonst sorg' ich dafür, daß du am Galgen hängen wirst!«

– 12 –

Xelia merkte nicht, wie das Gras unter ihr von Stunde zu Stunde feuchter wurde, bis der Morgentau jedes einzelne Hälmchen eingehüllt hatte. Sie merkte nicht, wie kleine Käfer und Schnecken, die noch vor der nahenden Hitze des nächsten Tages ein kühles Domizil finden mußten, über ihre nackten Füße krochen. Ihre Zähne klapperten in der Kälte der Morgenstunden aufeinander, und sie konnte nicht einmal ihre Jacke fester um sich schlingen. In stummer Totenwache verharrte sie bei Samuel, starrte unentwegt in sein lebloses Gesicht, auf dem das Blut zu dunklen Flecken erstarrt war.

Der Gerber war vor langer Zeit gegangen, zurück in die Gerberei, zurück zu Anna und Sybille. Ihr Arm, den er ihr so grob verdreht hatte, schmerzte schon längst nicht mehr, doch seine Flüche klangen immer noch in ihren Ohren. »Laß dich nie wieder hier blicken! Verschwinde von hier! Sonst sorg' ich dafür, daß du am Galgen hängen wirst!«

Sie hörte seine Worte, immer und immer wieder, doch ihr Kopf konnte ihnen keine Bedeutung zuordnen. Es war nicht die Trauer um den Toten oder sein Anblick, der sie nicht mehr richtig denken ließ. Samuel war nicht der erste Tote, den Xelia sah. Auch bei ihrer Mutter war sie dabei gewesen, als *es* geschah.

Etwas anderes raubte Xelia beinahe den Verstand: Was war aus ihren Träumen geworden? Wie konnte es sein, daß sich innerhalb weniger Stunden alles verändert hatte? Daß nichts mehr Bedeutung hatte, was zuvor so wichtig gewesen war?

Schon einmal war in ihrem Leben das gleiche passiert. Damals, als ihre Mutter gerade einmal vier Wochen tot gewesen war, und sich der Gerber nachts auf ihr Lager geschlichen hatte. Den Mund hatte er ihr zugehalten und mit der anderen Hand ihre

Beine auseinandergeschoben, bis sein Leib dazwischen paßte. Xelia hatte keine Zeit gehabt zu schreien und auch nicht, sich dem stechenden Schmerz zu widmen, der sie durchfuhr, als er in sie eindrang. Sie war so damit beschäftigt gewesen, unter seiner nach Gerbsäure stinkenden Hand nach Luft zu schnappen, nicht zu ersticken, daß sie erst wieder zu Sinnen kam, als er sich von ihr hinunterwälzte. Tagelang war sie wie betrunken durchs Leben getorkelt, zu einem klaren Gedanken unfähig, als weigere sich ihr Geist, das Schreckliche, was geschehen war, anzuerkennen und zu verarbeiten. Dieselbe Regungslosigkeit lähmte sie auch jetzt und brachte sie in Gefahr, von jemandem aus dem Dorf bei der Leiche entdeckt zu werden.

Die Sonne stieg als milchweißer Ball aus der Versenkung und begann bereits, die ersten Tautropfen anzustrahlen, als Xelia sich endlich stolpernd in den Wald schleppte. Warum sie das tat, wußte sie nicht. Sie hätte genausogut neben Samuel sitzen bleiben können, und doch trieb eine unbekannte innere Kraft sie in den Wald hinein.

Nachdem sie ein Stück gelaufen war, blieb sie stehen und schaute sich um. Plötzlich kam ihr alles fremd vor, als wäre sie noch nie da gewesen. Die alte Eiche vor ihr war nicht mehr der Baum, von dem sie und Anna Rinde geschabt hatten, sondern eine riesige, rauhe Gestalt, deren Astgewirr auf sie herabzustürzen drohte. Das dunkelgrüne Moos war nicht mehr das weiche Lager, auf dem sie und Samuel sich umarmt hatten, sondern kratzte unter ihren Füßen wie tausend Nadeln. Sie sah keine heilenden Kräuter wachsen, sondern nur die giftigen Beeren der Eberesche, deren rote Dolden ihr zuwinkten und sie anlockten. Eine Handvoll davon in den Mund gestopft – und sie wäre kurze Zeit später auch in dem Reich gewesen, das nun Samuels Heimat war. Es wäre so einfach …

Sie zwang ihren Blick weg von den verlockenden Früchten, doch der Wald, der bis zum Tag zuvor Zuflucht für sie bedeutet hatte,

ein Ort, an dem Glück möglich war, erschien ihr jetzt als Bedrohung.
Wie von unsichtbaren Fäden gezogen, machten ihre Füße kleine Schritte nach vorn, bis sie vor einem Hügel stand, der ungefähr so hoch war wie sie. Zersetztes Laub vom Vorjahr und neue, noch grüne Blätter hatten sich darauf angesammelt und erinnerten Xelia an eine letzte Ruhestätte, die von niemandem gepflegt wurde, sondern wie ihr Inneres dem Zerfall preisgegeben war. Sie ging um den Hügel herum und entdeckte dahinter eine Vertiefung, die ebenfalls mit Laub ausgekleidet war. War dies vielleicht ihr Grab? Es mußte so sein. Müde vom Leben und müde vom Tod, legte sie sich ins modrige Laub und schlief sofort ein.

Lautes Rufen weckte sie auf. Überall um sie herum hörte sie Menschen. Schreie, lautes Fluchen. Der Lärm paßt nicht hierher, schoß ihr als erstes durch den Kopf. In der Gerberei war es nie laut, und wenn, dann war es nur Feltlin selbst, der schrie und tobte. Andere Stimmen gab es dort nicht. So deutlich sich diese Gedanken in ihrem Kopf formten, gelang es ihr doch nicht, den letzten Schritt vom Schlaf zum Wachsein zu tun. Sie wollte die Augen öffnen, sie spürte, daß sie ihren Kopf freimachen mußte für klare Gedanken, aber sie war wie gelähmt. Sie sah eine Schnecke vor sich, die auf dem moosigen Waldboden eine klebrige Spur hinterließ. Die silbrigen Fäden schienen das Tier wie Klebstoff zurückzuhalten, so daß es in seiner Langsamkeit hilflos wirkte.
Eine Schnecke? Xelia sprang so hastig in die Hocke, daß es in ihren Knien knackte. Wo war sie?
Jetzt erst kam die Erinnerung zurück. Die letzte Nacht. Samuel, der tot am Waldrand lag. Der Gerber, der ihr die Bluttat anhängen wollte, sollte sie sich noch einmal blicken lassen. Sie strich sich die Haare aus dem Gesicht. Einige Blätter blieben an ihrer Wange hängen. Und jetzt? Was nun? Sie hätte schon Meilen

weg sein können! Eine ganze kostbare Nacht hatte sie verschenkt! Statt dessen saß sie da, untätig und blöd wie ein Opferlamm zum Osterfest, das nichts von seinem ungütigen Schicksal erahnt.
»Hier ist niemand!« hörte sie es plötzlich direkt hinter dem kleinen Hügel rufen. Sie hielt die Luft an, bis es ihr schwindlig wurde. Sie spürte, wie etwas in ihr linkes Ohr krabbelte und mußte das dringende Bedürfnis unterdrücken, aus dem verwesten Laub aufzutauchen und nach Luft zu schnappen.
»Dann kommt! Wir müssen weiter in Richtung Straße, dort hat noch keiner nachgeschaut«, kam es von weiter links. Xelia gönnte sich einen hastigen Atemzug. Nur ja keinen Mucks von sich geben!
»Das Luder ist doch eh längst über alle Berge!« Der Mann schnaufte, als sei ihm jede Bewegung zuviel. Xelia konnte ihn nicht sehen, aber seine Stimme war klar und deutlich zu hören. »Alles nur vergeudete Zeit! Als ob die Hex' darauf wartet, von uns gefaßt zu werden!«
Hatte Feltlin sie also beim ersten Hahnenschrei verraten! In Todesangst lauschte Xelia darauf, wie der Mann sich von ihr entfernte. Wenn er sich umdrehte, wenn er seinen Blick ein wenig schweifen ließ, statt sich nur gleichgültig umzuschauen – dann hatte er sie.
Ich will nicht sterben! Ich habe doch noch gar nicht gelebt! Xelia wandte sich vorsichtig um. Hatte sie gerufen? Hatte jemand sie gehört, oder waren die Gedanken in ihrem Kopf so laut, als hätte sie sie ausgesprochen?
Auf einmal hatte sie keine Zeit mehr zu verlieren. Sie wollte nicht sterben. Das war der einzige klare Gedanke, zu dem sie fähig war. Doch er reichte aus, um ihren Körper in Bewegung zu setzen. Auf allen vieren kroch sie über den Waldboden, nur einmal hielt sie kurz inne, um ihren Rock seitlich zu verknoten, damit sie nicht dauernd über ihn stolperte. Auch ihre Haare, die sich beim Kampf mit Feltlin gelöst hatten, faßte sie hinten

zusammen und verknotete sie wie einen Strang Flachs. Dann atmete sie tief durch.
Die Stimmen hatten sich entfernt. Zu sehen war auch niemand mehr. Wahrscheinlich suchten die Männer schon einen anderen Teil des Waldes nach Samuels vermeintlichem Mörder ab. Oder sie waren wieder nach Hause gegangen. Hier im Wald war den wenigsten wohl, das wußte Xelia. Andererseits konnten die Leinstettener sich schwer drücken, wenn es darum ging, den oder die Mörder von Blausteins Sohn zu finden. Wer dem Tuchhändler heute zur Seite stand, den würde er wahrscheinlich nicht vergessen. Doch wer bei der Hatz nicht mitmachte, aus Angst vor dem Wald, oder weil er Besseres zu tun hatte – den würde Blaustein ebenfalls nicht vergessen.
Xelia war völlig erschöpft. Aber eines wußte sie: Solange die Männer nach ihr suchten, mußte sie sich verstecken, und einen passenden Ort dafür kannte sie auch. Ihre Kräuterhöhle. Im vergangenen Winter hatte sie sie durch Zufall entdeckt. Sie lag verdeckt hinter einem Hügel und war gerade so groß, daß Xelia hinein- und wieder hinauskrabbeln konnte. Der Einschlupf war so zugewachsen, daß jemand schon einen besonderen Grund haben mußte, um ihn dort zu entdecken. Xelia hatte eine Flechte ausgraben wollen, die als Tee gekocht gegen Knochenschmerzen half, und hatte dabei den Eingang zur Höhle entdeckt. Ihre Wände waren glatt und so hoch, daß sie darin knien konnte. Zwei ausgedörrte Holzbalken waren am hinteren Ende als Stützen angebracht. Sie mußte also von Menschenhand gegraben worden sein. Xelia vermutete, daß sie irgendwann einmal jemandem aus dem Dorf als geheimes Versteck für Getreide gedient haben mußte.
Die Höhle war noch so, wie Xelia sie bei ihrem letzten Besuch verlassen hatte. Der lag schon eine Weile zurück, da sie sich in letzter Zeit lieber mit Samuel getroffen hatte, statt sich um ihre Kräutervorräte zu kümmern. Die Höhle war zwar klein, aber trocken. Auch die Kräuter waren noch da und wohlbehalten,

nicht angenagt oder verdorben, sondern getrocknet, wie es sich gehörte. Xelia kroch hinein und hockte sich mit angewinkelten Beinen hin. Lange konnte sie so nicht sitzen bleiben, das wußte sie. Sobald die Männer den Wald verlassen hatten, würde sie fliehen. Aber im Augenblick war sie nur froh, hier zu sein.
Sie atmete tief durch und genoß das kleine Gefühl von Sicherheit, das die erdenen Wände ihr bereiteten.
Doch schon bald begann sich ihr Leib wieder zusammenzukrampfen, und sie mußte sich ihren Bauch halten vor lauter Schmerzen.
Warum?
Wie ein hungriger Wolf fraß sich diese Frage in sie hinein, riß ganze Fetzen aus ihrem Leib, bis alles in ihr brannte wie Feuer.
Warum hatte Samuel sie verlassen? Warum?
Damit meinte sie nicht seinen Tod, sondern seine Entscheidung zuvor. Das war es, was sie nicht verkraften konnte. Hätte Samuel zu ihr gehalten, und der Gerber hätte sie zusammen erwischt und Samuel aus lauter Haß erschlagen, dann hätte sie wenigstens etwas gehabt, woran sie sich in Gedanken hätte klammern können. So blieb ihr nichts mehr. Alles war sinnlos gewesen, all ihre Heimlichkeiten, ihre Lügen, ihre Hoffnungen.
Mit dieser Erkenntnis überkam sie plötzlich eine unbändige Wut, die ihre Trauer um den Toten auslöschte, bis nichts mehr davon übrig war.
Irgendwann hielt sie es in ihrer geduckten Stellung nicht mehr aus. Xelia rappelte sich auf und kroch vor die Höhle. »Verdammt noch mal!« Sie richtete sich auf und trommelte mit bloßen Händen gegen den Stamm des nächstbesten Baumes. Immer wieder brüllte sie ihre Wut heraus. Ob sie jemand hören konnte oder nicht, daran dachte sie längst nicht mehr.
Xelia hatte immer angenommen, daß sie mit allem im Leben fertig werden konnte. Ja, manchmal hatte sie Sybille wegen deren Weinerlichkeit sogar verachtet. Sie war sich soviel stärker

vorgekommen! Hatte sich eingebildet, ihr Schicksal selbst bestimmen zu können. Ha! Welche Vermessenheit! Etwas vorgemacht hatte sie sich! Xelia sackte wieder zusammen. Ihre Hände zerrupften das Gras ringsum, wühlten sich durch den Boden, bis sich die braune Erde unter ihren Nägeln staute und abfiel. Ihr Oberkörper wiegte sich hin und her. Und langsam, ganz langsam begann sie eine Wahrheit zu akzeptieren: Samuel war nie eine Möglichkeit zur Flucht gewesen. Er hatte ihr Zusammensein genossen, doch als es dann ernst wurde, hatte er gekniffen wie der feigste Hund.

Aber war es nicht immer so, daß die Weiber die Dummen waren? Ihre eigene Mutter war doch das beste Beispiel dafür! Was hatte die denn in ihrem Leben gehabt außer Mühsal? Xelia konnte sich nicht erinnern, daß der Gerber je auch nur ein einziges freundliches Wort an Eulalia gerichtet hatte. Oder an sie. Immer war sie der Prügelknabe für alles, was schiefging, gewesen! Und noch ein Beispiel fiel ihr ein: Samuels Mutter schien es – trotz all ihrem Reichtum – auch nicht besser zu gehen. Auch sie war ihrem Mann auf Gedeih und Verderb ausgeliefert.

Und noch eine Erkenntnis fuhr ihr plötzlich wie ein Blitz in den Sinn: Feltlins plötzlicher Entschluß, sie, Xelia, davonzujagen, hatte nichts damit zu tun, daß er ihr die Freiheit schenkte. Von wegen! Wahrscheinlich war, sie wegzujagen in seinen Augen die schlimmste Strafe, die er sich hatte ausdenken können. Er glaubte sicher, allein würde sie elend umkommen.

»Mörder!« schrie Xelia in den Wald hinein. »Dich brauch' ich nicht! Ich komm' auch allein zurecht!«

Sie hatte das Gefühl, als sei in ihrem Innersten eine Schleuse geöffnet worden, und die ganze aufgestaute Wut ihres Lebens ergoß sich nun in einer unkontrollierten Flut. Xelia konnte nicht aufhören zu toben, mußte alles hinausschreien, und es dauerte eine ganze Weile, bis sie schließlich vor lauter Erschöpfung still wurde. Erst dann krabbelte sie wieder in die Höhle.

Dort legte sie sich hin – und war allein.

– 13 –

Philip erwachte mit schwerem Kopf und bleiernen Gliedern.
Wo war er?

Die weißgekalkten Wände, die auf ihn einzustürzen drohten, der modrige Geruch nach Altertum und Feuchtigkeit im Mauerwerk – alles kam ihm fremd vor.

Und wo war Alois?

Er setzte sich auf und rieb sich lange die Augen. Sie brannten, als hätte er zu lange an einem offenen Feuer gestanden. Langsam kam die Erinnerung wieder. Er war im Spital des Benediktinerklosters von Blaubeuren. Die Kammern waren zwar klein und dürftig, dafür war der Wein in der Spitalschänke um so besser gewesen. Während er eine bereitgestellte Brunzkachel benutzte, wurde sein Gedächtnis langsam immer wacher. Nach seinem Entschluß, Hyronimus nicht zu besuchen, war er im Kloster gelandet und hatte zusammen mit einer Gruppe von italienischen Kaufleuten die Nacht durchzecht. Plötzlich ekelte ihn der Geruch seines Urins, der – wie zur Strafe – sauer und nach Krankheit roch. Hastig schob er die Kachel in eine Ecke der Kammer. Was war nur in ihn gefahren? Sich zu betrinken wie der dümmste Bauer? War er dafür vom Herzog auf die Reise geschickt worden?

Sein Kopf pochte, während er sich die Stiefel zuschnürte. Seine Kehle war durch einen dicken Kloß verstopft, den er am liebsten ausgespuckt hätte. Mechanisch packte er seine Sachen zusammen, nicht ohne zu kontrollieren, ob noch alles da war. Wenigstens hatte er sich im Rausch nicht bestehlen lassen!

Philip streckte sich und spürte, wie das Blut langsam zurück in seine Glieder floß. Ah, wie gut würde ihm die frische Waldluft tun! Er freute sich sogar auf den Gaul, der die Nacht in der klösterlichen Stallung verbracht hatte. Für einen Wucherpreis, wie Philip nun wieder einfiel. Doch bevor er Alois abholte, würde er sich ein Bad und ein warmes Morgenmahl gönnen. Wer wußte schon, wann ihm solche Annehmlichkeiten in nächster Zukunft wieder zuteil werden würden! Die nächsten Nächte hieß es wohl, unter freiem Himmel zu schlafen. Mit etwas Glück ließ sich vielleicht eine verlassene Scheune finden, doch darauf wollte er nicht wetten. Das Wegstück, das vor ihm lag, war nicht nur steil, sondern auch einsam. Wen verschlug es schon auf die Alb? Jeder Reisende in Richtung Süden war froh, die karge Landschaft hinter sich lassen zu können, und viele Heimkehrer aus südlichen Ländern umgingen die Bergkette ganz und legten ihre Reiseroute weiter westlich aus. Auch Philip war nicht gerade erpicht auf die Wochen, die nun vor ihm lagen. Dort droben lagen die Dörfer wesentlich weiter auseinander als beispielsweise in der Reutlinger Gegend. Man konnte froh sein, innerhalb eines Tagesmarsches überhaupt durch eine Siedlung zu kommen. Das bedeutete auch, daß er weniger Leute treffen würde, die ihm Informationen für seine Karten liefern konnten. Er würde auf sich selbst angewiesen sein. Aber lag nicht darin ein besonderer Reiz?

Philip schulterte seine Taschen und verließ die enge Kammer. Hätte er ein gemütliches Dasein bevorzugt, wäre er Städtemaler geworden und nicht herzöglicher Landschaftskartograph! Sein Schritt hallte durch die langen Gänge des Klosters. Plötzlich konnte er es kaum erwarten, wieder draußen zu sein und mit der Arbeit zu beginnen. Wenn er mit seinen Vermessungsarbeiten gut vorankam, und wenn die Spätsommerhitze ihm nicht allzu viel Kraft raubte, würde er das nächste Dorf vielleicht schon in fünf Tagen erreichen. Wie hieß es auch noch? Er warf einen Blick in seine Unterlagen. Der unbekannte Verfasser der Karte hatte den Namen mit einer Blütenranke blau eingerahmt: Leinstetten.

– 14 –

Was Xelia am meisten quälte, war der Hunger. Wenn sie morgens aufwachte, war das Grollen in ihrem Bauch bereits da. Und wenn sie sich abends zum Schlafen zusammenrollte, war es ebenfalls da. Sie versuchte, mit allem möglichen ihren Hunger zu stillen: mit frisch gepflückten Kräutern, Pilzen und sogar mit Baumrinde, die sie solange durchkaute, bis sie einigermaßen verdaulich wurden. Xelia dankte dem Himmel dafür, daß sie ihr kleines Messer eingepackt hatte, als sie die Gerberei verließ, um mit Samuel zu gehen. Ohne das Messer hätte sie weder nach Eßbarem graben, noch hölzerne Wurzeln zurechtschnitzen können. In einer ausgehöhlten Wurzelschale holte sie nachts, wenn sie sich einigermaßen sicher fühlte, Wasser vom Bach. Tagsüber traute sie sich nicht weit genug von ihrer Höhle weg, um Beeren zu pflücken, die am Waldrand an stacheligen Büschen wuchsen. Und sonst gab es um diese Jahreszeit im Wald nicht viel Verzehrbares, zumindest nicht für Menschen.

Allmorgendlich war ihr erster Gedanke: »Du mußt endlich weg von hier!« Trotzdem harrte sie drei Tage nach dem Unglück immer noch in der Höhle aus. Wenn sie nicht gerade nach Eßbarem suchte, kroch sie auf allen vieren durch den Wald bis zu einem etwas höher gelegenen Aussichtspunkt, um das Dorf zu beobachten. Jeden Tag beendeten die Bauern ein Stückchen Arbeit mehr auf den Feldern. Die Leinernte war vorbei, die Rübenernte auch beinahe, und die meisten Obstbäume waren schon abgeerntet. Bald würden die Leinstettener keinen Grund mehr haben, nach draußen zu gehen, sondern sich Arbeiten in Haus und Hof widmen. Xelia wußte, daß sie längst hätte weg sein müssen, so viele Meilen wie möglich zwischen sich und Leinstetten hätte bringen müssen. Statt dessen verharrte sie direkt vor den Augen der Dorfbewohner und hoffte jeden Tag darauf, daß irgendwo ihre Schwestern auftauchten. Einmal noch wollte sie die beiden sehen. Was sie dann tun würde, wußte sie nicht. Würde sie versuchen, zu ihnen zu gelangen, sie auf sich aufmerksam zu machen? Mit ihnen reden und ihnen erklären, was wirklich geschehen war in jener Nacht? Xelia verließ sich darauf, im entscheidenden Moment zu wissen, was das richtige war.

Doch weder Anna oder Sybille waren jemals außerhalb des Dorfes zu erblicken. Wahrscheinlich ließ der Gerber sie nicht mehr aus den Augen. Und so schwand langsam Xelias Hoffnung, durch Anna – auf Sybille zählte sie sowieso nicht – Hilfe zu bekommen. Etwas zum Essen für ihre Flucht hätte sie ihr zustecken können oder eine Decke besorgen, oder vielleicht auch andere praktische Dinge. Aber es sollte wohl nicht sein. Wenn sie überleben wollte, mußte sie sich selbst helfen, so einfach war das.

Xelia grübelte immer wieder aufs neue. Hier in diesem Erdloch konnte sie nicht bleiben, soviel war klar. Aber – welche Möglichkeiten hatte sie sonst? Es waren nicht viele, die ihr einfielen, während ein kalter Hauch von Panik sich wie eisiger Rauhreif um ihr Herz legte. Zurück ins Dorf gehen und versuchen, ihre Unschuld zu beweisen – das war zwecklos. Nie und nimmer würde ihr das gelingen, das wußte sie. Sie war ein Weib, und Heilerin war sie auch. In den Augen vieler war sie dadurch schon eine halbe Hexe. Und was mit so einer geschehen konnte – darüber wurden immer wieder Schauermärchen erzählt. Daß sie, die arme Tochter eines Gerbers, es gewagt hatte, sich an den reichen Sohn des Tuchhändlers heranzumachen, würde ihr im Dorf auch kaum einer verzeihen, von Blaustein selbst einmal ganz abgesehen! So etwas tat man einfach nicht. Man blieb unter seinesgleichen. Daß sie es gewagt hatte, an ihrer Stellung im Leben etwas verändern zu wollen, durfte ebenfalls nicht sein.

Xelia schüttelte den Kopf. Wie blauäugig sie gewesen war! Wieder einmal spürte sie eine ungezügelte Wut in sich hochsteigen, die sie jedoch im letzten Augenblick unterdrücken konnte. Sie mußte Pläne machen, und dazu benötigte sie einen klaren Kopf!

Sollte sie versuchen, die Wegelagerer zu finden, die angeblich im entfernteren Teil des Waldes lebten? Die scheuten wie sie das Tageslicht, denen konnte sie sich getrost anschließen. Aber was hätte sie damit gewonnen? Sie würde sich weiterhin verstecken müssen, immer mit der Angst im Nacken, entdeckt zu werden.

Nein, sie mußte den Wald verlassen, und zwar so bald wie möglich. Sie schalt sich dafür, nicht schon längst weg zu sein. Sie mußte irgendwohin, wo sie keiner kannte. Eine größere Stadt, so wie Ulm, sollte es sein. Kaum hatte sie diesen Entschluß gefaßt, warf ein Gewirr aus Fragen und Ängsten ihn wieder über den Haufen.

Wie sollte sie den Weg dorthin finden? Würde sie nicht schon in den ersten Tagen bösen Strolchen zum Opfer fallen, die dann wer weiß was mit ihr trieben? Was wäre, wenn sie jemandem über den Weg liefe, der sie kannte? Und schließlich: Was sollte sie in der Stadt machen? Sich in einer Stadt zu verstecken, war sicher schwieriger als hier im Wald. Und wovon sollte sie leben?

Das Donnergrollen des näherkommenden Gewitters war nur leise zu hören, wie das Knurren eines Hundes. Xelia blickte sich in ihrem Versteck um. Die niedrigen Wände kamen ihr vor wie eine Hand, die jemand beschützend über sie hielt. Hier fühlte sie sich sicher. Sie seufzte. Ihre Augen brannten vor Müdigkeit und sie spürte, wie Schläfrigkeit ihren Verstand verlangsamte, ihre Sorgen kleiner machte und ihre Ängste wegwischte.

Doch plötzlich setzte sie sich ruckartig auf. »Willst du dir schon wieder etwas vormachen?« hörte sie sich vorwurfsvoll fragen. »Hier bist du nicht sicher, hier bist du lebendig begraben!« Sie erschrak über den Klang ihrer Stimme, so fremd kam sie ihr vor.

Und als sie die Augen schloß, wußte sie, daß sie am nächsten Morgen losgehen würde. Da mochte kommen, was wollte.

– 15 –

Es war früher Abend, als Leinstetten in Sichtweite kam. Der Schankmeister des Benediktinerklosters in Blaubeuren hatte Philip erzählt, daß er sicherlich beim dortigen Markgrafen oder bei einem reichen Tuchhändler eine Übernachtungsmöglichkeit finden würde. Philip war es gleich, wo er die Nacht verbrachte, ihn sehnte es einzig nach einem kühlen Raum und einem Krug Bier. Obwohl er tagelang unterwegs gewesen war, ohne auf eine Menschenseele zu treffen, stand ihm der Sinn nicht gerade nach langen weinseligen Gesprächen. Morgen vielleicht. Heute abend wollte er nur ruhen.

Wie ein dunkelgelber Ball stand die Sonne über der weiten Albhochfläche und überzog die Landschaft mit einem goldenen Glanz. Kein kühlender Lufthauch erfrischte Mensch oder Tier, es war noch genauso heiß wie in der Mittagsglut. Weiter südlich türmten sich die ersten dunklen Wolken auf, und Philip hoffte, noch vor dem Gewitter eine Unterkunft gefunden zu haben. Er beschleunigte seinen Schritt.

Den ganzen Tag war er ohne Rast mit seinen Vermessungen und Berechnungen beschäftigt gewesen. Stück für Stück hatte er sich wie eine Bergziege die Alb hinaufgehangelt. Nun war er müde. Seine Beine schmerzten, seine Füße waren geschwollen, ihr Fleisch rieb sich in seinen ledernen Stiefeln wund. Auch Alois schien erschöpft zu sein. Unter seinem Sattel lugten dunkle Schweißflecken hervor, und er ließ seinen Kopf noch mehr hängen als sonst. Seit dem Mittag hatte er nichts mehr zu saufen bekommen. Hier oben auf der Alb war das Wasser rar, es gab kaum einmal einen Bach, geschweige denn Seen oder Weiher. Philips eigener Wasservorrat war auch längst erschöpft, und seine Zunge klebte dick und pelzig am Gaumen fest. Gerade als er sich des Pferdes wegen Sorgen zu machen begann, wurde Alois wieder munter. Er schnaubte und zog Philip nach links über eine Wiese. An deren anderem Ende wand sich ein schmaler Bach entlang. Das Pferd stolperte das Ufer hinunter und sog mit lauten, gurgelnden Schlucken das Wasser auf. Philip wusch sein Gesicht ab und trank dann ebenfalls einige Handvoll Wasser.

Dann sah er sich um. Ein Stückchen abseits des kleinen Dorfes erkannte er einen U-förmigen Bau, der von hohen Mauern eingefriedet war. Das mußte das Gut des Markgrafen sein! Es wurde auch Zeit. Die Gewitterwolken waren schon viel näher gekommen, die Vögel hatten sonnenmüde ihr Gezwitscher beendet und schienen jetzt stumm auf Blitz und Donner zu warten.

»Alois, es tut mir leid, aber heute mußt du mich tragen. Meine Füße bringen mich keinen Meter mehr weiter.« Philip stöhnte, als er mit seinem geschwollenem Fuß in den Steigbügel trat und aufsaß.

In der Vergangenheit war es nur selten vorgekommen, daß er die Landschaft hoch zu Roß durchquert hatte. Meist war er zu Fuß unterwegs und mit dem Schrittezählen beschäftigt, während Alois bei jeder Rast grasen durfte. Nur an Tagen, an denen das Marschieren ihn besonders ermüdete, schwang er sich in den Sattel. So wie heute.

Das Tor zum markgräflichen Gut stand offen. Ohrenbetäubendes Hundegebell scholl Philip entgegen, was ihn normalerweise sofort abgeschreckt hätte. Doch die breiten, geöffneten, schmiedeeisernen Flügel hatten etwas Einladendes an sich, und Philip seufzte sehnsüchtig. Vor seinen Augen erschien ein Krug mit dunkelbraunem Bier, auf dem eine dicke, weiße Schaumkrone thronte. Hatten sie ihn schon aus der Ferne gesehen? Eilte ihm sein Ruf etwa voraus, und er wurde erwartet? Er stöhnte vor Wonne und Vorfreude auf.

Gerade, als er durch das Tor reiten wollte, tauchten auf der ande-

ren Seite zwei junge Mädchen auf, die einen Kessel voller ekelerregender, zum Himmel stinkender Masse zwischen sich trugen. Alois prustete.
»Weg da! Aus dem Weg, ihr Bauerntölpel!« Plötzlich hatte er den Geruch des verseuchten Gewässers in Anstetten wieder in der Nase und spürte, wie sich etwas in seinem Hals löste. Ihm wurde übel. Er preßte seine Schenkel unwillkürlich so heftig zusammen, daß Alois einen Satz nach vorn machte.
Das eine der beiden Mädchen jaulte vor Schreck auf wie ein junger Hund. Dann rutschte ihr der Henkel aus der Hand, der Kessel fiel mit einem Plumps zu Boden und die braune Masse schwappte über den Rand.
»Das ... ist ... doch ... Hundekot!« entfuhr es Philip, während die junge Frau sich aufrappelte und heulend versuchte, den Kot von ihrem Rocksaum abzuschütteln.
Die andere schoß ihm kalte Blicke zu. »Was wollen Sie hier? Der Markgraf ist nicht da.« Breitbeinig verstellte sie ihm den Durchgang. »Oder will der Herr zum Gesinde?«
»Und wo ist der Graf, wenn ich fragen darf?«
»Weg eben.« Sie reichte der anderen ihre Hand und half ihr beim Aufstehen. Dabei wandte sie sich um, und Philip sah, daß sich ihr Rücken buckelig wölbte.
Entweder waren Bauern geschwätzig wie alte Weiber oder so einsilbig wie diese beiden hier. »Und was macht ihr hier, wenn der Hausherr nicht da ist?« Das war wieder einmal typisch für sein Schicksal! Kaum war er irgendwo angekommen, mußten ihm zwei Diebinnen oder ähnliches Gesindel über den Weg laufen! Dabei wollte er doch nichts als seine Ruhe.
Der Blick der Buckeligen verriet, daß sie der Meinung war, daß ihn das gar nichts anging. Trotzdem antwortete sie: »Wir haben die Hundezwinger des Markgrafen ausgemistet.« Ihr Kinn deutete auf die Wanne neben ihr.
Philip dachte an die Fäkalienberge, die in Anstetten das Trinkwasser verunreinigt hatten. »Und wo wollt ihr jetzt hin mit dem

ganzen Mist?« herrschte er sie an. Hatten die beiden etwa vor, alles in das jämmerliche Rinnsal von Bach zu werfen?
Die ältere der beiden lachte rauh. »Zum Arbeiten brauchen wir den Hundedung, wenn Sie es genau wissen wollen. Tierhäute werden darin eingelegt, damit sich das Fell besser ablöst.« Ihr Blick ließ ahnen, daß sie ihm das gleiche Schicksal an den Hals wünschte. Sie packte den Henkel des Kessels erneut, und die andere tat es ihr gleich. Mühselig, Schritt für Schritt, gingen sie in Richtung Dorf davon, ohne sich nochmals umzudrehen.
Wie konnte ein Mensch nur einem so unappetitlichen Tagwerk nachgehen! »Heh, ihr zwei, sagt, wo wohnt der ... Kaufmann?« schrie er ihnen nach und drehte Alois zum Gehen ab.
Mit der freien Hand wies die Ältere tonlos auf ein Haus in der Ferne, das ebenfalls abseits vom Dorf stand und fast völlig von riesigen Tannen verdeckt wurde.

Mittlerweile war es nahezu dunkel geworden. Ein heftiger Wind fegte durch die Bäume und ließ dotterblumendicke Regentropfen niederprasseln. Doch von einer Abkühlung konnte noch immer keine Rede sein, denn der Regen war warm. Vom Rücken des Pferdes aus klopfte er an die schwere Eichentür, die fast im selben Moment geöffnet wurde. Eine Magd, von Kopf bis Fuß in schwarzes Leinen gekleidet, stand klein und gebückt vor ihm. Philip sagte seinen Spruch auf und wollte schon absteigen, um sich vor den immer dicker werdenden Regentropfen in Sicherheit zu bringen.
»Hier können Sie nicht übernachten.« Die Stimme der Frau war erstaunlich fest für ihre zarte Statur. »Das ganze Haus trägt Trauer.«
»Ihr Herr ist tot? Wann ist denn das geschehen?« Im Blaubeurener Kloster hatte niemand erwähnt, daß es sich bei dem Tuchhändler um einen alten Mann handelte!
»Nicht der Herr ... sein Sohn! Ermordet worden ist er.« Die Unterlippe der Frau zitterte, und sie wischte sich mit einer Hand

übers Gesicht. »Der einzige Sohn des Hauses. Können Sie jetzt verstehen, daß es heuer um die Gastfreundschaft nicht sonderlich bestellt ist?« fragte sie beinahe anklagend, als trüge er irgendeine Mitschuld an dem Unglück.
Philip nickte. Regen lief ihm in den Kragen seines Hemdes. Seine Visionen von frisch gezapftem Bier verschwammen mit dem Wolkenbruch. Statt dessen sah er sich im Wald auf durchweichtem Laub ein Lager scharren – wie ein Hund, den niemand wollte. Es schauerte ihn.
»Der Markgraf ist auch nicht da … Am besten reiten Sie ins Dorf und fragen dort nach einer Unterkunft.« Und schon schlug die Frau die Tür mit einem Rums wieder zu.
Philip nestelte seinen Umhang aus der Satteltasche und warf ihn sich über. Dumme Ziege! Einen etwas freundlicheren Abschiedsgruß hätte sie ihm schon entbieten können.

Donner krachte, und Blitze erhellten immer wieder den mittlerweile nachtdunklen Himmel. Das Gewitter befand sich jetzt direkt über ihnen. Philip klopfte Alois' Hals. Ein gutes Pferd hatte er da! Alois zuckte nicht einmal mit seinen großen Augen, obwohl sich das laute Poltern durchaus etwas angsteinflößend anhörte. Zumindest hatte Philip ein solch heftiges Gewitter in Stuttgart noch nicht erlebt. Wahrscheinlich lag es daran, daß die Gegend hier oben den Naturgewalten völlig ausgeliefert war, ohne schützende Täler und Berghänge, die das Schlimmste abhielten. Er zog seinen Regenumhang tiefer ins Gesicht.
Und dann sah er das Sühnekreuz. Direkt am Wegesrand, neben dem Wald war es aufgebaut. Es konnte noch nicht lange dort stehen: Der Sandstein war hell und noch nicht verwittert, auch war es völlig unversehrt. Philip hatte schon Sühnekreuze gesehen, die Dutzende von Einkerbungen aufwiesen, von Menschenhand gemacht, um das Steinmehl als Mittel gegen das Böse zu gewinnen. Das hier konnte nur die Todesstätte des Tuchhändlersohnes sein! Aber wer hatte es dort aufstellen las-

sen? Der Mörder selbst konnte es wohl schlecht getan haben, aber vielleicht ein Angehöriger? Das hieße, daß der Mord bisher ungesühnt geblieben war, oder? Und das wiederum bedeutete, daß der Mörder sich noch hier in der Gegend herumtreiben konnte ... Vergeblich schnalzte Philip mit der Zunge, um das Pferd zum Schnellerlaufen zu bewegen. Alois, mißmutig durch den ungewohnten Lärm des Gewitters und das gleißende Blitzlicht, marschierte zwar tapfer voran, doch in eine schnellere Gangart zu verfallen, hielt er scheinbar nicht für angebracht.
Als Philip direkt neben dem Kreuz vorbeiritt, erkannte er in dessen Mitte ein Loch, durch das man Messer, Säbel oder Prügel stecken konnte, um Gefahren zu bannen. Ihm wurde immer mulmiger zumute. War der Tote durch eine dieser Waffen ums Leben gekommen? Oder ...

Dann ging plötzlich alles ganz schnell. Von einem Augenblick zum andern wurde er von dem harmlosen Reisenden zu einem Teil des Unwetters, wurde er hineingezogen in den Sog der Naturgewalten. Ohne Möglichkeit, zu entrinnen. Ein gleißender Blitz schien das steinerne Kreuz geradezu zu versengen. Alois wieherte erschrocken und stieg vor Panik auf die Hinterfüße. Bevor Philip wußte, wie ihm geschah, rutschte er vom Sattel. Für einen Augenblick noch hatte er das Gefühl, als Zuschauer neben sich zu stehen und seinen Sturz aus sicherer Perspektive zu beobachten. Doch dann prallte er mit einem harten Ruck auf dem Boden auf und verlor das Bewußtsein.

– 16 –

Der Regen lief ihr in Bächen übers ganze Gesicht, als Xelia sich zu dem Verunglückten hinabbeugte. War er tot? Ein lautes Donnergrollen erscholl just in dem Moment, und im Licht des darauffolgenden Blitzes wirkten die Wangen des Mannes leichenblaß. Genau an derselben Stelle war Samuel gestorben, und einen fürchterlichen Augenblick lang glaubte sie, wieder einen Toten vor sich zu haben. Sie zitterte am ganzen Leib, aber das lag nicht an den herabprasselnden Wasserfluten. Was sollte sie nur tun?

Seine Hilferufe hatten sie geweckt. Es hatte eine Weile gedauert, bis ihr klar war, daß sie nicht geträumt hatte, sondern daß die Schreie echt waren, draußen im Wald. Dennoch hatte sie gezögert. Vielleicht wollte ihr jemand eine Falle stellen? Erst als die Schreie schwächer geworden waren, gelangte sie zu der Überzeugung, daß wirklich ein Mensch Hilfe brauchte. Vorsichtig hatte sie sich von Baum zu Baum gepirscht, immer in Deckung und immer am Waldrand entlang. Nur keinen Schritt auf die Straße tun! Endlich, als sie fast schon wieder zur Höhle umkehren wollte, hatte sie zuerst das Pferd, dann den Gestürzten erblickt und tausend Flüche auf einmal ausgestoßen.

Sie kniete neben ihm nieder und legte seinen Kopf in ihren Schoß. Er war schwer und wankte ohne eigenen Willen hin und her. Sie klopfte ihm abwechselnd auf die linke und die rechte Wange. Keine Regung. Aber er lebte! Das Pochen der Ader auf seiner linken Halsseite war so deutlich zu erkennen, daß sie nicht einmal mit der Hand nach seinem Herzschlag fühlen mußte.

Xelia schaute sich um. Kein Mensch weit und breit. Was sollte sie nur mit ihm machen?

Am liebsten hätte sie vor Verzweiflung geheult, aber was hätte ihr das genutzt? Nein, sie mußte nachdenken, und zwar vernünftig. Sie schluchzte nur einmal laut auf und wischte sich dann resolut die salzigen Bäche aus dem Gesicht.
Ihn aufs Pferd zu hieven, schaffte sie nicht. Der Mann war zwar nicht beleibt, aber auch nicht gerade schwächlich. Dafür hatten aber ihre eigenen Kräfte in den letzten Wochen erheblich nachgelassen.
Das Pferd! Wo war es überhaupt? Mit zusammengekniffenen Augen suchte Xelia die verregnete Dunkelheit nach ihm ab. Dann sah sie Alois unter einer Tanne stehen, an deren Rinde er gelangweilt herumkaute. Still schickte sie einen Fluch in seine Richtung – hätte es nicht gescheut und seinen Reiter abgeworfen, hätte sie jetzt nicht ein zusätzliches Problem! Unsanft legte sie den Kopf des Fremden auf dem Boden ab, doch nicht einmal dieser Rumpler weckte ihn aus seiner Ohnmacht. Sie würde das Vieh herholen und dem Mann die Zügel in die Hand geben, damit er beim Aufwachen gleich aufsteigen konnte. Wütend auf sich und wütend auf den Fremden, starrte sie ihn an. Da erst fiel ihr auf, daß sein rechtes Bein seltsam verdreht war. Nicht das! Das durfte nicht sein! Im gleichen Moment wußte sie, daß ihre Vermutung zutraf. Das Bein war gebrochen. Damit konnte sie ihn auf keinen Fall hier liegen lassen. Aber mitnehmen kam auch nicht in Frage.
Nein, sie mußte eine andere Lösung finden.

– 17 –

Als Philip aufwachte, war es rabenschwarz um ihn herum. Hatte er seine Augen noch geschlossen? Nein, sie brannten zwar ein wenig, waren aber offen. Warum schien es ihm dann so dunkel? Kein Licht, kein Schatten, nicht der Hauch von Helligkeit war zu sehen. Wo war er? Was war geschehen? Er konnte sich an nichts erinnern, und das ängstigte ihn. Er spürte, wie sein Puls schneller wurde. Wo war Alois? Und wo seine ganzen Sachen? Er versuchte sich aufzusetzen, als ein unsäglicher Schmerz durch sein rechtes Bein fuhr. Dagegen ankämpfend, hielt Philip die Luft an. Dann wurde er wieder ohnmächtig.

Verkrampft lag Xelia neben dem Fremden in der Höhle und lauschte seinem Stöhnen. Sie wagte kaum zu atmen. Wann würde er aufwachen? Einerseits hoffte sie, es möge so bald wie möglich geschehen, andererseits hätte sie den Augenblick am liebsten eigenmächtig so lange wie möglich hinausgeschoben. Was sollte nämlich dann geschehen?

Sie mußte sein Bein behandeln, eine Auflage aus zerquetschten Kräutern machen und das Ganze mit einem passenden Ast schienen, damit die zerbrochenen Knochen wieder zusammenwachsen konnten. Aber genau darin lag das Problem! Es würde Wochen dauern, bis er wieder gehen konnte. Das hieß, nicht nur er war an die Höhle gefesselt, sondern sie auch! Verdammt noch mal! Sie hatte ihre Flucht tatsächlich solange aufgeschoben, bis es zu spät war. Jetzt saß sie in der Falle. Xelia spürte, wie ihre Kehle eng wurde, und heiße Tränen emporstiegen, die sie sofort zu einem fast lautlosen Gurgeln erstickte. Sie wollte ihn nicht wecken. Sie brauchte Zeit zum Nachdenken.

Mit Mühe hatte sie den Mann schließlich doch über den regenschweren Waldboden zu ihrer Höhle gezogen. Ihre Arme und Handgelenke schmerzten noch immer davon. Dann war sie noch einmal zurückgegangen, um den Gaul zu holen. Sie hatte ihm gerade die Satteltaschen abgenommen und wollte ihn vor der Höhle anbinden, als ein Blitz direkt neben ihnen durch die Bäume schoß. Noch bevor Xelia irgend etwas tun konnte, war das Vieh in Panik mit weiten Galoppsprüngen in Richtung der Flachsfelder davongestürmt.

Aber vielleicht war es doch noch in der Nähe? Sobald es hell war, würde sie den Wald nach ihm absuchen.

Warum hast du den Fremden nicht einfach seinem Schicksal überlassen, fragte eine keifende Stimme in ihrem Inneren nicht zum ersten Mal. Es war doch Sommer, er wäre schon nicht erfroren! Am nächsten Morgen hätte ihn sicher jemand gefunden, und sie hätte sich all die Mühe erspart! Aber nun?

Womöglich hätte im Dorf und in der ganzen Umgebung ihm niemand mit seinem gebrochenem Bein helfen können, regte sich eine andere Stimme in ihr. Ohne ihre Hilfe wäre er vielleicht für immer ein Krüppel geblieben!

Am nächsten Morgen wollte sie Kräuter sammeln für sein Bein. Und Beeren für ihr Frühstück. Von nun an mußte sie Nahrung für zwei beschaffen. Als ob es für sie allein nicht schon schwer genug war! Und noch eine Frage schoß ihr plötzlich siedendheiß durch den Sinn: Wo und wie würde der Mann seine Notdurft verrichten?

Sie spürte erneut Verzweiflung in sich emporsteigen und steckte ihre geballte Faust so fest wie möglich in den Mund, um nicht laut loszuheulen. Warum hatte sie sich alle diese Fragen nicht gestellt, bevor sie diese Dummheit begangen hatte? Sie würde den Fremden pflegen müssen wie einen Säugling. Und wofür? Dafür, daß er sie bei der nächstbesten Gelegenheit verraten würde.

Am folgenden Morgen blitzte der Himmel wieder strahlend

blau durch die dichten Baumwipfel. Der Regen der letzten Nacht war längst im Boden versickert. Nur eine weiße Schicht aufsteigender Wasserdampf direkt über dem Erdreich zeugte noch von den Wassermassen, die in der Nacht niedergegangen waren. Die Vögel sangen ihre Sommerlieder wie eh und je, und selbst zwischen den dicht stehenden Bäumen war schon zu spüren, daß es ein heißer Tag werden würde.
Angespannt versuchte Xelia, hinter der Höhle ihre Notdurft zu verrichten. Das Pferd war nirgendwo zu sehen. Wahrscheinlich hatte es sich schon längst einer aus dem Dorf unter den Nagel gerissen.
Als sie aufgestanden war, hatte der Fremde noch geschlafen. Wenn er aufwachte, wollte sie da sein, deshalb verkniff sie es sich, zum Bach zu laufen, obwohl ihr Leib nach der Anstrengung der letzten Nacht ganz klebrig war mit altem Schweiß.
Vor dem Eingang zu ihrem Versteck blieb sie stehen und zwang sich, ihre Brust mit der kühlen Waldluft zu füllen. Zu zweit war es in der Höhle stickig und eng. Wahrscheinlich würde sie nicht umhinkommen, den Vorhang, den sie in mühevoller Arbeit aus Ästen, Schlingen und Wurzeln geflochten hatte, zur Seite zu schieben. Dann hätten sie zwar etwas mehr Luft zum Atmen, dafür auch weniger Schutz vor dem Entdecktwerden. Abermals verfluchte sie ihre Entscheidung, den Fremden mit hierherzunehmen.
Ihre Knochen schmerzten, als hätte sie auf dem harten Waldboden gelegen statt auf ihrer dicken, weichen Matratze aus Moos. Doch nach wenigen Atemzügen wanderte die frische Luft durch ihre Nase in den Kopf, in ihre Arme und bis hinab in ihre Brust. Langsam entspannte Xelia sie sich ein wenig.
Resolut schob sie schließlich das Geflecht aus Tannenreisig zur Seite. Wenn er jetzt noch nicht wach war, würde sie ihn wecken. Sie mußten die Begrüßung hinter sich bringen. Es nutzte ja alles nichts, sie sollten beide versuchen ...
Wie angewurzelt verharrte sie im Eingang zu ihrer Höhle. Der

Fremde saß aufrecht da und fuchtelte wie wild mit einem Messer herum. Sie hörte ein Lachen und mußte feststellen, daß es ihres war, ihr aber nicht gehorchte.

»Wo bin ich hier? Wo ist mein Pferd? Was willst du von mir?« Die Satteltaschen, die Xelia letzte Nacht vom Pferd genommen und neben ihn gelegt hatte, hatte er inzwischen hinter sich geschoben, als wolle er sie mit Leib und Leben verteidigen. Seine ganze Pose wirkte feindselig und gleichzeitig lächerlich. Wollte er ihr etwa Angst machen? *Er ihr*? Oder hatte er womöglich selbst Angst? Das konnte schon eher sein. Nach seinem Blick zu urteilen hielt er sie für eine Wahnsinnige. In Leinstetten gab es zwar kein Irrenhaus, aber in der Nähe von Ulm schon. Von dort waren immer wieder Geschichten über Leute zu hören, die den Verstand verloren hatten. Wahrscheinlich dachte er, sie sei eine von denen! Wenn er wüßte, daß sie statt dessen eine gesuchte »Mörderin« war... Wieder drohte ein glucksendes Lachen. »Ich bin Xelia«, beeilte sie sich jedoch zu sagen. Mehr brauchte er nicht zu wissen.

»Und?« Der Mann wartete eindeutig auf weitere Erklärungen. Sie fühlte seinen stechenden Blick. Seine Hand mit dem Messer zitterte ein wenig.

»Du hattest letzte Nacht im Gewitter einen Unfall. Bist vom Pferd gestürzt und hast dir das Bein gebrochen. Und ich hab' dir geholfen.« Obwohl es sich um einen ganz feinen Herrn handeln mußte, entschied sie sich für die respektlose Anrede. Sie schien ihr der Situation angemessen.

»Das Bein gebrochen!? Aber... Wie...?« Er schaute an sich hinunter, legte sein Messer aus der Hand und tastete mit beiden Händen das gebrochene rechte Bein ab. Dann versuchte er, es anzuwinkeln, und schrie sofort auf.

Du meine Güte! Was war denn das für ein grobes Ungeheuer? Daß sein Bein nicht gesund war, mußte er doch schon längst gespürt haben! »Gleich nach dem Morgenmahl geh' ich los und hole Kräuter und einen passenden Ast. Dann werd' ich dein

Bein verbinden.« Xelia zwang sich, ihrer Stimme einen festen Ton zu verleihen, um ihm ein wenig Vertrauen einzuflößen. Schließlich war er krank.

»Was soll das heißen, *du* willst mich verbinden?« Er fuchtelte abermals mit dem Messer herum. Ihm war anzusehen, daß er tausend Erwiderungen auf der Zunge hatte. Es schien ihm schwerzufallen, sich für eine zu entscheiden. »Du tust gar nichts! Wer weiß, vielleicht hast du mir aufgelauert und mein Pferd hat wegen dir gescheut!« fuhr er sie schließlich an.

»So wird's wohl gewesen sein«, entgegnete Xelia gelassen. Sie begann, die Beeren und Früchte, die sie vom Tag zuvor übrig hatte, nach faulen Stellen durchzusehen. »Ich bin Heilerin, falls du es genau wissen willst. Ich kann das. Hätte ich dich nicht gefunden, wärst du für den Rest deines Lebens ein Krüppel geblieben. Ich bin die einzige hier in der Gegend, die dir helfen kann.«

»Nichts da!« Er versuchte sich aufzurappeln, gleich darauf aber entfuhr ihm ein Schmerzensschrei, und er sackte wieder in seine sitzende Position zurück. »Glaubst du etwa, ich ließe mich von *dir* behandeln? Du holst jetzt sofort mein Pferd und hilfst mir aufsitzen! Wenn es sein muß, bin ich mit einem Tagesritt in Ulm oder Blaubeuren. *Dort* lasse ich mein Bein heilen! Von einem *Arzt!*« Eine tiefe Falte teilte seine Stirn in zwei Hälften. »Auf, auf! Worauf wartest du noch?«

Noch nie hatte Xelia jemanden so herrisch, so hochnäsig und unfreundlich dreinblicken sehen, nicht einmal Feltlin. Der war grausam und gemeiner als das hinterhältigste Vieh, seine Miene jedoch stumpf und ohne Ausdruck. Angst hatte sie vor dem Fremden nicht, aber sein Hochmut reizte sie. Wie unverschämt er war! Keine Spur von Dankbarkeit in seinem bartstoppeligen, jungenhaften Gesicht. Nicht einmal seinen Namen hatte er bisher genannt!

Er hatte in der Zwischenzeit den Inhalt seiner Taschen ringsum ausgebreitet – wahrscheinlich, um nachzusehen, ob noch alles da war – und wieder eingepackt. Als er aufschaute, wanderte sein Blick stur an ihr vorbei. »Du bist ja immer noch da! Wenn du jetzt nicht gleich den Gaul holst, mach' ich dir Beine! Ich will so schnell wie möglich weg.«

Er hatte offensichtlich immer noch nicht verstanden, daß er gar nichts machen konnte! »Das geht nicht«, antwortete sie und war stolz auf den Gleichmut in ihrer Stimme. »Ich kann dich nicht weglassen. Du bleibst hier.«

– 18 –

Philip spürte, wie er müde wurde. Den ganzen Tag – war es Tag, war es Nacht? In der verfluchten Höhle konnte man nicht einmal das wissen! – hatte er mit der Wilden gestritten. Als sie sich seinen Anweisungen schlicht und einfach widersetzt hatte, war er erst einmal sprachlos gewesen. Angesichts seiner mißlichen Lage hatte er dann mit einer freundlicheren Rede versucht, sie umzustimmen. Doch vergeblich. Die Wilde – wahrscheinlich war sie eine von den Wegelagerern, die stets im Wald lebten – hatte sich einfach nicht mehr um ihn gekümmert und so getan, als wäre er gar nicht da. Seelenruhig hatte sie mit einem Ast einige Handvoll Kräuter zerstampft, und dieses Mus auf sein Bein gestrichen. Stocksteif und mit tausend unausgesprochenen Protesten auf den Lippen, hatte er sie gewähren lassen. Daß sie mehrmals auf den Brei gespuckt hatte, hatte er auch gesehen! Philip stöhnte laut auf. Hexenkraut! Aber was hätte er tun sollen?! Solange ihm nichts Gescheites einfiel, war er ihr hilflos ausgeliefert. Auch, als sie mehrere Äste an sein Bein gehalten und einen davon als Schiene ausgesucht hatte, hatte er nur zusehen können. Gerade so, als habe er mit seinem Bein nichts zu tun. Mit einem Lumpen, der genauso unappetitlich stank, wie er aussah, hatte sie dann ihr Machwerk verbunden, während er mit seinem linken Bein heftig hin und her gezappelt und sie mit allen Schimpfwörtern, die ihm eingefallen waren, überschüttet hatte.

Er mußte allerdings zugeben, daß sich der Kräuterbrei kühl und gut anfühlte. Auch die stechenden Schmerzen im Knie hatten nachgelassen, was jedoch sicher nicht von ihrem Tun herrührte. Wahrscheinlich war gar nichts gebrochen! Aber dann müßte er aufstehen können... Warum nur konnte er nicht... Abermals

versuchte er, in die Höhe zu kommen. Umsonst. Mit dem steif geschienten Bein konnte er gerade einmal sitzen.
»Hast du Durst? Willst du was essen?« wurde er plötzlich von der Wilden aus seinen Gedanken gerissen. Wie ein Geist hockte sie vor ihm, dunkel und gefährlich.
Er drehte den Kopf weg. Glaubte sie etwa, er würde auch nur eine Krume, die sie mit ihren dreckigen Händen anbrachte, anrühren?
Sie zuckte mit den Schultern. »Mußt du Wasser lassen? Oder . . .?«
Er winselte angesichts der zu erwartenden Worte, doch sie sprach nicht weiter. Seit Stunden mußte er pinkeln wie Alois, sein Gaul, aber das wollte er ihr nicht sagen. In welche Lage war er da nur gekommen! Da er nicht antwortete, drehte sie sich weg.
»Auch gut. Wenn du irgendwann doch einmal deine Notdurft verrichten mußt, dann sag es. Glaub ja nicht, daß ich dich wasche, wenn etwas davon in die Hose geht.« Sie drehte sich so ruckartig um, daß ihr weißblonder Zopf durch die Höhle schleuderte und ihn an der Schulter traf. Dann verschwand sie nach draußen.
Wie sprach das Weib mit ihm? Was erlaubte sie sich? Philip blies in seine Backen, schwieg aber. Was hätte er schon sagen sollen? Um den Drang zu urinieren weiter unterdrücken zu können, schlug er sein gesundes Bein über das geschiente. Doch das tat zu weh, und so legte er es nach wenigen Augenblicken wieder zur Seite. Er versuchte, an etwas anderes zu denken.
Er mußte einen Weg finden, um aus diesem Gefängnis hinauszukommen! Nur wie? Alois, der brave Alois, war weg, und er selbst konnte nicht einmal aufstehen, geschweige denn laufen. Aber vielleicht war es gut, daß das Pferd davongelaufen war. Vielleicht würden sie deshalb nach ihm suchen. Es kam schließlich nicht alle Tage vor, daß ein herzöglicher Kartograph einfach verschwand! Vielleicht hielten sie ihn für tot? Vielleicht glaub-

ten sie, er sei wie der Sohn des Tuchhändlers ermordet worden? Dann würden sie aber doch wenigstens nach seiner Leiche suchen, oder?

Hier findet dich keiner, flüsterte eine leise Stimme ihm tief drinnen zu. Und außerdem: Wer waren denn »die«? Wer sollte nach ihm suchen? Er wurde doch von niemandem vermißt. Niemandem hatte er seine Pläne bezüglich der Wegstrecke mitgeteilt. In Stuttgart wurde er frühestens im November erwartet, wenn er dort über die kalte Jahreszeit sein Winterdomizil aufschlagen würde. Wer in aller Welt sollte also jetzt nach ihm suchen ...

Noch ehe er diesen schrecklichen Gedanken zu Ende gedacht hatte, spürte er etwas Warmes, Weiches unter sich. Nein! Nicht das! Er hatte wie ein hilfloses Brustkind in die Hose gemacht. Und nun liefen ihm auch noch Tränen übers Gesicht! Hilflose, wütende, heiße Tränen, die er haßerfüllt wegzustreichen versuchte, bevor die Hexe wieder zurückkam.

– 19 –

Es war wieder Abend. Der Fremde – sie wußte immer noch nicht seinen Namen! – war jetzt schon eine ganze Nacht und einen ganzen Tag in ihrer Höhle. Nachdem er sich zuerst vehement dagegen gewehrt hatte, von ihr behandelt zu werden – ohne Erfolg, versteht sich –, war er am späten Nachmittag eingeschlafen. Welch himmlische Ruhe herrschte jetzt, nach all seinem Gezeter! Wenn er sich wenigstens freundlich mit ihr unterhalten würde! Aber nein, sein Ton war stets ruppig und kurz angebunden. Meist hatte er mit ihr gestritten, wollte zum hundertsten Mal wissen, warum ihr das Pferd davongelaufen war, warum sie ihn nicht wegließ und warum sie hier hauste. Auf keine der Fragen konnte sie ihm eine Antwort geben, die ihn zufriedenstellte. Wenn er sie anschaute – meist schaute er sowieso an ihr vorbei –, dann sah er nicht sie, Xelia die Heilerin, sondern eine dreckige, in Lumpen gekleidete Räuberin, die ihn gefangenhielt. Argwöhnisch beobachtete er jeden ihrer Handgriffe, als wolle sie ihm im nächsten Augenblick etwas antun.

Dieses ewige Beobachtetwerden störte Xelia sehr. Nun, da er schlief, konnte sie den Spieß umdrehen und zur Abwechslung einmal ihn beobachten. Bedächtig aß sie dabei die Brombeeren, die sie zuvor gesammelt hatte. Da sie nun für zwei sorgen mußte, hatte sie sich überwunden und war an den Waldrand gegangen, um die Beeren zu pflücken. Was eine halbe Ewigkeit gedauert hatte, denn nach jeder Handvoll hatte sie sich umgedreht und argwöhnische Blicke in alle Richtungen geschickt, um sich gleich verstecken zu können, falls jemand auftauchte. Doch sie hatte Glück gehabt. Niemand war vorbeigekommen, und sie war mit einer ganzen Schürze voller rotschwarzer Früchte zurückgekehrt. Der süße Geschmack war eine angenehme Abwechslung zu den bitter schmeckenden Kräutern, aus denen ihre Mahlzeiten sonst hauptsächlich bestanden. Sie hätte ihm bereitwillig die Hälfte davon abgegeben, aber bitte, wenn der feine Herr nicht wollte!

Seit sie ihn in der Nacht zuvor hierhergeschleppt hatte, hatte er nichts gegessen oder getrunken. Andere menschliche Bedürfnisse schien er auch nicht zu verspüren, obwohl ... der säuerliche Geruch, der von ihm ausging, konnte eigentlich nur bedeuten ... Dafür war er sich anscheinend nicht zu fein!

Wie trügerisch der Schlaf doch sein konnte. Der Mann sah sanft und freundlich aus. Seine Gesichtszüge waren völlig entspannt, seine Lippen ein wenig geöffnet, nur sein Kinn war genauso stur nach vorne gerichtet wie im wachen Zustand. Xelia glaubte daran etwas vom Starrsinn dieses Mannes ablesen zu können. Er sah keineswegs so verlebt aus wie die Männer aus dem Dorf oder gar Feltlin, Gott bewahre, in seinem Gesicht waren nur erst feine Linien zu sehen. Er sah aus wie ein Mann, der ohne größere Sorgen, Krankheiten oder Hungersnot in aller Ruhe hatte erwachsen werden können. Der mit sich und seinem Leben – seine jetzige Lage einmal ausgenommen – zufrieden war. Warum nur war ihr nicht das gleiche Glück vergönnt gewesen? Sie stopfte sich drei Brombeeren auf einmal in den Mund und versuchte, sie so lange wie nur möglich auf der Zunge zu halten.

Dann wischte sie ihre Hände an der Schürze ab, die sich klebrig und rauh anfühlte. Sie wünschte sich nichts sehnlicher als ein Bad im Bach! Eintauchen, den Schweiß und Schmutz der Höhle abwaschen, so lange unter Wasser zu bleiben, wie sie es aushielt ... Doch das mußte sie aus zweierlei Gründen verschieben: Zum einen war bei Tag die Gefahr zu groß, daß jemand aus dem Dorf dort auftauchte. Zum anderen konnte der Fremde jederzeit aufwachen. Viel vermochte er ja nicht anzustellen mit seinem gebrochenem Bein, aber sie wollte es nicht darauf ankommen lassen. Nein, sie würde heute Nacht zum Bach gehen, wenn er tief schlief. Dann konnte sie auch

gleich zu den Obstwiesen am Dorfrand laufen, um ihren Vorrat an Äpfeln aufzustocken.
Sie beugte sich zu dem Mann hinab und prüfte den Verband um sein Bein. Wenn sie nur einige Lappen mehr hätte! Dann hätte sie das Ganze noch fester verpacken können.
»Was machst du da?«
Xelia fuhr zusammen. »Nichts. Es ist alles in Ordnung.« Warum entschuldigte sie sich eigentlich dafür, daß sie sich um ihn kümmerte?
»Was ist das für ein Zeug, das du da auf mein Bein geschmiert hast?«
Wie feindselig seine Stimme klang!
»Kräuter eben!« kam es ebenso feindselig von ihr.
»Kräuter! Was für welche, will ich wissen!«
Als ob er dann schlauer wäre! »Schachtelhalm, Habichtskraut und noch ein Kräutlein, das den Beinen besonders guttut.«
»Du weißt nicht einmal den Namen?!«
Sie zuckte mit den Schultern. Angesichts seiner Empörung mußte sie fast schon wieder lachen. Wenn er sich nur sehen könnte! »Muß ich das? Ich weiß, daß es hilft, wenn man die Blätter zerquetscht und auf einen Knochenbruch oder eine offene Wunde legt. Das reicht.«
»Das reicht.« Er prustete. »Du weißt nicht, wie das Zeug heißt, aber daß es wirkt, weißt du, ja? Und woher weißt du das?« Sein ungeduldiger Tonfall machte sie wütend.
»Von meiner Mutter selig. Die war auch Heilerin – und zwar eine gute!«
»Heilerin, pah! Du kannst mir viel erzählen. Wahrscheinlich war sie eine Räuberin, wie du eine bist! Und das ist auch der Grund dafür, daß du keinen Arzt holtst! Oder soll ich dich noch ein dutzendmal darum anflehen?« Der Fremde sah so aus, als hielte er jedes weitere an sie gerichtete Wort für überflüssig.
»Glaub doch, was du willst!« Xelia biß sich auf die Lippen. »Genausogut könnte ich dich beschuldigen, ein Räuber zu sein!

Ich weiß noch nicht einmal deinen Namen! Deshalb sag, wie heißt du?« forderte sie ihn auf.
Wieder sah er an ihr vorbei, als sei ihm ihr Anblick unangenehm. »Philip.«
»Und weiter?«
»Philip Vogel.«
»Und was hast du hier in der Gegend verloren?« Forsche Fragen stellen, das konnte sie auch!
»Ich bin herzöglicher Kartograph, unterwegs im Dienste des Landes. Das Land vermessen. Wahrscheinlich werden sie mich schon von oberster Stelle in Stuttgart aus suchen lassen. Und wenn sie mich dann hier finden, dann Gnade dir Gott!«
Was war er? Was tat er? Seine Worte waren so schnell herausgesprudelt, daß Xelia nur die Hälfte davon verstanden hatte.
»Und du? Warum lebst du hier?« fragte er. »Wahrscheinlich versteckst du dich wegen irgendwelcher Lumpereien«, lieferte er die Antwort gleich nach.
»Stimmt genau«, antwortete sie gleichgültig. Was sollte sie ihm erzählen? Daß sie aus der Hölle geflohen war, nur um in die nächste zu stolpern?
»Was willst du? Geld? Ich hab' nicht viel, aber das kann ich dir geben.« Er kramte in seiner Tasche und hielt ihr kurz darauf einen kleinen Lederbeutel hin. »Dafür müßtest du viele Überfälle auf nichtsahnende Reisende machen ...« Lockend ließ er das Säckchen vor ihrer Nase baumeln.
»Ich mache keine Überfälle!« Sie riß ihm das Teil aus der Hand und schleuderte es mit aller Wucht gegen seine Brust. »Behalt dein Geld!« Xelia stand auf. »Ist dir immer noch nicht klar, daß ich dir *helfen* wollte? Dir und deinem verdammten Bein? Weil du zu blöd warst, um deinen Gaul, diesen lahmen, alten Ackergaul, zu beherrschen!« Sie spuckte abfällig neben ihm auf den Boden. Was für ein Ekel! Warum hatte sie ihn nicht draußen liegen lassen?
Philip war anzusehen, daß er wieder einmal tausend Erwiderun-

gen auf der Zunge hatte. Aber er schwieg wie so oft. Er war es wohl nicht gewohnt, daß ihm jemand die Meinung sagte, jedenfalls schien er für einen Augenblick sprachlos zu sein. Seinen Beutel mit dem Geld packte er wieder in die Satteltasche und schob sie unter seinen Kopf.

»Ich habe Durst.«

Das kam so leise, daß Xelia im ersten Augenblick glaubte, sich verhört zu haben. Sie drehte sich zu ihm um und hatte schon eine spöttische Antwort bereit, als sie sich anders besann. Sie war für sein Wohl zuständig, auch wenn er ein schrecklicher Mensch war. »Ich hab' kein Wasser mehr da, muß erst wieder welches holen. Aber einen Apfel kann ich dir geben. Von mir aus auch zwei. Die sind so saftig, daß sie deinen Durst stillen werden.«

Ohne ein Wort zu sagen, langte er nach der Frucht. Xelia nahm sich ebenfalls eine.

Sich feindselige Blicke zuwerfend, verzehrten sie beide schweigend die Früchte, bis nur noch die kleinen Stummel übrigblieben.

– 20 –

Auch in den nächsten Tagen wurde die Stimmung zwischen ihnen keinen Deut besser. Xelia verfluchte ihre Entscheidung, den Verletzten bei sich aufgenommen zu haben, von Tag zu Tag mehr. Philip Vogel zeigte sich kein bißchen dankbar für das, was sie auf sich nahm, um ihn gesund zu pflegen. Und das war nicht wenig: Weit gelaufen war sie, um Moos zu sammeln, damit auch er eine weiche Unterlage zum Schlafen hatte. Natürlich hätte sie einfach das Moos in der Umgebung ihrer Höhle abrupfen können, doch wären ihr diese Spuren zu verräterisch erschienen. Bisher hatte ihr das Wasser gereicht, das sie bei *einem* Gang zum Bach in ihrem Holzschöpfer holen konnte, wegen ihm mußte sie nun dreimal täglich zum Bach. Das bedeutete, sie lief dreimal Gefahr, entdeckt zu werden! Die Kräuter, die sie sammelte und von denen sie sich ernährten, nahm er ohne ein einziges Wort des Dankes an, um sie danach mit Todesverachtung zu kauen. Brachte sie ein neues Kraut mit, wartete er jedes Mal ab, bis sie selbst davon gegessen hatte, dann erst nahm er es in den Mund. Glaubte er etwa, sie würde ihn vergiften wollen? Nur die Äpfel und Birnen, die sie stehlen ging, schien er mit wahrem Appetit zu verzehren. Aber sie traute sich nicht, noch mehr davon zu pflücken. Sie wußte, daß die Dorfbewohner auf die Früchte angewiesen waren, die einen wichtigen Teil ihres Wintervorrats ausmachten. Würden sie den Diebstahl bemerken, stellten sie womöglich noch nächtens Wachen auf! Das wollte Xelia nicht riskieren. Dann schon lieber Löwenzahn essen.

Wenigstens sein Bein war ein Lichtblick: Jeden Tag nahm Xelia den Lumpenverband ab, tupfte das Bein mit einem nassen Tuch ab und erneuerte den Pflanzenbrei, bevor sie es wieder verband.

Was sie ertastete, fühlte sich gut an: Das Fleisch über seinen Knochen schien fester zu werden, die beiden Knochen dank der Holzschiene in ihre alte Stellung zurückzufinden. Als sie ihm dies mitteilte, war seine Antwort ein Grunzen gewesen.

Es war ungefähr eine Woche nach seiner unfreiwilligen Ankunft in ihrer Höhle. Xelia hatte auf den Wiesen am Waldrand wilde Möhren entdeckt und diese ausgegraben. Nun war sie dabei, die dürren, teilweise von Tieren schon angenagten Stengel von Erde und Sand zu befreien. Unter ihren Nägeln befand sich eine dicke schwarze Erdschicht, die Haut dahinter war wund und schmerzte. Trotzdem freute sie sich über ihren Fund, bedeutete er doch eine Abwechslung auf ihrem mageren Speiseplan.
»Seit wann haust du eigentlich schon hier?«
Für einen Augenblick war Xelia völlig überrumpelte. Was war denn in ihn gefahren? Er hörte sich ja beinahe freundlich an! Auch war ihr nicht entgangen, daß er »hausen« statt »verstecken« gesagt hatte. Sie lachte bitter auf. »Fünf Tage länger als du.«
»So kurz erst? Das hätte ich nicht gedacht.«
Er klang so verhalten, als würde er für jeden gesprochenen Satz einen ungesagt lassen. Wollte er ihr Vertrauen erschleichen? Führte er etwas im Schilde? »Und wieso nicht?«
»Weil . . .«, jetzt zuckte er mit den Schultern, « mir scheint es, als hättest du dich schon vor ewiger Zeit hier eingerichtet. Alles, was du tust, sieht so aus, als würdest du nichts anderes kennen.« Er zeigte auf den hölzernen Schöpflöffel, mit dem sie Wasser holte. »Die Kelle da. Die hast du doch selbstgemacht, oder? Woher kannst du solche Dinge?«
Hatte er also doch nicht nur an ihr vorbeigeschaut! »Woher ich das kann? Was ist das für eine Frage? Ich weiß nicht. Ich kann's halt.« Xelia mußte angesichts seiner interessierten Miene lächeln. Hatte sie ihn schon wieder mit einer zu simplen Antwort enttäuscht! »Du wirst es wohl auch können!« fügte sie aus einer Laune heraus hinzu.

»Ich? Schnitzen?« Er schüttelte mit dem Kopf. »Das hab' ich nie lernen müssen.«

Schon wieder diese Überheblichkeit in seiner Stimme! »Man muß nicht alles erst lernen, um es zu können«, belehrte sie ihn. »Manche Dinge kann man auch so! Man muß sie einfach nur tun.«

»Dinge, die das alltägliche Leben angehen, vielleicht schon. Aber Dinge, die mit Handwerk und Beruf zu tun haben, nicht! Sonst wäre ja jeder ein Handwerksmeister!« Philip sah aus, als würde er die Lust an ihrem Gespräch schon wieder verlieren. Das wollte Xelia nicht zulassen. »Warum versuchst du nicht einfach, ob du schnitzen kannst? Hier!« Sie gab ihm eine Wurzel, die sie vor einigen Tagen von einem ihrer Ausgänge mitgebracht hatte. »Ein Messer hast du ja. Ein größerer Schöpflöffel würde mir das Wasserholen sehr erleichtern!« Und er hätte etwas Sinnvolles zu tun...

Eingehend betrachtete Philip das Holz, strich mit seiner Hand über jede Krümmung, wog es hin und her. »Du könntest recht haben. Daraus könnte man wirklich einen guten Becher machen. Aber woher weißt du das alles?« Er ließ nicht locker.

Plötzlich hatte Xelia das Bedürfnis, ihm eine Antwort zu geben, mit der er etwas anfangen konnte. Dies war das erste Mal, daß sie vernünftig miteinander redeten, und sie wollte nicht diejenige sein, die das Gespräch beendete. »Mein Vater ist Gerber...«, kam es zögerlich. Verriet sie damit nicht schon zuviel?

»Seit meine Schwestern und ich laufen konnten, mußten wir mit anpacken. Da lernt man viel, zum Beispiel, ob aus einem Fell einmal ein besonders gutes Stück Leder wird, oder ob man am besten nur Schnüre daraus macht.« Sie schaute ihn an. Er schien ihr gespannt zuzuhören, ohne sie unterbrechen zu wollen. Die Wurzel hatte er auf seinem Schoß liegen. »Da sieht man den Dingen einfach an, ob sie was taugen oder nicht.« Reichte das als Antwort? Konnte er damit etwas anfangen? »Dein Messer zum

Beispiel, das ist nichts Rechtes«, fügte sie hinzu. Er schaute das Messer stumm an, als wolle er ihre Aussage prüfen, und legte es dann weg, ohne seine Miene zu verziehen.
»Und deine Mutter war Heilerin? Wie kommt's, daß die einen Gerber geheiratet hat?«
»Wenn ich das wüßte!« Xelias Antwort kam bitter, begleitet von einem rauhen Lachen. »Der Gerber gehört nicht gerade zu den Menschen, die durch ihre Freundlichkeit überzeugen.« Sie war von ihrer Ehrlichkeit überrascht. Schließlich hätte sie seine Frage auch mit einem unverbindlichen Schulterzucken abtun können.
»Vielleicht hat sie ihn aus einem besonderen Grund heiraten *wollen!* So unterschiedliche Paare gibt es öfter, als man glaubt.« Er erzählte ihr von dem Böttchergesellen, der die Witwe seines verstorbenen Lehrherren geheiratet hatte.
Mit regloser Miene hörte Xelia zu. Der Fall des Böttchers hatte zwar mit dem ihrer Mutter nichts gemeinsam, aber es war das erste Mal, daß Philip mehr als drei Sätze an einem Stück zu ihr sprach.
»Nun, da hat der Böttcher eine ungleich bessere Wahl getroffen! Während er glücklich und zufrieden in seiner Werkstatt lebt, ist meine Mutter tot!« Ohne Schnörkel schilderte sie ihm, wie die Heilerin bei der Geburt des langersehnten Sohnes samt Kind verstorben war.
»Wie böse du dich anhörst!« wunderte er sich.
Kurz erschien es ihr, als rücke Philip ein Stück von ihr ab, doch das war in der Enge der Höhle gar nicht möglich.
»Böse? Das ist nicht das richtige Wort.« Sie dachte nach. »Es ist mehr ... fast schon Haß. Aber das wirst du nie verstehen können.« Wie hätte sie einem Fremden erklären sollen, daß sie dem Gerber den Tod, die Pest und alles Übel dieser Welt an den Leib wünschte? Sie hätte Feltlin seelenruhig beim Ertrinken in einem See zuschauen können, ohne einen Finger zu krümmen.
»Was hat der Mann dir getan? Er ist doch dein Vater. Und daß er

einen Sohn wollte, ist doch normal. Welcher Mann will das nicht?«

Obwohl er bestimmt klingen wollte, hörte Xelia Unsicherheit aus seinen Worten, als wiederhole er nur das, was er von anderen schon oft gehört hatte. Gerade so, als habe er selbst nichts zu sagen. Er mochte sich mit seiner Kartenarbeit gut auskennen und ein guter Beamter sein, aber was das Leben anging, wußte er scheinbar gar nichts!

»Vater! Nimm das Wort in meiner Gegenwart nie mehr in den Mund, wenn du willst, daß es dir gutgeht!«

Ohne ein weiteres Wort verließ Xelia die Höhle. Sie mußte hinaus, allein sein.

Philip blickte ihr nach. Du meine Güte! Das Weib war wirklich merkwürdig! Es war doch nur natürlich, daß er mehr von ihr erfahren wollte. Je mehr er von ihr wußte, desto besser konnte er mit ihr umgehen, sie vielleicht doch noch überreden, Hilfe zu holen.

Die Tochter eines Gerbers war sie also, soviel wußte er schon einmal. *Die Tochter eines Gerbers...*, wieso kamen ihm diese Worte so bekannt vor? Plötzlich fiel es ihm ein. Kurz vor seinem Unfall waren ihm vor dem Haus des Markgrafen diese beiden Weiber über den Weg gelaufen. Sie hatten doch ebenfalls behauptet, Gerberstöchter zu sein und den Hundekot für ihre Arbeit zu benötigen. Pfui Teufel! Ihn schüttelte es immer noch, wenn er nur daran dachte. Dann mußten das wohl ihre Schwestern sein. Aber warum lebte sie nicht bei ihnen?

Krampfhaft versuchte er, sich an die beiden Frauen zu erinnern. Die eine der beiden hatte einen Buckel, fiel ihm wieder ein. Sie war wohl die ältere gewesen. Doch mit Xelia hatten sie kaum etwas gemein. Xelia – was für ein Name! Hieß so nicht eine Hexe? Wie eine Hexe kam sie ihm jedoch trotz allem nicht vor. Dann mußte er allerdings zugeben, daß er noch nie eine solche getroffen hatte. Trotzdem, er blieb dabei, Xelia war keine

Hexe. Jeder andere Gedanke wäre schließlich zu beunruhigend gewesen.
In den letzten Tagen hatte er sie oft heimlich beobachtet – was konnte er auch sonst tun? Irgendwann hatte er zugeben müssen, daß sein erster Eindruck von ihr falsch gewesen war. Die Lumpen, die sie trug, waren zwar gotterbärmlich heruntergekommen, geflickt und verblichen, aber nicht schmutzig. Ihre Haare waren strähnig und nur durch einen einfachen Zopf zusammengehalten, doch weder verfilzt noch verlaust. Sie wusch sich und ihre »Kleider« täglich geradezu mit Besessenheit. Obwohl die Höhle eng und niedrig war, bewegte sie sich anmutig darin. Er mußte an all die schusseligen Schankmädchen denken, die in den Gasthöfen Bierkrüge verschütteten, über ihre eigenen Füße stolperten und vor lauter Dummheit nicht geradeaus laufen konnten. Nein, das Weib hier war anders. Sie war sowieso anders als jeder Mensch, den er bisher kennengelernt hatte. Und faul war sie auch nicht, ganz im Gegenteil: Sie war den ganzen Tag beschäftigt. Wenn sie gerade einmal nicht Kräuter oder Beeren sammelte, schnitzte sie hilfreiches Zeug wie Löffel oder Spieße aus Ästen zurecht. Gestern hatte sie einen ganzen Armvoll Schilf vom Bachufer mitgebracht, um daraus einen Korb zu flechten. Er wußte, daß sie das ohne weiteres schaffen würde.
Doch warum versteckte sie sich hier in der Höhle? War sie vor dem Vater, den sie scheinbar so sehr haßte, weggelaufen? Er mußte an seine eigenen Eltern denken und stellte fest, daß es ihm schwerfiel, sich ihre Gesichter vor Augen zu rufen. Seine Mutter – blaß, immer ein wenig mürrisch, gerade so, als habe sie mehr vom Leben erwartet und würde zu kurz kommen. Er erschrak. Wie kam er auf solch einen Gedanken? Seine Mutter hatte doch alles, was sie brauchte und war damit zufrieden! Hastig versuchte er, sich im Geiste seinem Vater zuzuwenden, doch auch damit hatte er Mühe. Er sah nur eine große, über einen Schreibtisch gebückte Gestalt. Andreas Vogel. Als Kind

hatte er Angst vor ihm gehabt, fiel Philip plötzlich und ungebeten ein. Wenn sein Vater ihn so sehen könnte... Plötzlich schüttelte es ihn, als fröre er. Schnell jagte er die Erinnerung an seine Eltern wie lästige Fliegen davon. Machte ihn der Aufenthalt in diesem dunklen Erdloch morbide? Es würde ihn nicht wundern. »Ich will hier raus!« flüsterte er heiser. Dann stiegen ihm die Tränen in die Augen.

Abrupt setzte er sich auf und robbte ein wenig in Richtung Ausgang. Dort zwang er sich, tief durchzuatmen.

Wo ist Alois, fragte er sich zum wiederholten Male. Ein herrenloses Pferd samt Zaumzeug mußte doch irgend jemanden stutzig machen, oder?

Nachdem vor einigen Wochen eines Morgens versucht worden war, ihm in einem Mietstall ein völlig heruntergekommenes Zaumzeug anzudrehen, hatte er seinen Namen und Titel in das Leder eingeritzt, um es so vor weiteren Verwechslungen zu schützen. Das hätten die Leute im Dorf doch entdecken müssen! Längst hätte jemand nach ihm suchen müssen. Doch offensichtlich geschah nichts dergleichen. Seine einzige Chance, aus diesem Loch freizukommen, war die, Xelia zu überreden, ihm dabei zu helfen.

Nach einer halben Ewigkeit schob sich der grüne Vorhang endlich zur Seite, und sie betrat die Höhle. Von seinem Lager aus konnte er sehen, daß es draußen dunkel war. Nacht also. Er hatte längst jedes Zeitgefühl verloren, was ihn ebenfalls ängstigte. Mit Xelia kam süße, harzige Luft hereingeweht, die nach Tannenzapfen und Blättern roch. Daß Luft so gut riechen konnte, war ihm bisher noch nicht aufgefallen.

Xelias Miene war verschlossen. Sie ließ sich auf ihrem Lager direkt neben dem seinem nieder und tat so, als würde sie ihn nicht sehen. Von nahem stellte er fest, daß ihre Haare naß waren und ihr zerlumptes Kleid ebenfalls. Plötzlich hatte er keine Lust mehr, sie auf ihre Schwestern anzusprechen und darauf, daß er

ihnen begegnet war. Statt dessen wollte er wissen: »Ist hier in der Nähe ein Bach oder ein Teich, wo man sich waschen kann?« Das fragte er, der Kartograph! Wieder kam er sich töricht vor.
Sie schaute auf. Es schien, als würde ihr Gesicht durch unsichtbare Risse in tausend Teile gesplittert, als würden sich unter der glatten Oberfläche wilde Bewegungen abspielen, von denen er schon die leichtesten Schwingungen erahnen konnte. Sie war eigentlich ganz hübsch! Das war ihm bisher noch gar nicht aufgefallen.
»Ein Bach, die Muhr. Dorther hole ich unser Wasser, und waschen kann man sich da auch.«
»Von Kopf bis Fuß waschen! Das würde mir auch guttun!« Philip seufzte und hoffte, sie würde etwas erwidern – in der Art, daß sie sich anbot, ihn zu stützen und zum Bach zu begleiten. Einmal dort angekommen, konnte er laut um Hilfe rufen, und dann würde vielleicht jemand auf ihn aufmerksam werden und . . .
Plötzlich stieg eine seltsame Hitze in seinen Wangen empor, und es dauerte einen Augenblick, bis ihm klar wurde, daß es seine eigene, heiße Scham war.
Xelia schaute zu ihm hinüber, sagte aber nichts.
Und Philip hatte das Gefühl, sie könne in ihm lesen wie in einem aufgeschlagenen Buch.

– 21 –

Als er am nächsten Morgen aufwachte, war sie schon wieder verschwunden. Man hätte annehmen sollen, daß sein Schlaf angesichts seiner widrigen Umstände schlecht oder wenigstens getrübt wäre, statt dessen schlief er so tief und lange wie noch nie zuvor! Jeden Morgen wachte er nach ihr auf, was immer er sich beim Einschlafen auch vornahm. Andererseits ... es war gut so. Er griff nach der Matte aus Blättern und Moos, die sie ihm hingelegt hatte und verrichtete seine Notdurft. Dann wickelte er alles zu einem Paket zusammen und verschnürte es mit zusammengeflochtenen Gräsern, die sie ihm stets dazugab. Auch noch am zweiten Tag war ihm das ganze Thema so peinlich gewesen, daß er mit seinen Bedürfnissen zurückgehalten hatte. Doch schließlich war das nicht mehr möglich gewesen, und er hatte zähneknirschend der Natur nachgegeben. Inzwischen hatte dieses Ritual nichts sonderlich Beschämendes mehr an sich, es war eben ein menschliches Bedürfnis, das er wie jeder andere verrichten mußte. Dem Himmel sei Dank, daß das Weib sich in dieser Hinsicht leidlich anstellte, keine unnötigen Worte verlor oder gar spottete. Er mußte plötzlich an Adalbert Hyronimus denken, der wahrscheinlich mit der gleichen Selbstverständlichkeit seine Kranken wusch und pflegte. Auf einmal bedauerte er es, seinen alten Lehrer nun doch nicht besucht zu haben. Wer wußte, wann er wieder einmal nach Blaubeuren kam?

Je öfter er über Xelia nachdachte, und darüber, wie sie mit ihm und der unliebsamen Situation umging, desto häufiger spürte er eine bis dato völlig unbekannte Empfindung in sich aufsteigen: Achtung vor dem Mädchen, das ihn aufgenommen hatte und das ihn pflegte, als sei er ihr Bruder.

Wie jeden Morgen kam sie mit einem Armvoll grüner Gräser wieder zurück, bei deren Anblick Philips Magen ein lautes Knurren von sich gab. »Sag', warum lebst du nur von Grünzeug und Äpfeln und Beeren? Warum fängst du nicht einmal einen Hasen? So geschickt, wie du dich anstellst, könntest du das gewiß auch.« Er wollte ihr nicht schmeicheln, sondern meinte es ehrlich.
Sie legte die Kräuter in ihre Mitte. »Erstens ist es verboten, Hasen und anderes Wild zu fangen. Das darf nur der Markgraf. Doch das würde mich nicht abhalten, es zu versuchen.« Ihr Gesicht verzog sich zu einem seltenen Lächeln. »Zweitens habe ich kein Feuer, auf dem ich Fleisch kochen könnte. Und roh essen – brrr! Dann lieber Gräser und Wurzeln.«
»Aber ich habe Feuer!« Philip wurde ganz aufgeregt. Er kramte in seiner Tasche und fand endlich den Feuerstein. »Schau, damit mach' ich uns in Windeseile ein Feuer.« Allzuoft hatte er das zwar noch nicht getan, aber so schwierig war es schließlich nicht, oder?
Sie schaute ihn spöttisch an. »Und wo willst du das tun? Hier in der Höhle vielleicht? Willst du ersticken? Oder soll ich draußen eins machen?« Sie zog die Nase hoch. »Da könnte ich ja gleich laut schreiend durch den Wald laufen und jedem kundtun, daß wir uns hier verstecken.«
»Erstens verstecke ich mich nicht, sondern werde von dir gefangengehalten, und zweitens ...« Plötzlich fiel ihm nichts mehr ein.
Sie nutzte sein Schweigen und zischte wie eine Schlange: »Was glaubst du wohl, werden Räuber mit dir anstellen, wenn sie dich hier mit gebrochenem Bein entdecken, hä? Ausrauben werden sie dich, und dann ...«
Philip verzog beleidigt den Mund. Mit seiner schrecklichen Art hatte es das Weib wieder einmal geschafft, ihn kleinlaut werden zu lassen, und dieses Gefühl schätzte er ganz und gar nicht. Wie einen Deppen führte sie ihn vor! Und er konnte nicht einmal etwas dagegen tun.

Nachdem sie stumm die Kräuter, von denen einige faserig wie Holz waren, verzehrt hatten, verschwand Xelia ohne ein weiteres Wort. Sie hinterließ einen Geruch nach Erde, feuchter Luft und Kräutern.

Die Arme hinter seinem Kopf verschränkt, starrte Philip vor sich hin. Er, der bisher jeden seiner Tage mit Fleiß und Arbeit ausgefüllt hatte, war plötzlich so träge geworden wie das Vieh an heißen Tagen auf dem Feld. Hatte er die erste Zeit in der Höhle damit verbracht, mit seinem Schicksal zu hadern und unentwegt an die Arbeit, die noch unverrichtet vor ihm lag, zu denken, so zwang er sich inzwischen, diese Gedanken auszuschalten. Ganz wollte ihm das natürlich nicht gelingen. Immer wieder wurde er von einem Schwall ungeklärter Fragen überrollt: Wie und wann sollte seine Arbeit weitergehen? Was würde der Herzog zu der Verzögerung sagen? Oder würde er annehmen, daß sich die Vermessungen zwischen Blaubeuren, Urach und Ulm länger hinzogen, als Philip dies ursprünglich angenommen hatte? Von wegen! Ein unfreiwilliges Prusten kam auf Philips Lippen. Ganz ausgezeichnet war er mit seinen Arbeiten vorangekommen! Diesen südlichen Teil von Württemberg hätte er inzwischen längst vermessen haben können, wenn nicht...

Halt! Er wollte nicht weiter über diese Gegebenheiten nachdenken, denen er – im Augenblick zumindest – hilflos ausgeliefert war. Mit einem Ruck rappelte er sich auf seinem Lager auf. Die erdene Wand in seinem Rücken war holprig und feucht. Vom Liegen tat ihm jeder Knochen weh, er fühlte sich zerschunden wie ein geprügelter Esel. Er mußte etwas tun. Wenn er weiterhin nur herumlag und grübelte, würde er am Ende noch seinen Verstand verlieren! Und damit wäre ihm ja nun wirklich nicht geholfen. Plötzlich mußte er lachen. Nannte man das nicht Galgenhumor?

Sein Blick fiel auf die Wurzel, die Xelia ihm am Tag zuvor gegeben hatte. Probeweise strich er mit seiner Hand darüber. Die

Vertiefung in der Mitte fühlte sich rund und weich an und schrie förmlich danach, weiter ausgehöhlt zu werden. Warum eigentlich nicht? Er konnte sich zumindest daran versuchen.

Als Xelia die Höhle betrat, traute sie zuerst ihren Augen nicht. Das Wurzelstück auf dem Schoß, ein Messer in der Hand und einen ganzen Haufen Holzspäne um sich verstreut, saß Philip Vogel auf seinem Lager. Er war so in seine Arbeit vertieft, daß er sie im ersten Augenblick gar nicht bemerkte. Daß er ihrer Aufforderung folgen würde, hatte sie nicht gedacht. Aber sie hatte auch etwas, womit sie ihn überraschen konnte!

»Schau mal her!« Sie ließ einen toten Hasen vor seiner Nase baumeln. Blut tropfte aus seinen hellbraunen Augen.

»Wo hast du den denn her? Ich dachte, du willst kein Feuer machen?« Philip schaute sie an, als hielte er sie für nicht ganz klar im Kopf.

»Ich habe eben meine Meinung geändert«, sagte Xelia und kam sich dabei ein wenig dumm vor. Gerade noch hüh und jetzt wieder hott – damit konnte ein Mann wie dieser Philip Vogel wohl nichts anfangen. Dabei hatte sie ihre Meinung vor allem wegen ihm geändert. Aber das wollte und konnte sie ihm nicht erklären. Daß sie ihn zuvor so angefahren hatte, tat ihr inzwischen leid. Aber auch das würde sie ihm nicht sagen.

»Und jetzt?« Er schaute sie an wie früher Sybille, wenn sie darauf wartete, daß Xelia etwas für sie bestimmte.

»Jetzt kochen wir ein Festmahl!«

Einige Stunden später saßen sie zusammen, um den Hasen zu verzehren. Zuvor hatte Xelia dem Tier das Fell abgezogen, es in Stücke zerteilt und diese mit vielen Kräutern gewürzt. Dann hatte sie vor ihrer Höhle ein Erdloch ausgegraben und die in Blätter gewickelten Hasenteile hineingelegt. Obenauf hatte sie kleines, trockenes Geäst gelegt und ein Feuer angefächelt, das zwar würzig roch, dessen Flammen jedoch nicht einmal kniehoch wurden und sie somit kaum verraten konnte – wenn sich nicht gerade jemand unmittelbar in der Nähe der Höhle aufhielt. Statt das Hasenfell aufzubewahren, hatte sie es in kleine Fetzen geschnitten und diese ebenfalls vergraben. Mit einem herausfordernden Blick starrte sie dabei Philip an, doch dieser war schon wieder mit seiner Wurzel beschäftigt. Wahrscheinlich war er sich der Kostbarkeit eines solchen Felles gar nicht bewußt. Der Gerber jedenfalls hätte vor Weißglut gekocht, freute sie sich.

Das Fleisch war zäh und schmeckte ohne Salz etwas fade, aber sie bissen beide große Stücke davon heraus und kauten sie stumm und mit Genuß.

»Jetzt fehlt nur noch ein Krug Wein zum Nachspülen!« brachte Philip mit vollem Mund heraus.

»Oder ein Bier!«

»Oder ein wenig Salz am Fleisch.« Philip grinste mit vollen Bakken.

Sie mußten beide lachen. Dann war es für einen Augenblick peinlich still, als beide erkannten, daß ihnen dies zum ersten Mal geschehen war.

Xelia brach das Schweigen als erste. »Wo kommt eigentlich Salz her?« Wenn sie es schon mit einem so feinen Herrn zu tun hatte, dann sollte er ihr gefälligst ein wenig von der Welt erzählen!

Philip enttäuschte sie nicht. »Es gibt mehrere Stätten in Württemberg, wo Salz abgebaut wird. Es wächst unten in der Erde, aber eben nicht überall. Um an das weiße Gold zu kommen, machen die Leute einige Anstrengungen.« Er kaute zu Ende. »Vor zwei Jahren war ich einmal im Auftrag meines Vaters in Schwäbisch Hall.« Er schaute sie an.

Xelia zuckte mit den Schultern. Von dem Ort hatte sie noch nie gehört.

»Auch dort sollte ich Wälder vermessen. Der reinste Kahlschlag! Schrecklich! Um den Bedarf an Brennstoff für ihre Salinen zu decken, haben die Leute ganze Wälder abgeholzt. Und das ganze gute Holz hat immer noch nicht gereicht. Von weit her fahren sie jetzt auf dem Kocher – das ist ein Fluß – Holz heran, nur um ihre Öfen in Gang zu halten. Und das alles um des weißen Goldes willen. Die schönen Wälder...« Philip schien wirklich ein paar Bäumen nachzutrauern.

»Kein Wunder, daß das Zeug so teuer ist«, lautete Xelias nüchterne Bemerkung.

Sie aßen und aßen, bis keiner mehr auch nur noch einen einzigen Bissen herunterbekommen hätte. Die beiden Keulen behielten sie für den nächsten Tag zurück. Als sie mit dem Essen fertig waren, wickelte Xelia die Knochen in altes Laub ein und vergrub sie hinter der Höhle, um durch den Geruch keine wilden Tiere anzulokken. »Wenn ich einen Hund hätte, hätte der die Knochen haben können.« Ihre Stimme klang weich und sehnsüchtig.

»Einen Hund? Das wäre das letzte, was ich mir wünschen würde.« Philip schüttelte sich. Er sah so aus, als könne er sich nicht vorstellen, wie man auf solch einen Gedanken überhaupt kommen konnte.

»Ich habe mir immer einen Hund gewünscht.« Xelias Augen waren groß wie die eines Kindes. »Meine Mutter selig hatte früher einen, doch der Gerber hat ihn erschlagen. Noch vor der Heirat, hat sie mir einmal erzählt.«

Satt und vom ungewohnt reichlichen Essen müde, legten sie sich danach auf ihre Schlafplätze. Nach einer Weile rollte sich Philip auf seine rechte Seite und stützte seinen Kopf mit der Hand ab. Er schaute zu Xelia hinüber. »Deine Schwestern...«

»Ja, was ist mit ihnen?« Sofort war Xelia wieder hellwach. Wollte er ihren Anflug von Müdigkeit nutzen, um sie auszuhorchen?

»Ich hab' sie gesehen. Vor dem Tor des Markgräflichen Anwesens.« In seiner Stimme klang nichts Ungutes mit, er sprach leise und für seine Verhältnisse in fast sanftem Ton.

Kurz kämpfte Xelia mit sich, ob sie ihm über den Mund fahren

und das Gespräch beenden sollte. Wenn sie an Anna und Sybille dachte, tat ihr Herz schrecklich weh. »Da waren sie wohl in den Hundezwingern.« Ihre Stimme war rauh. Sie räusperte sich. »Eine schreckliche Arbeit! Jedesmal stritten wir, wer von uns dreien dorthin mußte. Wie ... sahen sie aus?«
Ihm war anzusehen, daß er dies für eine eigentümliche Frage hielt und Mühe hatte, die passende Antwort darauf zu finden. »Etwas betrübt vielleicht. Die jüngere hat geweint. Die ältere war ..., wie soll ich sagen, ein wenig ruppig.«
»Das war Anna. Die tut nur so. Arme Anna«, sagte sie mehr zu sich als zu ihm.
Er schaute zu ihr hinüber. »Warum bist du nicht bei deiner Familie?«
So müde ihre Augen ausschauten, so wütend klang jetzt ihre Stimme. Warum ließ er sie nicht in Ruhe? »Weil's das Schicksal nicht gut mit mir meint. Deshalb!«
»Was ist denn das für eine Antwort?« kam es gereizt zurück. »Das Schicksal! Es hat doch jeder selbst in der Hand, ob er ein anständiges Leben führt oder nicht!«
Die versöhnliche Stimmung, die sich nach dem gemeinsamen Festmahl zwischen ihnen breitgemacht hatte, platzte wie eine zu prall gefüllte Schweinsblase und ergoß sich in altbekannter, feindseliger Befremdung.
»Was weißt denn *du* schon vom Leben!« antwortete Xelia, mindestens ebenso gereizt. Sie hätte ihm tausend Dinge mehr sagen können.
»Dann erzähl mir doch davon«, sagte er fast bittend – und überrumpelte Xelia damit völlig.
Sie zögerte kurz. Die Versuchung, sich alles von der Seele zu reden, war groß. Hinter ihren Augen spürte sie einen bekannten Druck, gegen den sie sich sogleich heftig wehrte. Sie wußte, wenn sie einmal mit dem Erzählen anfing, gäbe es kein Ende mehr. Dämme würden in ihr aufbrechen und eine Sturmflut herausschwappen. Die ganze Wut, die Verzweiflung, die Angst.

Alles hatte sie sorgsam in die letzte Kammer ihres Inneren gestopft und die Türen davor fest verriegelt. Und jetzt hatte ein Wink von Philip fast ausgereicht, um die Kammertüren zu öffnen. Aber nur fast.

Sie schaute ihn lange an, und er wich ihrem Blick zum ersten Mal nicht aus, sondern erwiderte ihn genauso offen und lange. Doch schließlich sagte Xelia: »Du willst nichts davon wissen, glaub mir.« Sie wollte ihm diese letzte Möglichkeit geben, weiterhin ahnungslos zu bleiben – und somit unbeteiligt. Dennoch hielt sie den Atem an. *Sag etwas, bitte mich zu reden,* schrie alles in ihr. Die Vorstellung, sich endlich Erleichterung zu schaffen, war auf einmal so verführerisch geworden, daß sie kaum widerstehen konnte.

Doch Philip schwieg. Für eine beharrliche Entgegnung fehlte ihm der Mut.

– 22 –

Als Philip die Geräusche hörte, war Xelia gerade am Bach.

Nach der ungewohnten Fleischmahlzeit waren sie beide mit trockenem Hals und klebriger Zunge aufgewacht und hatten feststellen müssen, daß sich in Xelias Wasserschöpfer nur noch ein kläglicher Rest befand. Nachdem jeder von ihnen einen kleinen Schluck davon genommen hatte, war Xelia aufgestanden.
»Ich geh' Wasser holen.«
Philip hatte sich auf seinem Lager aufgerichtet. »Ist das gut? Jetzt bei Tageslicht?« Er war über seine Frage selbst erstaunt gewesen. Was kümmerte es ihn, ob sie von jemandem gesehen wurde oder nicht?
»Was soll's? Ich hab' solchen Durst, daß ich es nicht bis heut' abend aushalte. Und was zum essen brauchen wir auch. Da kann ich gleich das Stück zum Bach laufen.« Es hatte sich angehört, als müsse sie sich selbst von der Ungefährlichkeit dieses Unterfangens überzeugen.
Philip verfluchte zum hundertsten Mal sein gebrochenes Bein. Nie mehr in seinem ganzen Leben wollte er diese Hilflosigkeit erfahren, in der er sich im Moment befand!
Er hatte ihr seinen Wasserschöpfer gereicht. »Da, nimm den auch noch mit. Er ist zwar noch nicht ganz fertig, aber wenn du schon zum Bach gehst, dann soll es sich wenigstens lohnen.«
Sie hatte kurz den Mund geöffnet, als wolle sie etwas erwidern, doch im nächsten Augenblick war sie mit beiden Gerätschaften verschwunden.
Philip schaute ihr nach und stellte fest, daß er enttäuscht war. Er hatte angesichts seiner handwerklichen Leistung ein paar Worte des Lobes erwartet. Gleich darauf kam er sich töricht vor. So

weit war es mit ihm schon gekommen! Daß er nach der Anerkennung einer Räuberin lechtzte!
Während er auf Xelia wartete, wickelte er sein Bein aus und begutachtete es. Die Kräuterpaste war über Nacht trocken und bröselig geworden und abgefallen, als er den Lumpen entfernte. Was immer sie an Grünzeug zusammenmischte, es half, das mußte er im stillen zugeben. Nicht, daß er dies ihr gegenüber je laut gesagt hätte! Aber sein Bein war schon wieder kräftiger geworden, und Schmerzen hatte er auch keine mehr. Er konnte es zwar noch nicht ganz abwinkeln, und darauf stehen konnte er schon gar nicht, aber er hatte das Gefühl, daß sich das bald geben würde.
Und jetzt ertönte plötzlich wie aus dem Nichts direkt über ihm eine Männerstimme.
»Mir ist nicht wohl…, im Wald sind doch…, wen suchen wir…«
Ohne zu atmen, saß Philip da und zog unwillkürlich seinen Kopf ein.
Doch dann riß er sich zusammen und robbte zum Höhleneingang, um nach draußen zu spähen. Wer war da? Räuber? Und wo war Xelia? Würden sie ihr etwas antun? Das Feuer vom letzten Abend! Würde es ihn verraten? Er schnüffelte. Nein, es war nichts mehr zu riechen.
Keine zehn Fuß von der Höhle entfernt, waren mehrere barfüßige Beinpaare zu sehen.
»Nicht genug, daß der Markgraf uns das ganze Wochenende zur Fron geholt hat! Jetzt müssen wir unser Tagwerk auch noch für den Büttel liegenlassen!«
»Was nutzt das ganze Jammern? Stell dir vor, er hätte uns während der Flachsernte gerufen – das wäre arg gewesen!«
»Wenn der Gaul wirklich einem Beamten aus Stuttgart gehört, und der Mann wirklich von Räubern überfallen worden ist, dann finden wir ihn eh' nicht mehr. Der ist längst mausetot.« Der Sprecher ließ einen geräuschvollen Furz, als wolle er damit seine Aussage noch verstärken.

Bauern! Die Männer da draußen waren keine Räuber! Und sie suchten ... ihn! Philip wurde es gleichzeitig heiß und kalt. Warum erst jetzt? *Hier bin ich, ich lebe noch!* wollte er laut rufen, doch aus seiner Kehle kam kein einziger Ton. Er wollte die Hand ausstrecken, doch sie war wie gelähmt.

»Wenn wir uns noch lang' hier aufhalten, erwischen die Räuber uns auch noch, und dann gut Nacht!« Aufgebracht stocherte der Redner mit einem Ast in einem Laubhaufen herum.

»Vielleicht hat ihn auch die Hex' umgebracht«, kam es von einem anderen. »Darin hat sie ja Übung ...«

Gleich, gleich würde der Mann ihn entdecken! Er mußte sich nur umdrehen und ...

Ein aufgeregtes Raunen, nein, mehr ein Wimmern, ging durch die Gruppe. Dann bekreuzigten sich die Männer. Sie schienen wirklich Angst zu haben.

Philip hörte, daß ein klägliches Räuspern aus seiner Kehle kroch. Nun, immerhin ein Anfang, nachdem es ihm regelrecht die Sprache verschlagen hatte! Er versuchte, Spucke in seinem Mund zu sammeln, um sich nochmals zu räuspern. Danach würde er doch wohl auf sich aufmerksam machen können! Es war zum Verzweifeln, gerade jetzt, wo Hilfe so nahe war!

Nun trat ein weiterer Mann zu der Gruppe hinzu. Er hatte lederne Beinkleider, und seine Füße steckten in schweren Lederstiefeln.

»Was ist los? Hat euch Mistgabeln die Angst gepackt?« Er lachte rauh. Dann spuckte er eine geballte Ladung gelben Schleim direkt vor Philips Nase, dem es daraufhin erneut die Sprache verschlug. »Wenn's nach mir ging, ich würd' jeden Stein umdrehen. Mit einer großen Harke würd' ich den Wald durchforsten, bis ich den letzten Lumpen erwischt hätt'! So richtig den Garaus würd' ich denen machen!« Wieder das rauhe Lachen.

Obwohl Philip den Mann nicht sehen konnte, fand er ihn widerwärtig. Diese kratzige Stimme! Die grobschlächtige Aussprache! Der gelbe Schleim, pfui Teufel! So wie es sich anhörte, schien er nicht besonders hilfsbereit, sondern eher darauf erpicht zu sein, mit dem nächstbesten Streit anzufangen. »Das Fell würd' ich den Räubern abziehen und sie aufhängen wie meine Lederfetzen!« Unbändige Gewalttätigkeit war durch seine Worte erkennbar, und Philip spürte, wie ein Schauer seinen Rücken hinablief.

»Ach, halt doch's Maul, Xaver Feltlin! Und paß' auf, daß eines Nachts nicht einmal dir der Garaus gemacht wird«, entgegnete einer der Bauern.

»Ja, von deiner Tochter zum Beispiel. Vielleicht treibt sich die Hex' immer noch hier im Wald herum, hä?« Aus jedem Wort sprach pure Häme.

»Ich habe keine Tochter mehr!« schrie Feltlin und machte einen drohenden Schritt auf sein Gegenüber zu. Dieser wich zurück. »Ich hab' dem Luder gegenüber meine Schuld getan. Denkt nur an das Sühnekreuz. Ist das etwa nichts?«

»Dein Sühnekreuz in allen Ehren – ich hätt' lieber Blausteins Belohnung im Sack!« Der grobschlächtige Mann drehte sich zur Seite, wohl, um die andern direkt anzusprechen. »Wenn wir schon keine Spur von dem Beamtentrottel finden, dann vielleicht die Hex'? Wir sind in der Überzahl, was könnte sie uns da anhaben? Auf, Leute! Laßt uns weitersuchen!«

Es folgte Stimmengemurmel, doch Philip konnte nur einzelne Worte, keine ganzen Sätze ausmachen. Jedoch schien die Angst von den Leuten gewichen zu sein, schien sich neue Tatkraft ihrer zu bemächtigen. Philips Verstand ratterte wie ein wildgewordenes Wagenrad. Die Männer mußten sich über Xelia unterhalten haben! Anders konnte es nicht sein. Aber das würde bedeuten, daß ...

Als er endlich aus seiner Erstarrung erwachte, waren die Männer schon nicht mehr zu sehen oder zu hören. Die Chance, gerettet zu werden, hatte Philip vertan.

Am ganzen Leib zitternd und völlig außer Atem, tauchte Xelia

kurze Zeit, nachdem die Männer weg waren, wieder auf. Zuerst hatte sie nichts sagen können, so sehr hatten ihre Zähne aufeinandergeklappert. Dabei hatte sie die ganze Zeit den Oberkörper hin und hergewiegt. Als Philip schon begann, um ihren Verstand zu fürchten, brachte sie endlich den ersten Satz heraus.
»Warum hast du mich nicht verraten?« flüsterte sie.
»Ich ... ich konnte nicht.« Wie lahm sich das anhörte! Philip war wütend auf sich selbst. Wo war nur seine Wortgewandtheit geblieben?
Xelia schaute ihn an. »Was soll das heißen?«
»Ich ..., meine Kehle war so trocken, ich habe keinen Satz herausgebracht!«
Schweigen. Dann fragte er: »Und wo hast du dich versteckt?«
Xelia atmete tief und lange durch. Das Reden schien ihr immer noch schwerzufallen. »Ich wollt' gerade zurück in den Wald, als ich die Männer sah. Da bin ich wieder an den Bach und hab' mich dort im hohen Gras versteckt.«
Urplötzlich und ohne Vorwarnung fing sie an zu heulen. Sackte in sich zusammen, als habe sie einen unsichtbaren Schlag erhalten. Unkontrolliert liefen Tränen über ihr Gesicht, während sie vor sich hin stammelte. »Wenn sie mich gefunden hätten ... Tot wär' ich gewesen ... Am Galgen ... der Gerber ...«
Hilflos und erschrockener als noch Minuten zuvor, saß Philip da. Was sagte sie da? Was sollte er nur tun? So kannte er das Weib ja gar nicht! Von Xelia war bisher immer eine Ruhe und Sicherheit ausgegangen, wie er sie noch bei keinem Weib erlebt hatte. Aber was hatte er denn auch schon mit Frauen erlebt, schoß es ihm selbstkritisch durch den Kopf.
Er mußte sie irgendwie beruhigen, sonst würden die Suchtruppen am Ende doch noch auf sie aufmerksam werden.
Und das wollte er nicht.
Die Erkenntnis kam schlagartig. Eine Wahrheit, die er zwar nicht verstand, im Augenblick jedoch akzeptieren mußte.
Mit einer Geste, die er für tröstlich hielt, strich er über ihre

Schulter, was sie jedoch gar nicht zu bemerken schien. Sie schluchzte weiter. Laut. Zu laut.
Philip hob sein krankes Bein an und rutschte dann mit seinem Körper nach, bis er direkt neben ihr saß. Er legte seinen Arm um sie und zog sie an sich heran. Kaum lag ihr Kopf an seiner Brust, spürte er, wie ihre heißen Tränen sein Hemd durchweichten. Er hatte das Gefühl, als würden sie kleine Krater in seine Brust brennen. Er hörte sich seltsame Geräusche machen. »Sch, sch, ist ja gut.«
Ihre Oberarme fühlten sich so hart an wie der durchgetrocknete Walnußast, den sie als Schiene für sein Bein verwendet hatte. Sie mußte in ihrem Leben schon viel und schwer gearbeitet haben, jedenfalls mehr als er, denn solche Muskeln konnte er nirgendwo am ganzen Körper aufweisen. Trotzdem erschien sie ihm plötzlich verletzlich und zart. Ihr Haar glänzte im hereinfallenden Licht wie die Silbernieten von Alois' Zäumung. Er erschrak abermals, diesmal über sich. Was um alles in der Welt war über ihn gekommen? Seine Weichheit machte ihn plötzlich zornig.
»Die Männer haben sich über die Mörderin des Tuchmachersohnes unterhalten...« Gleich, als sie hereingekommen war, hätte er sie mit seinem Verdacht konfrontieren sollen! Er rückte ein Stück von ihr ab. »Sie sei eine Hex', haben sie behauptet. Verdammt noch mal, was spielst du für eine Posse? Du bist die Tochter eines Gerbers – und wirfst ein Hasenfell achtlos weg. Du bist die Tochter einer Heilerin – aber niemand kommt zu dir. Ganz im Gegenteil, die Leute haben Angst vor dir, und umgekehrt ist es ebenso. Und jetzt sieht es auch noch so aus, als hättest du einen umgebracht!« Trotz seines hilflosen Zorns klang seine Stimme selbst in seinen Ohren eher verzweifelt. Und so fühlte er sich auch. Noch nie hatte er einen so widersprüchlichen Menschen wie Xelia kennengelernt. Und dabei hatte er nur den kleinsten Teil von dem gesagt, was ihm durch den Kopf ging.
Du trägst verkommene Lumpen – und bist doch reinlicher als die

feinste Gräfin. Du bist fast noch ein Kind – und doch so klug wie eine Greisin. Dein Zopf ist so schmucklos wie der eines Gaules – und doch glänzt dein Haar wie das einer Prinzessin ...

Xelia hatte die Knie an ihren Leib gezogen, als wolle sie sich dahinter verstecken. Ihr Atem ging schwer, aber nicht mehr wegen ihres schnellen Laufens von vorher, das wußte er. Ihr war anzusehen, daß sie mit sich kämpfte. Philip blickte sie eindringlich an. Jetzt war die Stunde der Wahrheit gekommen! Er wußte nicht, woher diese Empfindung plötzlich kam – schließlich widersprach sie ganz und gar seiner bisherigen Gewohnheit, sich nicht in die Angelegenheiten anderer einzumischen. Aber er wollte sich von Xelia nicht mehr mit Ausreden abspeisen lassen, er wollte jetzt endlich genau wissen, mit wem er es da zu tun hatte!

Warum zitterte er dann innerlich so?

War er sich vielleicht doch nicht ganz so sicher, daß sie sich ihm gegenüber offenbaren würde? Oder hatte er Angst vor dem, was er vielleicht zu hören bekam?

– 23 –

Und Xelia erzählte.

Von Samuel, der aus einer anderen Welt zu ihr gekommen war. Von seinen Beteuerungen, sie sei ihm das Liebste und Wichtigste auf der Welt. Von seinen Versprechungen, er würde sie mitnehmen in das Haus seines Vaters. Von ihren Hoffnungen. Als sie von dem Abend sprach, an dem sie am Waldrand auf Samuel gewartet hatte, wurde ihre Stimme dick wie dunkler Honig. Doch es fehlte ihr an jeglicher Süße. Xelia mußte schlucken, und kleine Knoten wanderten ihre Kehle hinab.

Philip konnte sie nur anstarren. Er wartete darauf, daß sie fortfuhr. Bisher hatte sie noch keinen Ton über den Mord verloren. Daß die Geschichte mit Samuel nicht gut hatte ausgehen können, war ihm schon nach den ersten Sätzen klargeworden. Der Sohn eines reichen Tuchhändlers! Und sie die Tochter eines Gerbers. Wahrscheinlich hatte der Bengel nur sein Vergnügen mit ihr haben wollen. Ihm fielen seine Kommilitonen ein, die sich stets lautstark mit den Eroberungen unschuldiger Schank- oder Bauernmädchen gebrüstet hatten. Obwohl er diesen Samuel nicht kannte, war Philip wütend auf ihn. Und er war wütend auf Xelia, die wohl auch nicht klüger war als die dummen Gänse, mit denen seine Studienkollegen ihren Spaß gehabt hatten.

Sie erzählte von Samuels vergossenen Tränen, und wie er sich von ihr trösten ließ, ohne ihr selbst Trost bieten zu können, und Philip verspürte nur Verachtung. Das soll ein Mannsbild gewesen sein? Er, Philip, der sein Leben im Gegensatz zu den meisten seiner Studienkameraden *nicht* allein auf seine Männlichkeit und maskuline Stärke aufgebaut hatte, fühlte plötzlich einen Beschützerinstinkt in sich aufwallen, von dessen Existenz er bisher nichts geahnt hatte.

»Und dann? Was ist dann geschehen mit diesem Samuel?«
»Feltlin hat ihn getötet.«
Schnörkellos erzählte sie ihm den Rest. Während Philip mit geballten Händen zuhörte, spürte er ein seltsames, unbekanntes Gefühl in sich aufsteigen. Es waren Wut und Hilflosigkeit zugleich, die in ihm rumorten wie Magenreißen nach einer verdorbenen Mahlzeit.
»Aber warum beschuldigt er dich des Mordes an Samuel? Das kann er doch nicht machen!« Philip schlug mit der flachen Hand auf sein bandagiertes Bein und kam sich lächerlich dabei vor.
»So?«
»Warum hast du dich von ihm einschüchtern lassen? Es hätte doch dein Wort gegen das seine gestanden?« Philip schüttelte den Kopf. Feltlin war doch ihr Vater! Auf der anderen Seite ..., es mochte stimmen, was hätte ein Mädchen wie Xelia gegen diesen gewalttätigen, groben Klotz schon ausrichten können?
Sie seufzte, und in diesem Seufzen erkannte Philip eine große Verzweiflung. Xelias Lippen zitterten, als wolle sie etwas sagen, doch dann preßte sie ihren Mund zu einem schmalen Schlitz zusammen, als sei es ihr im letzten Augenblick gelungen, ein Geheimnis zu bewahren.
Er hätte so gern etwas Tröstliches zu ihr gesagt und ihm fiel doch nichts ein. Statt dessen zwang er sich, seinen Verstand einzuschalten.
»Ich weiß nicht ...«, er schüttelte den Kopf, »aber irgendwie habe ich das Gefühl, daß das alles nur ein Teil der Wahrheit ist.« Er suchte ihren Blick. »Verschweigst du mir etwas?«
Xelia schaute hoch. »Darauf hab' ich gewartet.«
»Ja und? Meinst du nicht, es ist an der Zeit, mit der ganzen Geschichte herauszurücken? Oder vertraust du mir immer noch nicht?«
Sie lachte kurz auf. »Vertrauen! Das hat nichts mit Vertrauen zu tun. Ich ... weiß nicht, ob ich's fertig bringe!« Sie ließ die Hände hilflos in den Schoß fallen.

»So schlimm kann es doch gar nicht sein.«

Xelia zog ihre Augenbrauen hoch, als könne sie eine spöttische Erwiderung nur mit Mühe unterdrücken. Doch dann wurde ihr Gesichtsausdruck ernst. Sie öffnete den Mund, doch bevor sie etwas sagen konnte, schlossen sich ihre Lippen wieder, als habe sie nur um Luft gerungen. Sie wirkte müde, erschöpft, widerstandslos. »Von mir aus sollst du den Rest auch noch erfahren. Vorbei ist schließlich vorbei«, sprach sie mehr zu sich selbst als zu Philip. Stockend, immer wieder nach den richtigen Worten suchend, immer wieder prüfende Blicke auf ihn richtend, erzählte sie von den Nächten in der Gerberei. Von dem Ekel und der Ungläubigkeit, die sie beim ersten Mal gespürt hatte. Von ihren Versuchen, später, als es sich jede Nacht aufs neue wiederholte, mit ihren Gedanken aus ihrem Körper zu schlüpfen und einfach woanders zu sein. Manchmal sei es ihr gelungen, sagte sie. Doch die blauen Flecken am nächsten Morgen, das Gefühl des Beschmutztseins, hätten sie jedes Mal wieder brutal in diesen Körper zurückgeholt.

Erstarrt wie eine Salzsäule, saß Philip da. Das Atmen fiel ihm schwer. Und wäre es um sein Leben gegangen – er hätte keinen einzigen Satz herausgebracht, so durcheinander war er. Kein Wunder, daß sie Mühe hatte, über ihre Erlebnisse zu sprechen!

Xelia schaute auf. »Manchmal denk' ich, es wär' besser gewesen, ich hätt' ihm einfach ein Messer in den Bauch gerammt. Dann hätt' das Elend ein Ende gehabt.« Sie lachte, und Philip wand sich unter dem bitteren Tonfall.

»Und was hab' ich dumme Ziege statt dessen getan? Mich darauf verlassen, daß ein anderer mir hilft!« Sie sank in sich zusammen. Tränen liefen ihr übers Gesicht.

Trotz der zwischen ihnen entstandenen Vertraulichkeit fühlte Philip sich irgendwie befremdet, in die Enge getrieben. *Sei still!* hatte er zwischendurch immer wieder sagen wollen. *Was du erzählst, will ich nicht hören.* Und: *Das ist nicht meine Welt!* Statt dessen strich er ihr zaghaft über den Rücken und lauschte stumm, wie sie ihr Leben vor ihm ausbreitete. Er spürte einen leisen Hauch von Angst in sich aufsteigen. Was würde Xelia wohl von ihm erwarten? Daß *er* den ganzen Knoten ungelöster Probleme wie ein Zauberlehrling entwirrte? Wo hätte er anfangen sollen? Welche Auswirkungen hatten diese völlig unbekannten Vertraulichkeiten wohl für sein Leben?

Um irgend etwas zu tun, schob Philip den Vorhang zur Seite und starrte nach draußen. Es hatte zu regnen begonnen. Ein dünner, fasriger Regen, den Herbst ankündigend, kaum hörbar, dafür beharrlich. Er tropfte auf die verfärbten Blättern, durchweichte sie, bis sie sich schließlich von ihren Ästen lösten und herabfielen.

»Kein Wunder, daß du davongelaufen bist!« Philips Stimme war rauh. Irgend etwas mußte er endlich sagen.

»Ich bin nicht davongelaufen. Er hat mich davongejagt.«

Noch eine Eröffnung, die ihn verwirrte. Dies war wohl in Feltlins Augen die größte Strafe für seine ungehorsame Tochter!

»Und warum bist du dann noch hier, in diesem Wald?« Er schaute sie verständnislos an. Er wäre an ihrer Stelle längst über alle Berge!

Wieder ihr Lachen. Diesmal klang es sogar ein wenig humorvoll. »Dreimal darfst du raten . . .«

Er runzelte die Stirn. »Oh nein! Jetzt soll ich schuld daran sein, daß du hier in diesem Loch festsitzt?« Was sich scherzhaft anhören sollte, hatte eine gereizte Note.

»Das habe ich nicht gesagt! Aber ich hätt' dich auch liegen lassen können, oder?«

Philip erwiderte nichts. Trotz ihrer Beteuerung, er sei nicht schuld an ihrem Verweilen im Wald, kam er sich vor wie ein lästiger Klotz an ihrem Bein. Wie hätte *er* sich wohl an Xelias Stelle verhalten? Schoß es ihm unangenehm durch den Kopf, und die Antwort darauf gestand er sich nur sehr ungern ein: Er hätte sich vermutlich nicht lange um irgendwelche Hilfeschreie aus der Ferne gekümmert, hätte sicher bald eine Ausrede parat gehabt, um …

Draußen plätscherte es leise weiter. Der Regen brachte feuchte und kalte Luft in die Höhle. Widerwillig zog Philip den Vorhang wieder zu. Wie dunkel es hier auf einmal war! Daß Xelia diese ewige Finsternis nicht störte! Er blickte zu ihr hinüber und stellte fest, daß sie sich wie eine kleine Katze zusammengerollt hatte. Ihre Augen waren geschlossen, aber er wußte, daß sie nicht schlief. Plötzlich war er wütend auf sie und wußte nicht, warum. Er fühlte sich so … hilflos!

»Du brauchst nichts zu sagen.«

Was hätte er auch sagen sollen? »Ich …«, begann er und wußte nicht, wie er weitermachen sollte. Statt dessen fühlte er etwas Heißes, Überwältigendes in sich aufwallen und strich Xelia unbeholfen über die Schulter.

»Laß gut sein«, wehrte Xelia ihn ab. »Ich bin müde. Laß mich einfach in Ruhe.« Sie zog ihre Beine noch tiefer unter ihren Rock und wickelte sie damit so gut es ging darin ein.

Leise zog Philip seinen Umhang aus der Tasche und deckte Xelia damit zu. Er würde auf sie aufpassen, die ganze Nacht.

– 24 –

So unglaublich es ihr am nächsten Morgen erschien – kaum hatte Xelia die Wärme von Philips Decke auf sich gespürt, war sie eingeschlafen. Sie war so erschöpft gewesen, daß sie keine andere Wahl hatte, als einzutauchen in die dunkle, gedankenlose Welt des Schlafs. Xelia war froh über ihre besondere Fähigkeit, gerade dann ihren Kopf ganz leer zu machen, wenn sie glaubte, etwas nicht mehr aushalten zu können.
Als sie aufwachte, fühlte sie sich ausgeruht, und ihr erster Gedanke war der, daß von den gebratenen Hasenkeulen noch etwas übrig war. In ihrem Bauch rumpelte es, und die Spucke lief ihr angesichts der außergewöhnlichen Morgenmahlzeit im Munde zusammen. Sie wollte sich gerade genüßlich strecken, um danach die Hasenkeulen aus ihrem Versteck in der Erde zu holen, als ihr alles wieder einfiel: die Männer, die nach ihr gesucht hatten, und wie sie gerannt war, um nur ja nicht entdeckt zu werden. Wie sie danach in der Höhle geheult und dann mit Philip gesprochen hatte, was eigentlich ein Selbstgespräch gewesen war. Was hatte er schon zu sagen gehabt? Unverständnis hatte er darüber geäußert, daß sie sich dem Gerber nicht widersetzt hatte. Erst, nachdem sie ihm *alles* erzählt hatte, war er still gewesen. Sie wußte nicht, ob ihr sein Schweigen recht war. Auf der anderen Seite: Hätte jegliche Reaktion nicht alles nur noch viel schlimmer gemacht?
Xelia setzte sich auf und schob sich Philips Decke in den Rükken. Er schlief immer noch, unschuldig wie ein Wiegenkind! Sie seufzte und spürte, wie ein Lächeln über ihr Gesicht kroch. Plötzlich war sie froh, daß es ihn gab.
Im nächsten Augenblick nagten jedoch Zweifel an ihr wie hungrige Ratten: War es richtig gewesen, Philip alles zu erzählen?

Schon einmal hatte sie einem Mann vertraut – und in welche Lage hatte sie das gebracht! Solange Philip nicht laufen konnte, war alles gut. Aber was würde geschehen, wenn er von der Höhle fortging? Würde er in einem falsch verstandenen Anfall von Heldentum zum Büttel nach Leinstetten rennen und versuchen, ihn von ihrer Unschuld zu überzeugen? Daß Philip ihr nicht mehr böse war, weil sie ihn in die Höhle gebracht hatte, wußte sie. Daraus würde er ihr sicher keinen Strick drehen wollen. Aber womöglich würde er sie unabsichtlich an den Galgen liefern! Ein falsches Wort zur falschen Zeit ... und sie wäre dran! Nach wie vor war sie fest davon überzeugt, daß man ihr nie und nimmer glauben würde.

»Wie geht es dir?«

Xelia schrak zusammen. Philip war aufgewacht, ohne daß sie es bemerkt hatte. Er stützte sich auf seinen rechten Ellenbogen.

»Gut«, hörte sie sich sagen und stellte fest, daß dies sogar stimmte. »Ich ... mir geht es gut.«

»Und ich hab' einen Bärenhunger. Dem Himmel sei Dank, daß wir noch etwas von dem Hasenfleisch zu essen haben. Nichts gegen deine Kräuter, aber heute bin ich schon froh, etwas Handfestes zum Beißen zu haben.« Er setzte sich auf und streckte sich, als handle es sich um einen Morgen wie jeden anderen.

Xelia blieb für einen Augenblick der Mund offen stehen. Doch sofort hatte sie sich wieder gefangen. Wenn er der Meinung war, es sei das beste, so zu tun, als ob nichts gewesen sei, dann sollte es ihr nur recht sein!

Bevor sie aus der Höhle krabbeln konnte, war Philip schon zum Ausgang gerutscht und hob sachte die Erde an, um an die Vorräte zu kommen. Mit einer schwungvollen Handbewegung bot er ihr eine Keule an. »Wenn ich könnte, lief ich ja zum Bach, um Wasser zu holen, aber ...« Er zuckte mit den Schultern.

Xelia spürte einen Anflug von Verärgerung. Wie leicht Philip zu durchschauen war! »Mach dir ja keine Mühe! Du brauchst jetzt nicht besonders freundlich sein, nur weil ich dir gestern erzählt

habe, warum ich hier in diesem gottverlassenen Erdloch sitze! Es hat sich nichts geändert. Alles ist beim alten geblieben.«
Seine Augen brannten plötzlich auf ihrem Gesicht. Er sah verletzt aus, und Xelia taten ihre Worte schon wieder leid.
»Das war doch nicht böse gemeint!« Er hörte sich verwundert an. »Ich würd' wirklich gern etwas für dich tun. Schließlich kümmerst du dich schon so lange um mich und mein Bein. Da wäre es doch nur gerecht, wenn ich das irgendwie wiedergutmachen könnte.«
»Wenn das so ist, warum tust du es dann nicht?« fragte sie herausfordernd. »Es wäre zum Beispiel an der Zeit, die Höhle ein wenig zu vergrößern. Da hinten«, sie zeigte an die Rückwand, »habe ich schon damit angefangen. Erde kannst du auch im Liegen wegkratzen. Und ich würd' das Zeug dann raustragen und verstreuen.«
Philip schaute sich um. »Ein bißchen mehr Platz wär' tatsächlich nicht schlecht.« Er griff sich an die Nase, und Xelia wußte inzwischen, daß er dies immer tat, wenn er mit etwas zögerte. »Wann ..., wie lange, glaubst du, braucht mein Bein, bis es ganz verheilt ist?«
Mit dieser Frage hatte Xelia nicht gerechnet, vor allem jetzt nicht, da so viele andere Dinge den Platz in ihrem Kopf vereinnahmten. Doch sie versuchte, sich nichts anmerken zu lassen. Schließlich war es eine berechtigte Frage. »Nicht mehr sehr lange. Ich denke, ein paar Wochen noch. Die Kräuter können wir bald weglassen, es gibt jetzt sowieso nicht mehr alle zu pflücken. Du solltest von nun an das Bein jeden Tag bewegen, auch wenn es weh tut. Und durchkneten müssen wir es auch, damit das Blut wieder zu fließen beginnt.«
Er schien mit ihrer Antwort zufrieden. »Ein paar Wochen noch ...« Philip sah auf einmal aus, als hätte er keine Zeit zu verlieren. »Laß uns essen, damit wir sobald wie möglich mit der Arbeit anfangen können!« Hungrig biß er in den Hasenschenkel.

Xelia spürte, wie sie der Drang überfiel, ihm irgend etwas ins Gesicht zu werfen. Seine geschäftige Art gerade jetzt, nachdem er wochenlang nur herumgelegen und ihr beim Korbflechten, Kräutersammeln, Pilzesäubern und Wasserholen zugesehen hatte, machte sie so wütend, daß sie ihm am liebsten an die Kehle gesprungen wäre. Warum kam er erst jetzt auf den Gedanken, ihr ernsthaft zu helfen? Wollte er ihr überhaupt helfen, oder nur sich selbst das Ausharren angenehmer machen? *Sie* brauchte niemanden, das mußte er doch inzwischen wissen, oder? Und ihn, diesen komischen Beamten, von dem sie immer noch nicht wußte, womit er eigentlich sein täglich Brot verdiente – schon gar nicht!

– 25 –

Es war wieder Abend geworden. Mit einem Becher lauwarmen Kräutertee in der Hand, schaute Philip sich in der Höhle um und hatte das Gefühl, sich in einem völlig anderen Raum zu befinden als in den Wochen zuvor. Alles erschien ihm nicht nur größer – was es tatsächlich auch war –, sondern lichter und aufgeräumter. Er fühlte sich so zufrieden wie schon lange nicht mehr. Xelia mußte es ähnlich ergehen, denn als sich ihre Blicke trafen, lächelte sie ihn freundlich an. Ihre schlechte Laune vom Morgen schien vorbei zu sein, dem Himmel sei Dank!

Den ganzen Tag hatten sie damit verbracht, wie Maulwürfe Erde aus der rückwärtigen Höhlenwand zu kratzen und in Xelias Körbe zu tun, deren Inhalt sie unermüdlich draußen verstreute. Am späten Nachmittag, es war schon fast dunkel, hatte Xelia von einem umgestürzten Baum einen Ast angeschleift, den sie mühevoll so lange zurechtgeschnitzt hatten, bis er sich als Stütze für die Höhlenwand eignete. Der Aufwand hatte sich gelohnt: Sie hatten dadurch soviel mehr Platz gewonnen, daß sie anfangs gar nicht wußten, was sie damit anfangen sollten. Probehalber hatte Philip zuerst den Inhalt seiner Taschen geleert, um dann alles ordentlich in Reih und Glied aufzustellen: seine Bücher, seine Zeichenutensilien, die Rolle mit dem Papier. Xelia hingegen hatte das Kopfende ihrer Schlafstatt von ihren geflochtenen Körben, Schöpflöffeln und den geschnitzten Holzteilen befreit. Heute nacht würde sie sich zum ersten Mal seit langem wieder richtig ausstrecken können.

Philip rieb sich seine Hände. Die Knöchel waren aufgeschlagen, und jeder Finger tat ihm so weh, als habe ihm jemand Daumenschrauben angelegt. Xelia hingegen schien die Arbeit nicht das geringste ausgemacht zu haben – nachdem sie fertig gewesen waren, hatte sie die Höhle verlassen, um für ihr Abendessen zu sorgen. Philip hatte ihr nachgeschaut und zum ungezählten Mal sein gebrochenes Bein verflucht. Mehrmals hatte er den Vorhang zur Seite geschoben, weil er glaubte, daß sie kam. Doch jedesmal hatte sein Gehör ihn getäuscht. Das Warten war ihm wie eine Ewigkeit vorgekommen. Als sie endlich zurückkam, war er regelrecht erleichtert gewesen. Sie hatte einen Kräuterbrei mitgebracht und damit seine zerschundenen Hände bestrichen. Dann hatte sie verkündet: »Heute kannst du dich freuen«, und damit begonnen, ein Feuer zu machen. »Ich koche einen Kräutertee. Den haben wir uns beide verdient.«

Philip hatte Xelia seinen Feuerstein gereicht und zugeschaut, wie sie in Windeseile ein kleines, heißes Feuer mit nur ganz wenigen Rauchwolken entfachte. Dann hatte sie das mitgebrachte Wasser in seinen Blechnapf gefüllt, eine Handvoll Kräuter hineingeworfen und solange erwärmt, bis sich die Brühe dunkelgrün verfärbte.

Nun genossen sie das warme Getränk. »Den Napf hättest du mir auch schon früher geben können«, sagte Xelia nach einer Weile des Schweigens. »Damit wäre mir eine Menge geholfen gewesen!« Sie reichte ihm eine Handvoll dunkelrote Beeren, die schon etwas vertrocknet aussahen.

Philip schüttelte den Kopf. »Ich weiß auch nicht, warum ich nicht daran gedacht habe.« Er lachte. »Da schnitz' ich tagelang an der Baumwurzel herum, um einen Wasserbehälter zu bekommen, und dabei liegt der Becher in meinem Reisesack!« Xelia mußte ihn wieder einmal für unbeschreiblich dumm halten!

»Du bist halt völlig untauglich für ein Leben ohne Gasthof und Schankstube!« kam es schärfer, als er erwartet hätte. Ihre Augen funkelten, und ihrer Stimme fehlte es an gutgemeinter Ironie.

»Was soll denn das heißen? Glaubst du, meine Arbeit macht sich von allein, während ich bei einem Krug Wein sitze und Däumchen drehe?« Philip plusterte sich auf wie ein Gockel. »Wieviel Meilen ich schon durch die Wälder marschiert bin, kannst du dir in den kühnsten Träumen nicht vorstellen!« Daß er den Wald dabei kaum wahrgenommen hatte, wurde ihm im gleichen Augenblick zum ersten Mal klar. Sicher, er wußte, wie eine Eiche aussah und wie eine Buche oder Tanne. Aber das war's auch schon. Er kannte die wenigsten Vögel oder andere Waldbewohner beim Namen. Und was Kräuter und Pflanzen anging ... Für ihn war der Wald lediglich eine große Kulisse für seine Kartenkunst.

»Und was für eine Arbeit in den Wäldern soll das sein? Bäume zählen vielleicht? Seit du hier bist, hast du noch kein Wort darüber gesprochen. Und noch etwas: Außer den Leinstettenern und deinem Gaul scheint dich niemand zu vermissen – dich und deine Arbeit!« spottete sie. »Das muß ja eine ganz wichtige Sache sein!«

»Was erlaubst du dir?« Wütend stellte Philip den Becher auf den Boden. »Was weißt denn du schon von meiner Arbeit? Eine Wissenschaft ist das, jawohl, eine ganze Wissenschaft für sich! In den höchsten Regierungskreisen bin ich wohlgelitten für mein Können.« Wie wichtigtuerisch das selbst in seinen Ohren klang! Trotzdem konnte er nicht an sich halten und fügte noch hinzu: »Herzog Ludwig hat mich mit einer großen Aufgabe betraut.«

»Herzog Ludwig!« In ihrer Stimme klang pure Verachtung mit. »Und wo ist dein Herzog jetzt? Wahrscheinlich säuft er sich von einem Rausch in den nächsten. Der sucht nicht nach dir, und deinem gebrochenen Bein hilft er auch nicht. Aber ich tu's, und deshalb könntest du zur Abwechslung einmal *mir* erzählen, wie deine ach so wichtige Arbeit ausschaut!« Sie blickte ihn herausfordernd an, als wollte sie sagen: *Trau dich, mir ins Gesicht zu sagen, ich sei zu dumm dafür!*

Trotz ihrer scharfen Worte bemerkte Philip ein Flehen in ihrer Stimme, nur sehr leise und fern, aber nicht zu überhören. Wieder einmal war er perplex über Xelias Widersprüchlichkeit. Oder war jeder Mensch so – und er hatte sich bislang nur nicht die Mühe gemacht, genau hinzuschauen und hinzuhören? Er seufzte. Vorsichtig wanderte sein Blick zu ihr hinüber. Hoffentlich legte sie ihm dieses Seufzen nicht sofort wieder als Unwillen aus.

Doch Xelia saß nur da. Schweigend. Und abwartend.

Und Philip dachte darüber nach, wie er ihr die hohe Kunst der Kartographie erklären konnte, ohne mit Begriffen wie Trigonometrie, Meridianbestimmungen und Winkelmessungen jonglieren zu müssen, wie ein Gaukler auf dem Jahrmarkt. Plötzlich war es ihm sehr wichtig, daß Xelia seine Arbeit guthieß, von ihr beeindruckt war und ihn dafür bewunderte. Wenn sie ihn schon für nichts anderes bewundern konnte ...

Er versuchte ein Lächeln. »Wieviel Zeit hast du?«

Sie lächelte zurück, und Philip erkannte darin ihr Friedensangebot. »Soviel wie du, das weißt du doch.«

»Gut. Denn ich muß dich warnen. Wenn ich erst anfange, von meiner Arbeit zu erzählen, dann kann ich meist so schnell nicht mehr damit aufhören!« Er schaute sie an.

Sie wartete.

Also begann er. »Es gibt eine alte Weisheit, die lautet: *Auch der längste Weg beginnt mit dem ersten Schritt.* Und genau das gilt auch für die Kartographie. Was ich tue, ist Schritte zählen.« Er schaute hoch. Hörte sich das wohl *zu* simpel an? Doch Xelia schien bei seinen Worten nichts zu finden. Sie hatte die Augen halb geschlossen und wartete darauf, daß er fortfuhr.

Und so erzählte Philip. Vom Stuttgarter Archiv, in das er seinen Vater als Kind begleiten durfte, und den dortigen Landkarten, die ihn schon damals fasziniert hatten. Von den Gesprächen zwischen seinem Vater und Kartographen, die im Auftrag der Regierung durchs Land zogen, um Gewässer, Städte oder ganze Landschaften zu vermessen. Wie er diese Männer beneidet hatte! Sie waren es, die festlegten, wie groß das Land Württemberg war. Was für eine ehrenvolle und wichtige Aufgabe ... Erst als er älter und verständiger wurde, erkannte er, daß die Kartographen die Landesgrenzen nicht selbst festlegten, sondern diese nur bestimmten, und daß darin ein feiner Unterschied lag. Doch wurde deren Arbeit in seinen Augen dadurch nicht weniger wichtig.

Er erzählte von seinem Studium in Tübingen, auch von Adalbert Hyronimus, und erwähnte sogar, daß dieser sich in der Zwischenzeit als Arzt in Blaubeuren niedergelassen hatte. Daß er ihn beinahe besucht hätte, und warum es bei diesem »beinahe« geblieben war, verschwieg er lieber. Während er sich immer tiefer in seinen Erinnerungen verlor, wurde ihm urplötzlich und mit der Gewalt eines Donnerschlags eine Erkenntnis bewußt: Er hatte sein Leben nur für die Kartographie gelebt. Ja, es stimmte, für ihn hatte es nichts anderes gegeben als seine Arbeit. Und darüber war er immer froh gewesen. Sie war sein Leben, für sie schlug sein Herz, sie war es, die seinem Leben Sinn gab. Doch jetzt wurde ihm noch eine andere Bedeutung dieser Tatsache klar: Indem er sich voll und ganz der Wissenschaft hingegeben hatte, war für die anderen Seiten des Lebens keine Zeit geblieben – oder besser gesagt: er hatte sich keine Zeit dafür genommen. Doch mit jedem Tag, den er länger in diesem Erdloch verbrachte, war seine Neugier stärker geworden. Jetzt, da er nicht konnte, wie er wollte, sehnte er sich danach, seine Tage mit einem vollen, bunten Leben zu füllen. Vor seinem Sturz vom Pferd war er mit seinem gleichförmigen Alltag zufrieden gewesen – tagsüber seine Messungen durchzuführen, um diese abends in der Abgeschiedenheit einer Kammer auf Papier zu übertragen. Hatte jede Ablenkung, jede Änderung seines Zeitplans, jede Einwirkung von außen eher als lästig empfunden. Nun hatte er auf einmal das Gefühl, etwas Wichtiges verpaßt zu haben.

Er schaute zu Xelia hinüber, die während seiner Schilderungen ein wenig nach unten gerutscht war und nun mit geschlossenen Augen und angewinkelten Knien dalag. Doch er wußte, daß sie nicht schlief, sondern hellwach war. Während er von sich und seinem Leben erzählte, konnte sie für eine Weile ihr eigenes

Unglück vergessen. Wie schade nur, daß er nichts Aufregenderes zu erzählen hatte! Ein paar Abenteuer vielleicht, wie andere Reisende sie sich in den Wirtshäusern erzählten! Aber es wollte ihm nichts einfallen außer der Geschichte von den Anstettenern und deren vergiftetem Wasser. Er kam sich ein wenig komisch vor, als er den Gestank noch schlimmer und die Fäkalienberge noch größer machte, als sie tatsächlich schon gewesen waren.
»Tja, so war das in Anstetten«, beendete er schließlich seine Erzählung. Philip war völlig erschöpft. Er konnte sich nicht daran erinnern, jemals soviel an einem Stück geredet zu haben.
Xelia richtete sich wieder auf und reichte ihm neuen Tee. Sie wirkte nun wieder friedlich, nicht mehr so streitbar wie zuvor. Ob ihr seine Erzählungen gefallen hatten, konnte er ihr jedoch beim besten Willen nicht ansehen, und er scheute sich, sie danach zu fragen.
»Und was ist aus deinem alten Lehrer geworden? Diesem Hyronimus?«
Philip verschluckte sich fast an dem kalten Rest Kräutertee. Konnte das wahr sein? Da erzählte er stundenlang über sein Leben – von Kindesbeinen an bis zum heutigen Tag –, und die einzige Frage, die Xelia dazu einfiel, mußte ihn an seine unrühmliche und feige Entscheidung vor den Toren Blaubeurens erinnern! Mißtrauen überflog ihn wie eine schwarze Krähe: War sie womöglich doch eine Hexe, die Gedanken lesen konnte? Oder war es Zufall, daß sie gerade danach fragte?
»So ganz genau weiß ich das nicht«, gab er, kurz angebunden, zurück. »Aber das ist eine andere Geschichte«, fügte er in einem versöhnlicheren Ton hinzu. »Der Hyronimus würde dir jedenfalls gefallen, da bin ich mir sicher.« Es war auf einmal das Natürlichste von der Welt, nach ihrer Hand zu greifen. »Ich erzähl' dir schon noch von ihm, das versprech' ich dir. Doch jetzt laß' uns schlafen.«

Sie nannte ihn danach nur noch den Schrittezähler.

– 26 –

Der Knoten, der Philip zur Untätigkeit gefesselt hatte, war geplatzt. Die nächsten Tage vergingen längst nicht mehr so eintönig wie die Wochen zuvor. Vielleicht lag es auch daran, daß ihnen nun mehr Platz zur Verfügung stand. Bald war es für ihn das Selbstverständlichste von der Welt, Xelia um etwas Wasser zu bitten und damit seine Farben anzurühren: erdiges Ocker, leuchtendes Kobaltblau, ein Rot, das für sein Empfinden etwas zu hell war und das er mit einem Hauch Braun abzutönen versuchte, und ein Grün, wiederum etwas dunkel – aber dagegen konnte er nichts tun. Dann rückte er an den Höhleneingang, um mehr Tageslicht abzubekommen. Seine Notizen ringsum ausgebreitet, einen frischen Bogen Pergament ausgerollt auf dem Schoß, tauchte er seine Feder in den Topf mit schwarzer Tinte, die neben den Farben stand. Dann begann er, lange, wellige Linien zu ziehen, bis das ganze Blatt wie mit Adern überzogen war. Die gewohnte Arbeit stimmte ihn so froh wie schon lange nicht mehr. Warum, fragte er sich nun, hatte er nicht schon viel früher mit der Ausarbeitung seiner Grobzeichnungen begonnen, statt ständig sich und sein gebrochenes Bein zu bemitleiden?

Xelia, die von einem ihrer Sammelgänge zurückkam und fast über Philip gestolpert wäre, wollte wissen: »Sind das Berge, die du da aufmalst?«

Er schaute auf. »Nein. Das da sind die Grenzen der einzelnen Forstgebiete.« Er zeigte auf verschiedene Linien. »Von hier bis dort drüben reicht das Gebiet zwischen der Alb, Ulm, Blaubeuren im Osten und Reutlingen im Westen. Und das sind Flüsse. Der kleine Strich da ist übrigens die Muhr.« Er griff nach der grünen Farbe und einem feinen Pinsel und begann, den Platz zwischen zwei Schlangenlinien mit runden und auch schmaleren dreieckigen Symbolen auszufüllen.

»Und was soll das werden?«

»Das eine sind Laub-, und das andere Nadelhölzer.« Seiner Stimme war anzuhören, daß er diese Frage überflüssig fand. Doch im nächsten Satz war seine Ungeduld schon wieder verschwunden. »Die Bäume aufzuzeichnen ist immer eine Menge Arbeit, die sich andere Kartographen seit einiger Zeit sparen möchten. Sie nehmen anstelle des Pinsels einen Stempel, tauchen diesen einmal in die Farbe und drucken hernach gleich ein Dutzend Bäume auf einmal.« Daß er von dieser Art, Karten zu zeichnen, nichts hielt, hörte man ihm eindeutig an.

»Aber wie machst du es mit Häusern oder ganzen Dörfern? Die kannst du doch nicht alle einzeln aufzeichnen wie deine Bäume?« Xelia kniete nun direkt neben ihm und nahm ihm so von dem spärlichen Licht. Er unterdrückte eine Bemerkung und antwortete: »Das nicht. Aber ich kann das wichtigste Gebäude der Gegend wiedergeben. So läßt sich leicht erkennen, worum es sich bei dem Rest handelt. Welches Haus ist deiner Meinung nach in Leinstetten am wichtigsten?«

»Die Kirche? Die ist am höchsten.« Xelia zuckte mit den Schultern.

»Genau! Und deshalb male ich hier einen Kirchturm hin. Dann noch das Haus des Tuchmachers und das Anwesen des Markgrafen, ein paar Häuser in die Mitte, und« – er griff nach dem Kobaltblau, ohne zu merken, wie sie bei der Erwähnung des Tuchmachers zusammengezuckt war – »jetzt fehlt nur noch der Name!« Kunstvoll malte er jeden einzelnen Buchstaben aus, bis schließlich »Leinstetten« als einziger Dorfname auf der noch unfertigen Karte herausstach. Philip fielen die Flachsfelder ein, die dem Dorf den Namen gegeben hatten, und er verzierte den Schriftzug seitlich mit einem Büschel blauer Leinenblüten.

Xelia starrte gebannt auf die Leinwand. Das hier war gar keine so staubtrockene Angelegenheit, wie sie sich Philips Arbeit nach seinen Schilderungen vorgestellt hatte!

»Dörfer, Wälder, Straßen, Hügel, Kirchen« – sie schüttelte den Kopf – »es ist doch soviel um uns herum, das kannst du doch unmöglich alles aufzeichnen!« Sie wies auf die Leinwand, die ihr lächerlich klein vorkam für das, was er vorhatte.

Er hielt inne. Dann tauchte er den Pinsel ins Ockergelb. »Das stimmt. Natürlich kann kein Kartograph *alles* festhalten.« Sein Lachen klang verschmitzt. »Deshalb hat ja jeder von uns bei seiner Aufgabe einen Schwerpunkt. Was mich angeht..., ich soll im Grunde nur die Forstgebiete bereiten und bemessen. Aber...«

»... das machst du nicht«, beendete Xelia seinen Satz und lächelte ebenfalls. »Für mich sieht das eher so aus, als wolltest du doch alles auf eine Karte kriegen! Warum? Laß doch die anderen auch etwas tun!«

Nun legte Philip seinen Pinsel weg. »Tja, warum eigentlich?« Plötzlich fiel ihm auf, daß er mit Xelia ein Gespräch führte, das er genausogut mit einem anderen Gelehrten hätte führen können. Dies verwirrte ihn so sehr, daß er auf ihre Frage keine Antwort wußte. Daß es ihm außerdem ganz und gar nicht danach war, das Gespräch wie bei früheren, ähnlichen Gelegenheiten unwillig abzubrechen, gab ihm den Rest. Es dauerte einen guten Augenblick, bis er sich wieder gefangen hatte. »Es ist wohl dieses ewige Streben nach Perfektion...« Philip war sich seiner hochgestochenen Worte bewußt, ja, er hatte sie sogar absichtlich gewählt. Um sie in die Enge zu treiben? Lächerlich zu machen und bloßzustellen? Er war sich ziemlich sicher, daß Xelia darauf nichts antworten würde, und ihr zögerliches Schweigen schien ihn zu bestätigen.

»Ich weiß, was du meinst«, kam es jedoch völlig unerwartet. Nun lachte sie auf. »Wahrscheinlich findest du meinen Vergleich dumm, aber mir geht es ähnlich, wenn ich für jemanden eine Arznei bereiten soll!« Sie schaute ihn erwartungsvoll an.

Philip starrte verdutzt zurück.
Ermuntert durch sein Schweigen, sprach sie weiter. Mutig und ohne Angst, sich vor ihm, dem Gelehrten, lächerlich zu machen, schilderte sie ihm, wie wichtig es ihr war, bei der Herstellung einer Heilsalbe den haargenau richtigen Anteil aller Zutaten zu bestimmen und die Salbe selbst so lange zu rühren, bis sie genau die Weichheit oder Festigkeit hatte, die Xelia sich dafür vorstellte.
Schweigend hörte Philip ihr zu. Das Gespräch hatte eine Entwicklung angenommen, die nicht mehr er bestimmte, sondern Xelia.
»Das ist kein dummer Vergleich!« entfuhr es ihm zu seinem eigenen Erstaunen. »In jedem Beruf gibt es Handwerker und Künstler – es ist alles eine Frage des Anspruchs, den man an seine Arbeit hat. Das ist mir schon klargeworden, als ich mich früher ins Stadtarchiv schlich, um dort die Zeichenstile der verschiedenen Kartographen zu vergleichen. Da gab es diejenigen Karten, die zwar durch ihre Exaktheit bestachen, denen es jedoch an jeder künstlerischen Ausarbeitung fehlte. Auf der anderen Seite waren da Karten, die eher einem Gemälde glichen, und bei denen der Betrachter Mühe hatte, wenigstens zu erahnen, um welchen Landstrich es sich handelte. Ein solcher Kartograph wäre besser Stadtmaler geworden und hätte Tanzhallen mit seinen Gemälden verziert! Nein, das kann es nicht sein. Ich ... ich will versuchen ...«, er stutzte. Konnte er so offen von seinen Ambitionen reden, ohne sich dabei lächerlich zu machen? Warum sollte ihm gelingen, woran es in seinen Augen den meisten seiner Kollegen und Vorgängern fehlte?
»Ich weiß schon, was du willst«, kam es ein wenig spöttisch von Xelia. »Du willst beides: ganz genau aufzeichnen, was du mit dem Auge siehst und mit deinen Schritten abgemessen hast, und außerdem eine schöne Karte malen!« Sie schaute ihn triumphierend an.
Das war zwar reichlich simpel ausgedrückt, traf aber zumindest den Kern der Wahrheit. Philip setzte gerade an, um seine hehren

Ziele genauer auszuführen, als sie ihm das Wort abschnitt. »Also, weißt du ... in meinen Augen ist es das mindeste, was du versuchen solltest! Darauf brauchst du nicht sonderlich stolz sein.«

Wollte sie sich über ihn lustig machen? Oder war das wieder einer ihrer bösartigen Anfälle, bei denen jedes ihrer Worte scharf wie ein Damaszener Schwert wurde? Philip blieb der Mund offen stehen. Ärger stieg in ihm hoch. Er kannte sich selbst nicht mehr. Warum ließ er sich überhaupt auf solche Gespräche ein?

Sie schien ihre Worte jedoch ernst zu meinen, denn sie fügte hinzu: *»Dieses Streben nach Perfektion* – das tut doch jeder Handwerker, der etwas auf sich hält. Sogar der Gerber, der verfluchte Dreckskerl! Was haben wir uns die Finger blutig schaben müssen, um von jedem Lederfetzen auch noch den letzten Rest Fell abzubekommen! Da nutzte es nichts, daß wir zu ihm sagten: *Schau, daraus werden doch sowieso nur Stiefelsohlen gemacht, wen kümmern da ein paar Härchen?* Als Antwort gab es erst einen Schlag ins Kreuz, und dann mußten wir doch weiterschaben, bis er endlich zufrieden war. Für ihn reichten auch keine gelblichen oder grauen Lederstücke, wenn er weiße haben wollte! Und wenn wir dabei fast umkamen wegen der stinkenden Lauge, die mit jedem Mal Waschen die Farbe ein wenig mehr ausbleichte! Weiß war weiß, und eben nicht grau.« Xelia sah aus, als würde sie die Qualen dieser Gerberarbeiten beim Erzählen aufs neue durchleben.

Philips Ärger verschwand so urplötzlich, wie er gekommen war. Statt dessen wurde er unsicher. Über alles konnten sie sprechen, nur nicht über den Gerber und das ganze Unglück, das er ihr angetan hatte! Was das anging, wußte er einfach nicht weiter.

»Adalbert Hyronimus, der Arzt, von dem ich dir erzählt habe ...« Philip wollte sie unbedingt ablenken.

Xelia schaute auf, und er konnte sehen, daß die Tränen schon in der Tiefe ihrer Augen lauerten. Sie sollte nicht mehr weinen müssen. Hastig sprach er weiter. »Der könnte dir eine Menge über die Herstellung von Arzneimitteln erzählen. Es gibt etliche Dinge, über die wir verschiedener Meinung waren, aber eines muß man ihm lassen: Was er auch anpackt in seinem Leben – er gibt sich nicht mit Mittelmäßigkeit zufrieden. Deshalb habe ich ihn als Student so sehr bewundert. Während seinen Kollegen der abendliche Krug Wein wichtiger war als der klare Kopf im Unterricht...«

Plötzlich durchzuckte ihn ein heißkalter Strahl. »Xelia!« Philip packte sie an beiden Armen. Daß dabei seine Karte verknitterte, fiel ihm nicht weiter auf. »Xelia!« wiederholte er. »Das ist die Lösung! Ich helfe dir, hier wegzukommen! Ich bringe dich zu Hyronimus, sobald ich wieder gehen kann. Bei ihm bist du sicher!«

Xelia warf ihm einen verstörten Blick zu, einen Blick voller Ungläubigkeit, so daß er im selben Moment an seinen eilig und unüberlegt herausgeplapperten Worten zu zweifeln begann. Was schlug er da vor? Wohin wollte er sie bringen?

Er? Sie bringen?

Was um alles in der Welt hatte er da nur gesagt?

– 27 –

Von dem Tag an gab es zwei verpönte Themen in der Höhle: die Qualen, die Xelia durch den Gerber erlitten hatte, und Philips Vorschlag, sie möge mit ihm kommen. Die Vertrautheit, die sich in den letzten Tagen zwischen ihnen eingestellt hatte, hatte einen Dämpfer erfahren. Sie gingen miteinander um, als hätten beide ein Dutzend rohe Eier zu tragen. Philip konnte Xelia nicht einmal mehr anschauen, sondern begann wieder, an ihr vorbeizublicken, wie er dies anfänglich getan hatte. Zu seinem Plan sagte er nichts mehr, nuschelte nur noch einmal, er werde sich Gedanken über die Durchführung machen.

Und Xelia fragte nichts. Sie hatte sowieso nicht vor, sich auf irgend etwas dieser Art einzulassen. Nein, sie hatte sich schon einmal darauf verlassen, daß ein Fremder ihr zu einem besseren Leben verhelfen würde. Und wohin war sie damit gekommen? Sobald Philip wieder auf eigenen Füßen stehen konnte, würde sie zusehen, daß auch sie wegkam. Und zwar allein.

Warum nur versetzte ihr der Gedanke kleine, schmerzende Stiche in der Herzgegend?

Xelia war beim Kräutersammeln, ein gutes Stück von der Höhle entfernt. Es mußte nun bald auf November zugehen, und außer etwas hartnäckigem Löwenzahn, angegrauter Schafgarbe und Butterblümchen wuchs fast nichts mehr, was sich zum Verzehren eignete. Xelia konnte bald keine Schafgarbe mehr sehen, geradezu schlecht wurde ihr inzwischen von deren bitterem Geschmack! Jeden Tag spürte sie jetzt ein bißchen deutlicher, daß der Winter langsam näher kam. Hoffentlich konnten sie aufbrechen, bevor das ganze Land unter einer Schneedecke ver-

sank. Wenn sie wenigstens schon gewußt hätte, wohin sie gehen sollte! Philip konnte sie wohl schlecht um Rat fragen ...
Philip, der Schrittezähler. Ihre Gesichtszüge wurden weich, und ein Lächeln überflog ihren Mund, ohne daß sie es merkte. Er war kein schlechter Mann. Er konnte sogar recht freundlich sein, wenn er sich anstrengte. Und so von oben herab wie anfangs verhielt er sich auch nicht mehr. Eigentlich fühlte sie sich sehr wohl in seiner Gegenwart ... Bei dem Gedanken wurde ihr ganz warm ums Herz. Aber er war ihr in vielen Dingen unterlegen, das war ihr in den letzten Wochen immer häufiger bewußt geworden. Trotz seiner ganzen Lernerei und seinen Wissenschaften! Einem Mann, der nicht einmal ein ordentliches Feuer machen konnte, sollte sie sich anvertrauen? Einem, der von sich aus nicht in der Lage war, sein heilendes Bein zu bewegen, dem sie täglich aufs neue erklären mußte, wie wichtig die Übungen für sein Bein waren? So jemand sollte für sie sorgen können?
Xelia stellte ihren Korb ab und setzte sich auf eine besonders dicht mit Moos bewachsene Stelle. Durch die fast kahlen Bäume schien die Sonne und wärmte ihre Schultern und ihren Rükken. Sie wandte sich um, damit auch ihr Gesicht etwas von der stärkenden Sonnenkraft abbekam. Die Strahlen prickelten auf ihren Wangen, und Xelia fühlte sich lebendig wie schon lange nicht mehr. Es war so still hier, so ruhebringend. Kaum mehr ein Vogel war zu hören. Alle waren schon wer weiß wohin geflogen, um dort den Winter zu verbringen.
Sich mitten am Tage im Wald sehen zu lassen, hätte sie vor ein paar Wochen noch nicht gewagt. Doch mit jedem Tag, den sie länger im Wald verbrachte, war sie weniger ängstlich geworden.
Philip würde ihr fehlen. Schon der Gedanke, allein losziehen zu müssen, tat ihr weh. So eigentümlich die Umstände auch waren, die sie aneinanderfesselten, so sehr hatte sie sich an ihn und seine Art gewöhnt. Manchmal hatte Xelia das Gefühl, sie würden von einer guten Fee, die hinter einem Baumstumpf wohnte,

bewacht. Sie begann ein Lied zu summen, doch mittendrin brach sie abrupt ab. War sie dabei, den Verstand zu verlieren? Welchen Grund hatte sie, zu singen?!

»Xelia! Du!«

Sie schrak derart zusammen, daß ihr fast das Herz aus der Brust hüpfte. Da kam Anna auf sie zugelaufen! Bevor sie etwas sagen oder tun konnte, umarmten zwei knochige Arme sie und wiegten sie hin und her wie ein Kind.

»Gütiger Himmel! Xelia, wo kommst du her?« Annas Stimme, so vertraut! Xelia zwang sich, Luft zu holen. Sie hätte ihr tausend Dinge sagen wollen, statt dessen liefen ihr nur die Tränen übers Gesicht.

Die beiden Frauen umarmten sich und hielten sich so fest, daß Xelia Anna zittern spürte.

»Ich war's nicht.«

Obwohl sie die drei Worte nur geflüstert hatte, fühlte sie Annas Nicken. »Wer war's?« kam es gepreßt zurück.

»Der Gerber.« Anna erstarrte. Dann zog sie ihre Schwester auf das Moos hinunter. Xelia blickte in die entsetzten Augen der Schwester. Nach einer Weile des Schweigens hob sie erneut an: »Der Gerber war's.« Und dann erzählte sie Anna mit rauher Stimme, was an jenem Abend, als sie von der Gerberei verschwand, passiert war.

Anna schwieg.

Doch Xelias Bericht reichte aus. Mehr mußte nicht gesagt werden zu Samuels Tod. Sie hielten sich umschlungen, wiegten sich hin und her, wie lange, wußte Xelia im nachhinein nicht mehr. Als sie sich endlich voneinander lösen konnten, spürte Xelia die Unruhe ihrer Schwester. »Du mußt zurück, nicht wahr?« Beiden lagen tausend Fragen auf der Zunge, beide wußten, daß sie keine Zeit dafür hatten.

Anna nickte wieder. »Seit du weg bist, läßt er uns fast gar nicht mehr aus dem Haus. Ich bin nur hier, weil er von dem verdammten Seifenkraut braucht, um eines der Felle zu waschen.«

Xelia mußte trotz allem lächeln. »Und du weißt nicht, wo du's finden kannst, stimmt's?«
»Das war doch immer deine Aufgabe gewesen!« Obwohl sie versuchte, ihrer Stimme einen humorvollen Ton zu geben, hörte Xelia auch anderes mitschwingen: Angst, Zweifel, Fragen. Angst.
»Ich zeig' dir gleich, wo du mehr Seifenkraut findest, als du je brauchen wirst«, versprach sie und bat dann: »Aber erzähl' erst schnell! Was ist los bei euch?«
»Der Gerber hat dich nicht angeschwärzt.«
Xelia glaubte, nicht recht zu hören. Versteckte sie sich etwa völlig umsonst hier im Wald?
»Es war der Tuchmacher selbst, der Samuel gefunden hat. Als sein Sohn in der Nacht nicht zurückkam, ist er am nächsten Morgen mit seinem ganzen Haushalt ausgeritten, um nach ihm zu suchen. Und als er ihn dann am Wald tot auffand, war sein erster Weg zu uns in die Gerberei. Wo du seist, hat er wissen wollen. Er war so beherrscht und so ruhig und kreidebleich – du kannst es dir nicht vorstellen. Es war unheimlich.« Anna runzelte bei der Erinnerung die Stirn. »Zuerst hat der Gerber noch behauptet, er wüßte nicht, wo du dich aufhältst. Doch dann ist auch noch der Büttel hereingekommen, den der Blaustein wohl zuvor schon aufgesucht hatte. Gemeinsam haben sie dem Gerber ins Gesicht gesagt, daß seine Tochter eine Mörderin sei. Und daß du Samuel erschlagen hättest, weil er dich nicht wollte. Und es hat nicht lang gedauert, bis der Gerber ihnen beipflichtete.« Anna schüttelte sich. »Es war so widerlich, wie mitleidsheischend er tat!«
»Also hat die Sau mich doch angeschwärzt!«
Die Schwester ergriff ihre Hand. »Xelia, du bist in großer Gefahr! Blaustein hat eine Belohnung auf dich ausgesetzt. Alle Leut' suchen nach dir! Sie reden von nichts anderem mehr. Ein Wunder, daß sie noch nicht über dich gestolpert sind! Verdammt noch mal, warum bist du nicht schon längst über alle Berge?«

Xelias Herz hatte während Annas Worten schneller zu schlagen begonnen. Sie zögerte noch einen Augenblick, und beschloß dann, ihrer Schwester die Wahrheit zu sagen – sie erzählte ihr hastig von Philip.
Anna schüttelte die ganze Zeit den Kopf, als ob sie alles nicht glauben mochte.
»Daß ihn sein Gaul ausgerechnet am Sühnekreuz abgeworfen hat!« sagte sie. »*Er* hat es aufstellen lassen. Gleich am nächsten Tag, nachdem du verschwunden warst, hat er sich auf den Weg nach Ulm gemacht und einen Steinmetz samt Wagen und Kreuz mit zurückgebracht. Er wolle sich nicht lumpen lassen, und Geiz nachsagen lassen wolle er sich auch nicht, hat er gemeint.«
»So etwas ähnliches habe ich mir schon gedacht«, antwortete Xelia, doch sie war mit den Gedanken schon ganz woanders. »Und er hat auch euch beiden nichts davon erzählt, wie es wirklich gewesen ist?«
Anna schüttelte den Kopf. »Aber wir haben nie geglaubt, daß du eine Mörderin bist«, beteuerte sie eilig, doch Xelia hörte in ihren Worten einen winzigen Hauch von Unglauben, der ihr tief ins Herz schnitt.
»Und jetzt?« sagten sie beide gleichzeitig und mußten sogar darüber lachen.
»Du mußt weg, Xelia! So schnell und so weit wie nur möglich!«

– 28 –

Nachdem sie Anna das Seifenkraut gezeigt und ihr beim Pflücken geholfen hatte, rannte diese auf dem schnellsten Weg zurück ins Dorf. Einen Moment noch starrte Xelia ihrer Schwester nach. Hoffentlich würde der Gerber Anna wegen ihrer langen Abwesenheit nicht schon mit erhobener Hand erwarten!

Dann ging sie in Richtung Höhle zurück. Obwohl es noch Nachmittag war, war es schon empfindlich kalt. Eine feuchte Kälte, die in alle Knochen kroch. Trotzdem setzte sich Xelia unterwegs noch einmal auf den Boden und lehnte sich an einen Baum.

Sie hatte einen Entschluß gefaßt: Sie würde mit Philip gehen. Das war die sicherste Möglichkeit, von hier wegzukommen. Die Leute suchten die Wege und Dörfer ab nach einem Weib, das allein unterwegs war, und nicht nach einem Paar. Trotzdem würde sie die Augen für beide offenhalten. Nie mehr, nie wieder in ihrem ganzen Leben, würde sie etwas, was sie anging, ganz und gar jemand anderem überlassen. *Sie* würde darauf achten, daß sie nicht in Gefahr gerieten. Sie würde sich *nicht* darauf verlassen, daß Philip die Rolle des Aufpassers übernahm. Daß er ihr helfen wollte, war gut gemeint, doch gleichzeitig spürte sie seine Angst vor der eigenen Kühnheit.

Sie lächelte unfreiwillig vor sich hin. Angst vor der eigenen Kühnheit – hätte nicht *sie* die haben müssen? Doch dem war nicht so. Ihr Herz machte einen kleinen Hüpfer. Jetzt konnte sie es kaum erwarten, daß es endlich losging.

Als Xelia wieder in der Höhle war, zerpflückte sie die gesammelten Kräuter, legte sie in zwei Schalen und gab Philip eine davon. Nachdem sie das Grünzeug hinuntergewürgt hatten, forderte

sie ihn einsilbig auf, abermals die Übungen mit seinem Bein zu machen.
Philip nahm ihr Schweigen stumm hin. Er versuchte nicht, sie aufzumuntern, während er vor der Höhle, an einen Baumstamm gelehnt, sein Bein hin und herschwang. Er mußte selbst nachdenken, und dies fiel ihm schwer genug.
Kleine Schweißperlen liefen seine Stirn und seinen Rücken hinab. Er spürte zwar, daß die Kraft in sein Bein zurückkehrte, aber die langen Wochen in der Höhle und das karge Essen hatten seiner körperlichen Verfassung nicht gerade gutgetan. Trotzdem war er Xelia dankbar, und er hatte sogar vor, ihr das zu sagen. Wenn er an seinem Bein hinabschaute, konnte er erkennen, wie gerade alle Knochen wieder zusammengewachsen waren. Es war zwar im Gegensatz zu seinem linken Bein dünner, dafür stand nirgendwo etwas über, das Knie beulte sich nicht zur Seite – wie er es bei schlecht verheilten Brüchen schon öfter gesehen hatte –, und auch sein Fuß war weder verdreht noch in einer anderen Art verkrüppelt. Wenn er es nicht besser gewußt hätte, würde er nicht glauben, daß sein Bein wirklich gebrochen gewesen war. Er wollte sich nicht ausmalen, was geschehen wäre, wenn der Bruch ihn zum Krüppel gemacht hätte! Ein Kartograph, der nicht mehr richtig gehen konnte, war ... Er fand nicht einmal die richtigen Worte, um diese Schreckensvision zu beschreiben.
Nachdem er im Wechsel jedes Bein drei dutzendmal hin und hergeschwenkt hatte, ruhte er sich kurz aus. Dann nahm er die Krücke, die er sich mit Xelias Hilfe aus einem Ast geschnitzt hatte und begann, in kleinen Schritten um die Höhle herumzulaufen. Erst nach zehn Runden gab er sich zufrieden. Anfangs hatte er diese Übungen gehaßt, doch inzwischen war das anders. Er hatte sogar einen regelrechten Ehrgeiz entwickelt, seine alte körperliche Form wiederzufinden. Schließlich konnte er nicht ewig in dieser Höhle herumsitzen, während draußen die Arbeit auf ihn wartete! Soviel Antrieb ihm dieser Gedanke auch gab –

irgend etwas erschreckte ihn gleichzeitig daran. Er hatte sich so an Xelia mit ihrer seltsamen Art und ihren Launen gewöhnt, daß sie ihm fehlen würde, wenn erst einmal jeder wieder seines Weges ging! Daß dies so kommen würde, erschreckte ihn gleich ein zweites Mal, und so verbot er sich die Gedanken darüber, wie es sein würde, wenn er von der Höhle fortging. Sein Gehirn weigerte sich ebenfalls, sich mit seinem Vorschlag, Xelia zu Hyronimus zu bringen, zu befassen.

Deshalb war er in seinen Überlegungen noch keinen Schritt weiter, geschweige denn, daß er einen Plan ausgearbeitet hatte. Wenn er daran dachte, überfiel ihn eine regelrechte Angst. Aber vielleicht ergab sich ja auch eine ganz andere Lösung für das Desaster, in das er unfreiwillig und ohne jede Schuld hineingerutscht war. In dieser unrealistischen Hoffnung fand er einen gewissen Trost. Philip setzte sich auf einen Baumstumpf, bis er wieder zu Atem gekommen war. Danach wollte er zur Höhle zurück und weiter an seiner Karte zeichnen, die inzwischen mit kunstvollen Zeichnungen übersät war.

Als er jedoch den Vorhang zur Seite schob, spürte er, daß etwas in der Luft lag, vor dem es kein Entrinnen für ihn gab.

»Wenn du's ernst gemeint hast, dann komm ich mit! Zu diesem Hyronimus«, schleuderte Xelia ihm entgegen, als sei sie froh, den Satz endlich rausgebracht zu haben.

Philip konnte nur beklommen nicken. Er konnte ihr unmöglich sagen, daß er diesen unüberlegten Vorschlag seit jenem Abend schon einige Male bereut hatte. Das war jetzt nebensächlich geworden. Er *würde* sie herausholen aus diesem Loch. Und mitnehmen. Und während er sich im Laufe der nächsten Stunden an diesen Gedanken gewöhnte, stellte er fest, daß er sogar ein wenig froh darüber war.

– 29 –

Die Abreise sollte so bald wie möglich stattfinden. Nun, da feststand, daß Xelia ihn begleiten würde, drängte diese auf einen baldigen Aufbruch. Die Gründe dafür lagen auf der Hand: Nachts wurde es immer kälter in der Höhle, und es war nur noch eine Frage der Zeit, bis der erste von ihnen durch die ständige Unterkühlung krank wurde. Außerdem stieg für Xelia mit jedem Tag das Risiko des Entdecktwerdens: Nachdem die Bauern alle Arbeiten auf den Feldern abgeschlossen hatten, blieb ihnen nun ausreichend Zeit für eine Hatz, um Blausteins Belohnung einsacken zu können. Ohne das schützende Blätterkleid war der Wald kahl und durchsichtig geworden. Wenn sich die Dorfbewohner also jetzt erneut auf die Suche machten …

Auch Philip war daran gelegen, die Alb noch vor dem ersten Schnee zu verlassen. Täglich übte er eifrig mit seinem Bein, bis er schließlich wieder ganz ordentlich, wenn auch noch langsam laufen konnte. Wenn die einzelnen Tagesetappen zuviel für ihn wurden, würde er sich aufs Pferd setzen, hatten sie ausgemacht.

Das Pferd. Neben den ganzen Problemen, die auf Philip zukamen, weil er Xelia mitnahm, blieb auch noch die Sache mit Alois. Wie würden die Dorfbewohner reagieren, wenn er nach fast drei Monaten daherkam, als wäre nichts gewesen? Laut Anna war Alois beim Tannenhofbauer gelandet, der mit seiner Errungenschaft im ganzen Dorf herumprotzte. Nur durch einen Zufall habe der Büttel einen genaueren Blick auf Alois' Zaumzeug geworfen und Philips eingeritzten Namen entdeckt, woraufhin die Suche nach ihm eingeleitet worden war. Wahrscheinlich würde er tief in seinen Geldbeutel greifen müssen, um den Mann davon zu überzeugen, daß er das Pferd wieder hergeben mußte.

Und noch etwas lag Philip im Magen.
Er hatte Xelia immer noch nicht gesagt, wo Hyronimus arbeitete.

»Was hältst du davon, wenn wir vor der Abreise baden gehen?« fragte Xelia ihn eines Abends. Sie hatten es gewagt, ein Feuer zu machen und darauf einen Igel gebraten. Ungewöhnlich satt und entspannt, lagen sie in der Dunkelheit und warteten auf den Schlaf.
»Baden?« wiederholte Philip, als habe er sie nicht richtig verstanden.
»Ja, in der Muhr. Ich zeig' dir meinen Waschplatz, wenn du willst.«
»Aber ist es dazu nicht viel zu kalt?«
»Ha! Einer wie du macht sich die Füße wohl erst dann naß, wenn eine Magd das Wasser stubenwarm erhitzt hat, was?« Xelia kicherte.
Leicht eingeschnappt, antwortete Philip: »Natürlich gehe ich mit. Ich kann's kaum erwarten, mich endlich mal wieder von Kopf bis Fuß zu waschen. Ein Wunder ist's, daß wir nicht schon lange Flöhe oder anderes Getier bewirten! Ich will nur nicht krank werden. Auf der Reise . . .«
»Dann mach' ich dich wieder gesund!« unterbrach sie ihn. »Das kann ich doch, oder? So einfach ist das.«
Und Philip mußte lächeln. So einfach war das, ja.
Bald darauf schlief er ein.

Als sie am nächsten Morgen aufwachten, war es ungewöhnlich hell in der Höhle. Philip humpelte nach draußen – morgens war sein Bein immer ein wenig steif – und sah, daß es den ersten Frost gegeben hatte. Das kahle Geäst der Bäume wirkte wie mit silbernen Metallspänen überzogen. Gut, daß es morgen losgeht, schoß es ihm durch den Kopf. Er verrichtete seine Notdurft und war wie jeden Tag froh darüber, dabei wieder für sich selbst sorgen zu können. Dann kehrte er zu Xelia zurück. Sie schlief noch. Während er sie beobachtete, überlief ihn ein heißer Schwall, und er glaubte, daß es so etwas wie Bewunderung war. Wie tapfer sie alles meisterte! Xelia würde ihm bestimmt nicht zur Last fallen. Wie hatte er auf einen solchen Gedanken überhaupt kommen können?

Er weckte sie, und sie liefen gemeinsam zum Bach – Xelia immer einige Schritte voraus, um auszuspähen, ob auch wirklich niemand in der Nähe war. Aber die Dorfbewohner hatten an diesem kalten Morgen so weit außerhalb Leinstettens nichts verloren.

»Hier ist es! Das ist meine Badestelle«, verkündete Xelia stolz, als sie an einer Windung des Baches angekommen waren, die von einem Hügel verdeckt wurde.

Schneller als Philip schauen konnte, hatte sie ihre Fetzen über den Kopf gestreift und war ihm Wasser. Sie keuchte, und Philip konnte sich schon vorstellen, wie elendig kalt es sein würde. Aber er wollte nun keinen Rückzieher machen. Nur: Wie sollte er von ihr unbemerkt nackt ins Wasser gelangen? Nein, er mußte es ihr gleichtun, sonst würde er doch noch wie ein Feigling dastehen. Während er seine Kleider hastig auszog, aber sorgfältig auf einen Stapel legte, schämte er sich unendlich. Noch nie hatte eine Frau ihn völlig nackt gesehen. Und er umgekehrt noch keine Frau ...

Jeder weitere Gedanke wurde von dem eiskalten Wasser ertränkt. Er hatte Mühe, genügend Luft zu bekommen. Wie Xelia es schaffte, fast vergnügt zu erscheinen, konnte er beim besten Willen nicht verstehen. Kaum war er im Wasser, wurden seine Glieder taub. Er hatte ein Stück Seife mitgebracht und eigentlich vorgehabt, sich von oben bis unten abzuschrubben, aber das brachte er nicht über sich. Halbherzig wischte er mit jeder Hand einmal über die andere Leibeshälfte, dann war er wieder draußen.

Während er sich mit seiner Decke abtrocknete, beobachtete er unter gesenkten Lidern, wie Xelia sich mit Eifer wusch. Sie schien gar nicht wahrzunehmen, wie eisig das Wasser war. Immer und immer wieder rieb sie sich mit einem zusammengeknäuelten Grasbüschel ab, bis ihre Haut rot war wie eine Mohnblume. Das Weib war doch verrückt!

»Wie schau' ich aus?« wollte sie später von ihm wissen. Sie hatte ihre Haare so lange mit seiner halbfeuchten Decke abgerieben, bis sie einigermaßen trocken waren. Dann hatte sie zwei Zöpfe geflochten, diese wie ein Krone um den Kopf gelegt und mit Nadeln, die sie sich aus Haselnußholz geschnitzt hatte, festgesteckt.

»Kann ich so in die Stadt?« Sie schaute an ihren Lumpen hinab, die durch das Herumrutschen auf dem Boden immer dünner geworden waren und an einigen Stellen bereits die Haut durchscheinen ließen. Aber weder sie noch Philip hatten Nähzeug, um wenigstens die größten Löcher zu stopfen.

Philip war es unangenehm, sie zu mustern wie ein Stück Vieh. Weibern lüsterne Blicke zuzuwerfen – das war noch nie seine Art gewesen. Natürlich war es manchmal vorgekommen, daß ein Schankmädchen aufdringlich wurde, aber er hatte sie stets mit Nichtbeachtung gestraft und auf diese Weise schnell wieder vom Hals bekommen. Die Weiber und ihre Liederlichkeit, ihre romantischen Augenaufschläge, ihre Verliebtheit, der ganze Pompanz des Werbens – damit hatte er noch nie etwas anfangen können. Wozu auch?

Doch das hatte nun wirklich alles nichts mit Xelia zu tun, schalt er sich. Er spürte, daß ihre Frage nicht kokett gemeint war wie die eines Dienstmädchens, das sich vor ihrem Angebeteten drehte und auf schöne Worte wartete. Für Xelia war es wichtig, daß er ihr eine ehrliche Antwort gab. Und die richtige. Und darin lag die Schwierigkeit!

Ihre Lumpen waren nicht das Problem, obwohl sie jämmerlich aussahen, und er sich vornahm, bei nächster Gelegenheit wenigstens einen Mantel für sie zu kaufen. Das Problem war: Ihr Haar glänzte selbst im straffgeflochtenen Zopf wie feingesponnener Flachs, ihre Augen waren tiefer als jeder Bergsee, den er bisher gesehen hatte, und ihre Wangen gerötet und unschuldig wie die eines Kindes. Sie war zwar so mager wie das Essen, das sie ernährt hatte, aber ihr Körper war der einer Frau. Mit gewissen Rundungen und weich und …

Ihm war, als sähe er sie zum allerersten Mal. Wie sollte er sie bloß vor Männerblicken schützen? Weiber wie sie waren in den Augen der meisten doch nichts anderes als Freiwild. Das gejagt und erlegt und ausgeschlachtet zurückgelassen wurde, wenn die Herrschaft erst einmal ihren Hunger an dem jungen Leib gestillt hatte.

Xelia zappelte schon ungeduldig, in Erwartung einer Antwort.

»Du siehst manierlich aus«, brummte Philip schließlich und begann, seine Sachen zusammenzupacken. Damit hatte er nicht gelogen. Das konnte alles bedeuten. Er spürte ihren fragenden Blick, spürte ihre zurückgehaltene Sehnsucht nach mehr Bestätigung, nach Sicherheit – und da hatte er den rettenden Einfall.

»Du wirst als mein Knecht reisen! Verkleidet! Ich werde dir einen großen Hut aus dem Dorf mitbringen. Den kannst du dir tief ins Gesicht ziehen. Und einen Mantel dazu. Als Bursche vermummt, erkennt dich keine Menschenseele!«

Er schaute sie an. Xelia zog skeptisch die Augenbrauen hoch. Er las in ihrem Gesicht, daß es ihr beim Gedanken an den morgigen Aufbruch genauso mulmig zumute war wie ihm.

– 30 –

Es sollte ihre letzte Nacht in der Höhle sein.

Alle Sachen waren gepackt. Philips Taschen waren randvoll und ausgebeult, weil Xelia sich weigerte, ihre Wasserschöpfer und ihr anderes selbstgefertigtes Werkzeug zurückzulassen. Sogar ihre restlichen Kräutervorräte hatte sie eingepackt! Zuerst hatte Philip sie davon überzeugen wollen, daß sie all diese Dinge in Blaubeuren nicht brauchen würde. Doch noch während er sprach, spürte er, wie er Xelia damit verletzte. Wie wäre *ihm* wohl zumute, müßte er sein Hab und Gut zurücklassen, hatte er sich gefragt, dann geschwiegen und statt dessen versucht, Platz zu schaffen für Xelias Besitz. Auch einen Beutel, der aussah, als sei er mit kleinen Münzen gefüllt, hatte sie eingesteckt.

Am Nachmittag hatte sie außerdem Unmengen von Beeren und Pilzen gesammelt, die sie als Wegzehrung mitnehmen wollte. Philip hatte vor, im Dorf Proviant für die nächsten Tage zu besorgen, doch das war Xelia gleich. Wenn sie selbst für etwas sorgen konnte, würde sie es auch tun.

Es war kalt und ungemütlich. Mühevoll versuchte Xelia, ein Feuer zu entfachen. Immer und immer wieder rieb sie Philips Feuerstein an kleinen Ästen, bis endlich ein Funken entsprang, der wie ein kleiner Blitz durch die Nacht huschte. Nur sehr zögerlich wurde mehr daraus. Wieder einmal wurde Philip, wie so oft in der letzten Zeit, bewußt, wieviel Arbeit in solchen kleinen, alltäglichen Verrichtungen lag, über die er in seinem bisherigen Leben gar nicht nachgedacht hatte. Wasser zu kochen, eine Mahlzeit zu bereiten, ein Werkzeug herzustellen – alles kostete so unendlich viel Zeit, war so mühevoll! Kein Wunder, daß Bauern so ungebildet waren! Wann hätten sie sich bilden sollen? Er selbst war bisher in der glücklichen Lage gewesen, nicht darüber nachdenken zu müssen, wie man ein Schwein schlachtete, einen Schinken räucherte, oder eine Mahlzeit daraus zubereitete. Er hatte seine Heller oder Gulden auf den Tisch gelegt und den Schinken oder die Mahlzeit, die es als Gegenleistung gab, einfach verzehrt, um sich danach wieder seinen Arbeiten zuwenden zu können. Wie hochnäsig er sich auf einmal vorkam! Dieses Bewußtsein überraschte ihn in dem Maße, wie es ihn ärgerte. Aber es war da, und er konnte nichts dagegen tun.

Und noch andere Gedanken konnte er nicht mehr loswerden.

Es waren Frauenhände, die das Holz und den Stein aneinander rieben.

Es war ein Frauenkörper, der sich über das winzige Feuer beugte, und es war der Atem einer Frau, der den Flammen Leben einhauchte.

Was für ein blinder Tölpel war er eigentlich gewesen? Hatte er Xelia erst nackt beim Baden erleben müssen, um zu erkennen, daß sie ein Weib war, und kein geschlechtsloses, wildes Wesen?

Lohgelb schienen die Flammen des Feuers durch den Höhlenvorhang, es gelang ihnen sogar, ein wenig von ihrer Wärme nach innen abzugeben. Die Hände hinterm Kopf gefaltet, dachte Philip daran zurück, wie er nach seinem Sturz aus der Ohnmacht aufgewacht war und Xelia zum ersten Mal gesehen hatte. Er hatte nicht sie, die Frau, gesehen. Nein. Er hatte eine Wilde gesehen, deren Anblick ihn grauste und deren Nähe ihm körperliches Unwohlsein bereitete. Eine Hexe. Eine Diebin, die sich im Wald versteckte. Mit so jemandem wollte er nie und nimmer zu tun haben. Und was war statt dessen geschehen? Sie hatte im Laufe der Zeit Gefühle in ihm ausgelöst, die so unbekannt wie beängstigend für ihn waren.

Xelia, die er nur noch wenige Tage um sich haben würde. Die er bei Hyronimus in guten Händen wissen würde. Aber so weit waren sie ja noch nicht – Gott sei Dank.

Gott sei Dank?!
Auch Xelia war unruhig. Sie fühlte sich wie ein eingesperrtes Tier. Ihre Füße schienen auf einmal so rastlos, als könnten sie den nächsten Morgen nicht mehr abwarten. Als das Feuer endlich brannte, stellte sie Wasser auf, um Tee zu kochen. Danach mußte sie sich zwingen, sich hinzusetzen. Es war keine freudige Aufregung, die sie überfallen hatte. Aber es war auch keine Angst vor dem, was auf sie zukommen mochte. Sie ahnte viel mehr, daß sich ihr Leben nun zum zweiten Mal grundlegend ändern würde, und daß sie wieder keinerlei Einfluß darauf hatte. Natürlich, die Treffen mit Samuel waren ihr eigener Wunsch gewesen. Wie auch ihr Plan, durch seine Hilfe der Gerberei zu entrinnen. Aber es war so, als habe sie lediglich ein kleines Steinchen angestoßen, das letztendlich als felsige Lawine auf sie hinabgestürzt war. Welchen Erdrutsch würde sie nun durch ihren Entschluß, mit Philip zu gehen, auslösen? Würde sie dieses Mal endgültig und für immer unter den Steinmassen begraben werden? Oder würde das kleine Steinchen endlich den Weg befestigen, den sie zu gehen hatte?

Obwohl keiner den anderen in der dunklen Höhle richtig sehen konnte, war die seltsame Stimmung für beide zu spüren. Gerade so, als sei eine dritte Person mit im Raum. Xelia fühlte, daß Philip dadurch verunsichert war, er diese Atmosphäre als störend empfand.
Der Tee war dunkel und bitter, als sie ihn endlich vom Feuer nahm und in ihre Trinkgefäße umschüttete. Sie reichte den Becher an Philip weiter. Schweigend tranken sie die heiße Flüssigkeit, die Schluck für Schluck ihre Kehlen hinabglitt und in ihren Leibern wieder abkühlte. In der Dunkelheit bekam plötzlich jeder ihrer Handgriffe etwas Symbolhaftes, Bedeutungsschweres, und die Luft in der Höhle schien noch dicker zu werden.
Es drängte Xelia auf einmal danach, Philips Hand in die ihre zu

nehmen, ihm zuzureden wie einem verängstigten Kind, ihm Sicherheit zu geben in dieser Nacht, in der sie beide, so schien es ihr, eine Schwelle überschritten. Für sie würde morgen ein neues Leben beginnen – falls es so etwas überhaupt gab, *ein neues Leben.* Aber um was ging es für Philip? Sie hörte sein Räuspern und spürte, daß er hellwach war. Nicht nur seine Augen und sein Geist waren es, sondern auch sein Herz und seine Seele. Ihr gegenüber saß nicht mehr der unnahbare Stuttgarter Beamte, sondern Philip. Einfach Philip. Und sie war nicht mehr die Tochter eines Gerbers, als Mörderin gesucht und ausgestoßen, sondern sie war Xelia. Wären sie allein auf dieser Welt gewesen, hätte es nicht anders sein können. Sie waren ein Mann und eine Frau. Nicht mehr und nicht weniger. Und während sie auf den nächsten Tag warteten, von dem sie noch nicht mehr wußten, als daß er immer näher kam, waren sie – eins.
Xelia schloß die Augen. Sie atmete die eiskalte Luft ein, die ihre Brust weit werden ließ. Dann legte sie sich mit traumwandlerischer Bestimmtheit zu Philip.

Als er Xelias Arme um sich spürte, fühlte er ein warmes, noch nie erlebtes Glücksgefühl durch seinen Körper strömen. Das Blut war aus seinen Händen gewichen, sie fühlten sich an, als würden sie von tausend Ameisen gebissen. Er konnte nicht mehr durchatmen, sondern nur in mühevollen, kurzen Japsern nach Luft ringen.
Xelia.
Er fühlte ihren Mund auf seinen Lippen, auf den Wangen, an seinem Hals. Ihr Haar roch nach dem Feuer, das sie kurze Zeit zuvor entzündet hatte. Philip hatte noch nie einen süßeren, würzigeren Duft in der Nase gehabt. Seine Arme schlangen sich um Xelias Leib, umarmten sie und preßten sie ganz nahe an sich. So verharrten sie einen Moment oder eine Ewigkeit. Erst als er Xelias leises Seufzen hörte, lockerte er seinen festen Griff und empfand sofort einen tiefen Verlust. Sie fehlte ihm! Er fühlte

sich allein gelassen! Hastig suchten seine Hände Halt, wanderten von ihren Schultern seitlich an den Rippen ihres Brustkorbes entlang, der sich hob und senkte, hinab bis zu der Stelle, an der ihre Beine begannen.

»Du bist so schön«, hörte er sich flüstern, diese Worte, die schon immer alle Männer zu allen Zeiten und überall gesagt haben. Für Philip jedoch waren sie einzigartig, nie hätte er sich vorstellen können, einer Frau so etwas zu sagen.

Xelia hörte ihn kaum. Sie hatte ihre Augen geschlossen. Ihre ganze Aufmerksamkeit war auf Philips Hände gerichtet. Sie spürte salzige Tränen auf ihren Wangen. Gleichzeitig überkam sie eine große Erleichterung. Ihr war, als hätte sie in den ganzen letzten Wochen den Atem angehalten und erlaubte sich nun endlich das Durchatmen. Es war so gut, diese warmen, sicheren Hände zu spüren, die ihr Halt gaben, die verhinderten, daß sie aufgefressen wurde von den Ängsten der Nacht!

Mit der Nähe erlebte Xelia allerdings nicht nur eine Vertrautheit, sondern auch einen Hunger, den sie bisher nicht gekannt hatte: Sie mußte seine Nacktheit spüren! Nichts anderes zählte mehr für sie in diesem Augenblick. Während ihr noch der Gedanke durch den Kopf huschte, wie seltsam und fremd ihre Begierde war, befreite sie ihn schon mit zittrigen Fingern von seinem Hemd, derweil er selbst an seiner Hose nestelte. Sie erkannte seine Männlichkeit, nicht nur im festen Griff seiner Hände, sondern auch in seinem Geschlecht, das sich ihr hart und groß entgegendrängte. Schnell wand sie sich aus ihrem zerschlissenen Kittel. Kälte überzog ihre nackten Leiber sofort mit einer Gänsehaut, doch ihre Umarmung wärmte sie wieder. Ein neuer Schauer überflutete sie. Ihre Finger wanderten an seinem Leib hinab, machten sich selbständig. »Alles wird gut. Alles wird gut«, summte es in ihren Ohren. Sie hatte keine Angst. Ihr Mund öffnete sich für kleine, küssende Bewegungen, ohne jedoch zu lange den Kontakt mit seiner Haut zu verlieren. Sie mußte alles von ihm spüren, würde sonst um-

kommen vor Einsamkeit, würde ertrinken, allein und unvollkommen.
Sie öffnete ihre Beine und spürte, wie ihre Hitze der feuchtkalten Luft in der Höhle trotzte. Sie streckte sich Philip entgegen, doch er schien schien ihre Bedürfnisse nicht zu verstehen. Sein Kopf lag jetzt an ihrer Brust. Abwechselnd saugte er heftig erst an der rechten, dann an der linken Knospe. Sie stöhnte vor Schmerz auf.
Plötzlich, mit einem Paukenschlag, erkannte sie, daß sie Philips erste Frau war. Es war kein Spiel, daß er sich ihr vorenthielt. Es war keine Koketterie, die ihre Begierde ungestillt ließ. Es war vielmehr seine Unerfahrenheit. Keine Magd, keine Dirne und erst recht keine Geliebte hatte Philip je in das Geheimnis der gegenseitigen Verschmelzung eingeweiht.
Wie man ein neugeborenes Kalb sachte zur Milchquelle seiner Mutter führt, so zeigte sie Philip den Weg in ihre Pforte. Sie ahnte seine Überraschung, fühlte einen Hauch von Widerstand, den erst der sanfte Rhythmus ihres Unterleibs durchbrechen konnte. Erst, als er tief und sicher in ihr angelangt war, erlaubte sie sich ein Zurückfluten in den Zustand der Schwerelosigkeit. Und wie ein Kalb nach einer einzigen, kleinen Hilfestellung die kraftspendende Milch zu saugen beginnt, begann auch Philips Körper, sich dem Spiel der Liebe hinzugeben.
Es dauerte nicht lange, bis ihre Säfte zusammenflossen, bis Philips lauter Schrei von den Höhlenwänden zurückgeworfen wurde, bis sein Leib schwer und satt auf Xelias liegenblieb.
Als er sich aufrichtete, waren seine Augen geweitet. Durch halbgeschlossene Lider konnte Xelia die Verwunderung auf seinem Gesicht erkennen. Vielleicht hätte sie ihm eine Bestätigung geben sollen, daß alles gut war. Vielleicht hätte sie ihm süße Worte zuflüstern sollen. Aber sie war in einen so wohligwarmen Kokon eingesponnen, daß es ihr unmöglich schien, diesen sofort wieder zu verlassen. Philip mußte selbst wissen, daß alles gut war, wie es war.

– 31 –

Unkontrolliert schlugen Xelias Zähne aufeinander. Sie richtete sich aus ihrer hockenden Stellung auf, wippte auf ihren Füßen vor und zurück. Es war so kalt, so bitterlich kalt, daß sie am liebsten in die Höhle zurückgekrochen wäre. Eigentlich hätte sie nach den Wochen in der Wildnis gegen die Kälte gefeit sein müssen. Statt dessen fühlte Xelia ihre Zehen und Finger kaum mehr. Es war ein Fehler, hier auf Philip zu warten. Aber so war es vereinbart, und nun konnte sie es nicht rückgängig machen.

Noch immer war nichts von ihm zu sehen. Xelia hatte keine Ahnung, wie lange er schon verschwunden war. Sie konnte nicht einmal ahnen, ob die Sonne bereits aufgegangen war, geschweige denn, wie hoch sie stand. Es war so nebelig, daß sich unentwegt kleine Wassertropfen aus der weißen Nebelsuppe lösten und Xelias Haare und Kleider mit der Zeit völlig durchnäßten. »Novembernebelig« hatten Anna und sie diese Tage immer genannt. Beim Gedanken an ihre Schwester spürte sie sofort einen heftigen Stich in ihrer Herzgegend. Sie würde Anna wahrscheinlich nie wiedersehen.

Xelia wickelte ihre Lumpen fester um den Leib, doch der klamme Stoff kühlte sie nur noch mehr aus. Ihr Blick fiel auf Philips Packtaschen. Im Geiste ging sie deren Inhalt nochmals durch. Wenn er statt der Menge unnützer Bücher doch nur eine zweite Decke eingepackt hätte! Die eine, die er auf seiner Reise dabeihatte, hatte er sich als Umhang umgeworfen, bevor er ins Dorf gegangen war. »Die Taschen bleiben hier«, hatte er verkündet. »Ich werde sagen, daß ich ein ganzes Stück von hier entfernt von Räubern ausgeraubt und gefangengehalten worden bin, und daß deren Versteck irgendwo tief im Wald liegt.« Die Münzen, mit denen er sein Pferd auslösen wollte, hätte er so gut verborgen gehabt, daß die Räuber sie nicht entdeckt hatten. Xelia war das einleuchtend erschienen, und sie hoffte, daß auch die Leinstettener Philips Geschichte glauben würden. Weiter wollte er sagen, daß er gar nicht wisse, warum die Räuber ihn überhaupt solange gefangengehalten hätten, statt ihn gleich umzubringen. Erkannt habe er niemanden, weil ihm die ganze Zeit die Augen verbunden gewesen seien, aber die Räuber wären ihm als wüste und gefährliche Burschen erschienen. Als sie nach Wochen des Nichttuns endlich wieder einmal auf einen ihrer Raubzüge gegangen waren, habe er die Flucht ergreifen können, sei dabei tagelang durch den Wald geirrt, bis er endlich hier in Leinstetten angekommen sei. Das, so glaubte Philip, würde reichen, um genauere Untersuchungen im Keim zu ersticken. Auch da mußte Xelia zustimmen. Es hatte Wochen gedauert, bis der Büttel nach dem Vermißten hatte suchen lassen. Warum sollte er auf Philips Räubergeschichte schneller reagieren? Vielmehr würden die Dorfbewohner danach den Wald nur noch ängstlicher meiden, als dies sowieso schon der Fall war.

Xelia seufzte. Sie konnte es kaum mehr abwarten, endlich von hier wegzukommen. So einladend der Wald ihr immer erschienen war, und so dankbar sie für seinen Schutz in den letzten Wochen sein mußte – er war ihr Gefängnis gewesen. Nicht viel besser als die Gerberei, von Feltlin einmal abgesehen. Aber sie hatte sich auch hier nicht frei bewegen können, hatte jeden ihrer Schritte genau abwägen müssen, hatte in ständiger Gefahr gelebt. Sich frei bewegen – was war das überhaupt?

Letzte Nacht, da war sie frei gewesen. Frei wie ein Vogel, frei wie die ersten Menschen im Paradies. Sie fühlte, wie sich ihre Lippen zu einem Lächeln kräuselten. Philip und sie, vereint als Mann und Frau. Alles hätte sie sich vorstellen können, nur das nicht. War es die Nacht gewesen? Die Kälte in der Höhle? Das Bad am Tage? Wie es gekommen war, konnte sie nicht einmal mehr sagen. Aber es fühlte sich *richtig* an, und das erstaunte sie sehr. Sie hätte nie geglaubt, daß es ihr einmal gefallen könnte, auf diese Weise mit einem Mann zusammenzusein. Bei Feltlin hatte sie stets nur Schmerzen, endlose Schmerzen und Scham verspürt. Und bei Samuels Berührungen? Nichts, wenn sie ehrlich war. Seine Hände waren ihr gleichgültig gewesen, er hatte sie nicht *berührt* im wahren Sinne des Wortes. In Samuel hatte sie offensichtlich nur die Verheißung eines besseren Lebens gesehen, mehr nicht.

Als sie heute morgen aufgestanden waren, hatte keiner von ihnen ein Wort über die letzte Nacht verloren. Aber es hatte außer der gespannten Aufbruchsstimmung auch keinerlei Unwohlsein zwischen ihnen geherrscht, sie hatten sich angelächelt, und Philip hatte ihr zum Abschied aufmunternd zugezwinkert. Ein Lächeln flog auch jetzt wieder über Xelias Gesicht und wurde im nächsten Moment von einem neuen Kälteschauer weggeblasen. Steifgliedrig stand sie auf und begann, ein paar Schritte hin und her zu gehen. Um sich abzulenken, versuchte sie sich diesen Adalbert Hyronimus vorzustellen. Was das wohl für ein Mann war? Sie wußte so gut wie gar nichts von ihm, und manchmal hatte sie sogar das Gefühl gehabt, Philip wiche ihren Fragen über seinen alten Lehrer aus. Gerade so, als sei mit ihm etwas nicht in Ordnung. Aber das konnte doch wohl nicht sein, sonst würde er sie nicht zu ihm bringen wollen, oder?

Klack, klack, blobb, klack, klack, blobb. Alois, mager und mit stumpfem Fell, schritt tapfer aus, als sei er genauso froh wie seine beiden Begleiter, von Leinstetten wegzukommen. Daß er ein Hufeisen verloren hatte, merkten weder Xelia noch Philip, so vertieft waren sie in ihr Gespräch über das, was Philip in Leinstetten erlebt hatte.

»Und der Büttel hat wirklich nicht mehr wissen wollen?«

»Nein, wenn ich's dir doch sage!« Philip schüttelte den Kopf. Eine so träge Person mit solch stoischem Gemüt hatte er noch

nirgendwo getroffen. Keinen Tag lang würde so jemand in Stuttgart ein Amt bekleiden, keinen einzigen Tag!
»Und der Tannenhof-Bauer hat Alois ohne Murren rausgegeben?«
»Naja, was heißt ohne Murren ... Begeistert war er nicht gerade. Aber als ich mit meinem herzöglichen Passierschein gewedelt hab', war's aus mit seiner Forschheit.« Philip lachte und tätschelte den Pferdehals. Daß er einmal richtig froh sein würde, das Pferd zu sehen, hätte er sich auch nicht vorstellen können. Er atmete tief durch.
Alles war gutgegangen im Dorf. Seine Geschichte war mit großen Augen und offenen Mündern aufgenommen worden, niemand schien auch nur einen Moment an ihrem Wahrheitsgehalt zu zweifeln. Gott sei Dank hatte ihn keiner danach ausgefragt, *wo* er denn die Münzen die ganze Zeit über versteckt gehabt hatte, mit denen er dem Tannenhofbauern so großzügig für Alois Unterkunft gezahlt hatte! Eine logische Antwort wäre ihm schwergefallen ... Doch daß es ihm überhaupt gelungen war, den Räubern zu entfliehen, machte ihn in den Augen der Leinstettener zum Helden. Binnen kürzester Zeit hatte sich das ganze Dorf um ihn versammelt, und er hatte seine Geschichte immer wieder zum besten geben müssen. Nicht ungern, wie er feststellte. Er fühlte sich gut und stark und – sein Blick fiel auf Xelia – irgendwie *leichtherzig*.
Natürlich wollte Xelia wissen, ob er auch ihre Schwestern gesehen hatte. Und so erzählte er ihr, daß es ihm inmitten der improvisierten Dorfversammlung gelungen war, Anna ein paar Worte zuzuflüstern. Von Annas blauem Auge sagte er ihr nichts. Und auch nicht von von Feltlins mißtrauischen Blicken, die er ihnen, wenige Schritte entfernt, zugeworfen hatte.
Nachdem sie jede Einzelheit mehrmals durchgekaut hatten, hingen beide ihren eigenen Gedanken nach.
Philip gähnte. Es war mindestens so angenehm, mit Xelia zu schweigen, wie mit ihr zu reden. Nachdem in Leinstetten alles

so gut geklappt hatte, war seine innere Anspannung nun wie weggeblasen. Und auch sein Gefühl von Heldenhaftigkeit ließ langsam aber sicher ein wenig nach. Dafür fühlte er sich nach knapp zwei Stunden Marsches schon müde und zerschlagen wie früher nicht mal nach einem langen Tag! Das monotone Ausschreiten war er nicht mehr gewöhnt. Sein rechtes Bein zitterte ein wenig. Sollte er aufsitzen und ein Stück weit reiten? Das würde ihm gewiß guttun. Aber dann müßte Xelia allein laufen, und das wollte er auch nicht.

Sein Blick war beinahe zärtlich, als er an Alois' Kopf vorbei zu Xelia hinüberblickte. Zierlich, fast zerbrechlich wirkte sie hier draußen. Daß sie selbst für eine Frau sehr klein war, war ihm in der Enge der Höhle gar nicht aufgefallen. Ihr Gesicht war unter dem großen Schlapphut nicht zu erkennen, der weite Mantel, den er für sie besorgt hatte, verbarg ihre weiblichen Formen. Und das war gut so.

Wenn er an die letzte Nacht dachte, überfielen ihn zwiespältige Gefühle. Auf der einen Seite wollte er gar nicht glauben, daß alles wirklich geschehen war. Xelia und er vereint als Mann und Frau! Seltsam eigentlich, daß er in den ganzen Wochen ihres beengten Zusammenlebens Xelia nie unter diesem Aspekt betrachtet hatte. War er etwa kein *ganzer Mann,* wie man so schön sagte? Andererseits: Was er letzte Nacht erlebt hatte, bewies doch, daß er Manns genug war, oder? Schon beim Gedanken daran wurde ihm ganz heiß. Langsam begann er zu verstehen, warum alle Welt der Sache soviel Wichtigkeit beimaß. Es war tatsächlich recht erquicklich gewesen... Und er hatte große Lust, diese Wonnen noch einmal zu erfahren. Röte schoß ihm ins Gesicht, und sein Blick zu Xelia hinüber war nun verschämt.

Um auf andere Gedanken zu kommen, versuchte er einzuschätzen, wie weit sie schon gegangen waren. Er kannte weder die Gegend noch den Weg, der immer schmaler wurde. Auf seiner Kartenvorlage war er nicht eingezeichnet, und bei seinem Albaufstieg war er von weiter östlich gekommen. Aber wenn er richtig vermutete, würde vor ihnen bald ein Dorf namens Rüdling auftauchen, welches er jedoch rechterhand zu umgehen gedachte. Er wollte unerwünschten Fragen aus dem Weg gehen, auch wenn dies ein oder zwei weitere Nächte unter freiem Himmel für sie bedeutete. Sobald er Xelia bei Hyronimus abgeliefert hatte, würde er die Gegend erneut aufsuchen und noch vor dem ersten Schnee vermessen, nahm er sich vor. Lag nämlich erst mal eine dicke Schneeschicht auf dem Land, die Grenzsteine und andere markante Merkmale versteckte, konnte er seine Arbeit vergessen. Deshalb würde er ...

Ruckartig blieb Alois stehen, und Philip glitt der Zügel aus der Hand. »Was ist denn los?« Vergeblich versuchte er, das Pferd mit einem Zügelruck zum Weiterlaufen aufzufordern. Mit angewinkeltem rechtem Vorderbein, das Gewicht ganz auf die linke Seite gelegt, stand Alois krumm und buckelig da und schaute seinen Herrn aus großen Augen vorwurfsvoll an.

Nun blieb auch Xelia stehen.

»Der Gaul hat ein Eisen verloren.« Mehr oder weniger hilflos, tastete Philip das unbeschlagene Pferdebein ab.

»Und? Was heißt das?« Xelia schlang ihre Arme um den Leib, als wolle sie dadurch ungute Nachrichten von sich fernhalten.

Philip zuckte mit den Schultern. Warum hatte er es nicht gemerkt, als das Vieh das gottverdammte Eisen verloren hatte! Dann hätte er versuchen können, das Ding wieder zu befestigen. So war es für immer verloren. Zurückgehen und das Eisen suchen wollte er auf keinen Fall. Er nahm den Huf auf. Dort, wo das Eisen fehlte, waren rote Stellen. An einem Fleck war der Huf regelrecht ausgefranst.

»So, wie's ausschaut, hat der Gaul Schmerzen. Wenn er nicht von sich aus läuft, dann müssen wir ihn wohl tragen.«

Doch Xelia war nicht zum Scherzen aufgelegt. »Was machen wir jetzt?« Auf ihrem Gesicht stand die nackte Angst. Was bedeutete das Ganze für sie? Würden sie nun nach Leinstetten zurückmüssen?

Philip ließ den Huf ab. Er versuchte, seiner Stimme einen unbefangenen Ton zu verleihen. »Gehen wir eben doch nach Rüdling hinein! Hoffentlich gibt's dort einen Schmied, der uns ein neues Eisen machen kann.« Ohne Xelias Kommentar abzuwarten, schnalzte er mit der Zunge, versetzte Alois mit dem Zügel mehrmals einen Schlag auf den Hals und marschierte weiter. An Aufsitzen war nun natürlich nicht mehr zu denken. Er war schon froh, das Pferd überhaupt zum Weiterlaufen bewegen zu können.

– 32 –

»Der Gaul braucht nicht ein Eisen, sondern vier!« Mit verschränkten Armen stand der Schmied von Rüdling, der außerdem Wagenbauer und Kesselflicker war, vor ihnen. Der vorwurfsvolle Ton in seiner Stimme war nicht zu überhören. Wichtigtuerisch, und als habe er alle Zeit der Welt, lief er um Alois herum, hob ein Bein nach dem andern an, schüttelte jedesmal den Kopf und gab verächtliche Zischlaute von sich. Mit seiner Art erinnerte er Xelia an Feltlin. Als sie seinen Blick auf sich spürte, schüttelte es sie unwillkürlich. Den Kopf gesenkt, ging sie ein paar Schritte zur Seite, versuchte geradezu, sich unsichtbar zu machen. Sie war heilfroh über ihre Verkleidung!

Der Mann kratzte sich eine halbe Ewigkeit den Bauch, während Philip mit Alois am Zügel hilflos daneben stand. »Das Pferd war lange Zeit in fremder Obhut«, fühlte er sich verpflichtet zu erklären, was Xelia ärgerlich machte. Was scherte er sich um die Meinung dieses Rüpels?

»Von Pferden kann der aber nichts verstanden haben«, kam es verächtlich vom Schmied, und es war klar, daß er von Philip dieselbe Meinung hatte.

»Wenn er neue Eisen braucht, dann soll er welche kriegen.« Philip zückte seinen Geldbeutel. »Was kostet das, und wie lange dauert der Beschlag?«

Nein! Das konnte er doch nicht tun! Innerlich winselte Xelia auf. So, wie Philip sein Geld herzeigte, *mußte* der Schmied ihn doch übers Ohr hauen! Unter gesenkten Lidern schaute sie zu dem Mann hinüber. Seine Augen blitzten, und in seinem Blick stand eine so offensichtliche Gier geschrieben, daß Xelia gar nicht glauben konnte, daß Philip dies entging.

Der Schmied fuhr mit der Zunge an seinen Zähnen entlang und

schmatzte laut. »So geht das nicht! Heute kann ich sowieso nichts mehr machen, das Licht ist zu schlecht. Und einen Preis werde ich erst nach der Arbeit nennen. Wer weiß, was passiert, wenn ich dem Vieh die restlichen drei Eisen abnehme. Nein, nein, da lasse ich mich auf nichts ein.«
Xelia blickte erschrocken zu Philip hinüber. Sie konnten doch nicht in Rüdling übernachten!
»Aber ich muß weiter! Ich werde in Blaubeuren erwartet!« Philip klang fast genauso erschrocken, wie sie sich fühlte. »Wenn Sie gleich anfangen, langt das Tageslicht vielleicht doch noch. Und wenn nicht, dann zünden wir eben mehrere Ölfunzeln an. Ich zahl' auch dafür.«
Ohne eine Erwiderung drehte der Schmied sich um und ging in Richtung Werkstatt. Xelia atmete auf. Daß sich der Mann durch Philips fast weinerlichen Ton umstimmen ließ, hätte sie nicht gedacht.
Philip zog an Alois' Zügel und wollte hinterher. Doch da blieb der Mann stehen und drehte sich um. Genüßlich schaute er von Philip zu Xelia, die hastig auf den Boden blickte. »Heute mach' ich gar nichts mehr. Entweder beschlag' ich den Gaul morgen – oder gar nicht.«

In der Scheune war es dunkel und kalt. Das Dach war so löchrig, daß unentwegt Tauben ein und aus flogen. Der Boden der Scheune war uneben und hart und roch nach altem Staub. Xelia versuchte, das bißchen Stroh, das der Schmied ihnen hingeworfen hatte, zu einer ordentlichen Matratze zusammenzuscharren. Alois, der sich schon auf dem dünnen Strohlager niedergelegt hatte, gab einen jämmerlichen Anblick ab.
»Verdammt! Daß das Pferd so schlecht beieinander ist, hab' ich in Leinstetten gar nicht gemerkt. Sonst hätt' ich dem Tannenhofbauern etwas erzählt. Und nicht noch drei Gulden für dessen miserable Pflege bezahlt!«
Xelia hatte Philip noch nie fluchen gehört, und sie wußte nicht,

ob sie das gerade jetzt beruhigen sollte. Auch was er da behauptete, bezweifelte sie im stillen.

»Ich geh' dann!« Unbeholfen beugte er sich zu ihr hinab und umarmte sie. Seine Nase stieß dabei an ihre Wange. »Sobald ich etwas zu essen gekauft habe, komme ich wieder. Mach' dir keine Sorgen, hörst du?«

»Ich mach' mir keine Sorgen. Hier sind wir doch sicher, oder? Wer käme denn auf den Gedanken, mich gerade in dieser Scheune zu suchen?« Xelia versuchte ein Lachen und tat so, als würde sie es sich im Stroh bequem machen.

Als er gegangen war, kroch sie so nah wie möglich an das Pferd heran, um etwas von seiner Körperwärme abzubekommen, und wartete zum zweiten Mal an diesem Tag auf Philip.

Ihr Magen knurrte und sie hoffte, es würde ihm gelingen, Brot und vielleicht auch etwas gebratenes Fleisch oder Speck zu kaufen, nachdem er in Leinstetten nicht daran gedacht hatte. Wahrscheinlich würde er viel zuviel dafür bezahlen! Sie rollte mit den Augen. Langsam wurde sie das lästige Gefühl nicht mehr los, daß Philip jemand war, der des öfteren übers Ohr gehauen wurde, ohne dies zu merken! Wie im Falle ihres Nachtquartiers auch: Sie wußte zwar nicht, was ein Reisender in der Regel für eine Übernachtung zu zahlen hatte, aber zehn Pfennige für dieses elende Loch hätte sie dem Schmied nie gegeben!

Sie schloß die Augen und versuchte, die Mäuse, die unerschrokken über die Eindringlinge in ihrem Reich hinwegsprangen, nicht zu beachten.

Die Schmiede war das erste Haus am Dorfeingang, und Philip ging einfach die Straße weiter in Richtung Dorfmitte. Er mußte an drei Türen anklopfen, bis ihm endlich ein altes Mütterchen, das sich kaum auf den Füßen halten konnte, öffnete. Er trug seine Bitte vor, doch schon bei den ersten Worten schüttelte die Frau den Kopf.

»'s ist keiner hier, die Leut' sind alle auf dem Dorfplatz. Spielleut' sind gerade angekommen.«

Das ist gut, schoß es Philip durch den Kopf. Spielleute sorgten für Abwechslung, da würde sich keiner für die Übernachtungsgäste vom Schmied interessieren. Ganz wohl war ihm nämlich immer noch nicht beim Gedanken, sich mit Xelia hier oben auf der Alb in einem der Dörfer blicken zu lassen, Verkleidung hin oder her.

»Gehen Sie! Gehen Sie!« Die Alte winkte ihn davon. »Von mir bekommen Sie nichts, da tät' ich mir nur Ärger einhandeln mit den Jungen.«

Er ging von Haus zu Haus und klopfte an, doch nirgendwo schien jemand zu Hause zu sein. Vor ihm machte die Straße eine Kurve, und dahinter vermutete Philip den Dorfplatz. Musik von Pfeifenspielern schallte herüber, Lachen war zu hören und aufgeregtes Raunen. Wahrscheinlich hatte sich alles, was laufen konnte, auf dem Dorfflecken versammelt!

Ohne viel Zuversicht klopfte er an eine kleine, elende Hütte, die eine winzige Lücke zwischen zwei Häusern ausfüllte. Ein erschöpft aussehendes Weib, an dessen Rockzipfel drei rotznasige Buben hingen, öffnete ihm so plötzlich, als habe sie ihn erwartet. Doch als sie ihn sah, verfinsterte sich ihre Miene, und Philip beeilte sich, seine Bitte vorzutragen.

Die Frau nickte und meinte, sie könne ihm einen Laib Brot und ein wenig Butter verkaufen. Daraufhin verschwand sie in der Hütte.

Im Hintergrund hörte er mindestens zwei weitere Kinder brüllen, und durch den Türspalt drang ein scharfer Geruch nach Urin und ungewaschenen Leibern in seine Nase. Er spürte, wie sich sein Magen hob und wieder senkte. Am liebsten hätte er seine Worte rückgängig gemacht, doch die Frau kam bereits mit dem Brotlaib in der Hand zurück. Die Butter hatte sie einfach auf die dunkelbraune Kruste geschmiert, stellte Philip mißmutig fest. Doch sein Bauch knurrte, und er sagte nichts. Er bezahlte

drei Pfennige und wollte schon zu Xelia in die Scheune zurückgehen, als einzelne Wortfetzen, zerhackt durch schrille Flötentöne, ihn zur Salzsäule erstarren ließen. »... die Gerberstochter...« und »... in feinstes Tuch gehüllt...« und »... große Lieb', große Pein...«
Philips Herz schlug laut und heftig und drohte durch seinen Hals zu springen. Was um alles in der Welt geschah dort auf dem Dorfplatz? Da konnte doch nur von dem Mord an Samuel Blaustein die Rede sein! Waren ihnen Xelias Verfolger so nah auf den Fersen?

Als er in die Scheune zurückkam, begrüßte Alois ihn mit einem leisen Wiehern. Xelia schlief zusammengerollt wie eine Katze.
Wie von seidenen Bindfäden gezogen, packten seine Hände das gebutterte Brot in die Tasche, um es vor den Mäusen zu schützen. Sein Magen hatte aufgehört zu knurren, um nichts in der Welt hätte er jetzt einen Bissen hinunterbekommen. Dafür spürte er nun ein Drücken und Brennen im ganzen Bauch. Schlecht war ihm auch, und er hoffte, daß er sich nicht übergeben mußte.
Er hatte Angst.
In der Scheune war es eisig. Philip kam es so vor, als sei es drinnen sogar noch kälter als draußen. Darauf bedacht, Xelia nicht zu wecken, krabbelte er zu ihr unter die Decke und drängte von hinten an ihren einigermaßen warmen Körper.
Sie seufzte im Schlaf und streckte sich ein wenig. Dann legte sie ihr rechtes Bein rückwärts über seine und umschlang ihn, so gut es in dieser Haltung eben möglich war.
Xelia! Auf einmal tat sein Herz so weh... Er kroch noch näher an sie heran und wußte: Hätte sie jetzt ein Rudel hungriger Wölfe überfallen – er hätte Xelia mit seinen bloßen Händen verteidigt!
Als ob sie seinen inneren Aufruhr bis in den Schlaf spüren könn-

te, drehte sie sich zu ihm um. Die Augen halb geöffnet, schlangen sich ihre Arme um seinen Leib, bis kein Bogen Pergament mehr zwischen sie gepaßt hätte. Wieder ihr leises Aufseufzen.
Auf einmal war die Kälte in dem zugigen Loch wie weggeblasen. Philip hatte das Gefühl, als hätte ihrer beider Körperwärme ein Feuer entzündet, dessen Flammen lichterloh brannten. Seine Hände wanderten an Xelias Körper auf und ab, ohne daß er etwas dagegen tun konnte. Sie wühlten sich durch die groben Stoffalten ihres Mantels, schoben das abgewetzte Material ihres Leibchens nach oben, bis er ihre nackten Brüste spürte. Der kalte Lufthauch, der mit seinen Händen unter die Decke gekrochen war, ließ ihre Warzen wie Bergspitzen in die Höhe streben. Sanft begann er sie zu kneten, zu reiben, sie wie eine Murmel zwischen seinen Fingern hin und her zu bewegen. Er spürte, wie sich Xelias Unterleib daraufhin noch stärker an ihn drängte.
In dem Augenblick lösten sich seine Sorgen von zuvor in Luft auf. Seine rechte Hand wanderte nach unten, bis sie an ihrem störrischen Schamhaar angelangt war. Sofort hob sich ihm das haarige Dreieck entgegen. Er ließ seine Hand darüber kreisen, bis die Reibung eine leichte Wärme erzeugte. Ob sie immer noch schlief? Er wußte es nicht und wollte nichts tun, was sie im wachen Zustand vielleicht nicht gemocht hätte. Andererseits ... ihr Körper sprach eine eindeutige Sprache. Probeweise fuhr er mit seinem Zeigefinger in den warmen, feuchten Schlitz, der sich ihm zwischen dem Haargekräusel wie eine aufgeplatzte Pflaume präsentierte.
Ihr Stöhnen wurde lauter, beharrlicher, und Philip glaubte, selbst platzen zu müssen, so prall und groß und steif fühlte sich sein Glied an. Das Bedürfnis, in sie einzudringen, überwältigte ihn fast, doch gleichzeitig waren da ihre rhythmischen Bewegungen, die sein Zeigefinger ausgelöst hatte ... Er kam sich sehr männlich vor, sehr forsch, und er war zugleich ein wenig über sich erstaunt, als seine Finger ihre weiche, warme Öffnung

erforschten. Heiße Ströme überliefen ihn von der Kopfhaut bis in die Zehenspitzen.

Und dann schob sich Xelias Leib über den seinen. Als wären sie füreinander gemacht, paßten sich ihre Leiber einander an, wogten in einem immer schneller werdenden Takt. Weiche Haut rieb sich an rauher, runde Brüste schmiegten sich an seinen festen Oberkörper. Fast gleichzeitig zerrissen ihre Schreie die kalte Luft. Philip sah mit einem Auge Alois' erstaunten Blick und hätte am liebsten laut herausgelacht. Vor Freude! Vor Verliebtheit! Vor Sattheit! Doch er unterdrückte sein Lachen, das Xelia vielleicht falsch aufgefaßt hätte, und nahm sie in den Arm wie ein Kind.

»Schlaf gut!« waren die einzigen Worte, die sie zu ihm sagte, und er nickte im Dunkeln dazu. Er spürte, wie ihr Leib wieder schwer wurde, dann war sie wieder eingeschlafen.

Das Lächeln war von seinen Lippen noch nicht verschwunden, als plötzlich alles wiederkehrte: Die Spielleute und ihre lächerliche Posse. Die atemlos stille Menge, die sich auf dem unebenen Rüdlinger Flecken um die kleine Gruppe gedrängt hatte, um der Mär über die mordlüsterne Gerberstochter zu lauschen. Philip hatte seine Ellenbogen einsetzen müssen, um ebenfalls etwas sehen und hören zu können. Die mürrischen Blicke der Leute bei seinen Remplern waren ihm gleich gewesen. Er hätte einen niedergeschlagen, wenn's hätte sein müssen! Auch den Schmied hatte er stehen sehen – wahrscheinlich hatte er deswegen keine Zeit fürs Beschlagen gehabt –, und er schien sich wie alle andern köstlich zu amüsieren: Zwei Männer, einer als Weib verkleidet mit einer Perücke aus Flachs, hatten Xelias Geschichte gespielt! »Wir können uns nicht mehr sehen, du holde Maid«, hatte der eine gerade in weinerlichem Ton gejammert, woraufhin der mit der Flachsperücke eine Grimasse gezogen und die Arme in die Hüfte gestemmt hatte. »Du wagst es, mir das zu sagen?« schrie er sein Gegenüber an und knüppelte ihn dann mit einem Prügel nieder.

Daraufhin war ein Pfeifer vorgetreten, hatte ein paar Takte gespielt und zu singen begonnen:

»Das Liebesglück, es sollt' nicht sein,
doch Xelia sah das gar nicht ein.
Für Samuel war sie nur Zeitvertreib,
da wurde sie ein garstig Weib,
Trotz feinem Tuch, trotz vielem Gold
schrie sie ihn an,
ist dir das Glück doch nimmer hold!
Durch einen Prügel den Tod er fand!
Und Xelia hielt ihn in der Hand!«

Jedes Wort hatte Philip noch im Ohr, die Atemlosigkeit der Zuschauer vor Augen und ihre Rufe nach mehr. »Tot ist tot und mehr gibt's nicht«, hatte der Pfeifer grinsend in die Runde gerufen, seinen Hut genommen und die Heller und Pfennige eingesammelt, welche die Leute schon bereitwillig in den Händen hielten. Nur langsam hatte sich die Menge danach aufgelöst. Überall hatten kleine Grüppchen den Faden weitergesponnen. Ob die Gerberstochter wohl schon gefaßt worden sei? Und wenn nicht, wo die Mörderin sich dann versteckte? Philip hatte das Gefühl gehabt, daß die Geschichte und ihre Beteiligten mit jedem Mal Erzählen grausamer wiedergegeben wurden! Wie betäubt, war er durch die Menge gestolpert und hätte fast den Schmied nicht gegrüßt, der sich mit zwei anderen Männern darüber stritt, ob nun ein Tod durch den Galgen oder durch das Fallbeil die gerechte Strafe für so eine Hexe sei. Das Funkeln in ihren Augen, als sie von der Belohnung sprachen, die Blaustein auf Xelia ausgesetzt hatte, war Philip durch Mark und Bein gegangen. Wenn der Schmied wüßte, wer unter seinem Dach ...

Er spürte, wie die Erschöpfung des Tages ihn nun doch einholte, sein Geist langsamer, seine Augen schwer wurden. Sein letzter

Gedanke galt Xelia: Sie schwebte, so unschuldig sie war, in Lebensgefahr! Sein Einfall, Xelia als Burschen zu verkleiden und als seinen Knecht auszugeben, war mehr als weise Voraussicht gewesen. Er hatte ihr bisher das Leben gerettet.

– 33 –

Es war alles gutgegangen.

Beim ersten Tageslicht hatte der Schmied mit seiner Arbeit begonnen. Während Philip einen nach dem anderen von Alois' Hufen aufgehalten hatte, war Xelia in der Scheune geblieben. Wenn der Mann sich gewundert hatte, daß Philip selbst und nicht sein Knecht den Handlanger abgab, dann hatte er nichts gesagt. Und von sich aus hatte Philip sowieso keine Unterhaltung angestrebt. Es war fast Mittag gewesen, als der Schmied fertig wurde. Nachdem er ihnen eine horrende Summe für seine Arbeit abgeknöpft hatte, waren sie endlich wieder auf dem Weg gewesen.

Kaum hatten sie Rüdling hinter sich gelassen, wurden sie vom ersten Schnee überrascht. Alois, auf seinen neuen Eisen steif und ungelenk, wurde auf dem rutschigen Boden noch unsicherer und blieb auf einem etwas steileren Wegstück einfach stehen. Mit Xelia als Stütze auf der rechten und Philip auf der linken Seite und nur mit gutem Zureden ließ er sich schließlich zu kleinen Schritten hinreißen. Dieser Zockelgang war ermüdender als der schnellste Marsch, und so waren alle drei nach einer Stunde schweißgebadet. Aus Angst, der Gaul würde sich erkälten, warf Philip ihm eine Decke über. Vielleicht war es diese kleine Geste, vielleicht war es einfach nur der Umstand, daß er sich an die neuen Eisen und den glatten Untergrund gewöhnt hatte – danach schritt das Pferd ohne weitere Unterbrechung tapfer aus. Wie sie bei diesen Verhältnissen den Albabstieg bewältigen sollten – daran wollte Philip noch nicht einmal denken! Immer wieder spürte er Xelias fragende Blicke auf sich, und es machte ihm Mühe, Zuversicht und Heiterkeit auszustrahlen.

Bald war es Nachmittag, und sie waren viel weniger weit gekommen, als er ausgerechnet hatte. Philip schätzte die Sichtweite auf weniger als fünfzig Ellen. Kein Grenzstein war unter der dünnen, aber dichten Schneedecke zu erkennen, alles verschwamm grau in grau, und es kam Philip vor, als wate er durch ein endloses Meer. Nirgendwo konnte er eine Scheune oder einen Hof ausmachen. Wo sollten sie die Nacht verbringen?

Während Xelia dem Pferd einige Handvoll Hafer aus dem Proviant verfütterte, nahm Philip seine Karten zur Hand und versuchte zu bestimmen, wo sie sich befanden. Wenn er richtig lag, mußten sie irgendwo zwischen dem Uracher und Zwiefaltener Forst sein. Die Albhochfläche hatten sie noch nicht verlassen, wenn es auf einigen Wegen auch den Anschein gehabt hatte. Das hieß, er würde sich bald für eine Abstiegsroute entscheiden müssen. Je nachdem …

Ein Schrei, markerschütternd und schriller, als Philip jemals einen gehört hatte, zerriß die eisige Stille. Alois hörte auf zu kauen und hob den Kopf.

»Was war denn das?« Unwillkürlich flüsterte Xelia. Sie lief um Alois herum zu Philip.

Er zuckte mit den Schultern. »Vielleicht ein Tier? Ich kann niemanden sehen, nirgendwo!«

Und wieder ertönte der Schrei um Leben und Tod. Es war eine Frau.

»Das ist kein Tier! Da braucht jemand Hilfe!« Bevor er sie halten konnte, lief Xelia los. Unbeirrt, als hätte sie ihr Ziel genau vor Augen, und den rutschigen Boden gar nicht mehr zur Kenntnis nehmend, verschwand sie hinter der nächsten Wegbiegung.

Für einen Augenblick verschlug es Philip die Sprache. *Halt,* wollte er ihr nachschreien. *Wo willst du hin?* und *Wenn da Leute sind, dann bist du in Gefahr!* Statt dessen ruckte er an Alois Zügel.

»Xelia! Warte auf mich! Verdammt noch mal!«

Als er um die Biegung ging, sah er sie stehen: drei Wagen, bunt angemalt. Die Spielleute vom Tag zuvor!

Alois wieherte erfreut beim Anblick der fremden Pferde und zog in ihre Richtung. Philip spürte, wie sich in seine Angst um Xelia auch so etwas wie Wut mischte. Warum mußte das Weib losflattern wie eine wildgewordene Biene? Was ging sie es an, wenn sich andere stritten und anschrien? Sich einzumischen tat selten gut, war seine Erfahrung. Und er war bisher damit nicht schlecht gefahren!

Keiner beachtete ihn, als er Alois an einem der Wagen anband. Fünf oder sechs Leute drängten sich um Xelia, die am Boden kniete. Eine Frau, mit einem Leib so dick, daß es aussah, als würde sie gleich platzen, wälzte sich schreiend hin und her. Neben ihr saß ein großer schwarzer Hund, der zähnefletschend in die Runde knurrte. Xelia hingegen beachtete er nicht. Als hätte sie Augen im Rücken, drehte sie sich zu Philip um und sagte: »Die Frau bekommt ein Kind.«

»Und? Was geht uns das an?« Es war Philip gleichgültig, daß er sich ruppig anhörte. Wenn sie nicht auf der Stelle verschwanden, würden die Leute mitbekommen, um wen es sich bei Xelia handelte, und das würde ihr Ende sein! Noch galt ihre Aufmerksamkeit der Frau am Boden – unentwegt holte einer eine weitere Decke, hielt ihre Hand oder strich ihr verschwitzte Haare aus der Stirn. Noch war es nicht zu spät, unerkannt wegzukommen! Er wollte Xelia heimlich ein Zeichen machen, sie unauffällig zum Aufbruch bewegen, doch alles, was er zustande brachte, war eine mürrische Grimasse.

Für einen kurzen Moment schaute sie von der Frau auf, blieb aber bei ihr sitzen.

»Wir müssen weiter! Auf, auf, laß uns gehen«, brummte Philip und wollte Alois wieder losbinden, als eine Stimme, die Xelias sein mußte, das aufgeregte Durcheinander der anderen übertönte.

»*Du* kannst gehen, wohin du willst! Ich bleibe hier. Die Frau braucht Hilfe. Und ich müßte verdammt sein, wenn ich jetzt davonliefe!«

Xelia fühlte sich bei weitem nicht so sicher, wie sie vor Philip tat. Kaum hatte sie der Gebärenden ins Gesicht geschaut, tauchten Bilder vor ihren Augen auf, die sie längst vergessen geglaubt hatte. Das Sterbebett ihrer Mutter. Ihr kalkweißes Gesicht, auf dem kalter Schweiß in Bächen herabrann. Und Blut. Blut, das fontänenartig aus Eulalias Leib schoß. Vor Xelias Augen verschwamm alles rot, und sie mußte sich vor lauter Schwindel mit einer Hand am Boden abstützen. Dabei stieß sie an den Hund, der leise zu knurren begann.

»Sei still, Terra!« Die Stimme der Frau war nur noch ein Flüstern. Sie griff nach Xelias Hand. »Du mußt mir helfen! Da sind zwei drinnen ... Ohne Hilfe sterb' ich, das fühl' ich!«

Zweilinge! »Und wenn ich das nicht kann?« Xelia schaute die Frau an, und sie kam ihr so vertraut vor, als würden sie sich schon lange kennen. »Woher willst du wissen, daß ich dir helfen kann?« Sie hörte das Zittern in ihren Worten und schämte sich dafür.

»Du kannst. Deine Augen ...« Die Frau verstärkte ihren Druck auf Xelias Hand, dann wurde sie von einer neuen Welle des Schmerzes fortgetragen. Bei ihrem Schrei begannen die Umstehenden wieder alle durcheinander zu reden. »Sie muß in einen Wagen!« »Was sollen wir nur tun?« »Ein Arzt muß her!« »Wo sollen wir jetzt einen Arzt finden?« Einer murmelte unentwegt Gebete vor sich hin, von denen das meiste in Tränen unterging. Dazwischen bellte der Hund, als wolle er alle davonjagen.

Merkten die Leute denn nicht, daß sie mit ihrer Angst und Aufregung alles noch schlimmer für die Frau machten? »Ruhe jetzt! Seid doch still, verdammt noch mal!« Xelia schaute einen nach dem andern an. Ich kenne noch nicht einmal ihre Namen, schoß es ihr durch den Kopf. Aber das war jetzt unwichtig. »Ich bin Heilerin und werde versuchen, der Frau ...«

»Ellen! Sie heißt Ellen!«

Xelia nickte. »Ich werde Ellen helfen. Als erstes müssen wir sie vorsichtig in einen Wagen bringen. Ihr Männer da! Nehmt sie vorsichtig hoch, ja, so ist's gut.«

Der Hund folgte Ellen auf dem Fuß.
Xelia versuchte ein zuversichtliches Gesicht zu machen. »Wer gehört zu ihr?«
»Ich!« Ein kleiner, aber kräftiger Mann schaute aus dem größten der drei Wagen. Er war es, der gebetet und die Hand der Frau gehalten hatte, als die andern sie hineintrugen. »Tassilo heiß' ich. Du mußt ihr helfen!« Er schluchzte hemmungslos. »Ellen ist nicht mehr die Jüngste und das Kinderkriegen war schon immer eine Qual für sie. Beim letzten Mal wär' sie fast draufgegangen, das Kind hat auch nicht überlebt! Wenn ihr was passiert..., ich tät's nicht überstehen!«
Bei seinen Worten spürte Xelia die nackte Angst in sich hochsteigen. *Ich kann das nicht!* wollte sie zu dem Mann sagen. *Ich habe Angst!* Statt dessen legte sie ihre Hand auf seinen Arm und drückte ihn. »Es wird schon werden! Aber ihr müßt mir alle helfen!« Sie legte soviel Stärke wie möglich in ihre Stimme. »Der Wagen muß geheizt werden. Und ein Feuer zum Wasserkochen brauchen wir auch. Und Licht! Bringt alle Ölfunzeln, die ihr habt. Und dann brauch' ich noch jemanden, der mir hilft.« Sie suchte nach dem am wenigsten erschrockenen Gesicht in der Runde, und ihr Blick blieb auf einem jungen Mädchen mit rabenschwarzen Haaren ruhen. »Du da! Du wirst mir helfen.«
»Wir haben kein Wasser mehr«, antwortete es.
»Dann besorgt welches! Oder sammelt Schnee und schmelzt ihn.« Xelia krempelte ihre Ärmel hoch und rieb sich die Hände mit Schnee ab, bis sie rotgefroren, aber sauber waren. Eine Zweilingsgeburt, weit und breit kein Dach überm Kopf, kein Wasser, eine Gebärende, die nicht zum Kinderkriegen gemacht war – und wo war Philip? Sie hätte so dringend etwas Zuspruch von ihm gebraucht! Aber er war nirgendwo zu sehen. Sie verbot sich jeden weiteren Gedanken an ihn. Jeder Augenblick zählte, wenn es nicht schon zu spät war...

– 34 –

Es war Nacht geworden. Die Spielleute hatten in der Mitte der drei Wagen ein großes Feuer entzündet. Während Xelia und die junge Frau bei Ellen im Wagen waren, hatte eine andere Frau eine dicke Suppe gekocht, die sie nun an die Männer verteilte. Xelias Anwesenheit schien die Leute zu beruhigen. Sie saßen ums Feuer herum und unterhielten sich leise. Manchmal war aus dem Wagen Ellens Wimmern zu hören, dann stockte das Gespräch kurz, doch gleich darauf zwangen sie sich, weiterzureden.
Erstaunt stellte Philip fest, daß seine Schüssel leer war. Er hatte die Suppe, in der dicke Brocken Fleisch schwammen, regelrecht hinuntergeschlungen. Gierig tunkte er mit seinem Brot den letzten Rest Flüssigkeit auf, als die Frau ihm einen zweiten Schöpfer hineingab.
Philip dankte ihr und kaute weiter. Auch die andern widmeten sich ihrem Essen, nur hin und wieder schaute einer zu ihm herüber. Die Blicke, die ihn dabei trafen, waren alles andere als freundlich, fand er. Eher mißtrauisch, ablehnend.
Ach, er war so wütend auf Xelia! Nicht genug, daß sie unbedingt helfen mußte, wo ein Blick auf die Frau genügte, um zu wissen, daß sie dem Tod längst näher war als dem Leben! Das erste, was sie getan hatte, war, ihren Hut herunterzureißen und ihren Mantel abzulegen, um danach ihre Ärmel hochzukrempeln. Und aus und vorbei war's mit ihrer Tarnung! Nun würde es nicht mehr lange dauern, bis die Leute neugierig wurden und Fragen stellten. Und dann?
Was würde er antworten?
»Was machen Spielleute eigentlich um diese Jahreszeit hier droben auf der Alb?« fragte Philip seinen Nachbarn. Vielleicht war es das beste, wenn er ihnen zuvorkam!

Der Mann schaute ihn an. Er zuckte mit den Schultern. »Das war nicht so geplant. Wir wollten längst in Österreich sein, wo wir jedes Jahr unser Winterquartier aufschlagen. Aber Ellen ...« Mit dem Kinn wies er in ihre Richtung.
»Tassilo wollt' sie nicht überanstrengen, in dem Zustand«, antwortete sein Nebenmann, und Philip glaubte, einen leichten Vorwurf darin zu hören.
»Und? Paßt dir das etwa nicht?« kam es sofort von Tassilo zurück. Seine Nase blähte sich dabei auf, als habe er einen unangenehmen Geruch einatmen müssen. Der Mann war ein einziger Muskelberg, so klein er auch war, stellte Philip erstaunt fest. Er wollte sich jedenfalls nicht mit ihm anlegen, und dem andern schien es genauso zu gehen. Jedenfalls hob dieser besänftigend die Hände und sagte nichts mehr.
»Ich hab' euch in Rüdling gesehen!« Philip beschloß, in den offenen Angriff zu gehen. »Also, ehrlich gesagt, eure Posse fand ich doch recht seltsam ...« Er hielt die Luft an. Wie würden die Männer darauf reagieren?
Tassilo und die beiden andern schauten sich an und grinsten. Auf einmal prusteten alle drei los.
Entgeistert starrte Philip sie an. Eingeschnappt schienen sie nicht zu sein, aber hatten sie dafür den Verstand verloren?
Irgendwie hatte seine Bemerkung die angstvolle Spannung gelöst, die allen auf der Schulter gesessen hatte. »Das kannst du nicht verstehen. Also, es ist so ...«, begann Tassilo in bester Erzählermanier. »Wir hatten in der letzten Zeit nicht sehr viel Glück. Die Posse mit der Gerberstochter ist so etwas wie eine ... Notlösung.«
Daraufhin lachte der andere wieder los. »So kann man das auch nennen. Ich würde sagen, das Unglück verfolgt uns auf Schritt und Tritt! Ich heiße übrigens Gabor.« Er gab Philip die Hand, dann zählte er an seinen Fingern auf: »Erst verreckt unser Tanzbär. Dann wurden unsere Tiermasken gestohlen, alle miteinander, und wir wissen bis heute nicht, wie's geschehen ist.«

»Wenn wir's wüßten, täten wir dem Dieb jeden einzelnen Knochen brechen!« sagte Tassilo, der in der Gruppe anscheinend das Sagen hatte. »Das Maskenspiel brachten immer das meiste ein!«

»Das war noch nicht alles! Gott behüte!« kam es von Gabor. »Dann sind wir noch um den gesamten Lohn für einen langen Abend betrogen worden.«

»Wie denn das?« fühlte sich Philip verpflichtet, nachzuhaken. »Ihr geht doch am Ende eurer Vorstellung mit dem Hut herum, habe ich in Rüdling gesehen.«

Tassilo und Gabor schauten sich an. Plötzlich waren sie wieder ein Herz und eine Seele. Tassilo beugte sich vor. »In Blaubeuren ist's gewesen. Im Anwesen des Stadtarztes.«

Gabor spuckte vor sich auf den Boden. »Eine feine Gesellschaft hatte der eingeladen! Mindestens dreißig Zuschauer hatten wir, und prächtig amüsiert haben die sich. Doch als es ans Bezahlen ging, da war's aus mit der Freude!«

»Da schrie doch einer von denen, sein Geldsack sei weg und daß er wohl gestohlen wurde. Und alle haben uns angestarrt. Keine fünf Minuten später haben sie uns aus dem Hof gejagt!«

»War alles abgesprochen, das kannst du mir glauben«, preßte Tassilo aus zusammengekniffenen Lippen hervor. »Dieses Schwein wollte uns von Anfang an um unsere Zeche prellen!«

»Und hab' ich nicht gleich gesagt, daß mir nicht wohl dabei ist, für den Halsabschneider den Hofnarren zu spielen?«

»Ach, halt doch's Maul!« gab Tassilo zurück. Aus Ellens Wagen waren nun wieder lautere Schreie zu hören. Nervös ballte er die Hände zu Fäusten, als wolle er damit jegliches Unglück von seinem Weib abhalten.

»Wer bist du eigentlich? Und was machst du hier droben auf der Alb?« warf der dritte Mann ein, der bisher nur still daneben gesessen hatte. Seine Augen wanderten unruhig zwischen Gabor und Tassilo hin und her, als befürchte er im nächsten Augenblick einen handfesten Streit.

Philip verfluchte den Mann und sein Ablenkungsmanöver. Er bemühte sich um ein Lachen. »Das ist eine lange Geschichte, und ich glaube, keine besonders aufregende ...« Was um alles in der Welt sollte er ihnen nur erzählen? Er nestelte seinen herzöglichen Passierschein aus seiner Jackentasche. »Ich bin Beamter ...« Mit Beamten hatten Wandersleut' meist nicht viel am Hut, vielleicht würde diese Auskunft ihm weitere Fragen vom Leibe halten.

»Ein Beamter, sieh einmal an ...« Das Mißtrauen in Gabors Stimme war nicht zu überhören. »Und das Weib? Wer ist sie? Warum ist sie so seltsam angezogen?« Er und der andere Mann rückten näher ans Feuer, um Philips Gesicht besser sehen zu können.

Genau das hatte er befürchtet! Und jetzt? Philip spürte, wie sein Mund trocken wurde und ihm das Blut in den Ohren zu sausen begann. »Ich ..., das ist so ...«

Ein Schatten verdunkelte plötzlich das Lagerfeuer, und der Geruch nach Blut und anderen menschlichen Ausdünstungen stieg ihm in die Nase.

Vor ihnen stand Xelia.

Einen Moment lang hatte er sie und die Gebärende vor lauter Fragen und Antworten tatsächlich vergessen!

Ihre Haare klebten dunkel vom Schweiß an ihrem Schädel, ihr Kittel war blutverschmiert, ihre Augen glänzten wie nasse Kieselsteine. Sie zitterte am ganzen Leib, und Philip wußte nicht, ob vor Erschöpfung, Aufregung oder nackter Angst. Ihre Stimme war nur noch ein Flüstern.

»Es ist vorbei.«

– 35 –

Ist Lola nicht der hübscheste Hund, den du je gesehen hast?« Ohne ernsthaft auf eine Antwort zu warten, lächelte Xelia den schwarzen Hundewelpen auf ihrem Arm an. Unter seinem Hinterteil hatten sich verdächtige dunkle Flecken auf ihrem Mantel gebildet, doch Xelia ließ das Tier nicht zu Boden, sondern drückte es nur fester an sich.

Philip war nicht nach einer Unterhaltung zumute. Und eine über den Hund, der in seinen Augen nur weiteren Ärger bedeutete, schon gar nicht! Warum mußte es Tassilo einfallen, Xelias Hilfe in Form eines Welpen zu bezahlen!

Beim Anblick ihres fast übermütigen Gehabes mit dem Hund wurde ihm schließlich doch wieder etwas versöhnlicher zumute. Im Gegensatz zu ihm hatte Xelia die ganze Nacht wie ein Murmeltier geschlafen. Erholt strahlten ihre Augen mit der Wintersonne um die Wette. Das fahle Sonnenlicht ließ ihre Haare, die unter dem Hut hervorlugten, wie pures Silber glänzen. Mit ihren roten Wangen wirkte sie jung und unschuldig und… wunderschön. Er mußte sie nur anschauen, und seine Kehle wurde eng vor Schmerz.

Es ist vorbei. Geschafft! Ellen lebt, und die Zweilinge auch. Noch immer klangen ihm Xelias Worte in den Ohren. Auch Tassilos ungläubige Miene würde er wohl nie vergessen! Der Mann hatte richtig Angst gehabt, Xelias Worten Glauben zu schenken, als könne er im nachhinein noch etwas zerstören. Dann aber, als er begriffen hatte, daß wirklich alles gut gegangen war, war er mit einem Juchzer aufgesprungen, hatte sie trotz ihres blutverschmierten Leibchens an sich gedrückt, durch die Luft gewirbelt und dabei geheult wie ein Schloßhund!

Ja, Xelia hatte ein Wunder vollbracht. Doch daß sie unversehrt und unerkannt davongekommen waren, bedeutete in Philips Augen ein mindestens ebenso großes Wunder! War es Glück? Hielt ein Schutzengel die Hand über sie? Fast kam es ihm so vor. Trotzdem warf er immer wieder einen Blick nach hinten, als rechne er damit, im nächsten Moment die Wagen der Spielleute in hastiger Verfolgung zu sehen.

Nachdem sie die Nacht zusammen mit Gabor und seinem Weib in deren Wagen verbracht hatten, waren sie von einem dankbaren Tassilo zum Morgenmahl eingeladen worden. Philip wäre am liebsten beim ersten Licht aufgebrochen, doch weder Xelia noch Tassilo hatten dies zugelassen. Auch Ellen hatte sich zu ihnen gesetzt, müde und mit blutunterlaufenen Augen, aber so glücklich, daß sie beinahe von innen her glühte! Jeder von beiden hatte eines der Kinder auf dem Arm gehalten, während Ellens Hündin wachsam von einem zum andern geschaut hatte, ihre eigene Welpenschar immer mit einem Auge im Blick.

Auch die andern Mitglieder der Gruppe waren mehr als froh über den glücklichen Verlauf der Nacht gewesen. Jetzt konnten sie endlich weiterreisen! Die Aufbruchstimmung hatte sogar die Pferde ergriffen, und Gabors Schimmel war es zweimal gelungen, den Knoten seines Anbindeseils zu öffnen, um plötzlich neben dem Lagerfeuer aufzutauchen.

Gerade, als Philip seine Sachen zusammenpacken wollte – Xelia suchte derweil ihren Welpen aus Terras Wurf aus –, nahm Mischa, der dritte Mann, den Faden vom Abend zuvor wieder auf.

»Jetzt wissen wir immer noch nicht, wer ihr beide seid ... Und wo ihr hinwollt. Ich tät schon gern wissen, mit wem ich das Brot gebrochen habe ...« Er lachte, doch das Lachen erreichte seine Augen nicht. Auch hatte sein Scherz für Philips Ohren etwas Krampfhaftes an sich, so, als wolle der Mann ihn damit überrumpeln.

Auf einmal war es ganz still geworden, und alle hatten auf Phi-

lips Antwort gewartet. Während seine Panik immer größer wurde, brannte Xelias angstvoller Blick Löcher in seinen Rücken.
Und dann war Tassilo dazwischengetreten, hatte einen Arm um Xelia gelegt und zu Mischa gesagt: »Das kommt davon, wenn man seinen Wein nicht verträgt und die halbe Nacht verschläft! Simone Hauber heißt sie, und der Herr Beamte begleitet sie im Namen des Herzogs nach Stuttgart, wo sie zu Hofe ihre Heilkünste anwenden soll! Das hast du wohl nicht mehr mitbekommen.« Heftiges Schulterklopfen. »Das hab' ich gleich gewußt, daß du keine gewöhnliche Heilerin bist!« lobte er Xelia, deren große Augen Bände sprachen. Herausfordernd hatte Tassilo in die Runde geschaut, als wollte er sagen: *Los! Traut sich einer, mein Wort anzuzweifeln!*
Philip war der Mund offenstehen geblieben. Kein Wort, kein einziges Wort hatte er zu Tassilo gesagt! Das bedeutete, daß dem längst klar gewesen war, wen er vor sich hatte. Und daß er aus Dankbarkeit offenbar beschlossen hatte, Xelia zu schützen.
Ganz mochte Philip ihm allerdings immer noch nicht trauen. Und außerdem war er verärgert, daß ihm selbst nicht eine so glaubhafte Geschichte eingefallen war!

Schweigend marschierten sie weiter. Der Boden knirschte unter ihren Füßen, war aber längst nicht so glatt wie am Vortag, und so kamen sie ganz ordentlich voran.
»Was für ein Mensch ist dieser Hyronimus eigentlich?« fragte Xelia plötzlich ins Blaue hinein. Als Philip nicht gleich antwortete, hängte sie eine weitere Frage an: »Und wie sieht er aus?«
»Wie er aussieht? Mhh.« Das hatte Philip sich noch gar nicht vor Augen geführt, aber diese Frage war irgendwie bezeichnend für Xelia. Sie war ein Mensch, der alle Einzelheiten von Menschen wie Dingen wahrnahm, während er sich bisher immer mit einem überfliegenden Blick zufriedengegeben hatte.
Er zwang sich, endlich die Gedanken an die Spielleute zu vergessen und ihr eine zufriedenstellende Antwort zu geben. »Er ist

nicht sehr groß, eigentlich ist er für einen Mann sogar recht klein. Aber wenn man ihm gegenübersteht, fällt das gar nicht auf. Er ... hat so eine Art innere Größe. Es ist, als ob ...« Gerade noch rechtzeitig ertappte er sich dabei, ausschweifend zu werden. »Ja, und dann hat er dichte krause Haare und Augen, die genauso streng wie fröhlich daherschauen können. Aber, ehrlich gesagt ist er kein Mann, dem Frauenzimmer wegen seines Aussehens nachlaufen.«

»Aber nachlaufen tun die Weiber ihm trotzdem, wie?«

Philip mußte lachen. »Mit diesen Augen habe ich meinen Lehrherren weiß Gott noch nicht betrachtet! Aber bitteschön, warum eigentlich nicht?«

»Und mit welchen Augen hast du ihn dann betrachtet?« Leichte Ungeduld schwang in Xelias Stimme mit.

Philip warf ihr einen Blick zu. Doch sie hatte nur Augen für den Hund, der an ihrer Schulter eingeschlafen war. Er versuchte, sich an Adalbert Hyronimus zu erinnern. An seine Stimme, die polterte, wenn er wütend war, und ansonsten so friedlich wie Lämmerblöcken. An sein Lachen, wenn ihm ein Scherz gelungen war. An seine Verbissenheit, wenn sich die Lösung einer Aufgabe nicht wie erwartet gestaltete. »Wie gesagt, er lehrte an der Tübinger Universität alles, was mit der Kunst der Kartographie zusammenhängt, und nicht nur das.« Philip lachte. »Er gab sich nie mit dem zufrieden, was war, sondern strebte immer nach Verbesserungen. Das hat ihn in meinen Augen zu jemand Besonderem gemacht. Während andere Lehrer die Nächte bei Wein und Gesang durchfeierten, konntest du Hyronimus mit ziemlicher Wahrscheinlichkeit hinter einem Berg Büchern antreffen, die er als Vorbereitung für seinen weiteren Unterricht sichtete.« Philip lachte auf. »Was seine Arbeit anging, war er ein Besessener!«

»Dann hattet ihr also einiges gemeinsam«, kam es etwas trocken von Xelia, und Philip hatte kurz den Eindruck, es fehle ihr an jeglichem Verständnis.

»Ja und nein.« Das Zurückdenken fiel ihm plötzlich gar nicht mehr so leicht. »Ich glaube, ich war wohl sein bester Schüler, jedenfalls hat er mir dies oft zu verstehen gegeben. Auf der anderen Seite hatte ich immer das Gefühl, Hyronimus' Ansprüchen nie ganz gerecht zu werden. Irgendwie muß ich ihn enttäuscht haben.« Was sagte er da? Der Gedanke war nicht nur fremd, sondern auch erschreckend!

Xelia warf ihm einen skeptischen Blick zu, was ihn nicht sehr verwunderte.

»Aber wieso denn? Wo du doch nichts anderes im Sinn hattest, als Karten zu malen?«

Hörte er wieder einen spöttischen Unterton, oder wurde er etwa empfindlich wie eine Mimose? »Vielleicht war es gerade das.« Der Gedanke kam ihm ebenso plötzlich wie seine vorige Erkenntnis. »Immer wieder hat er versucht, mein Interesse für die großen Dichter und Denker zu wecken. Aber ich habe nur abgewinkt. Melanchthon, Erasmus von Rotterdam, Luther – natürlich waren das große Männer! Aber was hätte ich von ihnen lernen sollen, wo sie sich doch mit allem möglichen, nur nicht mit der Kartographie beschäftigt haben!« Er hielt inne, und Alois lief mit einem Ruck gegen den Zügel.

»Und dann war da noch etwas, was mich störte: Ein Querulant ist Adalbert nämlich auch!« Nun hörte Philip sich an wie ein trotziges Kind, und er sprach eilig weiter, in einem – wie er hoffte – souveräneren Ton: »Vielleicht hat ihn inzwischen das Alter milde und weise gestimmt, aber in Tübingen, da hat er sich in alles einmischen müssen! Und dann sein ... übersteigerter Sinn für Gerechtigkeit – ach, ich möchte gar nicht daran denken, in welche unmöglichen Gespräche und Situationen er uns Studenten manchmal verwickelt hat!«

»Das hört sich interessant an, erzähl doch mal!«

Philip verzog seinen Mund. »Ja, ja, das willst du wissen ... In dieser Hinsicht bist du Hyronimus ganz schön ähnlich. Aber faß das ja nicht als Lob auf!« Er gab Xelia einen kleinen Klaps auf die Schulter, woraufhin der Hund ihn sofort mit großen Augen anschaute. »Also gut. Da gab es beispielsweise einen Lehrer, der nur jenen Studenten zugetan war, deren Eltern nicht nur adelig, sondern auch reich waren. Wir bürgerlichen Söhne lagen Franz Friedmann, so hieß er, nicht gerade am Herzen, was nicht weiter schlimm gewesen wäre, wenn er bei seinen Beurteilungen nicht zweierlei Maß angelegt hätte! Mir selbst konnte er damit nie etwas anhaben, dazu war ich einfach zu gut. Aber bei den eher durchschnittlich Begabten wurden die reichen Söhne immer unendlich viel besser bewertet. Ihnen gab Friedmann vor Lob glühende Beurteilungen mit auf den Weg, und die andern hatten das Nachsehen.« Plötzlich fühlte Philip ein Körnchen Wut in sich aufkeimen. Damals in Tübingen war ihm die Sache ziemlich gleich gewesen ...

»Und Hyronimus? Was hatte das mit ihm zu tun?«

»Jemand muß Hyronimus von den ungerechten Bewertungen Friedmanns berichtet haben. Da er jedoch keine Beweise für dessen Vorgehen hatte, wollte er seinen Kollegen nicht einfach anschuldigen. Statt dessen forderte er uns Studenten auf, Friedmann gemeinsam zur Rede zu stellen.«

»Und? Habt ihr das getan?«

»Ja, aber erst nach langem Hin und Her.« Philip mochte gar nicht mehr daran denken, zu welchem Skandal sich die Angelegenheit entwickelt hatte! »Auf einmal wurden immer mehr Schlampereien Friedmanns aufgedeckt. Von einigen Eltern hatte er hohe Summen Geld verlangt, damit er ihre Söhne bevorzugte. Von den weniger Reichen soll er andere Dienste eingefordert haben ...« *Daran* wollte Philip bis heute nicht glauben – zu schauerlich war ihm die Vorstellung, daß Friedmann einen der Jungen ... »Jedenfalls wurde Friedmann am Ende im hohen Bogen von der Universität geworfen!«

»Aber dann hat es sich doch gelohnt, etwas zu unternehmen, oder?«

»Schon, aber ...« Plötzlich wurde Philip das ganze Thema zu vertrackt. Abrupt schweifte er ab.

»Daß Hyronimus sich der Kartographie abgewandt und einem Studium der Medizin zugewandt hat, verwundert mich heute eigentlich nicht mehr. Zur damaligen Zeit konnte ich es nicht verstehen, in meinen Augen war er so etwas wie ein Abtrünniger. Ich habe es natürlich nicht gewagt, ihm gegenüber so etwas zu äußern, ganz davon abgesehen, daß ich dazu gar keine Möglichkeit mehr hatte. Denn Adalberts Abschied von Tübingen kam für mich recht überraschend. Eines schönen Tages war er einfach weg. Erst im Laufe unseres Briefwechsels begann ich, den Mann ein wenig besser zu verstehen. Heute weiß ich, daß er ein Mensch ist, der sich nicht mit einer Dimension des Lebens zufriedengibt. Das läßt seine Neugier nicht zu. Er will mehr erfahren vom Leben und von den Menschen.«

»Und du warst ihm nicht neugierig genug«, stellte Xelia fest.

Philip blieb abrupt stehen. »Ja. Das muß es gewesen sein.«

Auf einmal fühlte er sich gar nicht mehr wohl in seiner Haut. Er hatte das Gefühl, etwas abschütteln zu müssen und wußte nicht, was. Lauter ungute Gedanken jagten wie Pferde vor ihm her, und er hätte eines nach dem andern einfangen und zähmen müssen. Statt dessen trieb er sie davon. Das war einfacher, zumindest im Augenblick. Doch einen Gedanken wurde er dennoch nicht los:

Er hatte Xelia immer noch nicht erzählt, daß Hyronimus in einem Spital für Aussätzige arbeitete.

Drei Tage später kamen sie vor den Toren Blaubeurens an.

– 36 –

Den Arzt Adalbert Hyronimus gibt es nicht mehr. Den hat der Aussatz selbst erwischt.«

»Waas?« Philip war so sprachlos, daß ihm der Mund offenstehen blieb. Adalbert tot?

Es war fast dunkel. Zu dieser Zeit machte sich jedes Dorf fertig für die Nacht. Hinter den Mauern der Aussätzigensiedlung hingegen herrschte Totenstille: keine eiligen Schritte auf Pflastersteinen, kein Blöken von milchschwerem Vieh, kein Geklapper von Kupferkesseln und anderen Kochgeräten war zu hören. Keine Männer, die ihre Weiber beschimpften, oder Weiber, die zurückkeiften – hinter der hohen Mauer hätte sich ebensogut ein Friedhof verbergen können!

»Was heißt das, den Hyronimus hat's erwischt?« Philip machte einen Schritt auf den Wachmann zu, der breitbeinig und wie angewurzelt vor dem Tor der Siechensiedlung stand. »Melde uns an und laß uns ein!« Er spürte Panik in sich aufwallen, wie kochende Milch, die jeden Augenblick überzuschwappen droht. Was sollte nun aus seinem sorgfältig durchdachten Plan werden? Er wollte sich nicht einfach abwimmeln lassen! War Hyronimus einer Krankheit erlegen – Gott hab ihn selig –, dann mußte er ihm doch die letzte Ehre erweisen, oder? An Xelia und an alles andere mochte er nicht einmal denken.

Ein Schulterzucken, der Anflug eines schadenfrohen Grinsens waren die Antwort seines Gegenübers. »Hier gibt's keine Krankenbesuche! Das wäre ja noch schöner, wenn jeder kommen und gehen könnte, wie's ihm gerade gefällt. Bald wär' unsere ganze Stadt von der elendigen Seuch' befallen!«

Neben ihm schnappte Xelia nach Luft. Kleine, kurze Atemzüge, die weiße Wolken im dunkler werdenden Himmel stehen lie-

ßen. Die hohen Mauern, der Wachmann, das Besuchsverbot – Aussätzige? Dazu Philips schuldbewußte Miene, seine Augen, die sich vor ihren Blicken zu versteckten versuchten. Wohin wollte er sie bringen? Wo waren sie hier angelangt?
Philip stellte dem Wachmann alle möglichen Fragen. Doch dieser zuckte nur mit der Schulter und schaute sein Gegenüber aus trägen Augen an. Xelia wußte, daß sie mehr aus dem Mann herausbekommen hätte, doch sie war wie gelähmt, konnte keinen Schritt tun, ihre Zunge war taub, und ihr Kopf weigerte sich, die unseligen Verbindungen zu knüpfen, die zur Wahrheit zu werden schienen.
Als sie kurz vor den Toren der Stadt einen Abzweig nach rechts genommen hatten, hatte sie sich eigentlich nichts dabei gedacht. Vielleicht lag Adalberts Behausung außerhalb der Stadtmauern? Auch, als Philips Schritte immer schneller wurden und er mit Alois auf dem schmalen Weg eine Pferdelänge vor ihr marschierte, hatte sie seine Eile der Freude zugeschrieben, bald den alten Freund wiederzusehen.
In Wirklichkeit war er ihr ausgewichen, hatte er mit einer längst fälligen Erklärung hinter dem Berg gehalten. Bis jetzt!
Wie ein in der Märzsonne dahinschmelzender Eiszapfen taute langsam ihr Denkvermögen wieder auf. Sie begriff, was der Wachmann mit seinen Worten meinte, obwohl sich ihr Inneres immer noch mit aller Macht dagegen stemmte. Und sie begriff alles andere: Hyronimus hatte in einer Siedlung, in der nur Aussätzige lebten, gearbeitet. Verschlossen hinter hohen Mauern, mußten die armen Kranken ihr Dasein fristen. Hierher also hatte Philip sie gebracht. Sie schaute zu ihm hinüber und wußte nicht, ob sie ihn dafür hassen sollte. Da stand er nun wie ein Opferlamm und begriff die Welt nicht mehr! Dabei war doch alles so einfach!
Warum hatte er ihr nicht schon viel früher erzählt, wohin ihre Reise ging? Kümmerte es ihn kein bißchen, wo sie den Rest ihres Lebens verbringen sollte? Nicht, daß der Gedanke, unter Aus-

sätzigen zu arbeiten, sie über alle Maßen erschreckt hätte! Natürlich war er ihr nicht angenehm, das nicht. Aber sie verspürte auch nicht das Grausen, das andere empfanden, wenn von dieser Krankheit auch nur die Rede war: angstgeweitete Augen, die Stimme ein leises, gehetztes Flüstern, als würde man der Krankheit durch zu lautes Reden die Tür öffnen, verschreckte Blicke nach links und nach rechts und über die Schulter, als stünde der Tod schon direkt neben einem. Daß Adalbert Hyronimus bei den Sondersiechen arbeitete, war für sie eine Überraschung, auf die sie gern verzichtet hätte. Es war jedoch keine Nachricht, mit der sie nicht hätte leben können. Für Xelia war etwas anderes viel schlimmer: Der Vertrauensbruch zwischen Philip und ihr, den sie wie einen klaffenden Riß in ausgetrockneter Erde vor sich sah. War das, was sie zwischen ihnen gespürt hatte, nichts gewesen als eine dumme Einbildung ihrerseits?

Die Kälte kroch durch die dünnen Ledersohlen ihrer Schuhe, ihre Zehen waren eiskalt und steif, und auch ihre Schenkel waren schon wie gelähmt. Der kleine Hund auf ihrem Arm zappelte. Wahrscheinlich war auch ihm kalt und bange zumute. Xelia spürte, wie ihre Kehle eng wurde. Am liebsten hätte sie sich ihrer Erschöpfung hingegeben und Philip tun und machen lassen, wie er gedachte, solange er für sie und den Hund ein warmes und trockenes Nachtlager besorgte! Doch dann riß sie sich zusammen. Zum Jammern war nun nicht die Zeit, das konnte sie später noch zur Genüge ...

Sie zupfte Philip am Ärmel und wies ihn mit einem Kopfnicken an, ihr ein paar Schritte zur Seite zu folgen. Sein schlechtes Gewissen und seine Hilflosigkeit waren ihm ins Gesicht geschrieben.

»Hyronimus ist nicht tot!« Sie rüttelte an seinem Arm. »Der Wachmann meint, daß dein alter Lehrer selbst krank geworden ist. Am Aussatz erkrankt«, spie sie ihm entgegen.

Philip zuckte zusammen, sagte aber nichts.

Xelia hätte ihn erwürgen können. Ihr war klar, daß sie keine große Hilfe von ihm erwarten konnte. Er würde weder den Wachmann dazu bringen, sein stures Maul aufzumachen, noch würde er sonst einen Plan in die Tat umsetzen. Wenn er überhaupt einen hatte . . .

Sie war es, die handeln mußte.

Doch sie hatte absolut keine Ahnung, was sie nun machen sollten.

»Da stimmt etwas nicht«, flüsterte sie Philip zu, einer Intuition folgend. Wie eine Quelle, die gerade durch ein Bohrloch erschlossen worden ist, sprudelte ihr Instinkt an die Oberfläche und ließ sich durch nichts auf der Welt aufhalten. Und dieses Aufwallen war es, was sie davor bewahrte, sich auf der Stelle hinzusetzen und bis ans Ende ihrer Tage zu heulen. »Ich hab' so ein seltsames Gefühl. Schau mich nicht so an! Ich kann's nicht anders erklären. Aber ich werd' schon noch was aus dem Kerl herauskriegen!« Mit grimmiger Miene drehte sie sich auf dem Absatz um und ging auf den Wachmann zu. Ihren Hut nahm sie ab. Sollte er ruhig sehen, daß sie eine Frau war!

»Eine Saukälte ist das.« Sie schlug die Arme um sich und bibberte. Der Mann nickte und musterte sie von oben bis unten. Ob sie wohl eine Sondersieche war, die im Spital unterkommen wollte, schien sein Blick zu fragen. So, wie das Weib aussah, hatte es nicht den Anschein, aber was wollte sie dann hier? Und was wollten die beiden von dem kranken Arzt?

Scheu zu ihm aufschauend, fragte Xelia: »Wann hat's den Arzt denn erwischt?«

»Vor ein paar Wochen«, knurrte der Wachmann. »Ganz plötzlich, wie ein Fluch. Aber Genaues weiß ich nicht«, fügte er abwehrend hinzu.

»Und es gibt keine Möglichkeit, mit ihm zu reden? Mein Herr«, sie wies auf Philip, »und der Arzt haben zusammen studiert und wollten *wichtige* Nachrichten austauschen.« Sie hob die Augenbrauen in die Höhe, um damit ihren ironischen Ton noch zu

unterstreichen. Ihr Schulterzucken sagte ihm, daß sie selbst das Ganze nichts anging.
Xelia hielt die Luft an. Wenn sie wenigstens mit Hyronimus sprechen könnten, dann...
»Darauf müssen die feinen Herrn wohl verzichten.« Die Genugtuung in seiner Stimme war nicht zu überhören. »Jetzt ist's aus mit der ganzen Wichtigtuerei vom Arzt. Reden schwingen und palavern – das kann er jetzt nur noch mit seinesgleichen.« Er lachte über seinen Scherz.
Fieberhaft dachte Xelia nach. Was hatte Adalbert dem Mann getan? Daß der für den Spitalarzt nicht viel übrig hatte, war aus seinen Worten eindeutig herauszuhören.
Für einen Augenblick war sie wie gelähmt vor Angst. Was nun? Was sollte nun aus ihr werden? Wie ein Echo wurden dieselben Fragen immer wieder von der Wand hinter ihrer Stirn zurückgeworfen. Weil deren Hall ihren ganzen Kopf erfüllte, dauerte es eine Zeit, bis sie das kleine, aber störende Sticheln zur Kenntnis nahm, das unaufhörlich einen winzigen Punkt ihres Verstandes attackierte. Etwas bohrte in ihr, seitdem sie vom Wachmann über Adalberts Krankheit erfahren hatten.
Und dann kam es ihr.
So schnell wird man nicht aussätzig! Das waren die Worte ihrer Mutter gewesen, vor vielen Jahren. Mit einem Mal erinnerte Xelia sich wieder ganz genau: Sie war ein kleines Mädchen, ihre in die Höhe gestreckte Hand hatte kaum die ihrer Mutter erreicht. Sie war mit Eulalia gegangen, als diese ins Haus vom Leinenweber Fischer gerufen worden war. Damals waren in Hermansdorf, das zwei Tagesmärsche südlich von Leinstetten lag, einige Bewohner am Aussatz erkrankt und hatten das Dorf verlassen müssen. Die Frau des Leinenwebers, Amalie Fischer, war just zu dieser Zeit für einige Wochen auf dem Hof ihres Bruders in Hermansdorf gewesen, um dessen krankes Weib zu betreuen. Es hatte sich herausgestellt, daß auch Amalies Schwägerin den Aussatz hatte. Als Amalie nur wenige Tage später rote

Flecken im Gesicht bekam, hatte sie panisch vor Angst nach Xelias Mutter, der Heilerin, gerufen. Xelia wußte nichts von dieser sonderbaren Krankheit, aber sie sah das Entsetzen in Amalies Augen und bekam es selbst mit der Angst. Wie wild zupfte sie Eulalia am Rock und bettelte darum, das Haus zu verlassen. Doch Eulalia hatte sich Amalie nur kurz angesehen und dann lauthals gelacht. Dieses Lachen in der so angsterfüllten Stimmung – das war es, was Xelia vor allem in Erinnerung behalten hatte. *So schnell wird man nicht aussätzig.* Nach und nach kamen immer mehr kleine Erinnerungsfetzen zurück – und mit ihnen eine schlimme Befürchtung.
Es war höchste Zeit, mit Philip unter vier Augen zu reden.

– 37 –

Und du willst ein Freund sein?« Xelias Entsetzen hing wie ein übler Geruch zwischen ihnen. »Ich kann's nicht glauben! Was bist du, ein Mann oder ein Feigling?« Ein Funke nur – und der Heuschober hätte sich an ihrer Wut entzündet und wäre in Flammen aufgegangen.

»Jetzt mal langsam«, gab Philip zurück. »Was hat es mit Freundschaft zu tun, wenn ich versuche, nachzudenken?«

»Was gibt es da zu *denken*?« Sie verdrehte die Augen. Plötzlich konnte sie nicht mehr verstehen, was sie an diesem Mann so anziehend gefunden hatte. Wie konnte er auch nur in Erwägung ziehen, Adalbert einfach im Stich zu lassen? »Du kannst nicht dein Leben lang nur denken, gottverdammt! Manchmal muß man einfach etwas *tun*!«

Es war, als hätte Xelia damit ein Urteil gesprochen.

Schweigen.

Seit Stunden redeten sie nun im Kreis herum. Seit sie dem Spital den Rücken zugekehrt und im Heuschober eines abseits liegenden Hofes um Unterschlupf für die Nacht gebeten hatten. Kaum war Alois von Zaumzeug und Packtaschen befreit, der Hund mit einem Stück Brot versorgt gewesen, war sie mit ihrer Befürchtung herausgeplatzt: »Ich glaube, dein alter Lehrer ist gar nicht krank. Vielleicht hat ihn nur jemand angeschwärzt, den Aussatz zu haben!« Sie hatte ihm von Amalie Fischer erzählt, die Wochen unter einem Dach mit ihrer aussätzigen Schwägerin verbracht hatte, ohne sich selbst angesteckt zu haben. Und sie hatte ihm von Eulalia erzählt.

»Es kommt nicht oft vor, daß Aussätzige geheilt werden, aber es kommt genauso selten vor, daß Gesunde sich anstecken – das hat sie mir damals erklärt, und ich hab's verstanden, obwohl ich noch ein Kind war! Eulalia hat nie begriffen, warum die Menschen vor dieser Krankheit soviel Angst haben. *Wenn die Leut' Angst vor dem Husten hätten, könnt' ich das verstehen,* hat sie gesagt. *Am Husten sterben mehr Leut' als am Aussatz und der Pest zusammen!*« Je mehr Xelia über alles nachdachte, desto aufgeregter wurde sie. Trotzdem schluckte sie die nächsten Sätze erst einmal herunter. Sie wollte Philip Zeit lassen, selbst nachzudenken.

»Aber warum sollte ihm jemand diese Krankheit anhängen wollen?« Philip schüttelte mit dem Kopf. »Und überhaupt: Wie soll das funktionieren? Entweder man ist krank, oder man ist es nicht!«

Xelia mußte unwillkürlich lachen. »Gibt es für dich wirklich nur schwarz und weiß im Leben? Habt ihr über die ganzen Grautöne in euren feinen Schulen in Tübingen nichts gelernt?« Als sie seinen verletzten Blick sah, zwang sie sich zu etwas mehr Geduld. Fakten. Vielleicht würden ihn Fakten überzeugen. »Ich weiß auch nicht alles über die Sondersiechen, nur soviel: Ihre Krankheit ist nicht leicht von andern zu unterscheiden! Ob jemand die Krätze hat oder den Aussatz – wie willst du das auf den ersten Blick feststellen? Bei Geschwüren und Knoten auf der Haut – wie willst du so genau wissen, woher die kommen?«

»Ich bin kein Arzt, ich kann so etwas nicht wissen!« fuhr Philip auf.

»Auch Ärzte tun sich schwer damit. Deshalb wird es auch nicht dem Urteil eines einzigen Arztes überlassen, festzustellen, ob nun jemand am Aussatz leidet oder nicht. Meine Mutter wußte von einer sogenannten Aussätzigenschau zu berichten, bei der mehrere Prüfmeister den vermeintlich Kranken ganz genau und von oben bis unten betrachten. Zu den Prüfmeistern gehören in der Regel zwei oder drei Ärzte und mindestens ebenso viele Aussätzige selbst. So eine Untersuchung darf nur am hellichten

Tag durchgeführt werden, und der Kranke muß sich dabei völlig nackt ausziehen.« Ein kalter Schauer überlief Xelia, dann fing sie sich wieder. Sie war erstaunt darüber, welche Einzelheiten ihr von dem so viele Jahre zurückliegenden Gespräch mit ihrer Mutter wieder einfielen. »Erst, wenn alle Prüfmeister davon überzeugt sind, daß es wirklich der Aussatz ist und nicht die Krätze oder etwas anderes, muß der Kranke zu den Sondersiechen.«

Philips Miene war angespannt. »Und woher wußte deine Mutter das alles so genau?«

Xelia zuckte mit den Schultern. »Mutter hat nie viel über ihr Leben geredet, über die Zeit, bevor sie Feltlin geheiratet hat. Ich weiß bis heute noch nicht, wo sie eigentlich herkam – kannst du dir das vorstellen? Eine Leinstettenerin war sie jedenfalls nicht. Und jetzt werd' ich's auch nie mehr erfahren ...«

»Aber angenommen, dieses Verfahren ist so, wie du sagst. Dann wäre das doch eine sichere Angelegenheit. Wie kommst du darauf, daß dabei jemand fälschlicherweise des Aussatzes bezichtigt werden könnte?«

Xelia schloß für einen Moment die Augen. Sie war so unendlich müde. Heute morgen hatte sie noch gehofft, sich am Abend endlich in Sicherheit wiegen zu können, und nun? Aus war's mit jeder Sicherheit. Statt dessen mußte sie anstrengende Fragen beantworteten, die Adalbert Hyronimus betrafen. Den Mann, der eigentlich ihr Retter hätte sein sollen! Ein trockenes Lachen entfloh ihrer Kehle. *Wer morgens lacht, muß abends weinen,* hieß es nicht so?

»Dieses Verfahren ist nicht das schlechteste. Aber *sicher* ist es nicht! Das wäre es nur, wenn alle Menschen rein und edel wie Engel wären. Aber schau dich doch um! Für ein paar Heller verkauft doch jeder seine eigene Mutter!« Sie hielt inne – warum war sie sich eigentlich so gewiß mit dem, was sie sagte? Entschlossen fuhr sie fort: »Nach allem, was du von Hyronimus erzählt hast, scheint er ein Mann zu sein, der sich durchaus auch Feinde macht.«

Dagegen konnte Philip nichts sagen.
»Angenommen, Hyronimus ist dort im Spital irgend jemandem auf die Füße getreten? Vielleicht hat er sich mit jemandem angelegt, der etwas zu sagen hat? Was läge da näher, als einen unliebsamen Querulanten mundtot zu machen?«
Philip schüttelte mit dem Kopf. »Wenn sie mit ihrem Spitalarzt aus irgendwelchen Gründen nicht zufrieden waren, hätten sie Hyronimus doch einfach vor die Tür setzen können.«
Damit hatte er nicht unrecht. Ganz genau konnte Xelia sich auch nicht vorstellen, was vorgefallen sein mochte. Aber ihr Gefühl sagte ihr, daß sie auf dem richtigen Weg war. »Vielleicht wollten sie nicht, daß Hyronimus draußen unliebsame Dinge über das Spital herumposaunt?«
Herausfordernd schaute sie Philip an und lächelte spöttisch. Es war ihm richtig anzusehen, wie es hinter seiner Stirn rumorte – und wie unangenehm ihm dieses Rumoren war.
Und dann brach es aus ihm heraus: »Verdammt noch mal, Xelia! Und selbst wenn du mit allem recht hast! Was sollen wir denn tun? Hyronimus da herausholen? Entschuldige, aber dazu fällt mir weiß Gott kein Plan ein! Ich bin kein Abenteurer, der zum Schwert greift, um sich – oder in diesem Fall Hyronimus – den Weg freizuschlagen. Außerdem: Wenn Adalbert sich eine saure Suppe eingebrockt hat, muß er sie auch selbst auslöffeln, oder? Das müssen wir doch alle! Und überhaupt ..., ich ...« Er schaute zu ihr hinüber, als erwarte er, daß sie seinen Satz für ihn beendete.
Aber Xelia schwieg. Dies war Philips Rede. Sollte er ruhig aussprechen, was ihm auf der Seele lag.
Verärgert schlug er mit der flachen Hand auf den Boden. »Ach verdammt!« Und als würde ihn im nächsten Augenblick wieder der Mut verlassen, platzte er heraus: »Mir wächst das Ganze langsam über den Kopf! Ich hätte mich schon längst beim Herzog melden müssen! In Stuttgart fragt man sich sicher auch schon, wo ich mich herumtreibe, jetzt, wo der Schnee alle Gren-

zen verwischt, und ich sowieso nichts arbeiten kann. Hah – als ob ich in den letzten Wochen etwas gearbeitet hätte! Ich hinke meinem Plan doch eh schon hinterher wie ein alter Mann.« Er starrte vor sich auf den Boden, als könne er durch die Kraft seines Blickes darin die Zukunft lesen. »Und dann – was soll jetzt aus dir werden? Ich dachte doch, bei Hyronimus seist du sicher. Aber vielleicht könntest du ja auch mit mir gehen und wir ...« Er zuckte mit den Schultern.

Der Welpe war wieder zu Xelia auf den Schoß gekrabbelt. Sie streichelte ihn versonnen. Tausend Dinge hätte sie zu Philip sagen können. Daß es sein Beinbruch gewesen war, der ihn vom Arbeiten abgehalten hatte, und nicht sie! Daß er einen Boten nach Stuttgart schicken konnte, wenn dies sein Gewissen beruhigen sollte. Daß das Leben nicht immer so verlief, wie man sich das in seinen Träumen so ausmalte. Aber sie schwieg. Alle diese Dinge wußte Philip selbst, die brauchte sie ihm nicht noch unter die Nase reiben. Seinen letzten Satz wagte sie nicht einmal im Geist zu wiederholen. Sie und Philip? Zusammenbleiben? Ihr Herz begann so heftig zu schlagen, daß sie Angst hatte, es würde aus ihrer Brust springen. Im nächsten Moment fühlte sie Ernüchterung über sich schwappen wie einen kalten Regenschauer. Wahrscheinlich war es die blanke Verzweiflung, die ihn so etwas sagen ließ, oder?

Sie setzte den Hund ab und krabbelte zu Philip hinüber. Vorsichtig streichelte sie seinen Arm. Als er zu ihr aufschaute, hatte sie das Gefühl, ihr Herz würde bei seinem Anblick bluten – soviel Schmerz, soviel Ringen mit sich selbst lag darin.

»Was sollen wir nur tun, Xelia?« flüsterte er.

– 38 –

Irgendwie gelang es ihnen, den Abend mit einer versöhnlichen Note ausklingen zu lassen, was aber nur daran lag, daß keiner von beiden das Thema Adalbert Hyronimus erneut ansprach. Der Bauer, dem die Scheune gehörte, brachte einen Krug Bier, saure Brotfladen und frischen Käse vorbei und wollte noch nicht einmal etwas dafür haben. Ausgehungert tunkten sie das Brot in den Käse und schlangen große Bissen davon hinunter, ohne ein Wort miteinander zu reden. Noch immer sträubte sich Philip gegen die neuen Komplikationen, die er in seinem Leben sprießen sah wie Pilze in schwüler Witterung. Ein paar Mal öffnete er den Mund, brachte aber nichts heraus, und Xelia munterte ihn auch nicht dazu auf. Sie konnte ihre Enttäuschung über seine zögerliche Haltung nicht einfach wegfegen. Wie konnte ein Mensch, mit dem sie so starke Gefühle verbanden, derart anders denken und empfinden als sie? Sprachen sie eigentlich dieselbe Sprache, fragte sie sich. Doch als es daran ging, sich für die Nacht fertig zu machen, krabbelte sie zu ihm unter seine Decke, schlüpfte ganz eng an ihn heran, als wolle sie durch den körperlichen Kontakt die Kluft, die zwischen ihnen entstanden war, überbrücken. Und Philip wehrte sie nicht ab, wie sie für einen kurzen Augenblick befürchtet hatte, sondern drückte sie so fest an sich, daß ihr das Luftholen schwerfiel. Gewärmt durch seinen Körper, fühlte sie ihre Glieder schwer werden und schlief bald darauf ein.

Am nächsten Morgen war Philip beim ersten Tageslicht auf den Füßen. Er ging hinüber zum Haus des Aussiedlerbauern, um nochmals etwas Brot und Käse – diesmal gegen Bezahlung – zu erbitten. Außerdem bat er darum, Alois für einen Tag im Heuschober unterstellen zu dürfen. Der Mann willigte sofort ein und bot auch ihnen den Schober für eine weitere Nacht an. Das würde man sehen, meinte Philip unverbindlich. Er müsse heute hinein in die Stadt, und je nachdem, wie zügig er seine Erledigungen tätigen konnte, würde er abreisen. Zuletzt bat er den Bauern um zwei Eimer Wasser.

Zurück in der Scheune, stellte er Xelia und Alois wortlos je einen Wassereimer vor die Füße.

Xelia, die sich schon den Mantel übergeworfen hatte, blickte überrascht auf. Während Alois geräuschvoll große Maulvoll Wasser hinuntergurgelte, wusch sie sich von Kopf bis Fuß, nahm eine Handvoll Heu, schlang es zu einem Knoten zusammen und trocknete sich damit ab, bis ihre Haut rosig und warm war. Daß Philip an das Wasser für sie gedacht hatte, sorgte zusätzlich für innere Wärme.

Seit dem Wachwerden hatten sie noch kein Wort miteinander geredet, und sie überlegte krampfhaft, wie sie anfangen sollte. Lange konnten sie die Entscheidung darüber, wie es nun weitergehen sollte, nicht mehr aufschieben – besser, sie brachten es gleich hinter sich! Sie holte Luft. Vielleicht hatte er ja recht, und es war wirklich besser, weiterzuziehen, dachte sie halbherzig.

»Ich ...«, begann Xelia.

»Was ...«, sagte Philip gleichzeitig. Während Xelia wenigstens ein kleines Lächeln gelang, blieb Philips Blick grimmig. »Auch wenn du es für überflüssig hältst – ich hab' nochmals über die ganze Sache nachgedacht.«

Es wurde ein langer Tag für sie.

Sie bezogen einen Späherplatz auf einer kleinen, hügeligen Erhöhung etwas abseits des Weges, der auf die Hauptstraße in Richtung Blaubeuren führte. Von hier oben konnten sie die gesamte Landschaft überblicken. Zusammengekauert saßen sie hinter einem Wacholderbusch und beobachteten nicht nur den Eingang des Spitals, das eine gute halbe Meile vor ihnen lag,

sondern auch den Weg dorthin. Wollten sie Hyronimus helfen, mußten sie erst einmal Einzelheiten über den Tagesablauf des Spitallebens herausfinden, hatte Philip gemeint.
Bald waren ihre Hände und Füße steif und ausgefroren, und Xelia hatte stechendes Kopfweh durch die Kälte bekommen. Wenn sie es gar nicht mehr aushielten, vertraten sie sich abwechselnd die Füße, doch weit konnten sie dabei nicht gehen, wollten sie nicht unnötig Aufmerksamkeit auf sich ziehen: Auf der Straße herrschte Totenstille, da wären sie dem Wachposten des Spitals, der gelangweilt seine Runde drehte, sofort aufgefallen.
Nichts tat sich, den ganzen Morgen lang. Dann endlich, gegen Mittag, fuhr ein einziges Fuhrwerk, hoch beladen mit Rüben, Kraut und großen Fässern, an ihnen vorbei und verschwand hinter den hohen Mauern. Sofort fing Philips Verstand an zu rattern. Bot sich hier vielleicht eine Möglichkeit, unbemerkt ins Spital zu kommen? Konnte man auf diesem Weg womöglich Hyronimus herausschmuggeln? Als das nackte Gerippe des Leiterwagens nur kurze Zeit später wieder davonfuhr, blickte Philip ihm enttäuscht nach. Eine ganze Armee von Männern mußte bereitgestanden haben, um so viele Waren in so kurzer Zeit ausladen zu können! Wie hätte man da jemanden verstecken sollen, noch dazu zwischen den durchsichtigen Gitterstäben?
Sie schauten sich an, und Philip erkannte, daß Xelia dasselbe dachte. Geduldig harrten sie weiter aus, als wollte keiner von beiden zuerst aufgeben.
»Ein Feuer«, kam es plötzlich von Xelia. »Wir könnten irgendwo entlang der Mauer ein kleines Feuer legen, um so für Ablenkung zu sorgen. Und dann könnten wir auf der anderen Seite über die Mauer und...« Unter Philips Blick verstummte sie schließlich. Besser ein schlechter Plan als gar keiner, oder? Trotzig rückte sie ein Stück von ihm ab. Der Gedanke, für nichts und wieder nichts so zu frieren, war ihr unerträglich.
Langsam wurde es schon wieder dunkel. »Das gibt's doch

nicht«, rief Xelia schließlich. »Das ist ja wie eine Geisterstadt, alles tot! Irgendwelche Leute müssen doch kommen und gehen, Ärzte, Kaufleute, Handwerker! Und dann – ist es nicht gang und gäbe, daß Aussätzige betteln gehen? Von was leben die Kranken da drinnen, wenn nicht vom Betteln?« Das erfolglose Warten zehrte an ihr, und sie spürte, wie ihr Vorsatz, die Wahrheit über Hyronimus zu erfahren, langsam aber sicher dahinschwand wie ein Eiszapfen in der Wintersonne. Sie kannte den Mann ja noch nicht einmal!

»Wahrscheinlich dürfen sie das nur an besonderen Tagen. Ich erinnere mich daran, daß in Reutlingen – oder war es in Schorndorf? – die Siechen nur zu Ostern in die Stadt durften, um zu betteln. Just zu diesem Zeitpunkt mußte ich mich dort aufhalten! An allen Ecken und Enden haben sie am Gründonnerstag gestanden, mit ihren Schellen in der Hand und ihren schwarzen Kutten, einer grausiger anzusehen als der andere. Brrr!« Philip schüttelte sich. Er hatte Mühe, seinen starr gewordenen Kiefer auseinanderzubringen, so sehr setzte die Kälte ihm zu. »Außerdem: Wenn Hyronimus wirklich gegen seinen Willen festgehalten wird, dann würden sie ihn sowieso nicht herauslassen, oder?«

Xelia hörte den unterschwelligen Vorwurf in seiner Stimme und wollte gerade etwas erwidern, als ein dunkler Schatten vor dem Tor auftauchte. »Da ist wer!« Sie rüttelte an Philips Arm. Zwei von oben bis unten vermummte Gestalten waren erschienen. Kaum durch das Tor, nahmen sie ihre Kopftücher ab, als könnten sie es kaum erwarten, sie loszuwerden. Aussätzige waren das nicht, zumindest sahen sie kein bißchen danach aus.

»Zwei Frauen. Was haben die denn da zwischen sich?« In der Kälte tränten Philips Augen, und er mußte immer wieder einen feuchten Schleier wegwischen. »Verflixt noch mal, warum kommen die nicht näher?«

Lachen drang nun zu ihnen herüber. Die eine hob gerade ihren Rock und schien dreist mit dem Wachmann zu schäkern, was ihr einen groben Stoß von der andern einbrachte. Endlich zogen sie weiter, einen Leiterwagen, randvoll mit Leinen, Laken und schmutziger Wäsche zwischen sich.

Wieder schauten Philip und Xelia sich an, und diesmal umspielte ein Lächeln ihre Lippen. War das die Möglichkeit, auf die sie gewartet hatten?

»Ich kann's nicht glauben – schau, wo die hingehen!« Entgeistert beobachteten sie, wie die beiden Weiber den schmalen Feldweg einschlugen, der zu dem Hof führte, in dem sie Alois untergestellt hatten. Als die beiden hinter der ersten Wegbiegung verschwunden waren, kamen Philip und Xelia aus ihrem Versteck und folgten ihnen wortlos. Der Leiterwagen rumpelte auf dem unebenen Boden. Immer wieder blieb die ältere der beiden stehen, streckte sich und rieb sich das Kreuz. Ihr Jammern war nicht zu überhören, schien jedoch auf taube Ohren bei der jüngeren zu stoßen, die mit stoischem Gleichmut den Wagen weiterzog.

Unwillkürlich gingen auch Xelia und Philip langsamer. Solange sie nicht wußten, wie sie die beiden Frauen ansprechen sollten, ergab es keinen Sinn, sich bemerkbar zu machen.

»Vielleicht wohnen die beiden auf dem Hof?« Philip weigerte sich, in allem ein Geheimnis zu sehen – es mußte doch für einige Dinge auch noch ganz normale Erklärungen geben, oder?

»Als ich heute morgen wegen dem Brot anklopfte, hat mir der Bauer geöffnet, sein Weib hab' ich nicht gesehen. Wahrscheinlich war sie schon weg.«

»Aber wenn das Bauersfrauen sind, was haben die dann im Spital zu suchen gehabt?«

Plötzlich blieben die beiden samt Wagen stehen und drehten sich um.

Philips Miene war grimmig. »Das werden wir wohl früher herausfinden, als wir dachten.«

– 39 –

Alles schien bestens zu laufen.
Nachdem die beiden Frauen sie auf dem Weg zum Hof abgepaßt hatten, waren sie das letzte Stück gemeinsam gegangen. Es handelte sich in der Tat um die Bäuerin und ihre Tochter, und beide wußten, daß Philip und Xelia sich für die Nacht im Heuschober einquartiert hatten. Sie nahmen an, daß ihre Gäste aus der naheliegenden Stadt kamen, und luden sie wie selbstverständlich zum gemeinsamen Abendmahl ein.
Philip frohlockte innerlich. Besser hätte er das nicht einfädeln können.
Kaum saßen sie zusammen am Tisch – Xelia hatte den Welpen auf dem Schoß –, lenkte Philip vorsichtig das Gespräch auf das Spital. Es war so einfach – ein, zwei Fragen reichten, und aus Marlene Steinbrenner, der Bäuerin, sprudelte es nur so heraus. Sie konnte gar nicht mehr aufhören zu erzählen, welche wichtigen Aufgaben ihr und ihrer Tochter im Spital zukamen: daß sie nicht nur für die saubere Wäsche zuständig waren, sondern auch die Kammern derjenigen Kranken säuberten, die dafür zu schwach waren. Damit nicht genug, sie waren außerdem als eine Art Kammerzofen tätig, sie wuschen einige der feineren Weiber des Spitals täglich und kleideten sie ein. Langatmig und in jeder Einzelheit schilderte sie ihren Tagesablauf, und Philip bemühte sich, ein interessiertes Gesicht zu machen. Daß Marlene Steinbrenner sich selbst gern reden hörte und für überaus wichtig hielt, war ihm nicht entgangen. Er plante, sich dies zum Nutzen zu machen. Er würde den richtigen Moment abpassen, und dann darüber fabulieren, wie überaus wichtig es war, Hyronimus dort herauszuholen, ein wenig mit dem Geldsäckel wedeln und schon ... Xelia würde über sein Verhandlungsgeschick staunen!

Da war er sich ganz sicher.
Als Marlene Steinbrenner einen Schluck roten Wein nahm, nutzte er die Gelegenheit und hob an: »Den Spitalarzt, Adalbert Hyronimus, kenne ich von früher...«
Schlagartig verdüsterte sich ihr Gesicht, und die Quelle, aus der es vorher so emsig gesprudelt hatte, schien auf einmal versiegt zu sein. Sie sagte keinen Ton.
Philip versuchte, ein freundliches Gesicht zu machen. Es war so überaus wichtig, daß er das Weib für sich einnehmen konnte! »Hyronimus war mein alter Lehrer in Tübingen.«
»So?« kam es spröde zurück.
»Ja, ein sehr freundlicher Mensch, finden Sie nicht auch?« Während Xelia die Steinbrenner mit du anredete, hatte er die formalere Form beibehalten.
Die Frau zuckte nur mit den Schultern.
Verdammt! Hyronimus schien sich im Spital nicht gerade viele Freunde gemacht zu haben. Oder wie sollte er Marlenes Schweigen sonst deuten? Krampfhaft überlegte Philip, wie er nun fortfahren sollte.
Für einen langen Augenblick sagte keiner etwas. Gerade, als das Schweigen peinlich zu werden begann, warf Xelia ein: »Wir hätten ihn gern besucht. Er soll ein guter Arzt sein, und es gäbe da einiges, über das ich mich mit ihm hätte austauschen wollen. Aber..., wir sind nicht ins Spital eingelassen worden. Es heißt, daß Hyronimus nun selbst am Aussatz erkrankt sei...«
Schulterzucken. Schweigen.
Marlenes wichtigtuerisches Gehabe war auf einmal wie weggeblasen. Sie kratzte mit ihrem rechten Daumennagel über den Tisch. »Es wird viel geredet...«, kam es fast unhörbar.
Philip stutzte. Was hieß das? Was wußte Marlene? Ungeduldig rutschte er auf der Bank hin und her. Am liebsten hätte er jede weitere Information aus dem Weib herausgeschüttelt. Statt dessen nahm er einen Schluck Wein und zwang sich zur Ruhe.
»Habt ihr keine Angst? Wenn man täglich so eng mit den Kran-

ken beeinander ist wie ihr – ist da die Gefahr nicht sehr groß, selbst auch zu erkranken? Wenn es sogar einen Arzt erwischt hat ...« Xelia klang so arglos, daß Philip sie für ihr schauspielerisches Talent nur bewundern konnte. Irgend etwas führte sie im Schilde.

»Wir sind vorsichtig!« kam es stolz von Barbara. »Wir tragen einen Schleier überm Gesicht und waschen unsere Hände, wann immer wir einen Kranken berühren. Man muß halt aufpassen ...«

Xelia zeigte sich entsprechend beeindruckt.

»Und außerdem«, warf nun ihre Mutter wieder ein, die es doch nicht lange aushielt, ein Gespräch nur als Zuhörerin zu verfolgen, »außerdem werden wir für unsere gefährliche Arbeit fürstlich bezahlt.« Triumph lag in ihrem Blick. Daß sie sich für mindestens zehnmal wichtiger hielt als jede nach Stuttgart gerufene Heilerin, war ihr anzusehen. »Unser Lohn würde ein halbes Dorf satt machen, ha! Nicht, daß nicht jeder Heller davon ehrlich verdient wäre, weiß Gott!«

Ihr Mann nickte heftig. »Ja, es gibt wohl kaum reichere Leut' in der Gegend als uns.« Stolz lag in seinem Blick, als sei er derjenige, der den Reichtum herbeischaffte.

Philip spürte, wie sein Herz in die Hose rutschte. Wenn Geld die Steinbrenners nicht locken konnte, wie sollte er sie da jemals überreden, ihm zu helfen? Er spürte Panik in sich aufkommen, und auf einmal erschien ihm nichts verheißungsvoller, als aufzustehen und einfach wegzulaufen.

Xelia warf ihm einen kurzen Blick zu, den er nicht deuten konnte. Sie seufzte. »Es ist doch nicht allein der Lohn, der eure Arbeit ausmacht, oder? Eure Hingabe an die Kranken, eure Aufopferung – wie kann diese jemals angemessen bezahlt werden?«

Die Frau verzog den Mund. »Das ist wahr. Wir opfern uns wirklich ...« Auf einmal nahm ihr Gesicht wieder den selbstzufriedenen Ausdruck von zuvor an. »Aber ehrlich gesagt wird's einem

auch redlich gedankt! Die armen Kranken haben doch sonst niemanden, der sich um sie kümmert . . .«
Stur wie ein Kutscher, lenkte Xelia das Gespräch in die von ihr gewünschte Richtung, bevor das Weib mehr sagen konnte. »Allein der weite Weg ins Spital! Ob Winter oder Sommer, ihr müßt doch jedem Wetter trotzen!«
Marlenes Augen wurden dunkel. In ihrem Blick lag einerseits Erstaunen darüber, daß eine Fremde den wahren Wert ihrer Arbeit erkannte, andererseits glaubte Xelia Angst darin aufflakkern zu sehen. »Ja«, sagte sie. »Ganz genau. Im tiefsten Schnee ziehen wir den Wagen mit der Dreckwäsche ebenso wie in der prallen Augustsonne. Wie soll die Arbeit sonst auch geschafft werden?«
Philip fragte sich, was Xelia damit bezwecken wollte, dem Weib Honig ums Maul zu schmieren. Das war doch sonst nicht ihre Art – wenn er nur an ihre hitzigen Dispute in der Höhle dachte!
Xelia kräuselte sorgenvoll die Stirn, legte ihren Zeigefinger auf die Lippen und gab ein Bild tiefsten Nachdenkens ab. »Ich frage mich, was geschieht, wenn eine von euch beiden einmal krank wird? Die armen Leut' im Spital – das möchte ich mir gar nicht vorstellen! Da wäre doch ein geregeltes Leben hinter den hohen Mauern gar nicht mehr möglich.« Sie schüttelte den Kopf und streichelte den Hund, als erwarte sie keine Antwort.
Marlene Steinbrenner bekreuzigte sich, als könne sie dadurch Krankheit und anderes Übel von sich fernhalten. »Da würden die im Spital ganz schnell einen Ersatz für uns finden«, antwortete Barbara. »Was glaubst du, wie viele Weiber nur darauf lauern, uns die Arbeit streitig zu machen.« Sie machte eine Kopfbewegung, die wohl auf die Nachbarhöfe deuten sollte.
Als habe sie einen Entschluß gefaßt, fixierte Xelia die ältere mit festem Blick. »Und was ist mit deinem Kreuz? Wie du dich bei diesen Schmerzen überhaupt noch aufrecht halten kannst, ist mir ein Rätsel. Aber was geschieht, wenn das eines Tages nicht

mehr geht? Und glaube mir, dieser Tag kommt eher, als du denkst.«

»Eines Tages gar nicht mehr gehen? Das wär' mein Ende, gewiß.« Marlenes Augen waren groß vor Angst, ihre Stimme klang gepreßt. »Sieht man mir meine Qualen denn schon so sehr an?«

Barbara zog hörbar den Atem ein, und auch ihr Vater schien nun bei der Sache zu sein.

Xelia versuchte, ein weises Gesicht zu machen. »Ich bin Heilerin. Und ich verstehe mein Handwerk. Schließlich ruft man mich nicht umsonst nach Stuttgart ...«

»Ja!« Philip fuchtelte ganz aufgeregt mit den Händen. Endlich verstand er, wohin der Hase lief! »Simone Hauber sieht den Leuten an, welche Krankheit ihren Körper auffrißt. Das ist eine ihrer großen Gaben. Und die andere ... ihre Salben sind die reinsten Wundermittel!« Er hätte Xelia küssen können! Welch' genialer Geistesblitz! Damit hatte sie die Flamme angezündet, welche die Motten anlocken würde ...

Zwischen den drei Bauersleuten wanderten Blicke hin und her. Unter dem Tisch versetzte der Mann seinem Weib einen kleinen Schubs, woraufhin sie ihm etwas zuzischte. Es war ihnen anzusehen, daß sie gern ein paar Worte ohne fremde Zuhörer miteinander geredet hätten.

Die Bauersfrau sprach als erste wieder. »Es ist wirklich schlimm mit dem Kreuz. An manchen Tagen kann ich kaum aufstehen, so reißt's in den Lenden. Als ob der Teufel selbst ...« Der Rest ging in einem Seufzer unter. Es kam sicher nicht oft vor, daß sie es sich erlaubte, über ihr Leiden zu reden. Mit blecherner Stimme sprach sie weiter: »Täglich bet' ich zum Herrgott, daß er mich weiterarbeiten läßt.« Sie rieb sich die Augen, doch Xelia hatte den Tränenglanz längst gesehen. »Meine Mutter selig – die lag ganze fünf Jahre auf ihrem Strohsack, bevor der Herrgott sie endlich zu sich holte. Sie konnt' nicht mehr gehen und auch die Arme kaum bewegen, aber gestorben ist sie trotzdem nicht. Viel Arbeit haben wir mit ihr gehabt. Ich hab' solche Angst, daß auch

ich ...« Marlene schüttelte den Kopf. »Eher tät' ich mich umbringen!« kam es heftig. Sie griff nach Xelias Händen. »Und wenn's mich alles kostet, ich bitt' dich um eines: Hilf' mir! Heile mich!«
Xelia schaute erst Philip an, dann die Waschfrau. »*Alles* kostet es dich nicht, aber mein Preis ist trotzdem hoch ...« Und dann gab sie ohne viel Umschweife ihr Anliegen zum besten.
Philip hielt die Luft an. Würde die Frau einwilligen?
Zuerst einmal hatte es auch Marlene Steinbrenner den Atem verschlagen. Philip konnte ihr ansehen, wie sie das Für und Wider von Xelias Plan wie Würfel in einem Becher hin und her schüttelte.
»Was du vorschlägst, könnt' mich Kopf und Kragen kosten ... Bevor ich dir meine Antwort gebe, muß ich wissen, was du für mich tun würdest!«
Philip glaubte, vor Ungeduld platzen zu müssen. Marlene verlor kein Wort über Hyronimus, und ob dieser nun tatsächlich aussätzig war oder nicht – daß sie Xelias Vorschlag jedoch nicht von vorneherein ablehnte, war ihm bedeutsam genug! Die beiden Weiber kamen ihm auf einmal wie zwei Schachspieler vor, von denen jeder seinen nächsten Zug vor seinem Gegenüber geheimhalten wollte.
»Mehrere Dinge würd' ich für dich tun: Als erstes würde ich dir eine Salbe bereiten, deren geheime Zutaten ich in meinem Beutel bereithalte. Zweitens«, zählte Xelia an ihren Fingern auf, »würde ich dir einen Sack aus Heublumen anfertigen, den du dir nach getaner Arbeit warm und weich ins Kreuz schieben kannst.«
Xelia sah einen Hoffnungsschimmer in Marlenes tränenverhangenen Augen aufblitzen. Hastig fuhr sie fort: »Und drittens gebe ich dir ein Pulver, von dem du jeden Abend eine Prise aufgelöst im Wein einnehmen sollst.« Ihr Blick war ernst und geradeaus. »Ich verspreche dir kein Wunder, aber in ein paar Wochen bist du die schlimmsten Schmerzen los!«

»Und es wäre sicher, daß ich nicht wie meine Mutter selig...?«
Xelia zuckte mit den Schultern. »Höre auf dein Gefühl – und du wirst die richtige Entscheidung treffen.«
Philip stutzte. Xelia hörte sich auf einmal so weise an, daß sie ihm ganz fremd erschien.
»Nun, immerhin tät' ich zwei Fliegen mit einer Klappe schlagen: Es wäre dem Arzt geholfen und mir auch...«, sprach sie mehr zu sich selbst als zu Xelia. Dann holte sie tief Luft und griff nach Xelias Händen. »Ich hätt' aber noch eine Bitte...« Sie erzählte von einer Nachbarin, die durch den Zauberspruch einer weisen Frau von ihren Warzen – und sie hatte Dutzende davon – befreit worden war. »So ein Zauberspruch tät' mir viel Gutes tun, da bin ich gewiß!« endete sie.
Zum ersten Mal an diesem Abend schien nun auch Xelia verunsichert zu sein. Sie biß sich auf die Unterlippe, bis diese ganz weiß war. Ihr Blick war stur auf den Weinbecher gerichtet, den sie mit beiden Händen im Kreis drehte.
Firlefanz! Aberglaube! Das hatte Xelia nun davon. Philip spürte Wut in sich aufkeimen. Wut auf das dumme Waschweib, das sie in diese mißliche Lage brachte. Wut auf Xelia, die so etwas heraufbeschworen hatte. Und Wut auf sich selbst, weil... Er wußte es nicht. Krampfhaft überlegte er, wie er Xelia helfen konnte.
»Also...«, hob er lahm an.
»Einverstanden!« Xelia ignorierte Philip völlig, ließ aber Marlene nicht aus den Augen. »Ich tu' so etwas nicht gern, doch du sollst deinen Zauberspruch haben!« Sie stand auf und trat hinter Marlenes Stuhl. Dann schaute sie in die Runde und hob die Hand an ihren Mund. Keiner hatte die Aufforderung zum Schweigen nötig. Im Raum war es so still, daß man den Flügelschlag einer Motte hätte hören können.
Philip spürte, wie ihm ein Schauer über den Rücken lief, und er schüttelte sich. So weit war es mit ihm gekommen, daß er sich von heidnischen Bräuchen einlullen ließ!

Xelia schloß die Augen, ihr Atem ging schwer. Mit fremder Stimme sprach sie:

»Hast du den Rücken wund und verrenkt?
Jesum Christum hat man ans Kreuz gehängt.
Wie ihm sein Hängen nicht schadet noch bricht,
so schadet auch dir dein wunder Rücken nicht.«

Zweimal noch wiederholte sie die Worte, dabei strich sie in einem gleichförmigen Muster über Marlenes Rücken. Danach sackte sie zusammen wie ein Blasebalg, der keine Luft mehr hatte.

Keiner sprach ein Wort. Beeindruckt, fast schon verzückt saßen die Bauersleute da, während Xelia wieder am Tisch Platz nahm. Was die Aussicht auf Xelias Arzneimittel nicht vermocht hatte, war ihrem Spruch gelungen: Als ob die Worte schon Wirkung zeigten, richtete Marlene sich auf. Sie hatte bekommen, was sie sich so sehnlich gewünscht hatte.

Xelia wischte sich Schweiß aus dem Gesicht, wie nach schwerer Anstrengung. Erst als sie einen geräuschvollen Schluck Wein aus ihrem Becher nahm, war der Bann gebrochen. Auf einmal redeten alle durcheinander, lachten, scherzten.

Nur Philip blieb stumm sitzen. Er konnte das, was er eben erlebt hatte, nicht einordnen. War es wirklich nur Hokuspokus gewesen? Er war sich nicht sicher.

Ihr Plan war ganz einfach: Schon am nächsten Tag sollte Xelia anstelle von Barbara mit Marlene Steinbrenner ins Spital gehen. Da die Waschfrauen stets von Kopf bis Fuß vermummt waren, mußte Xelia lediglich den Mund halten, um nicht als Fremde entlarvt zu werden. Dies sei möglich, wenn man »Barbaras« Schweigsamkeit mit Halsweh erklärte, hatte Marlene zögernd gemeint. Daß ihr nicht wohl war bei dem Gedanken, war ihr anzusehen.

Philip konnte es ihr nicht verdenken.
Kaum brachte Philip ein wenig Zuversicht zustande und stellte sich vor, wie Hyronimus unter schmutzigen Laken aus dem Spital geschmuggelt wurde, stürzten andere Bilder auf ihn ein. Schlimme, hoffnungslose Bilder, weil wutentbrannte, vom Aussatz entstellte Fratzen auf Xelia losgingen, ihr den Schleier vom Kopf rissen, sie ... Er stöhnte laut auf, und die Blicke der andern waren ihm gleich.
Zuviel konnte schiefgehen. Er schaute zu Xelia hinüber und bemerkte die Entschlossenheit in ihren Augen. Eine silberne Haarsträhne klebte an ihrer Oberlippe und verlieh ihrem Gesicht einen kindlichen Ausdruck. Seine Kehle wurde eng. Sie war noch so jung! So verletzlich! Und doch so mutig. Hyronimus wäre es sicher ganz und gar nicht recht, daß Philip um seinetwillen ein Mädchen in Lebensgefahr brachte.
Während Xelia unter den erwartungsvollen Blicken von Barbara und ihrem Vater Marlenes Rücken abtastete, in ihren Kräutervorräten kramte und schließlich die Zutaten für eine Salbe bereitstellte, kreiste Philips Verstand nur noch um einen Gedanken:
Er mußte verhindern, daß Xelia ins Spital ging!

– 40 –

Es war noch dunkel, als sie aufbrachen. Zwei von oben bis unten vermummte Gestalten, die durch ein Meer von Kälte und Feuchtigkeit wateten. Nebeltropfen verfingen sich im dichten Gewebe ihrer langen Umhänge, von unten durchfeuchtete Neuschnee ihre Schuhsohlen.

Am frühen Morgen schien Marlene Steinbrenner bei weitem nicht so gesprächig zu sein wie zu anderen Tageszeiten, nur hin und wieder kam ein Schnaufer von ihr. Der randvoll mit feuchter, aber sauberer Wäsche beladene Wagen ackerte schwer und mühevoll voran, das Quietschen seines rechten Vorderrades war das einzige Geräusch, das die Stille des Morgens unterbrach. Bald standen Xelia kleine Schweißperlen auf der Stirn. Trotzdem fröstelte es sie. Sie mußte an den schlaftrunkenen Welpen denken, der warm und wohlig an Alois' Bauch geschmiegt und nur müde geblinzelt hatte, als sie aufgestanden war.

Die halbe Nacht lang hatte Philip versucht, ihr das heutige Vorhaben auszureden, und mehr als einmal war sie nahe daran gewesen, nachzugeben. Ihr war auch nicht wohl bei dem Gedanken, was in den nächsten Stunden auf sie zukommen würde. Aber wenn sie sich ein Leben lang ihre Feigheit vorwerfen müßte, wäre ihr noch viel unwohler! Sollte sie einfach so tun, als hätte sie nie etwas von Hyronimus gehört? Sollte sie ihre Zweifel begraben, ihre Sorge um den Mann zertreten wie einen Wurm? Vergeblich hatte sie versucht, Philip klarzumachen, daß sie das nicht konnte. Als er ihr vorwarf, daß sie einen Wildfremden wichtiger nahm als seine Ratschläge, war das wie eine Ohrfeige mitten ins Gesicht gewesen. Wie konnte er so etwas sagen? Am Ende hatte er sich beleidigt weggedreht, und diesmal hatte sie nichts dagegen unternommen.

Langsam lichtete sich der Nebel. Dahinter tauchte eine schwarze Wand auf, und Xelia blieb vor Schrecken stehen: die Mauern des Spitals. Und wenn Philip doch recht hatte, und ihr Plan nichts als Tollerei war? Sie wußte ja noch nicht einmal, wie sie vorgehen sollte, wenn sie drinnen war! Hätte Philip ihr doch wenigstens ein paar Ratschläge gegeben, statt nur gegen sie zu reden! Sie hätte sich zu gern auch auf seinen kühlen Verstand verlassen und nicht allein auf ihre Gefühle! Marlene war in dieser Hinsicht ebenfalls nicht gerade hilfsbereit gewesen. »Ich bring' dich zu dem Arzt, mehr aber auch nicht!« hatte sie gemeint. Sie hatte weder über dessen vermeintliche Erkrankung reden wollen noch über andere Einzelheiten aus dem Spital. Je weniger die Heilerin wüßte, desto besser, waren ihre Worte gewesen.

Marlene räusperte sich. »Was ist? Willst du Wurzeln schlagen?«

Xelia mußte ihr ganzes Gewicht nach vorne werfen, um den Wagen wieder loszuziehen.

»Am Tor – der Wachmann... Er hat ein Auge auf Barbara geworfen, und sie auf ihn.«

»Und? Wie soll ich mich verhalten? Ich kann doch nicht mit ihm herumschäkern!«

»Nein, das geht nicht.« Die Waschfrau verzog ihren Mund. »Wir werden einen Streit vortäuschen. Ich werde dich beschimpfen, deine Faulheit rügen und dich am Arm weiterziehen, so daß dir gar keine Möglichkeit bleibt, dem Mann schöne Augen zu machen. Normalerweise hab' ich ja nichts dagegen, wenn die beiden ..., man war ja schließlich selbst mal jung. Aber heut' bin ich halt schlecht gelaunt!«

Xelia atmete auf. Marlene schien an alles zu denken. Das mußte sie aber auch, schließlich ging es nicht zuletzt darum, ihre eigene Haut zu retten! Der Gedanke war irgendwie tröstlich. »Gibt es sonst noch etwas, was ich wissen sollte?«

»Nur tausend und eine Sache!« kam es trocken zurück. Marlenes

Blick verriet, daß sie auf das Schlimmste gefaßt war. »Achte immer auf mich und das, was ich mache und tu es mir gleich. Wenn einer mit dir sprechen will, dann huste ihm etwas vor, den Rest erledige ich.« Sie rieb sich ihr Kreuz und stöhnte. »Wenn ich nicht die argen Schmerzen hätt', nie und nimmer tät' ich mich auf so eine Narretei einlassen!«
Xelia sagte nichts dazu. Auf diese Litanei konnte sie jetzt gut verzichten.

Sie hatten Glück. Der besagte Wachmann war nicht zur Stelle, sondern ein anderer, dessen Begrüßung lediglich aus einem Kopfnicken bestand. Als er das schwere Tor öffnete, stöhnte er mindestens so schmerzgeplagt wie Marlene.
Dann waren sie drinnen. Durch ihre Schleier tauschten Marlene und Xelia einen Blick aus, und plötzlich fühlten sie es beide: Was immer auch vor ihnen lag, sie würden es gemeinsam meistern.
Die Aussätzigensiedlung war wie ein gewöhnliches Dorf angeordnet, höchstens einer strengeren Ordnung folgend. Beim Anblick der aneinandergereihten Häuser, in den meisten war es noch dunkel – atmete Xelia ein wenig auf. Vielleicht konnten sie die saubere Wäsche verteilen, bevor die Leute aufwachten? Danach, hatte Marlene erklärt, würden sie den ganzen Tag im Badehaus beschäftigt sein, da heute der monatliche Badetag sei. Wer zum Baden kam und wer nicht, hatte sie im voraus nicht sagen können, sie hoffte jedoch, daß es angesichts der eisigen Kälte nicht allzu viele sein würden.
Xelia hatte gestutzt. Ein Badetag pro Monat? Das war reichlich wenig, vor allem bei Kranken, oder? Gesagt hatte sie jedoch nichts, sie hatte nicht vorwitzig klingen wollen.
Vorsichtig schaute sie sich nun um. Alles machte einen ordentlichen Eindruck, wirkte normal: Die Gassen waren schon vom gröbsten Schnee befreit, graue, matschige Berge türmten sich entlang der Häuserfronten. Es lag kaum Unrat herum, und gesehen hatten sie bisher auch noch niemanden. Ebenso vorsichtig

probierte sie von der Luft. Hing etwas Krankes in der Luft? Oder Gefahr? Eigentlich nicht... Das einzige, worüber Xelia sich nicht hinwegsetzen konnte, war die Trostlosigkeit, die durch die Gassen wehte. Aber konnte es an einem Ort, an dem nur Kranke hausten, einen Grund zur Fröhlichkeit geben? Wohl nicht, schalt Xelia sich für ihre Empfindsamkeit. Langsam füllte sie ihre verkrampfte Brust mit mehr Luft. Vielleicht war ihre Angst ja völlig umsonst.

In den ersten drei Häusern, in denen sie Wäsche ablieferten, regte sich tatsächlich noch nichts. Überall trat Marlene nach einem kurzen Anklopfen ein. Keine der Türen war von innen verriegelt oder gar mit einem Schlüssel abgeschlossen. Jedesmal war sie wieder draußen, bevor Xelia ihr folgen konnte.

Aus dem vierten Haus war Stimmengemurmel zu hören. Xelia straffte die Schultern, atmete tief durch. Es wäre ja auch zu schön gewesen!

»Keine Angst«, flüsterte Marlene noch, dann war sie drinnen und winkte Xelia ebenfalls hinein.

Der Gestank raubte ihr im nächsten Moment den Atem. Kaum hatte sich die Tür hinter ihnen geschlossen, hüllte er sie ein: faulig, süßlich wie vergorenes Fallobst, nach ungewaschenen Leibern, nach mit Läusen verklebtem Haar, Mäusekot und – nach tiefstem Elend. Es nutzte nichts, daß Marlene sich zu ihr umdrehte und ihr aufmunternd zunickte – Xelias rechte Hand schob sich unter ihren Umhang und konnte das Würgen, das sich in ihrer Kehle sammelte, gerade noch zurückpressen. Kein Schweinekoben konnte so stinken wie dieses Loch hier!

Marlene schien gegen den Gestank gefeit zu sein, ihr Schritt war fest und sicher, als sie die schmale Holzstiege hochging. Nur ungern folgte Xelia ihr. Von oben kamen die Stimmen.

Als handele es sich um einen völlig normalen Besuch bei Nachbarsleuten – daß es für Marlene nichts anderes war, war Xelia in diesem Augenblick nicht klar –, scherzte die Waschfrau zur Begrüßung mit den Hausbewohnern. Worum es dabei ging, bekam Xelia nicht mit – sie stand noch immer wie festgewurzelt auf dem letzten Stiegenabsatz. »Barbara, wo bleibst du denn? Soll ich die Arbeit allein machen, oder was?« hörte sie die ungeduldige Stimme von Marlene. Und »Barbara, verdammt noch mal!« kam es gleich wieder. Es dauerte, bis Xelia klarwurde: Barbara, das war sie!

Ihr Kopf surrte wie ein ganzer Bienenschwarm.

Was danach folgte, konnte sie im nachhinein nur zu den schlimmsten Momenten ihres Lebens zählen.

Das Zimmer war groß und viereckig. Entlang der Wände standen grob zusammengezimmerte Betten, auf denen nichts als blankes Stroh lag. Kein goldgelbes Weizenstroh, kein dünnfasriges, helles Haferstroh, sondern braune, störrische Matten, in denen der Schimmel hauste und allerlei Getier. Kein Laken, keine Decke war darüber gestülpt, nichts, was die Kälte gemindert hätte. Außer der Wäsche, die Marlene im Arm hielt, schienen die armen Leute nichts zu besitzen. Doch das Schlimmste waren die Menschen selbst: wie Ratten, Leib an Leib zusammengepreßt, hatten sie sich gegen die Kälte unters Stroh gewühlt. Xelia konnte nicht glauben, was sie sah, und zählte im stillen dreimal nach. Es waren vierzehn – vier uralte Männer und zehn ebenfalls alte Weiber. Während Marlene von Barbaras schrecklicher Heiserkeit erzählte und Xelia sich ein Husten abrang, kletterten drei der erbarmungswürdigen Gestalten aus einem der Betten, um gemeinsam den vierten herauszuheben. Sofort schlug Xelia ihre Augen nieder. Sie hatte Angst, daß sie den Anblick nicht ertragen und sich wer weiß wie aufführen würde.

Sie wartete auf Anweisungen von Marlene, die ächzend ein Laken auseinanderfaltete. Als keine kamen, ergriff Xelia einen Zipfel des Lakens und zog es mit der Waschfrau über die stinkende Matte. Warum in aller Welt tauschten die Leute das vergammelte Zeug nicht aus? Zweimal im Jahr frisches Stroh mußte doch in der erbärmlichsten Hütte möglich sein!

Marlene plauderte, scherzte, tröstete – und Xelia wurde die

Kehle immer enger. Mit kleinen, kurzen Atemzügen, bei denen sowenig Luft wie möglich in ihre Nase gelangte, machte sie Lager für Lager. Nur noch eins, nur noch eins, sagte sie sich vor, als sie plötzlich mit einem Ruck nach hinten gezogen wurde. Unwillkürlich schrie sie auf.

»Na, Barbara, kann ich dich heute endlich in mein Lager überreden?« Knorrige Hände – an der rechten fehlten zwei, an der linken drei Finger – schlangen sich um ihre Hüfte, preßten sie an einen Leib, der so kalt war wie der Tag selbst. »Ein Mannsbild wie mich kriegst du nicht alle Tage, weißt du das?« flüsterte er für alle hörbar von hinten in ihr Ohr. Lachen und Kichern der anderen. Dadurch angestachelt, packte der Mann noch fester zu. »Und das, was du brauchst, ist auch noch dran an mir!« Noch mehr Lachen, und Xelia spürte etwas schmales Hartes in ihrem Rücken. Nein! Ekel schwappte über sie wie kalter, grüner Froschlaich. Was ...

»Laß gut sein, Anton!« fuhr Marlene dazwischen und bog die jämmerlichen Überreste der Hände des Mannes mit einem Griff auf. »Barbara ist heut' nicht zum Scherzen zumute, wie oft soll ich das noch sagen?« Sie nickte Xelia zu. »Geh nach unten und warte dort auf mich. Den Rest besorg' ich auch allein.« Ihre Stimme erlaubte keinen Widerspruch, weder von Xelia noch von sonst jemandem.

In keinem der nächsten Häuser sah es besser aus.

Es war heller Tag, als sie endlich das Waschhaus erreichten. Und Xelia hatte das Gefühl, um hundert Jahre älter geworden zu sein.

Die kalte Witterung schien die Kranken nicht von ihrem Bad abzuhalten, ganz im Gegenteil. Xelia konnte es ihnen nicht verdenken – wo doch der nächste Badetag erst in vier Wochen stattfand! Geduldig warteten sie, bis sie an die Reihe kamen. Der Scherzbold von zuvor war nicht dabei, und Xelia atmete erleichtert auf. Wer nicht so lange stehen konnte, setzte sich auf den blanken Erdboden. Zwei Kranke – ein alter Mann und eine gar

nicht so alte Frau – wurden auf hölzernen Karren herangefahren. Erst später sah Xelia, daß beide keine Beine mehr hatten.
Saß ein Kranker erst einmal im Bottich, schrubbte Marlene ihn mit einer Bürste von oben bis unten ab, wobei sie je nach seinem Zustand behutsam oder forsch vorging. Daß ihre Tochter nicht half, läge an deren Erkältung, erklärte sie jedem, der sie danach fragte. Die wenigsten fragten. Es wurde überhaupt wenig geredet.
Das Badewasser wurde nur nach jedem zehnten Badenden gewechselt, doch das schien niemanden zu stören. Xelia glaubte, schon allein von dem Geruch der braunen Brühe krank zu werden! Beharrlich rief sie sich Eulalias Worte ins Gedächtnis, doch als es daran ging, mit Eimern das kaltgewordene und schmutzige Wasser auszuschütten, mußte Marlene ihr kräftig ins Kreuz stoßen, bis sie endlich ihre Hände eintauchte. Und wenn ihre Mutter doch nicht recht gehabt hatte? Wenn sie sich nun doch ansteckte? Sie wollte nicht krank werden! Sie wollte keine Finger verlieren, wollte ihre Nase behalten, und eine Haut, knorrig wie Baumrinde wollte sie auch nicht haben. Sie war doch noch jung! Und vor allem: Sie wollte nicht weggesperrt werden wie die armen Seelen hier! Sie hörte sich wimmern. Verdammt, sie sollte sich zusammenreißen!
Zweimal mußte sie nach draußen vor die Tür treten, um nach Luft zu schnappen. Sie schämte sich für ihre Zimperlichkeit. Ihr Bedauern, ihr Mitleid hatten die Aussätzigen verdient, und nicht ihr Grausen! Wo sie doch nichts für ihr armseliges Schicksal konnten.
Überhaupt waren die Leute so freundlich und geduldig, daß es Xelia fast zuviel wurde. Marlene wurde von ihnen behandelt wie eine Heilige, ihr dankten sie für jeden noch so kleinen Handgriff. Zugegeben, die Waschfrau mühte sich und tat ihr Bestes und hatte für jeden ein paar freundliche Worte übrig. Aber sollte das nicht normal sein? Unmut flammte in Xelia auf. Die Spitalinsassen hatten etwas von den Hunden des Markgrafen an sich,

deren Bild plötzlich vor ihren Augen auftauchte: Zusammengepfercht in ihrem viel zu kleinen Verschlag, standen die Hunde knöchelhoch im eigenen Mist. Kaum sahen sie den Markgrafen, duckten sie sich, weil sie jederzeit mit Schlägen rechneten, nie aber mit einem guten Wort. Kam dieses doch einmal, legten sie sich unterwürfig auf den Rücken, denn die nächste Bestrafung folgte bestimmt. Warum, so fragte sich Xelia, führten sich die armen Menschen hier ähnlich auf? Warum linste immer wieder einer von ihnen durch einen Türspalt nach draußen? Und warum war das Aufatmen der anderen fast hörbar, wenn der Späher kopfschüttelnd wieder hereinkam? Wovor hatten sie Angst? Das Spital war doch kein Kerker, und eine Folterkammer war es auch nicht! Sie waren doch *nur* krank und weder verbrecherisch noch arm im Geiste?

Überhaupt: *Warum* lebten sie hier in solcher Armut? Aus den Gesprächen hatte Xelia herausgehört, daß es sich bei den Aussätzigen beileibe nicht nur um Besitzlose handelte, ganz im Gegenteil! Ein Bäcker und sein Weib waren darunter, ein ehemaliger Schmied und ein Kaufmann. Wovon die andern gelebt hatten, bevor die Krankheit sie erwischt hatte, wußte Xelia nicht. Sicher waren auch ein paar arme Schlucker dabei, aber alle hatten weiß Gott nicht am Hungertuch genagt! Was war also geschehen? Hatte der Aussatz nicht nur ihre Glieder, sondern auch ihren Wohlstand aufgefressen? Oder warum gab es in ihren Häusern nicht einmal einen Tisch und eine Bank zum Draufsitzen? Warum hatten sie keine wärmenden Kleider, unter denen sie ihre kranken Glieder verbergen konnten? Warum durften sie nur so selten baden? Warum, warum, warum?

Stunde um Stunde verging, und immer noch kamen Kranke, die gebadet werden wollten. Nur Hyronimus war nicht dabei.

Es dämmerte schon wieder. Eine erleichterte Stille lag in den Gassen, als seien die Spitalinsassen froh, einen weiteren Tag hinter sich gebracht zu haben. Auch das Feuer, über dem Kessel für Kessel Wasser erhitzt wurde, gab langsam seinen Geist auf. Das letzte Brennholz war aufgebraucht, auch hinter dem Badehaus war keines mehr gelagert. Xelia versuchte, der dunkelroten Glut neuen Atem einzuhauchen, ganz nah beugte sie sich zu dem ausgebrannten Aschehaufen hinab und hob sogar ein wenig ihren Schleier, um besser pusten zu können. Drei Leute waren noch da, die gebadet werden wollten. Da spürte sie plötzlich Marlenes Atem im Ohr. »Da ist er!« flüsterte sie.

Abrupt blickte Xelia auf. Hyronimus! Die Glut nutzte den Augenblick, um endgültig einzuschlafen. Wie bekommen wir jetzt das Wasser warm?, ging es Xelia durch den Kopf.

»Wurde wieder zu wenig Holz hergerichtet?« Der Mann stieß mit seiner Stiefelspitze in die Glut, daß sie weißglimmernd auseinanderflog. »Verdammt noch mal! Warum lassen sie die Leut' nicht gleich im Schnee baden?« polterte er durch den ganzen Raum, der auf einmal viel kleiner wirkte als zuvor.

Marlene blickte auf. »Es hat ja bis jetzt gelangt. Letzte Woche war's viel weniger. Vielleicht hätten wir ein wenig sorgsamer...«

»Ach, laß gut sein! Um mit dem mickrigen Holzstapel eine Feuerstelle den ganzen Tag lang zu füttern, müßtest du zaubern können, Marlene. Wenn ich nur...« Den Rest schluckte der Mann hinunter, was ihm sichtlich schwerfiel. Prüfend hielt er eine Hand in den Waschzuber, dann winkte er den nächsten der Wartenden heran. »Hinein mit dir, bevor der Tümpel völlig einfriert!« Ohne sich zu verabschieden, ging er. Die Luft in dem feuchten Badehaus war wie aufgeladen, und Xelia glaubte, Funken sprühen zu sehen.

»Barbara!« kam es scharf von Marlene. »Barbara!« wiederholte sie. »Bist du eingeschlafen? Du wolltest den Arzt doch wegen deines Hustens fragen!«

– 41 –

Und dann standen sie sich gegenüber. Unwillig sah der Mann Xelia an. »Was gibt's noch, Barbara?« kam es ohne allzuviel Begeisterung.
Xelia machte einen Schritt auf ihn zu, bis ihr Kopf nur noch eine Handbreit von seinem entfernt war. »Ich bin nicht Barbara«, flüsterte sie und fuhr eilig fort: »Ich komme von Philip Vogel. Wir ...« Plötzlich wußte sie nicht mehr weiter. Sie kam sich unendlich töricht vor.
»Philip Vogel? Der Kartograph?« Hyronimus schüttelte den Kopf. »Was um alles in der Welt ...?«
»Er wollte Sie besuchen, nur – wir durften nicht rein ins Spital.« Bevor er etwas erwidern konnte, schilderte sie ihm rasch das Auftreten des Wachmannes. Ihm Philips ursprünglichen Plan zu erklären und welche Rolle sie dabei gespielt hatte, verwarf sie auf der Stelle. *Das* wäre nun wirklich zu verzwickt gewesen, und Hyronimus' Miene war schon argwöhnisch genug. »... jedenfalls haben wir beschlossen, daß ich, als Waschfrau verkleidet, zu Ihnen komme, um herauszufinden, ob es Ihnen gutgeht.« Sie überlegte kurz, ob sie ihm die Hand geben sollte, ließ es dann aber bleiben. Wenn jemand sie beobachtete ...
»Ich heiße übrigens ...«
»Philip Vogel – und sich Sorgen machen?« unterbrach er sie barsch und machte einen Schritt zurück. »Nie und nimmer schickt dich Philip! Da steckt doch wieder eine Sauerei dahinter!« Er packte Xelia grob am Handgelenk und zog sie hinters Badehaus. Mit einem flüchtigen Blick vergewisserte er sich, daß sonst niemand in der Nähe war, dann riß er ihr mit einem Ruck den Schleier vom Kopf. »Wer bist du, Weib? Und was willst du von mir?« Als ekele es ihn vor ihr, stieß er ihre Hand regelrecht von sich weg.

Xelia rieb sich den Kopf, da er auch eine Haarsträhne erwischt hatte. Dann hängte sie den Schleier wieder um, sparte jedoch ihr Gesicht dabei aus. Ihre Augen funkelten, und ihre Nasenflügel bebten. »Was ich von Ihnen will? Gar nichts!« spie sie ihm entgegen. Wie kam dieser Wildfremde dazu, sie so anzuschreien?

»Was schleichst du dich dann hier ein und stellst mir seltsame Fragen?«

Aus dem Badehaus war lautes Klappern zu hören, als wollte Marlene ihnen einen Wink geben. Sprachen sie zu laut?

»Philip Vogel hat befürchtet, daß Sie zu Unrecht hier festgehalten werden. Da er als Mann nicht unerkannt hereingekommen wäre, bin ich an seiner Stelle hier. Aber wenn Sie nicht mit mir reden wollen ...« Xelia zuckte mit den Schultern. »Sobald Marlene fertig ist, bin ich wieder weg!« Und das war dann das letzte Mal, daß ich mich einem Fremden aufgedrängt habe, fluchte sie im stillen. Gleichzeitig keimte jedoch Verständnis für sein Verhalten in ihr auf. Warum sollte er einer Dahergelaufenen glauben?

Besänftigend hob Hyronimus die Hände. »Immer langsam. Wenn sich zwei Hitzköpfe gegenüberstehen, tut das selten gut. Ich glaub' dir«, fügte er dann mit verwunderter Stimme hinzu. »Verdammt noch mal, ich glaub' dir wirklich!« Dann lachte er auf. »Daß Philip ein Weib schickt und nicht selbst kommt, sieht ihm ähnlich. Eines muß ich ihm jedoch lassen: Er hat erkannt, daß Marlene wahrscheinlich die einzige ist, die er zur Mithilfe überreden konnte!« Der Arzt verzog den Mund.

Xelia verzichtete darauf, ihn über die wahren Umstände aufzuklären. Auch daß sie es gewesen war, die sich Sorgen um ihn, einen Wildfremden! – gemacht hatte, ging ihn nichts an. Es wurde spät, und sie hatten keine Zeit für Plänkeleien. »Und? Was ist nun? Sind sie wirklich aussätzig?«

Eine buschige Augenbraue schoß in die Höhe. »Ich schätze eine direkte Art, aber du schlägst damit jedem Faß den Boden aus.

Als ich ...« Doch bevor er weiter abschweifen konnte, riß er sich zusammen. »Den Teufel bin ich! Nichts hab' ich, nicht das kleinste bißchen Krätze, vom Aussatz ganz zu schweigen.« Er kniff sich in die Wangen, dann rollte er seinen Jackenärmel nach oben und zeigte seine entblößten Oberarme. »Oder seh' ich etwa aus wie die armen Schweine da drinnen?« Hyronimus ballte seine Fäuste und ließ die Muskeln spielen.

Xelia schüttelte den Kopf. Seine deftige Art zu reden verwirrte sie. Daß ein studierter Mann und Arzt fluchte wie der gröbste Bauer – damit hatte sie nicht gerechnet. Sie mußte grinsen. »Und warum dürfen Sie dann nicht raus? Wo Sie doch gesund sind?« Eine dunkle Ahnung keimte in ihr auf, und Hyronimus enttäuschte sie nicht. »Weil die Hurensöhne mir eins auswischen wollen. Weil sie Angst haben, daß ich draußen herumrenne und erzähle, was ihr feiner Herr Stadtarzt hinter diesen Mauern treibt!«

»Der Stadtarzt?« fragte Xelia nach. Hatte sie nicht erst kürzlich jemanden über den Mann reden hören? Jemand von Tassilos Leuten? Sie erinnerte sich jedoch an nichts Genaues. »Was ist mit ihm?«

Hyronimus winkte ab. »Um dir auch nur einen Einblick in das zu geben, was hier geschieht, bräuchte ich Tage, ach was, Wochen! Aber ...«

»... dazu haben wir keine Zeit«, ergänzte Xelia. Adalbert Hyronimus kam ihr seltsam bekannt vor. Ob das an Philips Erzählungen lag? Dabei war der Mann eigentlich ganz anders, als sie ihn sich nach Philips Beschreibung vorgestellt hatte.

»Und? Worauf warten Sie dann noch? Wenn Sie wollen, bring' ich sie hier raus.«

»Wie stellst du dir das vor? Willst du mich etwa unter deinem Rock verstecken?«

»Das nicht. Aber unter der Dreckwäsche im Karren.« Xelias Augen triumphierten. Mit einem Plan hatte er wohl nicht gerechnet. Sie brannte darauf, ihm tausend Fragen zu stellen. Sie konnte es kaum erwarten, wieder draußen zu sein und ...

»Ich geh' nicht mit.«
»Was?« Hatte sie richtig gehört? »Was hast du gesagt?« Unwillkürlich verfiel sie in die vertrauliche Anrede.
»Ich geh' nicht mit, hab' ich gesagt. Die Drecksau von Stadtarzt ist eine Sache – die Kranken jedoch eine andere. Die brauchen mich.« Er kniff den Mund zusammen.
Xelia mußte an den mickrigen Holzvorrat denken. »Was kannst du schon ausrichten! Sie lassen dich doch nicht, wie du willst, oder?«
Keine Antwort.
»Vielleicht kannst du von draußen mehr tun für die Leut' hier drinnen – hast du daran schon einmal gedacht?« Natürlich hatte er. Adalbert Hyronimus sah nicht aus wie jemand, der sich seinem Schicksal so einfach ergab. Xelia wartete.
Hinter ihnen hustete jemand. Gleichzeitig drehten sie sich um.
»Hyronimus! Kannst du Barbaras Hals nicht drinnen untersuchen? Das Kind holt sich in der Kälte noch den Tod!« rief Marlene laut in die Gasse hinein. »Und beeilt euch, ich will schließlich heut' noch nach Hause!«
Xelia hielt Hyronimus' Blick mit den Augen fest. Sie hatte das Gefühl, sich frei in seinem Kopf bewegen zu können, so genau wußte sie, was in ihm vorging. Sie wollte nicht in seiner Haut stecken, soviel stand fest.
»Jetzt mußt du dich entscheiden«, sagte sie und hielt die Luft an.

– 42 –

Sie hatten es geschafft. Sie hatten es wirklich geschafft.
Philip schüttelte den Kopf. Sein Herz schlug so heftig, als wäre die Gefahr nicht ausgestanden, sondern stünde erst unmittelbar bevor. Er konnte nicht glauben, daß die drei Schatten, die vor ihm auf dem Weg auftauchten, wirklich da waren.
Seit einer halben Ewigkeit stand er nun schon vor dem Hof und starrte in die Ferne, als könne er allein durch die Kraft seines Blickes Xelias sichere Heimkehr beschwören. Zweimal hatte der Steinbrenner-Bauer seinen Kopf zur Tür herausgestreckt und Philip angeboten, mit ihnen im Warmen zu sitzen. Philip hatte nur abgewinkt. In der engen Hütte hätte er sich eingesperrt gefühlt wie ein wildes Tier, so unruhig wie er sich fühlte. Und sich über belanglose Dinge unterhalten wollte er schon gar nicht. Als es dunkel und kälter wurde, hatte Barbara ihm einen Becher heiße Brühe gebracht und für Xelias Hund eine Speckschwarte. Ansonsten hatte er von der Bauersfamilie nichts gesehen. Wie die beiden so seelenruhig in ihrer Kammer sitzen konnten, mochte Philip nicht begreifen. Schließlich ging es für die Bäuerin doch auch um Kopf und Kragen!
Je länger er wartete, um so schrecklichere Bilder quälten ihn. Marlene, wie sie den Kopf verlor und Xelia verriet. Xelia, wie sie von Kranken angegriffen wurde. Wie eitrige, am Aussatz erkrankte Hände, an denen Finger und Gliedmaßen fehlen, nach ihr griffen. Xelia, wie sie verängstigt nach einem Fluchtweg suchte und keinen fand, eingekesselt inmitten einer aufgebrachten Meute lebender Toter.
Seit sie am Morgen die Scheune verlassen hatte, fragte er sich immer wieder, warum er sie nicht daran gehindert hatte. Zur Not hätte er sie mit Gewalt hierbehalten sollen! Und was hatte er

getan? Sich schlafend gestellt. Am liebsten hätte er seinen Kopf gegen das Scheunentor geschlagen, auf daß der Schmerz jeden Gedanken betäubte. Statt dessen hatte er begonnen, draußen auf und ab zu laufen wie ein Depp, obwohl er vom Steinbrenner-Bauer wußte, daß der Arbeitstag der Waschfrauen erst am Abend endete. Seine Sorge steigerte sich von Stunde zu Stunde, wurde schließlich zu einer alles auslöschenden Panik, vor der er sich nicht mehr in Sicherheit bringen konnte. Bald war er davon überzeugt, Xelia für immer verloren zu haben.

Als der kleinste der drei Schatten sich von den beiden andern löste und das letzte Stück auf ihn zurannte, wich er reflexartig einen Schritt zurück, als stünde er einem Geist gegenüber.

»Alles ist gutgegangen!« Mit einem Juchzer hob Xelia den Hund auf, der vor Freude in hellen Tönen jaulte. Dann schlang sie ihre Arme um Philip. Sie zitterten von der Anstrengung des beschwerlichen Wagenziehens.

Es *war* Xelia, oder etwa nicht? Hatte der eisige Nordostwind seine Wahrnehmungskraft weggefegt? Aber da waren auch noch die anderen: Hyronimus, der mit versteinerter Miene im Hintergrund stand, Marlene, die mit verschränkten Armen auf etwas zu warten schien. Auch sie waren Wirklichkeit, oder?

In Philips Kopf summte es bedrohlich.

Xelia drückte ihren Mund an seine Wange. Ihre Augen funkelten, ihre Nasenlöcher blähten sich wie nach einem schnellen Lauf. »Wir haben es geschafft!« Er spürte ihren warmen Atem in seinem Ohr. Dann warf sie den Kopf zurück und lachte befreit auf.

So hatte er Xelia noch nie lachen hören. Auf einmal konnte Philip sich nicht mehr beherrschen. Die Dämme, die seine im Laufe des Tages aufgestaute Angst mühsam zurückgehalten hatten, brachen zusammen, und sturzflutartig schwappte alles aus ihm heraus. »Es hätte aber auch ganz bös' ausgehen können!« schrie er Xelia an. »Umbringen hättest du dich können. Dich, und Marlene noch dazu!« kam es schon nicht mehr ganz so heftig.

Xelia erstarrte und hörte für einen Moment auf zu atmen. Der Hund machte große Augen.
Die Tür des Bauernhauses öffnete sich knarrend, und Barbara und ihr Vater erschienen im Rahmen. Wie die Figuren eines Scherenschnitts, blieben sie dort stehen, Barbara eine Hand zum Gruß erhoben, der Bauer einen Zuruf auf den Lippen.
Alles nahm Philip wahr, und doch verstärkte es nur das Gefühl von Unwirklichkeit, das ihn überfallen hatte. Warum hatte er Xelia angeschrien? Was hatte er zu ihr gesagt? Er wußte es schon nicht mehr. Philip biß die Zähne so fest aufeinander, daß er sie knirschen hörte. Verdammt, was war nur in ihn gefahren? Er fühlte Hyronimus' Augen in seinem Rücken. Seine Kehle wurde eng. Gab es noch irgend etwas, das er richtig machte? Oder bestand sein Leben nur aus einer einzigen, langen Kette von Fehlern? Hilflos schaute er auf Xelia hinab, eine stumme Bitte in den Augen.
Doch sie schüttelte nur den Kopf. Wortlos löste sie sich aus seinen Armen und ging in die Scheune.
Dreh dich um, dreh dich noch mal um, flehte er stumm.
Verständnislos schaute Marlene von einem zum andern. Dann raffte sie ihren Rock zusammen und ging quer durch den Hof auf Philip zu. »Das war's. Ich bin euch nichts mehr schuldig. Packt eure Sachen und verschwindet von hier. Ich will nicht noch nachträglich Ärger bekommen.« Ihr Blick war voller Zurückhaltung, als wären sie sich eben erst begegnet. »Wenn jemand vom Spital hier vorbeikommt und nach dem Arzt sucht, will ich mit ruhigem Gewissen sagen können, daß er nicht hier ist. Habt ihr verstanden?« Obwohl sie sich mühte, selbstbewußt zu klingen, war die Unruhe in ihrer Stimme nicht zu überhören.
Philip stand immer noch wie gelähmt da und starrte auf das dunkle Maul der Scheune, welches Xelia verschluckt hatte.
Hyronimus nickte Marlene besänftigend zu, flüsterte ein paar Worte mit ihr. Er wollte ihr auf die Schulter klopfen, doch sie

wich zurück und verschwand im Haus, einen letzten mißtrauischen Blick in Philips Richtung werfend.
Die beiden Männer hatten noch kein Wort miteinander gewechselt.

Irgendwie gelang es Philip schließlich, sich aus seiner Verzweiflung zu reißen. Er mußte seinen ganzen Willen, seinen ganzen Verstand aufwenden, um sich immer wieder vorzusagen: Alles ist gutgegangen. Es gibt keinen Grund zur Sorge.
Irgendwie gelang es ihm auch, Xelia und Hyronimus vorzuschlagen, Zuflucht für die Nacht in einem Heuschober zu suchen, den er vor ihrer Ankunft eine Meile entfernt entdeckt hatte. Dort konnten sie weitere Schritte beratschlagen.
Als Antwort erhielt er ein verkrampftes Schweigen von Xelia, ein Schulterzucken von Hyronimus. Daß dieser so gar nichts zu sagen hatte, verunsicherte Philip in höchstem Maße. Für ihn hatte festgestanden, daß alles gut werden würde, wenn Hyronimus erst einmal da war. Er war davon ausgegangen, die Verantwortung dann ablegen zu können wie einen alten, abgetragenen Mantel. Hyronimus war schließlich der Ältere und sollte wissen, was gut und richtig war. Doch danach sah es nun ganz und gar nicht aus.
Bevor ihn ein neuer Anfall von Panik übermannen konnte, warf Philip dem Pferd, das sich schon für die Nacht niedergelegt hatte, die Packtaschen über. Er erntete dafür einen verdutzten Blick von ihm.
Kurze Zeit später brachen sie auf.

Die Scheune lag weiter entfernt, als Philip dies in Erinnerung hatte. Kein Stern – und der Mond erst recht nicht – war zu sehen, nichts, was die nebelige Dunkelheit erhellt hätte. Philip konnte nur hoffen, den richtigen Weg eingeschlagen zu haben. Ohne die Öllampe, die er samt Proviant vom Steinbrenner-Bauern gekauft hatte, hätten sie den Weg wahrscheinlich gar nicht gefunden, so schwarz war die Nacht.

Während Xelia schweigend neben ihnen herlief, ließ Philip sich von Hyronimus erzählen, was geschehen war. Nachdem er sich doch für die Flucht entschieden hatte, war Eile angesagt gewesen. Marlene war sowieso schon später dran als an anderen Tagen. Ohne Schwierigkeiten hatten die beiden Weiber das Spital verlassen können, den Leiterwagen, mit Hyronimus unter schmutziger Wäsche versteckt, zwischen ihnen. Sobald sie hinter dem Hügel gewesen waren, bei dem sich Xelia und Philip am Tag zuvor versteckt hatten, war Hyronimus herausgeklettert, um das letzte Stück im Schutz der Dämmerung zu Fuß zu gehen. Alles hatte wie am Schnürchen geklappt.

Langsam begann auch Philip, daran zu glauben.

Das Tor der Scheune war mit einem hölzernen Riegel verschlossen. Mit voller Wucht trat Philip ein paarmal dagegen, und das Holzstück fiel auf den Boden. Er spürte Xelias Blick im Nacken. Ja, was er tat, war unerlaubt. Aber das kümmerte ihn im Augenblick reichlich wenig.

Schlagartig fühlte er sich nach der körperlichen Anstrengung besser. Sogar seine Laune hob sich. Er atmete tief durch, bis die feuchte, kalte Luft seine innersten Kammern durchspülte. Dann gab er sich einen Ruck.

»Gut, daß du draußen bist!« Ungelenk umarmte er Hyronimus. Hoffentlich war sein alter Lehrer wirklich nicht aussätzig, schoß es ihm durch den Kopf, doch sogleich verzogen sich seine Mundwinkel wie um Entschuldigung bittend nach oben, was einem Lächeln nahe kam. Einer der unzähligen eisernen Reifen, die seine Brust umklammerten, schien danach abzufallen, und das Luftholen fiel ihm leichter. Die erste Hürde war geschafft, die Luft zwischen ihm und Hyronimus hatte sich geklärt. Nun mußte er sich nur noch bei Xelia entschuldigen.

Nur noch, ha!

In der Scheune war es warm wie in einem Backhaus, dessen Ofen am Ende eines Backtags nachglühte. An den Wänden waren bis zur Decke hoch Heubündel gestapelt, so dicht, daß jede Ritze, durch die der Wind hätte pfeifen können, verschlossen war. Wenigstens etwas.

Während Hyronimus sich hinter die Scheune verdrückte, um seine Notdurft zu verrichten, murmelte Philip, er habe das vorher nicht so gemeint und die Pferde seien wohl mit ihm durchgegangen und daß es ihm leid tue, sie so angeschrien zu haben, was Xelia schweigend zur Kenntnis nahm. Danach war zumindest für ihn alles wieder in Ordnung.

Tatkräftig breitete Philip seine Decken aus, schnitt vom Schinken für jeden eine Scheibe ab, brach Brot in Stücke und schenkte Wein in ihre Becher ein. Das laute Knurren seines Magens erschien ihm auf einmal als das tröstlichste Geräusch der Welt. Hunger war etwas Bekanntes, Normales, und er konnte etwas dagegen unternehmen. Als Hyronimus zurückkam, begannen sie ihr spätes Abendmahl.

Xelia hatte sich zwischen die beiden Männer gesetzt, was Philip für ein gutes Zeichen ansah. Er rückte näher an sie heran.

Bald hing der Geruch des roten Weines warm in der Luft, vermengte sich mit dem süßen Duft des Heus zu einer beruhigenden Mischung.

Wie Katzen strichen sie um den heißen Brei, taten so, als sei nichts Unnormales an ihrer Lage. Sie hätten Reisende sein können, die sich nach einem anstrengenden Tag in einer beliebigen Herberge getroffen hatten und gemeinsam darauf warteten, daß die Tafeln aufgehoben wurden. Mit jedem Schluck Wein, mit jedem Bissen Brot fiel die Spannung mehr von ihnen ab.

Es war Hyronimus, der schließlich als erster zur Sache kam. »Glaubt nicht, daß mir eure wilde Befreiungsaktion nur recht war!« polterte er los. »Ich weiß ganz genau, wie gefährlich die ganze Sache für das Weib war.«

Philip setzte sich aufrecht hin und schob sich einen Heuballen im Kreuz zurecht. Wie weggeblasen war die weinselige Abendstimmung. Nun konnte nichts mehr über die Tatsache hinweg-

täuschen, daß sie wie drei Holzscheite in einem Meer voller ungeklärter Fragen schwammen.
»Es ist doch alles gutgegangen, oder?« antwortete Xelia.
»Schon. Aber wenn ich daran denke, ...«
»Das einzige, was uns hätte gefährlich werden können, war dein langes Zögern!« unterbrach sie ihn herausfordernd.
»Eine solche Entscheidung will überlegt sein. Was hättest denn du ...«
Philip stöhnte. Er wollte nicht noch einmal die ganze Suppe aufrühren. »Es reicht! Xelia hat recht, es ist nichts passiert, mag der Plan noch so riskant gewesen sein. Auf meinem Mist ist er nämlich auch nicht gewachsen.« Wie groß sein Widerstand tatsächlich gewesen war, spielte nun keine Rolle mehr, fand er. Nun ging es um wichtigere Dinge. »Wäre es nicht an der Zeit, sich Gedanken über den morgigen Tag zu machen?« Und den Tag danach. Und den danach ...
Hyronimus nickte. »Und ob wir Pläne machen müssen! Was glaubt ihr, was los ist, wenn die im Spital erst einmal gemerkt haben, daß ich weg bin? Ganze Truppen wird der Stadtarzt auf die Suche nach mir schicken. Eigentlich müßten wir die Nacht nutzen, um ein besseres Versteck zu suchen als diese Scheune hier! Oder glaubt ihr, ich habe nochmals Lust darauf, im Spital eingesperrt zu werden wie ein wildes Tier?«
Philip schaute auf. Der Stadtarzt? Was hatte der mit allem zu tun? Es wurde Zeit, daß er endlich erfuhr, was los war! Gott sei Dank schien langsam wieder etwas Leben in seinen alten Lehrer zu kommen. »Mitten in der Nacht können wir nicht weg von hier, das weißt du so gut wie ich. Wir sollten also die Zeit so sinnvoll wie möglich nutzen. Was mich am meisten interessiert: Wem bist du im Spital so sehr auf die Füße getreten, daß die Wachen dich nicht mehr herausgelassen haben?«
Wie angenommen, kam ihm Xelia zu Hilfe. »Ja, das frage ich mich auch. Was ist los da drinnen? Und was hat der Stadtarzt damit zu tun?«

Adalberts Gesichtszüge wirkten plötzlich maskenhaft vor Anspannung. Er sah alt aus. »Die Hölle auf Erden ist los – das ist es!« Was wütend klingen sollte, hörte sich nur hilflos an.
»Warum beginnst du nicht am Anfang?« Philips stellte erstaunt fest, daß er wirklich an Adalberts Geschichte interessiert war und es ihm nicht allein ums Zeitschinden ging.
Und Hyronimus fing an zu erzählen.

– 43 –

Adalbert Hyronimus war vor zwei Jahren nach Blaubeuren gekommen. Von einem befreundeten Gelehrten hatte er erfahren, daß dort händeringend ein Stadtarzt gesucht wurde, nachdem der alte von einer Seuche dahingerafft worden war. Doch als er in Blaubeuren ankam und das Haus des Bürgermeisters aufsuchte, erlebte er eine Überraschung: Nicht einen Stadtarzt suchten sie, nein! Ein Spitalarzt war es, den sie dringend benötigten. Adalberts Bekannter mußte sich verhört haben, hieß es im Haus des Bürgermeisters. Als Hyronimus erfuhr, daß es sich bei dem Spital um eine Aussätzigensiedlung handelte, war sein erster Gedanke gewesen, sein Bündel zu packen und wieder zu gehen. Doch so einfach wurde es ihm nicht gemacht. Der Bürgermeister tat alles, um Adalbert davon zu überzeugen, wie ehrenvoll und überaus wichtig die Position des Spitalarztes war. Als seine eigenen Überzeugungskünste nicht ausreichten, ließ er den Stadtarzt, Wilhelm Pfeiffer, kommen. Eine imposante Erscheinung, wie Hyronimus schon beim Blick durchs Fenster erkennen konnte: Von oben bis unten in dunkelblauen Samt gekleidet, fuhr der Mann in einer vierspännigen Kutsche vor. Ein Knecht half ihm eilfertig beim Aussteigen. Sein Gehstock war mit geprägtem Silber beschlagen und gab bei jedem Schritt das herbstliche Sonnenlicht in tausend Strahlen wieder. Nach einer überaus herzlichen Begrüßung – obwohl man sich doch gar nicht kannte – beteuerte Wilhelm Pfeiffer immer wieder, daß er Hyronimus mit Rat und Tat zur Seite stehen würde, und daß es sich bei den Aussätzigen nicht um die schlimmsten Fälle handelte – vor diesen seien sie Gott sei Dank bisher verschont geblieben. Als Spitalsvorsteher würde er sich zwar nach allen Kräften um die Kranken kümmern, doch seine Zeit gehöre

schließlich auch noch den Kranken in der Stadt. Zuviel für einen Mann... Er deutete an, welch fürstliche Entlohnung der zukünftige Spitalarzt zu erwarten hätte, und nannte eine Zahl, von der es Adalbert fast schwindlig wurde. Doch das letzte Argument des Stadtarztes war schließlich das ausschlaggebende: »Die Kranken brauchen einen guten Spitalarzt!« Und so beschloß Adalbert, die Aufgabe anzunehmen. Er war sich bewußt, daß sein Leben von nun an völlig anders verlaufen würde. Sicher, er konnte das Spital verlassen und jederzeit in die Stadt gehen. Doch den Großteil seiner Zeit würde er unter Kranken verbringen. Unter Aussätzigen, genauer gesagt.
»Nein!« Xelia schüttelte sich. »Ich könnte das nicht. Mir tun die Menschen leid, das schon... Aber der heutige Tag hat mir gereicht! Immer nur das Elend um sich zu haben...« Sie zuckte mit den Schultern und schaute vor sich auf den Boden.
Hyronimus warf ihr einen sanften Blick zu. »Daran gewöhnt man sich. Das würde dir nicht anders gehen, sonst hättest du den Tag nicht mit soviel Bravour überstanden. Irgendwann übersieht man die fauligen Arme und Beine und fängt an, die Menschen zu sehen.« Er kniff die Augen zusammen, als wolle er einen genaueren Zeitpunkt bestimmen, ging dann aber doch nicht näher darauf ein. Statt dessen sagte er: »Das war erst der Anfang von der ganzen elenden Geschichte.« Er schloß die Augen, als könne er so einer grausigen Wahrheit entrinnen.
Philip und Xelia schauten sich an.
»Ist noch Wein da?« Fragend blickte Hyronimus zu Philip. Als dieser nachgeschenkt hatte, nahm er einen Schluck und befeuchtete damit seine Lippen. Dann sprach er weiter.
»Die ersten Monate beschäftigte ich mich nur mit dem Aussatz, so daß ich für gar nichts anderes Zeit hatte. Bei meinen Studien hatte ich mich vor allem mit Seuchen befaßt und natürlich auch mit verschiedenen Krankheiten. Nur mit dem Aussatz nicht. Wann hat man schließlich schon einmal etwas mit einem Aussätzigen zu tun?« Er lachte bitter.

Xelia und Philip nickten.
»Wenn meine Mutter selig mir nicht davon erzählt hätte, wüßte ich nicht einmal, daß es diese schreckliche Krankheit gibt!« sagte sie. »Die Leute in den Dörfern sind doch froh, wenn sie nichts mit den Kranken zu tun haben müssen.«
Hyronimus schaute auf.
»Und das ist auch gut so!« warf Philip heftig ein. Xelia und ihr ewiges Mitleid! »Am Ende wären noch alle krank. Die hohen Mauern der Aussätzigenspitäler sind schließlich nicht umsonst da! Es reicht, wenn die Leut' zum Betteln rausdürfen.«
Hyronimus' Lachen hatte nichts Heiteres. »Nicht einmal das dürfen die armen Krüppel hier!«
»Und wovon leben sie dann?« »Das haben wir gemerkt, daß niemand aus dem Spital darf!« sprachen Xelia und Philip durcheinander.
»*Leben!*« meinte Hyronimus verächtlich. »Ob man das ›leben‹ nennen kann, sei dahingestellt. Sie heißen nicht umsonst die lebenden Toten, nicht wahr?«
Bitterkeit sprach auch aus seinen nächsten Worten. So sehr er sich auch mit der schrecklichen Krankheit befaßt hatte, die die Menschen auffraß – er fand doch kein Heilmittel dagegen. Adalbert hatte es mit allem möglichen probiert: Waschungen mit verdünnter Säure, dicke Salben, unter denen Geschwüre austrocknen sollten – die statt dessen weiterschwellten. In schlimmen Fällen – und die gab es weiß Gott auch, da hatte der Hurensohn von Stadtarzt zum ersten Mal die Unwahrheit gesagt – hatte Hyronimus sogar das eine oder andere Glied ganz abgenommen. Und für was? Um festzustellen, daß die Krankheit an genau der Stelle weitermachte, wo er das verfaulte Fleisch abgeschnitten hatte.
Verfaultes Fleisch, Blut, Eiter, Gliedmaßen, die abgeschnitten wurden – Philip grauste es schon beim Zuhören. Er spürte, wie die Säure des Weines sich in seinem Magen mit dem fetten Schinken vermischte. Er rülpste laut, um Luft abzulassen.

Trotzdem hatte er danach noch immer das Gefühl, sich übergeben zu müssen. Es wurde Zeit, daß sie von etwas anderem sprachen!

»Daß der Aussatz eine schlimme Geisel ist, wissen wir. Hast du nur das gemeint, als du von der Hölle auf Erden gesprochen hast?« Wie er Adalbert kannte, steckte noch weit mehr dahinter.

Und so war es auch. »Glaubst du wirklich, ich hätte einer *Krankheit* klein beigegeben, mag sie auch noch so schlimm sein?« Ohne auf Philips Antwort zu warten, fuhr Adalbert fort. »Die Menschen im Spital haben sich an ihre Krankheit gewöhnt. Sie leben damit. Der eine gut, der andere weniger gut. Bei manchen ist es nur ein Arm oder ein fauliges Ohr, welches Schwierigkeiten macht. Davon abgesehen könnten sie ein recht ordentliches Leben führen. Wenn man sie ließe!«

Nun erzählte der Arzt von der Wurzel allen Übels und versetzte damit Philips Magen in noch heftigere Aufruhr: Der Reichtum des Stadtarztes kam nämlich nicht von ungefähr, sondern basierte auf dem Leid der Aussätzigen. Jeder, der im Spital aufgenommen wurde, mußte sein ganzes Hab und Gut abgeben. Während den Kranken erzählt wurde, daß die Spitalsverwaltung diese Vermögen bestmöglich verwalten und vermehren wollte, damit sie den Rest ihres Lebens sorgenfrei davon leben konnten, wanderte in Wahrheit der Großteil davon gleich in die Tasche des Stadtarztes. Die Kranken selbst – und es waren reiche Leute darunter – mußten sich mit nackter Armut zufriedengeben, wovon Xelia sich heute ein Bild hatte machen können. Eine Ausnahme gab es allerdings: die sechs Prüfmeister.

»Die Prüfmeister? Wer soll das gewesen sein?« Xelia konnte sich nicht vorstellen, daß es im Spital auch nur eine Menschenseele gab, der es gutging.

»Die hast du nicht zu Gesicht bekommen. Ihr Haus liegt am anderen Ende der Siedlung, hinter einer kleinen Lichtung im

Birkenwäldchen. Marlene hat mit ihnen nichts zu schaffen. Die haben ihr eigenes Badehaus und auch ihre eigenen Mägde. Und zwar zwei Weiber für sechs Mann! Da wird gebadet, wann immer die Herren ihre fetten Ärsche ins Wasser hieven wollen – und nicht nur einmal im Monat. Und welche Dienste die Weiber sonst noch leisten, darüber will ich gar nicht erst reden...«
Adalberts Nase blähte sich vor Wut. »Auf deren Tischen steht Abend für Abend ein fetter Braten, auf ihrem Dinkelbrei schwimmt oben goldgelber Honig, und frieren muß von denen auch keiner. Ihre Kleidung ist vom feinsten Leinen.«
»Prüfmeister – das sind doch diejenigen, die feststellen, ob jemand aussätzig ist, nicht wahr?« erinnerte Philip sich an Xelias Worte.
»Genauso ist es.« Hyronimus' Augen verdunkelten sich, als ob in ihren Tiefen ein Gewitter im Anmarsch sei. »Das sind die sechs reichsten Spitalinsassen, die außerdem den Spitalrat bilden, der das tägliche Leben innerhalb der Mauern regelt.«
»Und warum leben die in Saus und Braus?«
»Sagen wir es einmal so: Wenn Wilhelm Pfeiffer der Kopf einer riesigen Krake ist, dann sind die sechs Prüfmeister ihre langen Arme.«
»Helfershelfer also. Aber wenn die Kranken nichts mehr haben, können die Prüfmeister ihnen doch auch nichts mehr aus der Tasche ziehen, oder?«
Xelia blies laut die Luft aus. »Ich ahne, was kommt...«
Hyronimus grinste sie an. »Du bist ein schlaues Kind und nicht so weltentrückt wie unser herzöglicher Kartograph hier!« Bevor Philip protestieren konnte, klärte Hyronimus ihn auf. »Die sechs verdienen sich ihren Wohlstand auf eine andere Art: Hin und wieder steht der Ausgang einer Sondersiechenschau schon fest, bevor sie überhaupt begonnen hat. Und zwar immer dann, wenn Wilhelm Pfeiffer dies so will.«
»Nein! Das glaube ich nicht!« entfuhr es Philip.
»So? Und warum nicht?«

»Hyronimus haben sie doch auch des Aussatzes bezichtigt, obwohl er kerngesund ist«, warf Xelia ein.
Philip ignorierte sie. »Wer sollte ein Interesse daran haben, einen gesunden Menschen für immer hinter die Mauern des Spitals zu verbannen?«
Hyronimus lachte. »Da könnte ich dir gleich ein Dutzend Fälle aufzählen. Wie wär's zum Beispiel mit einem zweitgeborenen Sohn, der nicht nur scharf ist auf den Hof seines älteren Bruders, sondern auch auf dessen junge, rotwangige Frau, deren Brüste wie zwei steile Hügel in die Höhe streben? Oder wie wäre es mit einem Gastwirt, der nichts weiter hat als einen einfachen Fall von Krätze, der aber in den Augen seines weniger erfolgreichen Widerstreiters auf der anderen Seite der Straße viel zuviel Bier verkauft? Und dann gibt es da auch noch den Kaufmann, der zeit seines Lebens an einem Hautleiden litt, was sich als überaus praktisch erwies, als seine Frau ihn loswerden wollte, um sich einem durchreisenden Geschäftsmann zuzuwenden.« Adalbert schaute von einem zum andern. »So ist das. Lauter gesunde Menschen, zum Tode verdammt von ihren Nächsten.«
Philip fehlten die Worte. Er war fassungslos.
Fast schien es, als amüsiere sich Hyronimus an Philips Entsetzen. Er zuckte mit den Schultern. »Sag mir einen einfacheren Weg, jemanden loszuwerden. Es gibt keinen! Natürlich lassen die Hurensöhne sich ihr Urteil etwas kosten, aber die Leute zahlen selbst hohe Summen, wenn nur der ungeliebte Mensch ein für allemal verbannt ist.«
»Und sie selbst stehen auch noch gut da!« sagte Xelia. »Wahrscheinlich werden sie sogar von den Nachbarn für ihr trauriges Schicksal bedauert, einen aus ihrem Kreis an den Aussatz verloren zu haben.«
»So ist es! Du mußt doch zugeben, daß das allemal besser ist, als einen totzuschlagen und als Mörder dazustehen, oder?« Hyronimus bemerkte nicht, wie Xelia bei seinen Worten zusammenzuckte.

Philip jedoch drückte ihre Hand. »Unglaublich! Und damit kommen diese Teufel durch?«

»Warum nicht? Ein einstimmiges Urteil der Prüfmeister ist in der Regel unanfechtbar.« Ein seltsamer Ton klang in Adalberts Stimme mit, der Philip nachhaken ließ.

»Aber du hast es trotzdem getan, oder? Ich meine, deren Urteile angefochten?«

»Und ob!« Adalbert schlug sich mit der Faust auf den Schenkel. »Der Kaufmann war der erste, bei dem ich meine Zweifel hatte. Ich war gerade einmal einen Winter lang dort, als er zu uns gebracht wurde. Sein Weib hat ihn begleitet und so gotterbärmlich geheult, daß es schon fast komisch wirkte. Es war März damals, aber das Wetter war dem im November ähnlich – nebelig, düster und trüb. Daß bei so schlechtem Licht überhaupt eine Aussätzigenschau durchgeführt wurde, paßte mir ganz und gar nicht. Aber Wilhelm Pfeiffer bestand darauf, und so standen die sechs Prüfmeister bereit.«

»Warum haben sie dich als Spitalarzt eigentlich nicht zu diesen Sondersiechenschauen dazugerufen? Das wäre doch das normalste von der Welt gewesen, oder?«

»Zu Beginn war ich auch ein paarmal dabei. Alles ging dabei rechtens zu, und als Pfeiffer dann meinte, ich könne in Zukunft diesen zeitaufwendigen Prüfungen fernbleiben, hatte ich nichts dagegen einzuwenden. Meine Tage waren von frühmorgens bis spätabends mit so vielen anderen Pflichten gefüllt, so daß ich über jede Stunde mehr froh war.«

»Und was war dann mit dem Kaufmann?« Xelia beugte sich ein wenig vor, um Hyronimus besser sehen zu können. Das Öl in der Lampe war fast völlig ausgebrannt, und die Flamme begann unruhig zu fackeln.

»Tja, der wurde des Aussatzes bezichtigt. Da nutzte sein ganzes Geschrei nichts – daß er die roten Pusteln schon von jeher im Gesicht habe, und daß auch die roten Flecken auf seinen Armen zu ihm gehörten wie seine Augen oder seine blonden Haare. Mit

Händen und Füßen hat der sich gewehrt, der arme Tropf. Aber es nutzte nichts, sie ließen ihn einfach nicht mehr raus.« Adalbert rieb sich die Nase. »Das allein hätte mich nicht stutzig gemacht, denn keiner will anfangs glauben, daß es ihn erwischt hat. Alle wehren sich, schreien, daß es nicht sein könne. Und leider, leider ist es halt doch oft so. Aber nicht bei dem Kaufmann. Es war purer Zufall, daß ich just in dem Augenblick am Tor vorbeiging, als sein Weib dem ältesten der Prüfmeister eine Geldkatze zusteckte. Und auf einmal konnte ich zwei und zwei zusammenzählen!«

»Hat Marlene mir nicht erzählt, daß es durchaus üblich ist, daß gesunde Frauen ihre kranken Männer ins Spital begleiten und mit ihnen dort wohnen?«

»Das kommt schon vor. Doch die Frau des Kaufmanns konnte sich nicht schnell genug verabschieden. Und sie ward danach nie mehr gesehen ... Wahrscheinlich ist sie zu sehr damit beschäftigt, es ihrem Gespielen zu besorgen!« Adalbert spuckte vor sich auf den Boden, als habe er etwas Bitteres gekostet.

Philip zuckte bei diesen derben Worten regelrecht zusammen. »Und wie hat der Stadtarzt reagiert, als du deine Vermutungen laut werden ließest?« lenkte er ab, bevor Adalbert weiter ins Detail gehen konnte.

»Ich – und Vermutungen laut werden lassen? Da kennst du mich aber schlecht, mein Junge!« prustete Hyronimus heraus.

Xelia mußte lächeln.

»Ich hab' ihm ins Gesicht gesagt, was ich denke! Einen elenden Verbrecher habe ich ihn genannt und verlangt, daß er den Kaufmann auf der Stelle wieder herausläßt.«

»Und?« Philip zog die Augenbrauen hoch. Das war bezeichnend für Hyronimus. Keine Finesse, keine Diplomatie, dafür mit dem Kopf durch die Wand.

»Nichts und! Gelacht hat das Schwein. Er habe sich schon gefragt, wie lange ich brauche, um hinter ihre ergiebige Einnahmequelle zu kommen. Dann hat er mich auf meinen hohen

Lohn angesprochen, und ob ich glaubte, daß der von ungefähr käme. Schweigegeld hat er das genannt!«
Philip war vollkommen klar, wie Hyronimus darauf reagiert hatte.
»Aber wieso haben die Leute sich nicht gewehrt? Wenn alle zusammen etwas unternommen hätten ...« Xelias Stimme fehlte es an Überzeugung.
Hyronimus lachte milde, er wirkte angesichts Xelias erwartungsvoller Naivität alt und illusionslos. »Alle zusammen – so etwas gibt es im Spital nicht. Den meisten der Kranken geht es so schlecht, daß sie ganz abgestumpft sind gegenüber ihrem Elend und allen Ungerechtigkeiten. Die schauen nicht einmal mehr nach sich selbst, geschweige denn nach ihrem Nächsten! Wenn ich an die Zustände denke, läuft mir jetzt noch eine Gänsehaut den Buckel hinab!«
Xelia nickte. »Die Stimmung war wirklich sehr bedrückend, von einem komischen Kauz einmal abgesehen! Ich hatte den ganzen Tag das Gefühl, als schnüre mir jemand die Kehle zu!«
Philip nahm sie fester in den Arm.
»Davon abgesehen, daß es ihnen an Mut fehlte – was hätten sie denn tun sollen, die armen Teufel?« trat Hyronimus entschuldigend für die Kranken ein. »Hinter den hohen Mauern können sie einen Aufstand planen – und es würde draußen doch keiner mitkriegen. Zu Beginn haben sie tatsächlich geglaubt, ich stecke mit dem Spitalarzt unter einem Hut! Erst nach meinem Streit mit Pfeiffer wurde ihnen klar, auf welcher Seite ich stehe. Doch da war es schon zu spät für mich, etwas zu unternehmen. Ich durfte ja nicht mehr raus. Sogar meine Post haben sie gelesen, auf daß ich ja nicht wage, eine falsche Zeile an jemanden zu schreiben!«
»Nun bist du ja draußen!« stellte Xelia mit Befriedigung fest.
»Das bin ich.« Hyronimus blies laute Luft durch die Zähne. »Doch was ich machen soll, um dieses Schwein von Stadtarzt zur Strecke zu bringen, ist mir rätselhaft!«

– 44 –

Xelia wachte auf, als eine rauhe Zunge über ihre Wangen schleckte. Warmer Hundeatem schlug ihr entgegen. Mit ihren dicken Vorderpfoten hatte der Hund, den Xelia Lola genannt hatte, sich auf ihrer Brust postiert. Voller Begeisterung darüber, daß es ihr gelungen war, ihre Herrin zu wecken, wedelte ihr Schwänzchen so heftig, daß dabei ihr ganzes Hinterteil wakkelte.

»Lola!« Xelia gähnte und setzte den Hund neben sich ins Heu.

Neben ihr schlug Philip die Augen auf, und im selben Moment auch Hyronimus, der sein Nachtlager am anderen Ende der Scheune gerichtet hatte. Er setzte sich hin und streckte sich. Sofort war Lola mit ein paar Sätzen bei ihm.

Er streichelte sie verschlafen. Zum Dank begann der Hund, mit Adalberts Mantel zu kämpfen. »Wo hast du den Welpen her?« fragte er.

Xelia schaute kurz zu Philip hinüber. Ob es in Ordnung war, wenn sie von den Spielleuten erzählte? Philip nickte ihr schläfrig zu, er schien nichts dagegen zu haben.

Doch während sie von Ellen und der Zweilingsgeburt erzählte, wurde Xelia das Gefühl nicht los, daß Hyronimus nicht ganz bei der Sache war. Langweilte sie ihn mit ihrer Geschichte?

»So, so. Eine Heilerin bist du also.« Er nickte bedächtig, als hätten diese Worte eine tiefere Bedeutung für ihn. Die Frage, was sie mit Philip zu schaffen hatte, woher sie sich kannten und vieles mehr blieb jedoch unausgesprochen. Warum schaute er sie so seltsam an? Xelia wurde ganz kribbelig zumute. Über ihre Begegnung mit den Spielleuten wollte er jedenfalls nicht mehr wissen.

»Und wo kommst du her, hast du gesagt?« Sein Blick blieb forschend.
Sie hatte doch noch gar nichts gesagt! Hilfesuchend schaute sie zu Philip hinüber. War dies der Zeitpunkt, ihre ganze Geschichte zu erzählen?
»Aus Leinstetten kommt sie«, antwortete Philip an ihrer Stelle. »Xelia ist die Tochter eines Gerbers mit dem Namen Feltlin.«
Wieder hakte Hyronimus nicht nach. Er rieb sich das Kinn. »Seltsam. Irgendwie erinnerst du mich an jemanden. Das ist natürlich Blödsinn ... Es ist schon lange her, da kannte ich eine ...«
»Adalbert«, Philip gähnte laut auf. »Gehörst du etwa auch zu den alten Leuten, die nur Geschichten von früher erzählen können?«
Adalberts Kopf fuhr herum. »Und gehörst du immer noch zu den Grünschnäbeln, die keinen Respekt vor dem Alter haben?« antwortete er. Mit verkniffenem Mund schüttelte er den Kopf, stand auf und ging vor die Scheune.
Trotz seiner schlagfertigen Erwiderung spürte Xelia, daß Philips Worte Adalbert gekränkt hatten. Sie warf Philip einen dunklen Blick zu, den er jedoch gar nicht bemerkte. Warum war er so garstig? Sie hätte gerne erfahren, an wen Adalbert sich durch sie erinnert fühlte, aber nun traute sie sich nicht mehr, nachzufragen.

Es hatte wieder geschneit. Obwohl es nicht ganz ungefährlich war, entschlossen sie sich, im Eingang der Scheune ein Feuer zu machen. An den Außenwänden entlang lagen große Wackersteine, die bei Regen das vom Dach rinnende Wasser davon abhalten sollten, ins Scheuneninnere zu laufen. Diese sammelte Philip auf und legte sie kreisförmig zusammen. Dann brach er einige Latten aus der Rückwand, zum Anzünden nahm er zusammengedrehte Heubüschel. Bald brannte im Steinkreis eine kleine Flamme, auf der sie Schnee schmelzen konnten.

Becherweise bereiteten sie so Trinkwasser für Alois und sich selbst zu. Immer wieder wehte böiger Wind herein und ließ die Flamme dunkelgrau auflodern. Der Rauch des verbrannten Heus kratzte Xelia in den Augen und im Hals. Angewidert schnaubte sie die giftige Luft aus.

Auch Hyronimus mußte husten. Er schaute mißmutig drein. »Da müssen wir uns wie die Diebe verstecken, und das, obwohl wir nichts verbrochen haben. Aber auch gar nichts! Ich sage euch eines: Je eher wir hier wegkommen, desto besser! Es wird Zeit, daß wir etwas unternehmen!«

Philip und Xelia tauschten einen Blick. Hyronimus ahnte ja nicht, wie recht er hatte!

Philip räusperte sich. »Da gibt es etwas, das du wissen solltest . . .«

Adalbert stutzte. So fing nur jemand an, der schlechte Nachrichten hatte.

»Wir verstecken uns nicht nur deinetwegen.« Mit dem Kinn wies Philip auf Xelia. »Es geht auch um sie. Auch sie muß sich verstecken. Wenn man sie erwischt, droht ihr das Fallbeil.«

»Wie bitte?« Adalbert schaute von einem zum andern. »Was hast du gesagt? Was wirft man dir vor?« fragte er Xelia verständnislos.

Philip antwortete an ihrer Stelle: »Sie wird als Mörderin gesucht.«

Adalbert lachte. »Das junge Ding da? Was ist das für ein dummer Scherz? Anscheinend ist das bißchen Humor, das du besitzt, vom Schneesturm draußen verweht worden.« Seine Stimme war harsch, fast schon unfreundlich.

Xelia war sprachlos. Ständig dieser rauhe Ton zwischen den beiden Männern! Konnten sie nicht anständig miteinander reden? In jeder ihrer Äußerungen lag etwas Angreifendes, und Adalbert Hyronimus schien darin keinen Deut besser zu sein als Philip!

»Jetzt langt's aber! Ihr redet über mich, als sei ich gar nicht da. Glaubt ihr nicht, es wäre meine Sache, Adalbert alles zu erklä-

ren?« Xelia spürte, wie Röte in ihre Wangen schoß und ärgerte sich darüber. Wütend strich sie sich die Haare aus dem Gesicht, die genauso rauchig rochen wie die ganze Scheune.
»Dann leg los. Ich bin ganz Ohr.« Besänftigend hob Hyronimus die Hände und grinste.
Machte er sich über sie lustig? Xelia wollte ihm über den Mund fahren, doch ihr fiel nichts Passendes ein. »Es war so«, begann sie deshalb knurrig und erzählte dann von der Gerberei. Von ihren Schwestern. Vom Gerber, und daß er immer grob zu ihr gewesen war. Von den Nächten erzählte sie nichts, die gingen Hyronimus nichts an. Als sie zu der Geschichte mit Samuel kam und wie sie ihn kennengelernt hatte, stellte sie erstaunt fest, daß es ihr nichts ausmachte, darüber zu reden. Es war, als hätte die Vergangenheit keine Bedeutung mehr für sie. Sie tat nicht mehr weh. Mutig fuhr sie fort und kam zu dem Abend, an dem Samuel ihr Lebewohl gesagt hatte. Lebewohl, von wegen – im Stich gelassen hatte er sie, so war's gewesen! Sie sah Adalbert und Philip unter hochgezogenen Augenbrauen Blicke tauschen, die sie wütend machten. »Was guckt ihr so blöd? Ihr haltet mich wohl für dämlich, was?« Mißtrauisch ließ sie die beiden nicht aus den Augen. Rückblickend kam sie sich selbst viel zu gutgläubig vor, was Samuel und seine Versprechungen anging, aber sie würde den Teufel tun und dies gegenüber diesen beiden *Allwissenden* zugeben! Als sie vom Gerber erzählte und wie er Samuel totgeschlagen hatte, zitterte ihre Stimme ein wenig, und sie konnte nichts dagegen tun.
»Arme Xelia.« Sie spürte ein Gewicht auf ihrer Schulter und zuckte zusammen. Sofort nahm Hyronimus seine Hand wieder weg. »Es ist schlimm, wenn man zuschauen muß, wie einem geliebten Menschen so furchtbares Leid zugefügt wird. Niemand weiß das besser als ich.« Ein schräger Blick fiel auf Philip. »Aber ich will euch nicht wieder mit alten Geschichten langweilen. Du bist schließlich an der Reihe!« forderte er sie zum Weitererzählen auf.

Sie schaute zu Philip. »Der Rest ist schnell erzählt, nicht wahr?«
Philip nickte und grinste. »Mehr oder weniger.« Als sie nicht weitersprach, nahm er den Faden auf und beschrieb in knappen Worten, wie er vom Schicksal – oder besser gesagt von Alois – Xelia direkt vor die Füße geworfen wurde.
»Du meine Güte! Und da dachte ich, *ich* hätte Abenteuerliches erlebt!« Adalbert pfiff durch die Zähne, woraufhin Lola gähnend von ihrem Schlafplatz aufstand und zu ihm hinüberwankte. Er hob den Hund auf seinen Schoß, wo der Welpe sich dreimal um die eigene Achse drehte, bevor er sich zusammenrollte und weiterschlief.
»Und was hat euch nach Blaubeuren geführt? Man würde doch annehmen, daß Xelia um so sicherer ist, je weiter sie von der Alb entfernt ist, oder?«
»Deinetwegen sind wir gekommen«, antwortete Philip und erläuterte seinen ursprünglichen Plan, Xelia in Adalberts Obhut zu geben.
»Ich weiß nicht ... ein so junges Ding, verbannt bei den Sondersiechen – sicher wär' sie dort schon gewesen, aber ...« Hyronimus schien nicht gerade begeistert von Philips Plan. »Nicht, daß ich Xelia nicht gern bei mir aufgenommen hätte!« beeilte er sich nach einem Blick auf sie anzufügen.
»Ich wär' dir nicht zur Last gefallen, das kannst du mir glauben!« antwortete Xelia heftig. Sie kam sich allmählich vor wie ein lästiger Wurf kleiner Katzen, den man am besten ersäufte.
»Du wärst mir nicht zur Last gefallen«, bestätigte Hyronimus sanft, und Xelia glaubte ihm. Auch seine nächsten Worte stimmten sie wieder etwas versöhnlicher. »Deine Heilkünste und mein ärztliches Wissen hätten den Siechen sicher gute Dienste getan. Vielleicht hätten wir gemeinsam ...«
»Darüber zu reden, was gewesen wäre, macht wohl jetzt keinen Sinn mehr, oder?« fiel Philip ihm erneut ins Wort.
Xelia hätte ihn umbringen können! Aber sie wußte, daß seine

Unruhe auch von der Angst um sie herrührte. Deshalb schluckte sie eine Bemerkung wegen seines gehässigen Tonfalls herunter und sagte statt dessen: »Philip hat recht. Wir müssen uns überlegen, wie's weitergehen soll.«

Unter niedergeschlagenen Augen nutzte Xelia die Gelegenheit, Adalbert eingehend zu betrachten. Dabei erkannte sie, daß er nicht so alt war, wie sie nach Philips Erzählungen vermutet hatte. Zwar hing die Haut unter seinen Augen in faltigen Säcken herab und verlieh seinem Gesicht auf den ersten Blick einen müden Ausdruck, doch dieser wurde von Adalberts Augen selbst wieder aufgehoben. Sie waren grün, und gelbe Sprenkel blitzten darin wie kleine Feuerfunken. Leidenschaft lag in seinem Blick und verriet ihn als Menschen, der das Leben nicht einfach hinnahm, sondern sich ihm stellte, wann und wo es von ihm verlangt wurde. Xelia hätte dies nicht groß in Worte fassen können, es war nur ein Gefühl, das die Empfindung einer Verbundenheit mit Adalbert in ihr hervorrief. Nur ungern löste sich ihr Blick von seinen Augen, in denen es soviel zu entdecken gab. Seine Haare waren von dicken grauen Strähnen durchzogen, aber nicht so schütter wie bei den alten Männern aus dem Dorf, sondern störrisch und dicht wie bei einem Gaul. Er trug sie lang, die silbernen Strähnen fielen ihm bis über die Schultern. Ein silberner Bart zog sich über sein resolutes Kinn und seine untere Wangenhälften. Er war nicht verfilzt oder schmutzig wie Feltlins graue Matte, sondern glänzte wie ein feiner Pelz. Adalbert war klein, kleiner als Philip, aber seine Schultern waren breit, und seine Oberarme hatten einen beeindruckenden Umfang. Er war nicht dickleibig, aber mager konnte man ihn auch nicht gerade nennen. Seine ganze Erscheinung strahlte eine Vitalität und Kraft aus, die sie bei einem Gelehrten nie vermutet hätte. Gelehrte – bei diesem Wort erschienen vor ihren Augen Klosterbrüder, die ihre Tage über dicken Papierrollen gebeugt verbrachten. Solche hatte sie zwar noch nie gesehen – im Dorf hatte es keine Gelehrten gegeben –, aber so hatte sie sich gebildete

Männer immer vorgestellt. Ihr fielen Philips Worte wieder ein: »Bei Adalbert hat man nicht das Gefühl, einem kleinen Mann gegenüberzustehen.« Ja, damit hatte er recht gehabt. Doch was er bei seiner Beschreibung außer acht gelassen hatte, war die Wärme, die Adalbert ausstrahlte. Fast war es Xelia, als sähe sie ihr Gegenüber eingehüllt in einen orangeroten Lichtkreis, der schummrig ...

Auf einmal spürte sie Adalberts Blick auf sich, und ihre Gedanken huschten davon wie lichtscheue Wesen. Ebenso hastig schaute sie beiseite.

»Xelia, eines Mordes verdächtigt – das wirft natürlich ein völlig anders Licht auf unsere Lage«, brach Adalbert die Stille.

– 45 –

Wie meinst du das?« Philip sah aus wie ein Hund, der darauf wartete, daß ein paar Bissen vom Tisch für ihn abfielen. Um so ernüchternder waren Adalberts nächste Worte für ihn.

»Das heißt, wir müssen uns schnellstmöglich wieder trennen, so sehr ich eure Gesellschaft auch schätze. Alles andere wäre für Xelia einfach zu gefährlich.«

Philip runzelte die Stirn. Diesen Vorschlag hatte er im Traum nicht erwartet.

»Aber wieso?« Xelia hätte den flehenden Ton in ihrer Stimme gern unterdrückt. Sie wollte Hyronimus nicht wieder aus den Augen verlieren, noch nicht so bald! Es gab noch tausend Dinge, die sie ihn fragen wollte. Er kam ihr so vertraut vor, und doch kannte sie gerade einmal seinen Namen, nicht mehr und nicht weniger.

Hyronimus schaute sie an. Seine Augen waren dunkel, die Sprenkel erloschen. Er räusperte sich, und sie sah einen Kloß seine Kehle hinabwandern. »Verstehst du nicht? Solange ich nichts gegen Wilhelm Pfeiffer unternommen habe, kann ich nicht aus der Gegend hier weg. Ich *muß* bleiben, du *darfst* es nicht. Deine Geschiche hat sich sicherlich schon bis Blaubeuren herumgesprochen, das heißt, daß jeder Tag, den du dich hier aufhältst, für dich gefährlich sein könnte.«

»Und für dich etwa nicht?« Xelia spürte heiße Angst in sich aufsteigen. »Dich suchen sie doch auch, oder?« Was hatte Hyronimus vor? Warum sagte Philip nichts? Und wo sollte sie hin, jetzt, mitten im Winter?

»Xelia muß wirklich weg von hier, da stimme ich dir zu!« kam es von Philip. Seine Stirn wurde durch eine tiefe Längsfalte gespal-

ten, er sah düster aus, unfreundlich. Mit knappen Worten erzählte er Xelia und Adalbert von den Spielleuten und ihrer Posse, die sie in Rüdling aufgeführt hatten. Er sagte: »Tassilo wußte ganz genau, wer seinem Weib und seinen Zweilingen das Leben gerettet hat. Blut und Wasser hab' ich geschwitzt, ob er dich am Ende nicht doch noch auffliegen läßt. Gabor und der andere hätten die Belohnung auf deinen Kopf sicher nicht ausgeschlagen ...« Er zuckte mit den Schultern. »Vielleicht läßt Tassilo aus lauter Dankbarkeit sein Schauspiel nun bleiben, vielleicht aber auch nicht ...« Philip ließ seine Hände in den Schoß fallen. »Das würde heißen, daß sie deine Geschichte in allen Dörfern aufführen, durch die sie kommen.«
»Du meine Güte!« entfuhr es Adalbert. »Dann wäre Xelia nirgendwo im Land mehr sicher!«
Philip schaute ihn an, als wollte er sagen: Erkennst du nun, warum ich deine Hilfe brauche?
»Aber wieso hast du mir nicht erzählt, daß du die Schauleute in Rüdling gesehen hast?« fragte Xelia fassungslos. »Warum hast du mich nicht gewarnt, als wir Tassilo und die anderen getroffen haben?« Als sie erkannte, in welcher Gefahr sie sich befunden hatte, begann ihr Herz noch nachträglich bis zum Hals zu klopfen.
»Ich *habe* versucht, dich zurückzuhalten – ich habe dir nur nicht den eigentlichen Grund dafür gesagt, weil ich dich nicht unnötig ängstigen wollte. Aber hättest du dich überhaupt von irgend etwas abhalten lassen, der Frau zu helfen?« rechtfertigte sich Philip mit resignierender Stimme.
Xelia schwieg. Philip hatte recht. Gleichgültig, was er zu ihr gesagt hätte, sie wäre zu den Wagen und der um Hilfe schreienden Frau gerannt, und wenn sie dabei in ein offenes Messer gelaufen wäre!
»Ach, verdammt! Es ist alles so verzwickt!« Philip stand auf, schüttelte Heu von seiner Hose und begann, hin und her zu laufen. Drei Schritte nach vorn, eine Wendung, drei Schritte

zurück. Dann blieb er unvermittelt stehen und fixierte Hyronimus mit einem unnachgiebigen Blick. »Ich muß gestehen, daß ich eigentlich erwartet habe, daß du uns weiterhilfst ... nach allem, was Xelia für dich getan hat!«
Was redete Philip da? Xelia fühlte, wie heiße Scham ihre Wangen rot färbte. Sie wollte keine Gegenleistung von Hyronimus, sie erwartete nichts und wollte genau dies sagen, doch Philip wies sie mit der Hand an, zu schweigen. »Natürlich kann Xelia auch weiterhin mit mir durch die Lande ziehen. Wenn wir recht vorsichtig sind, und sie sich verkleidet, könnte sie als mein Knecht gelten und unerkannt bleiben. Nur wie lange? Es würde doch jeden Tag die Gefahr drohen, daß sie entdeckt wird. Außerdem frage ich mich: Was wäre das für ein Leben?« Er schaute zu ihr hinüber. »Du hast Besseres verdient.« Seine Stimme war leise und sanft geworden, und sein Blick so schmerzerfüllt, so zerrissen von einem inneren Kampf, daß Hyronimus erst einmal eine Erwiderung schuldig blieb. Stumm nickte er seine Zustimmung.
Im nächsten Moment hatte Philip sich wieder gefangen.
»Warum läßt du mich nicht auch einmal etwas sagen?« fauchte Xelia ihn an. »Wie kommst du überhaupt auf den Gedanken, daß ich einen von euch beiden brauche?« Sie war so aufgeregt, daß die Ader auf ihrer linken Halsseite hervortrat. Der Gedanke, sich Hals über Kopf von Philip trennen zu müssen, tat weh. Aber daß er über sie sprach, als hätte sie keinen Kopf zum Denken, gefiel ihr nicht. Und sein mitleidsvoller Ton paßte ihr auch nicht. Sie war nicht dümmer als die beiden Männer, und sollten sie zusammen weiterreisen, dann wurde es dringend Zeit, daß beide das verstanden! »Ich bin im Wald allein zurechtgekommen, also kann ich das in der Stadt ebenso«, tat sie trotzig kund. »Mir ist niemand was schuldig, weder du noch Adalbert!«
Hyronimus nickte Xelia geistesabwesend zu. Doch seine nächste Frage richtete er an Philip: »Und wie stellst du dir unsere *gemeinsame* Zukunft vor?«

Gewillt, den Hauch von Ironie in Adalberts Worten zu überhören, zuckte Philip mit den Schultern. »Wenn ich das wüßte! Ich weiß nur eines: Ich muß dringend eine Nachricht nach Stuttgart schicken. Dort werde ich schon längst erwartet.« Er erläuterte Hyronimus seinen ursprünglichen Plan, alljährlich sein Winterquartier in Stuttgart aufzuschlagen, um dort seine Karten ins reine zu zeichnen.
»Und wenn du Xelia nach Stuttgart mitnehmen würdest?« hakte Hyronimus nach.
Philip sagte keinen Ton, doch sein Blick sprach Bände. *Das* war für ihn die letzte aller Möglichkeiten.
Hyronimus erkannte dies sofort und lenkte hastig ein: »Stuttgart als der Herzogssitz, das ist wohl keine gute Lösung...« Wie konnte er nur! Philips Verwandte würden Augen machen, wenn er eine Gerberstochter von der Schwäbischen Alb anbrachte! Sie würden Xelia schmähen wie eine Aussätzige – etwas anderes würde sie nie sein im Kreis erlauchter Stuttgarter Beamtenhaushalte. Und wahrscheinlich würde ihr Auftauchen außerdem eine Menge unangenehmer Fragen aufwerfen, an denen Xelia keinesfalls gelegen sein konnte.
Die Stille dehnte sich zwischen ihnen aus wie Herbstnebel. Adalbert schalt sich für seine voreiligen Worte. Andererseits: Die beiden schienen sich zu mögen. Den Geräuschen nach zu schließen, die er nachts von ihrem Lager gehört hatte, waren sie sogar ein Paar. Philip, der Kartograph, und Xelia, die Heilerin. Das erinnerte ihn schmerzhaft an alte Zeiten, als er selbst... Aber das war vorbei, für immer und ewig. Es kostete ihn einige Anstrengung, diese Gedanken abzuschütteln und sich wieder den Fragen zu widmen, die hinter seiner Stirn brannten wie kleine Fegefeuer. Ein Blick in Philips gequältes Gesicht verriet ihm, daß auch der jüngere krampfhaft darüber nachgrübelte, was das Schicksal wohl mit ihnen vorhatte.
Philip. Er hatte seinen ehemaligen Schüler als brillanten Gelehrten in Erinnerung, der für seine Leidenschaft, die Karto-

graphie, alles zu geben bereit war. Aber er wußte nicht, wie weit Philips Zuneigung zu Xelia ging, und was er für *sie* zu tun bereit war.

Und du? hörte er eine giftige Stimme in seinem Inneren. *Wo stehst du, wenn es um das Schicksal des Mädchens geht, das dir zur Flucht verholfen hat?*

Aber da ist auch Wilhelm Pfeiffer. Da sind die Aussätzigen, die nun nicht einmal mehr einen Arzt haben. Was ist mit ihnen? entgegnete eine andere Stimme genauso laut.

Der Entschluß, den es zu fassen galt, war jedoch keine wissenschaftliche Angelegenheit, die er nach logischen Gesetzen diskutieren und ausloten konnte. Genau das hatte er schon einmal versucht – lange war es her –, und er war so kläglich damit gescheitert, daß ihn die Erinnerung daran noch heute schmerzte. Er biß sich auf die Lippe.

Wieder schaute er zu den beiden andern hinüber. Xelia war inzwischen aufgestanden und kümmerte sich um Alois, dessen strähnige Mähne sie zu entwirren versuchte. Philip beugte sich tief über eine Karte, als würde er die Antwort auf all ihre Fragen darauf finden. Gequält wandte Adalbert seinen Blick ab. Von ihnen konnte er keine Hilfe erwarten, seine Entscheidung mußte er ganz allein treffen.

Seinen Plan auf Rache mußte er vergessen, wenn er Xelia helfen wollte. Wilhelm Pfeiffer würde ungeschoren davonkommen. Adalbert fragte sich, ob er *damit* würde leben können. Dagegen stand, daß Xelia für ihn ihr Leben riskiert hatte. Wenn er sie nun im Stich ließ, würde er sich dafür ebenso ein Leben lang verabscheuen.

Alois prustete laut auf und schleuderte dabei seinen Rotz ellenweit durch die Scheune. »Du Mistgaul!« tadelte Xelia ihn, doch ihren Worten fehlte die Strenge. Ein Lächeln huschte über ihr Gesicht, kurz und fast unmerklich. Dann war es wieder verschwunden. Aber es reichte aus, um in Adalbert etwas anzurühren, das feiner war als die Saite einer Laute. *Wie kannst du auch nur einen Augenblick lang zaudern,* hörte er die eine Stimme wieder. Anklagend, fordernd. Es summte in seinen Ohren. Er schaute zu den beiden anderen hinüber, doch weder Xelia noch Philip schienen etwas gehört zu haben.

Adalbert zwang sich, tief Luft zu holen. Würde er mit seiner Rache, die es am Stadtarzt auszuüben galt, glücklich werden, wenn er dafür Xelia im Stich ließ? Diese Frage war einfach zu beantworten. Er durfte nicht vorbeischauen an dieser unglaublichen Möglichkeit, die ihm das Schicksal bot – an Xelia das gut zu machen, was er an einer anderen Frau versäumt hatte. Damals, in seinem anderen Leben.

Adalbert lachte befreit auf. Er blickte hoch, und in seinen Augen stand nichts außer reiner Zuversicht. Diesmal würde er nicht so lange zögern, bis seine Hilfe zu spät kam! Unter Philips mißtrauischem Blick nahm er Xelias Hand.

»Es gibt einen Weg, der uns in die Sicherheit führt.«

– 46 –

Seit Wochen hatte Philip sich nicht mehr so leichtherzig gefühlt.

Zügig schritt er aus, Alois am Zügel neben sich. Er genoß das knirschende Geräusch, das seine Schritte auf dem festgetretenen Schnee machten. So schmal der Weg auch war, so gut passierbar war er dennoch, zumindest, was die Bodenqualität anging. Bei jedem entgegenkommenden Fuhrwerk mußten sie allerdings mühevoll auf die seitlich aufgetürmten Schneeberge ausweichen. Philip wunderte sich, wie stark diese Route frequentiert wurde. Er nahm sich vor, später, wenn er an diesem Teil seiner Karte angelangt war, ein entsprechendes Symbol – ein hoch beladenes Fuhrwerk zum Beispiel – einzuzeichnen. Daß so viele Reisende diese Strecke nahmen, lag wohl daran, daß hier kein einziger Straßen- oder Brückenzoll erhoben wurde. Für Philip war allerdings ein anderer Umstand ausschlaggebend gewesen: Auf diesem schmalen Weg, der auf kaum einer Karte eingezeichnet war, wollte niemand einen Passierschein sehen, den weder Xelia noch Adalbert hätten vorweisen können. Scheinbar waren sie nicht die einzigen, denen es so erging ...

Nach der stickigen Enge der Scheune genoß Philip die kalte, klare Luft, in der vereinzelte eisige Kristalle schwebten. Xelia und Adalbert liefen ungefähr zwei Pferdelängen vor ihm. So war es für sie einfacher, um Wegbiegungen zu gucken und ihn rechtzeitig vor Gegenverkehr zu warnen. Lola rannte immer wieder zwischen den beiden und ihm hin und her. Ihr Atem ließ kleine, weiße Wölkchen in der Luft stehen. Es war kalt, aber auf eine trockene, erträgliche Art. Philip rechnete kurz nach – es mußte inzwischen Anfang Dezember sein. Mit weniger Glück hätten sie sich inmitten eines Schneesturmes wiederfinden können,

oder eisiger Regen, vermischt mit pappigem Schnee hätte ihnen das Reisen schwergemacht. So gesehen, hatten sie ideales Reisewetter erwischt. Aber noch war nicht alle Tage Abend, versuchte er seinen Optimismus zu dämpfen.
Immer wieder flogen Wortfetzen von Xelia und Adalbert zu ihm nach hinten, doch er hatte kein Bedürfnis, sich in deren Gespräch einzumischen. Er genoß einfach die Bewegung, das Geradeausschreiten. Ohne Xelia wäre er heute vielleicht ein Krüppel, angewiesen auf einen Gehstock und die Pferdekutsche. Doch dank ihrer Heilkräfte war sein Bein so gut wie neu, kein Schaden, nicht die kleinste Schwäche war zurückgeblieben von seinem Bruch. Plötzlich überfiel ihn ein unbekanntes Glücksgefühl.
Alles würde gut werden. Adalbert Hyronimus' Plan würde Xelia in Sicherheit bringen – und Adalbert selbst natürlich auch. Tirol – ein fremdes Land. Daß er darauf nicht selbst gekommen war! Philips Mundwinkel kräuselten sich ärgerlich. Ihm, dem Kartographen, war es nicht in den Sinn gekommen, über den Rand seiner Landkarte hinwegzuschauen. Da mußte Adalbert aus seinem Spital daherspazieren und ihm das vormachen! Ein Schnaufer preßte sich durch seine zusammengekniffenen Lippen. Doch gleich darauf zwang er sich zum Durchatmen. Er war ja so froh, daß sie überhaupt eine Lösung gefunden hatten, was machte es da aus, wer auf den rettenden Gedanken gekommen war?
Mit dem ersten Tageslicht waren sie in Richtung Süden aufgebrochen. Wenn alles glattlief, würden sie spätestens übermorgen vor den Toren Ulms, in der Söflinger Poststation, eintreffen. Von dort aus wollte er eine Botschaft nach Stuttgart schicken und den Herzog davon in Kenntnis setzen, daß er die Winterzeit dieses Jahr in Meran, einem kleinen Ort in Tirol, verbringen würde. Selbstverständlich würde er sich dort ausschließlich der Bearbeitung seines bis dato angesammelten Kartenmaterials widmen – das wollte er ebenfalls schreiben. Nicht, daß der Her-

zog auf den Gedanken kam, er, Philip, würde sich auf eine Lustreise machen. Das Leben des Landesfürsten selbst glich zwar einer einzigen, endlosen Lustreise, doch das hieß nicht, daß Herzog Ludwig den Müßiggang auch bei seinen Beamten tolerierte. Philip würde ihm daher außerdem von seinem Beinbruch und der daraus resultierenden Arbeitsunterbrechung schreiben müssen. Und daß er alles daran setzen würde, die verlorene Zeit wiedergutzumachen. Nein, so wollte er das nicht schreiben. Das hörte sich ja an, als ob er eines der herzöglichen Rennpferde wäre! Er würde schreiben – daß die warme Witterung Tirols, oder besser gesagt Merans, seinem genesenen Bein hilfreich sein würde. Das war gut! Aber wenn er etwas tiefer in sich hineinhörte, stellte Philip fest, daß es ihm im Augenblick ziemlich gleich war, was der Herzog oder sonst jemand in Stuttgart von seinen Plänen hielt. Er erschrak ein wenig bei dieser Erkenntnis, aber es war doch so: Stuttgart war weit. Und Xelia war nah. So nah, daß er ihren weichen Leib Nacht für Nacht spüren konnte. Und ihre schlanken Schenkel, die soviele Geheimnisse umschlossen, daß Philip glaubte, sie niemals völlig ergründen zu können. So nah, daß er ihr Haar im Dunkeln glänzen sah wie aus Silber gegossen. So nah, daß er mit dem süßen Kräuterduft, der von ihrer Haut aufstieg, einschlief und am nächsten Morgen aufwachte. Er verbot sich jeden Gedanken daran, was geschehen würde, wenn sie erst einmal in Tirol bei Adalberts Bruder angekommen waren. Sich von Xelia zu trennen erschien ihm als etwas Unmögliches, wofür sein Auffassungsvermögen nicht ausreichte. Sicher würde ihm die rettende Idee für die Zukunft noch kommen. Er hatte einen ganzen Winter lang Zeit dazu. Vielleicht würde ihnen das Schicksal doch noch weiterhelfen? Es war doch eigentlich gar nicht so abwegig, daß der wahre Mörder des Tuchhändlersohnes gefaßt wurde, oder? Vielleicht würde Xelias Vater sich durch eine Unachtsamkeit verraten? Im Suff erzählt ein Tor die Wahrheit, so hieß es doch. Und dann? Xelia würde ungehindert mit ihm im Land herumreisen, sie

würde kommen und gehen können, wie es ihr beliebte. Ja, die Zukunft sah wirklich gar nicht so düster aus wie noch vor ein paar Tagen. Er klopfte auf Alois' Hals.
Xelia schaute sich kurz zu ihm um und lächelte ihn an. Dann wandte sie sich wieder Hyronimus zu. Philip schüttelte den Kopf. Die beiden redeten wie ein Wasserfall. Daß Xelia so geschwätzig war, hätte er nie gedacht! In der Höhle hatte ein halber Tag vergehen können, ohne daß sie ein Wort miteinander gewechselt hatten. Und es war keine peinliche Stille gewesen, dieses Schweigen. Zumindest hatte er es nie so empfunden. Aber Xelia vieleicht? Er spürte, wie das Glücksgefühl von zuvor verdampfte wie Wasser in einem Kessel, den man über dem Feuer vergessen hatte. Fragen, für die er keine Worte finden konnte, drängten sich an seine Stelle, wühlten sein Innerstes auf. Was empfand Xelia für ihn? Und warum tat ihm bei dem Gedanken an sie einmal das Herz so weh, und ein anderes Mal wieder wollte es vor Leichtigkeit beinahe davonfliegen? Philip seufzte und fing Adalberts Blick unter hochgezogenen Brauen ein.
Adalbert hielt inne. »Was grübelst du schon wieder?« fragte er mit freundlicher Stimme.
Philip zuckte mit den Schultern. »Ach, eigentlich ist es nichts. Ich habe nur daran denken müssen, wie völlig anders mein Besuch in Ulm nun verläuft, als ich ihn mir vorgestellt habe.«
Xelias Blick huschte wie ein scheuer Vogel an ihm vorüber und verlor sich in der kahlen Winterlandschaft.
Sofort verspürte Philip ein Drücken im Bauch. Was war er für ein Trottel! Hatten diese Worte denn schon wieder sein müssen?
Doch Adalbert hatte den Faden bereits aufgegriffen. »Wahrscheinlich hattest du eine Menge Besuche geplant. Bei Selzlin zum Beispiel.«
»Woher weißt du das?«
Adalbert grinste. »Ich kenne doch meinen besten Schüler. Der würde doch nie eine Gelegenheit auslassen, einen der besten

Kartenzeichner unserer Zeit mit Fragen zu durchlöchern, bis der Arme aussieht wie ein ameisenzerfressenes Blatt!«

»Ja, es hätte mich schon interessiert, was aus Johann Selzlin geworden ist«, gab Philip nun mit etwas weniger schlechtem Gewissen zu. »Irgendwie hätte ich versucht, die Wahrheit aus ihm herauszulocken, ob er nun wirklich der Verfasser der württembergischen Landkarte von 1558 ist, wie ich es seit langem vermute.«

»Tja, es scheint, als müßtest du dich noch ein Weilchen mit deinen Spekulationen zufriedengeben.«

»Aber wenn wir doch sowieso zur Ulmer Poststation gehen, könntest du deinen Freund doch besuchen?« fragte Xelia scheu.

Philip schaute sie an. »Das geht wohl kaum. Aber es ist mir auch nicht so wichtig, glaube mir. Johann Selzlin läuft mir nicht davon. Dazu schwelgt er viel zu gerne in seinen Ulmer Stadtmalereien.« Die beiden Männer lachten.

»Wir werden Ulm gar nicht betreten«, klärte Adalbert Xelia auf. »Ein Besuch in der Stadt wäre für uns beide viel zu gefährlich. Die Poststation liegt außerhalb der Stadtmauern, damit die Postreiter nicht auf die Öffnungszeiten der Stadttore angewiesen sind, sondern ihres Weges kommen und gehen können, wann immer es ihnen beliebt. Und wir auch«, versuchte er einen Scherz.

Philip blieb stehen. Xelias verschlossene Miene machte ihm sehr zu schaffen. Es war höchste Zeit, das Thema zu wechseln, wenn er nicht wollte, daß sie sich weiterhin wie ein Klotz an seinem Bein fühlte. »Es gibt noch Dutzende von Fragen, die wir klären müssen, bevor wir nach Tirol aufbrechen. Eine solche Reise will normalerweise Monate zuvor geplant sein. Noch dazu, wenn man sie zur Winterszeit bewältigen will.« Sobald er anfing, über ihre Leichtfertigkeit nachzudenken, wurde ihm ganz schlecht. Aber sie hatten keine Zeit zu planen, eine Flucht konnten sie nur so schnell als möglich antreten …

»Zum Beispiel frage ich mich, ob wir ein zweites Pferd brauchen. Und wenn ja, wovon wir es bezahlen sollen.«
»Und? Hast du schon eine Antwort auf die Frage?«
Philip warf einen kurzen, prüfenden Blick zu dem Älteren hinüber. Hörte er da einen Hauch von Ironie in dessen Stimme? Angesichts von Adalbert argloser Miene entspannte er sich. Es schien wirklich nur sein Rat als Kartograph gefragt zu sein, Adalbert konnte ja nicht wissen, daß er die vor ihnen liegende Strecke keinen Deut besser kannte als die beiden andern!
Philip zuckte mit den Schultern. »Hätten wir einen zweiten Gaul, könnten wir große Wegstücke reitend bewältigen, was uns einen zeitlichen Vorteil bringen würde. Und nicht nur das: Unser Weg ist weit und ermüdend, wir werden sowieso nicht unentwegt zu Fuß gehen können. Andererseits: Ein zweites Pferd bedeutet doppelte Kosten. Außerdem lassen sich manche Wegstücke zu Fuß vielleicht sogar besser zurücklegen als zu Pferd. Aber das hängt ganz von den Schneeverhältnissen ab. Und die will ich erst in Söflingen erfragen. Die Postillione werden schon wissen, womit wir rechnen müssen.«
Adalbert kratzte sich seinen Bart.
»Hast du dich eigentlich schon mal gefragt, ob Alois den weiten Weg nach Tirol überhaupt schafft?« wollte Xelia wissen.
Philip starrte sie an. Konnte sie Gedanken lesen? Im stillen hatte er sich diese Frage schon gestellt, doch hatte es ihm an Mut gefehlt, sie laut auszusprechen. Wenn Alois zu alt und schwach für den Weg war, würde das bedeuten, daß sie zwei neue Pferde bräuchten. An die Kosten wollte er gar nicht denken ...
»Ich glaub' nicht, daß der Gaul es bis Tirol durchhält«, nahm Xelia ihm die Antwort ab. Sie legte dem Pferd ihre Hände seitlich an den großen, langen Schädel. Neben seiner grobschlächtigen Gestalt wirkte sie noch zierlicher. Vertrauensvoll blies der Gaul seinen warmen Atem gegen ihren Leib. Seine Augen waren weit aufgerissen, als wüßte er, daß über ihn gesprochen wurde.

»Wenn das Pferd wirklich schon so alt ist, wie ihr sagt, dann wäre es uns wohl auf der Reise nur hinderlich.« Adalbert mußte seinen Blick von Xelia abwenden, angesichts ihrer Zuneigung für das Tier hätte er nicht die Kraft zum Weiterreden gefunden. »Es wäre niemandem gedient, wenn das Vieh irgendwo in den Bergen zusammenbricht und stirbt, oder?« Keiner antwortete. In dem Bewußtsein, Philip eine unangenehme Entscheidung abzunehmen, fuhr Adalbert fort. »Wahrscheinlich wäre es das beste, du läßt das Tier zurück.« Ob des Schweigens ringsum wurde seine Stimme ärgerlich. »In der Poststation nehmen sie doch Pferde auf, oder?« Warum sagte Philip nichts?
Philip nickte nur. Das viele Gerede um ein Pferd wurde ihm fast schon zuviel. Eigentlich hatte Alois ihm doch von Beginn seiner Reise an nur immer wieder Ärger bereitet, oder? Und nun sollte er sich seinetwegen den Kopf zerbrechen?
Wie auf Kommando hob Alois seinen Kopf und linste zu Philip hinüber. Er fühlte sich auf einmal wie ein Verräter.
»Von der Poststation könntest du Alois auf deinem Rückweg wieder abholen. Aber vielleicht nehmen sie ihn dir auch im Tausch gegen ein anderes ab.«
Xelias Blick bohrte sich fragend in seine Augen. Er gab sich einen Ruck. »Alois bleibt die Wintermonate über in Söflingen. Und selbstverständlich werde ich ihn dort wieder abholen.« Kaum hatte er diese Entscheidung getroffen und ausgesprochen, sah er Xelias Blick davonfliegen wie einen Vogel, der zufrieden einen Schnabel voll feinster Wolle für seinen Nestbau davonträgt. Er wußte nicht, warum, aber er hatte das seltsame Gefühl, von ihr auf eine Probe gestellt worden zu sein. Und bestanden zu haben.

– 47 –

Also gut, gehen wir nochmals alles durch.« Philip blickte von Xelia zu Adalbert. »Unsere Route steht fest. Morgen früh starten wir von hier in Richtung …«

Xelia hörte sich einen langen, zufriedenen Seufzer ausstoßen. Philip war in seinem Element. Etwas zu planen, von Anfang bis Ende durchzugehen, das war seine Angelegenheit. Xelia konnte seine diesbezügliche Leidenschaft nicht verstehen. War es nicht meistens so: Da plante man etwas lang und mühselig – und am Ende mußte man zusehen, wie das Schicksal einem einen Strich durch die Rechnung machte. Oder ging es immer nur ihr selbst so, und in Philips geordnetem Leben galten andere Regeln?

Während sie sich bemühte, bei Philips Aufzählung ihrer Reiseroute ein interessiertes Gesicht zu machen, warf sie immer wieder einen verstohlenen Blick durch das Wirtshaus. Es tat so gut, nach den langen Wochen in der Höhle, nach den kalten Quartieren in Scheunen und abgelegenen Heuschobern, endlich wieder einmal in einem aus dicken Backsteinen gemauerten Haus zu sitzen, in dem ein Ofen für Wärme, und Öllampen für Licht sorgten! Es hätte nicht viel gefehlt, und Xelia hätte geschnurrt wie eine Katze.

Nachdem Philip in der Söflinger Poststation seine Nachricht für den Herzog auf den Weg gebracht hatte, war er mit Alois in den Mietstall gestapft, der hinter dem Hauptgebäude dessen ganze Längsseite einnahm. Für einen nicht geringen Preis hatte er mit dem Stallmeister vereinbart, Alois im kommenden März wieder abzuholen. Nach einem Blick auf den alten Gaul hatte der Mann das Stallgeld für die ganzen vier Monate im voraus verlangt, als ob er befürchte, das Vieh werde den nächsten Tag nicht überleben. Seine Miene hatte sehr deutlich ausgedrückt, was er davon hielt, einen Schlachtgaul für nichts und wieder nichts einen ganzen Winter lang durchzufüttern, doch angesichts des Geldes und Philips herzöglichem Passierschein hatte er seine Meinung für sich behalten. Danach war Philip in den nebenliegenden Gasthof gegangen, um dort Proviant für Xelia und Adalbert zu besorgen. Beide waren eine gute Meile vor der Poststation zurückgeblieben. Als er ohne Essen zurückgekommen war und statt dessen verkündet hatte, er hielte es für sicher, daß beide mit ihm im Gasthof übernachteten und speisten, hatten weder sie noch Adalbert lange gezögert – die Aussicht auf eine warme Unterkunft war einfach zu verlockend gewesen. Doch nachdem Xelia den überfüllten Schankraum betreten hatte, war ihr für einen Augenblick angst und bange geworden. So viele Menschen hatte sie noch nie in einem Raum gesehen, und für einen Augenblick war sie sich vorgekommen wie eine Maus, die einer Familie Katzen direkt vor die Füße springt. Das Glück hatte es so gewollt, daß just in diesem Moment ein Ecktisch frei geworden war, zu dem die beiden Männer sie hastig hingeschleust hatten. Auch Adalbert hatte keinen sonderlich entspannten Eindruck gemacht – zumindest war es Xelia so vorgekommen –, unentwegt hatte er zur Tür geschaut, als erwartete er, der Teufel persönlich würde eintreten.

Sie hatten gerade ihre Jacken ausgezogen und zusammen mit ihrem Gepäck unterm Tisch verstaut, als der Schankknecht zu ihnen getreten war. Mürrisch hatte er das Mahl heruntergeleiert, das sie bestellen konnten, und sich dabei unentwegt am Hintern gekratzt. Seine Beinkleider waren schmutziger als Xelias Rock, mit dem sie monatelang auf dem Boden der Höhle herumgekrochen war, sein Bart war gelblich verblichen, und unter jedem seiner Fingernägel entdeckte Xelia eine schwarze Dreckwurst. Doch außer ihr schien sich niemand an der unappetitlichen Erscheinung zu stören, sonst wäre das Wirtshaus wohl nicht so brechend voll gewesen. Nachdem der Schankknecht ihre Bestellung aufgenommen hatte, hatte er einen tönernen Krug mit Rotwein auf den Tisch geknallt und drei Becher dazu. Dann war er wieder verschwunden. »Auf das Essen müßt ihr noch warten. Das gibt's erst, wenn alle Gäste für die Nacht da sind«, hatte er ihnen noch über die Schulter zugerufen. Doch er schien zu den anderen Gästen ebenso unfreundlich zu sein.

Von da an begann Xelia, sich ein wenig zu entspannen.

Im Wirtshaus herrschte ein solches Kommen und Gehen, daß ihr der Vergleich mit einem Taubenschlag in den Kopf kam. Und wie die Männer durcheinanderredeten! Sie war die einzige Frau im ganzen Raum, doch unter ihrem tief in die Stirn gezogenen Hut und dem langen Umhang nicht als solche erkennbar. Da hieß es immer, Weiber seien geschwätzig, doch diese Burschen stellten jedes Waschweib in den Schatten! Und erst die Geschichten, die sie zu erzählen hatten! Von denen hatte noch keiner einen kleinen Wolf gesehen, schoß es ihr durch den Kopf. Eine jede Reise war gefährlicher als die des Nebenmannes, jede Kauffahrt einträglicher, jeder Brückenzoll höher als der, den der Nebensitzer zu zahlen hatte. Auch schien keiner der Postillione und Fuhrleute jemals bei gutem Wetter unterwegs zu sein, zumindest was ihre Schilderungen der unglaublichen Schneestürme, Gewitter und anderer Unbill anging. Und mit jedem Krug Wein, den der schmuddelige Knecht an die Tische brachte, wurden die Gefahren größer und die Unwetter grausamer.

Xelia mußte lächeln. Manchmal war sie ganz froh, kein Mann zu sein.

»Und wie lange werden wir deiner Ansicht nach bis nach Meran brauchen?« Adalberts Frage riß Xelia aus ihren Gedanken.

Philip zuckte mit den Schultern. »Eine vorsichtige Schätzung beläuft sich auf drei bis vier Wochen. Wie schnell wir vorankommen, hängt von vielen Faktoren ab.« Er lehnte sich zurück, und Xelia erkannte an seiner Miene, daß sie nun wieder eine längere Ausführung zu erwarten hatten. Und so war es auch. Doch was Philip zu sagen hatte, war sehr aufschlußreich und bei weitem nicht so langweilig, wie sie befürchtet hatte. »Zum einen

vom Wetter und den Bodenverhältnissen, worauf wir natürlich gar keinen Einfluß haben. Zum andern von unserer Entscheidung, ob wir Pferde mitnehmen oder nicht.«
Xelia stutzte kurz bei der Erwähnung von *Pferden.*
»Und dann ist unsere Reisegeschwindigkeit auch abhängig von unserer körperlichen Verfassung.« Die Art, wie er seine Augenbrauen hochzog, sprach Bände. »Verzeih' mir meine Offenheit, aber du, lieber Adalbert, bist nicht mehr der jüngste. Und besonders viel auf den Rippen hast du auch nicht. Das letztere gilt allerdings für Xelia und mich ebenso. Leider waren die letzten Monate nicht gerade eine Erholung für uns. Und Xelia ist außerdem ein Weib.«
Wie er das sagte! Als ob Weiber lahm wie alte Krüppel waren! Xelia spürte heiße Wut in ihrer Kehle gurgeln. Wären nicht so viele andere im Raum gewesen, hätte sie Philip ordentlich ihre Meinung gesagt!
»Normalerweise kann man damit rechnen, mit Gepäck ungefähr zwei Meilen pro Stunde zu bewältigen. Im Gebirge werden wir etwas langsamer sein. Wenn wir also davon ausgehen, daß wir täglich sechs Stunden marschieren – und das ist fast schon Sklaventreiberei, das könnt ihr mir glauben –, dann wäre das eine Strecke von ungefähr zehn Meilen pro Tag. Zwischen Ulm und Meran liegen nach meinen Berechnungen ungefähr 250 Meilen. Den Rest könnt ihr selbst ausrechnen.«
»Das sind dann also 25 Tage reine Marschzeit«, kam Adalbert Xelia zuvor.
Philip nickte. »Dazu kommen natürlich noch die Rasttage. Ich denke, daß wir jeden vierten Tag rasten sollten, vorausgesetzt, es bietet sich ein Quartier an. Also kämen nochmals mindestens sechs Tage dazu, und schon sind wir bei über dreißig Tagen.«
»Dreißig Tage in Schnee und Eis!« entfuhr es Xelia. Kaum hatte sie die Worte ausgesprochen, bereute sie es. Schließlich machten sie sich allein ihretwegen auf den Weg. Aber die Vorstellung, dreißig Nächte lang in irgendwelchen Höhlen und ausgekühlten

Scheunen zu hausen, um am Tage darauf von früh bis spät zu marschieren, hatte auf einmal etwas so Bedrohliches an sich, daß sie all ihre Zuversicht verlor.
Die beiden Männer sagten nichts. Jeder hing seinen eigenen Gedanken nach. Es war tatsächlich nicht so, daß sie auf eine Abenteuerreise gingen. Oder auf eine Pilgerreise, bei der ein inneres Feuer sie erwärmt hätte. Sie waren auf der Flucht. Die Motivation für ihre Reise war, zu überleben, nicht erwischt zu werden, bis sie die rettende Grenze überschritten hatten. Bei Philip kam noch hinzu, daß er gegen herzögliche Weisung handelte und er sich dessen sehr bewußt war, mochte er sich auch das Gegenteil vormachen. Ihre Beweggründe reichten aus, um die Kraft für ihr Unternehmen aufzubringen, für große Begeisterung blieb allerdings nichts mehr übrig.
Einen Moment lang gelang es keinem, eine Brücke zu seinem Nebenmann zu schlagen, eine Hand zu reichen, ein tröstendes Wort zu sprechen. Mutlosigkeit machte sich breit wie ein ungewollter Gast, der, kaum eingetroffen, die Tischrunde mit unangenehmem Gerede dominierte.
Mit einem lauten Knall platzte mitten in ihre Schweigsamkeit eine hohe, hölzerne Schüssel. Drei Löffel und ein halber Laib Brot landeten daneben. Ein »Wohl bekomm's!« war zu hören, dann sah man nur noch die speckige Rückseite des Knechts, der bereits eine weitere Schüssel auf den Nebentisch knallte.
Vorsichtig linste Xelia in das Gefäß, als erwartete sie, daß ihr im nächsten Augenblick Käfer oder Spinnen entgegenkrabbelten. Sie wurde angenehm überrascht: Neben allerlei Gemüse schwammen etliche Stücke geräucherter Speck in der Brühe, und außerdem mindestens ein halbes Dutzend Würste! Kleine, prallgefüllte Würste, deren feste Masse durch die durchsichtigen Därme schien. Sie angelte sich eine heraus, legte sie auf eine Scheibe Brot und biß ab. Das kräftige Aroma von Majoran und anderen Gewürzen verteilte sich auf ihrer Zunge. Ihre Lippen glänzten fettig. Sie mußte sich zwingen, die Wurst nicht in

einem Stück hinunterzuschlingen, so lecker war sie zubereitet. Nun wunderte es sie nicht mehr, daß so viele Kutscher hier Quartier bezogen! Nur ungern gab sie das letzte Stück verstohlen dem Hund, der schließlich auch etwas fressen mußte.
Auch die beiden Männer widmeten sich dem Festmahl. Im ganzen Raum wurde es stiller, nur noch wenigen war das Geschichtenerzählen wichtiger als saftige Würste und dicke Speckscheiben.
Als nur noch Gemüsesuppe im Topf war, nahm Philip den Gesprächsfaden wieder auf, als sei er nie durchtrennt worden. »Ich bin eigentlich recht zuversichtlich, was unsere Route angeht«, sagte er, und Xelia konnte nur ahnen, was es ihn kostete, frohen Mut statt Skepsis auszustrahlen. Er nickte vage in den Raum. »Es heißt, der Brenner sei gangbar, nun kommt es nur darauf an, . . .«
»Brenner?« unterbrach Xelia ihn. »Was ist das?«
Philips Blick wärmte sie stärker, als der bollernde Ofen dies vermocht hätte. Es lag keine Arroganz darin, wie zu Beginn ihrer Zeit in der Höhle, höchstens ein Hauch von Besserwisserei, aber das war eben seine Art. »Der Brenner ist ein Gebirgspaß. Man nennt ihn auch das Tor zum Süden. Dort hinüber muß jeder reisen, der nach Italien will oder nach Tirol.«
»Oder weiter weg, nach Afrika zum Beispiel«, ergänzte Adalbert. »Aber was ist mit den Pässen zuvor und danach? Wie sieht's mit denen aus, jetzt, mitten im Winter?«
Philip seufzte. »Das ist schwer zu sagen. Nach Auskunft der Fuhrleute ist es am besten, die Gangbarkeit eines jeden Passes an Ort und Stelle zu erfragen. Davon ist auch abhängig, ob wir den Weg durch die Allgäuer und Lechtaler Alpen nehmen oder ob wir es weiter westlich über die Ötztaler Alpen versuchen.«
Ötzal, Lechtal – weder vom einen noch vom andern hatte Xelia bisher gehört. Und Philips Redewendung, »sie würden es versuchen«, gefiel ihr auch nicht sonderlich.
»Das letzte Stück nach dem Brenner, der Jaufenpaß, könnte

auch noch einmal problematisch sein. Doch ich habe mir sagen lassen, daß es oben am Paß einen Gasthof gibt, der Paßgeleit anbietet.«

Adalbert nickte. Er schien Philips Auskünfte für aufschlußreich genug zu halten. Und Xelia blieb nichts anderes übrig, als sich auch damit zufriedenzugeben. Sie ertappte sich immer öfter dabei, daß es ihr schwerfiel, still zu halten, wenn andere über ihr »Schicksal« bestimmten. Natürlich wußte Philip tausendmal besser als sie, welchen Weg sie zu nehmen hatten. Trotzdem kam sie sich so ausgeliefert, so hilflos vor. Je länger sie von Leinstetten weg war, desto weniger schätzte sie dieses Gefühl. War sie hingegen selbst Herrin über ihr Tun und Handeln – so wie in Blaubeuren, als sie Adalbert aus dem Spital geholt hatte –, fühlte sie sich stark und gut. *Undankbare Ziege!* schalt sie sich. Als habe sie laut gesprochen, hob Lola, die nach dem Wurstzipfelessen wieder auf Xelias Schoß eingeschlafen war, ihren Kopf und schaute sie mit großen, übermüdeten Hundeaugen an.

»Eines ist klar – es wird unterwegs kein Zurück geben.« Adalberts Skepsis hing wie eine Glocke über dem Tisch.

Als er nichts mehr hinzufügte, bemühte sich Xelia um etwas Zuversicht. »Es wird schon alles gutgehen! Ich kann's kaum erwarten, in dieses Meran zu kommen und deinen Bruder kennenzulernen. Und sein Spital natürlich«, fühlte sie sich verpflichtet, hinzuzufügen.

Philip verzog den Mund. »Gut«, preßte er hervor. »Dann ...«

»Eine Torheit ist das! Ich wette zwanzig Taler, daß er es nicht schafft!« tönte es plötzlich laut vom Nebentisch. Für einen Augenblick verstummten alle Gespräche im Raum. Blicke wanderten zu dem Redner, Schultern wurden fragend hochgezogen, doch bald stieg erneut ein leises Summen und Brummen von den Tischen auf, da die Leute sich wieder den eigenen Gesprächen zuwandten.

Xelia linste zu dem Nachbartisch hinüber. Weniger heftig als

zuvor fragte der Mann seine Tischnachbarn: »Wer hält dagegen?« und bekam unstimmiges Murmeln zur Antwort.
Die Runde schien nicht aus Postillionen zu bestehen, sondern aus Fuhrleuten. Jedenfalls trug keiner von ihnen eine Uniform. Auch in ihrem Auftreten glaubte Xelia Unterschiede zu den ebenfalls zahlreich anwesenden Boten und Depeschenreitern zu erkennen: Die Fuhrleute waren allesamt älter, sie wirkten erfahrener. Was an Draufgängertum in den Augen der Postreiter blitzte, wurde bei den Fuhrleuten durch Hartnäckigkeit, gepaart mit Bedachtsamkeit ersetzt. Den Wortfetzen nach zu schließen, die Xelia vorher aufgegriffen hatte, ging es bei ihren Fahrten immer um viel Geld, manchmal um das Hab und Gut einer ganzen Familie – Draufgängertum allein war bei solchen Reisen sicher nicht gefragt. Andererseits erschienen die Burschen ihr sogar noch hartgesottener zu sein als die Postillione, und sie traute fast jedem von ihnen zu, Leib und Leben – und vor allem die Güter auf ihren Wagen – mit Waffengewalt zu verteidigen. Womöglich bis zum bitteren Ende ...
Als würde er Xelias Eindruck noch vertiefen wollen, donnerte der Redner seine Faust erneut auf den Tisch. »Dann wette ich mit dir selbst!« Sein Gegenüber grinste ihn unduchsichtig an. Der Mann, um den es die ganze Zeit ging, hatte bisher noch kein einziges Wort gesagt. Der andere knallte einen kleinen Stapel Münzen auf den Tisch. »Die hinterlege ich beim Postwirt. Wenn es dir gelingt, bis zum Frühjahr hier wieder vorbeizukommen – und zwar mit einem vollbeladenen Wagen –, dann gehören meine zwanzig Taler dir! Wenn nicht, hole ich sie mir wieder ab.« Er lachte, und sein Gesicht war rot vom Wein und der Aufregung. »Das ist mir der Spaß wert.«
Adalbert drehte sich zu den Männern um. »Darf man fragen, um was es bei eurer Wette geht? Das hört sich weitaus spannender an als unsere eigenen Tischgespräche.« Bei jedem andern hätten solche Worte anbiedernd geklungen, bei Adalbert hörten sie sich ehrlich und freundlich an.

Sechs Augenpaare starrten zu ihm und Xelia und Philip herüber. Xelia merkte, wie Philip sich verkrampfte. Er setzte sich aufrecht hin, verschränkte seine Arme vor der Brust. Unter dem Tisch knuffte Adalbert sie beruhigend in die Seite. Aber die Männer, die nun zusammenrückten, um Platz für die drei Fremden zu machen, schienen alle nicht feindlich gesonnen zu sein. Xelia war die Ruhe selbst. Sie hatte zwar ein seltsames Gefühl, gleichsam wie eine Vorahnung ... Doch was es auch sein mochte, sie wußte tief drinnen, daß es nichts Schlechtes war und daß sie keine Angst zu haben brauchte.

– 48 –

Es ging um Geld. Aber auch noch um mehr, sollten sie bald erfahren. Um die Ehre einer ganzen Kaufmannsdynastie. Im Mittelpunkt der Wette stand Jaques Mewrzig, ein Kaufmann aus Lüttich. »Das liegt in Belgien«, flüsterte Adalbert Xelia zu. Als ob sie dadurch schlauer wurde! Und wo liegt Belgien, bitte schön? Doch statt nachzufragen, wovor sie sich sonst nicht scheute, zog sie ihren Hut tiefer ins Gesicht und lehnte sich zurück. Die Fremden sollten sie nicht als Weib erkennen, deshalb besann sie sich aufs Zuhören.

Was dieser Jaques Mewrzig vorhatte, brachte ihm nicht nur die Wette, sondern auch den Spott, die Ungläubigkeit und das Kopfschütteln der anderen Fuhrleute ein. Xelia sah zudem einen Funken Abenteuerlust, vielleicht auch etwas Neid in manchen Blicken aufblitzen. Der Belgier wollte zu einem fernen Ort namens Schahrud fahren, dort eine Ladung Seide kaufen und mit dieser zurück nach Lüttich reisen – und das alles innerhalb der nächsten sechs Monate.

»Schahrud liegt auf dem halben Weg der Seidenstraße«, erklärte einer der Männer mit einem Kopfschütteln. Als Adalbert mit den Schultern zuckte, sprach er weiter. »Das heißt, unser Belgier muß nicht nur das ganze Römische Reich durchqueren, übers Mittelmeer setzen und mehr als die Hälfte des Parthischen Reiches durchreiten, sondern die gleiche Strecke auch noch zurück nehmen!«

»Ich hab' eine ähnliche Reise schon mal gemacht und ein ganzes Jahr dazu gebraucht«, ergänzte der Nebenmann von Jaques, ein gepflegter, kräftiger Mann mit tiefer Stimme. »Und ich hatte die ganze Strecke Begleitschutz!« Er schaute in die Runde. »Wer weiß, ob wir sonst überhaupt heil zurückgekommen wären. Ab

Rom haben es die Straßen in sich, da wartet hinter jeder Kurve eine neue Überraschung auf dich.« Die andern murmelten zustimmend.
»Und warum die Eile?« hörte Xelia Philip fragen.
»Die habe ich mir nicht ausgesucht«, antwortete nun Mewrzig zum ersten Mal selbst. Er zuckte mit den Schultern, und es lag mindestens so viel Abgebrühtheit in dieser Geste wie Gottergebenheit. »Die Hochzeit unseres Landesfürsten ist für den kommenden Mai geplant. Die Herrschaften wollen feiern, wenn die Straßen für alle Gäste aus weit und fern passierbar sind.« Seine Stimme war weich, sein Tonfall fremd, aber sehr melodisch. »Sein Entschluß, die Tochter des Grafen Montclair zu heiraten, kam recht überraschend, wenn man die jahrelangen politischen Ränkeleien zwischen den beiden Familien betrachtet.« Er winkte ab. »Politik . . ., ihr wißt ja.«
Die andern nickten wieder. Es war doch überall dasselbe: Die Obrigkeit pfiff – und ihresgleichen hatte zu springen.
»Und was hat die Hochzeit eines Landesfürsten mit einer Ladung Seide zu tun?« fragte Philip, leicht gelangweilt. Wem wollten die Männer hier einen Bären aufbinden? Er hatte schon zu viele Bierreden abenteuerlicher Natur hören müssen, die nichts waren als ein aufgeblähter Sack voller heißer Luft, als daß ihm diese hier auch nur das Zucken einer Augenbraue abgerungen hätte. In jedem Wirtshaus war es dasselbe, und stiegen Fuhrleute dort ab, oder war der Wirt gar selbst ein ehemaliger Postreiter oder Fuhrmann, dann erklangen die Reden noch verwegener als anderswo.
Jaques Mewrzig lehnte sich zurück und verschränkte die Arme vor der Brust. Er schien die Wichtigkeit seiner Person zu genießen. »Die Seide ist dazu bestimmt, das herzögliche Schloß von oben bis unten mit dunkelblauen Stoffbahnen auszukleiden.«
»Dazu muß es feinste Seide aus der Provinz Sian sein«, erzählte der Mann, der neben Jaques saß, in affektiertem Ton. »Die wollen ihre feinen Ärsche nicht auf rauhes Leinen betten, Gott

behüte!« Die andern lachten. »Vielleicht ist aber auch die Braut selbst so häßlich, daß der Bräutigam es für angebracht hält, sein Schloß vor ihrer Ankunft zu verdunkeln.« Abermals Gelächter. Der Schankknecht, der gerade vorüberlief, ließ einen geräuschvollen Furz, als wolle er so seine Meinung zu dem ganzen Zinnober kundtun. Daraufhin brüllten die Männer erneut los, klopften sich auf die Schenkel und schlugen ihre Bierkrüge so heftig aneinander, daß Xelia erschrocken zusammenzuckte.
Als sie sich wieder einigermaßen gefangen hatten und ihre trokkenen Kehlen mit Bier anfeuchteten, nutzte Adalbert den Moment. »Das hört sich ja recht abenteuerlich an. Andererseits denke ich, daß unser Mann hier« – er nickte Mewrzig zu – »sehr wohl weiß, was er sich zumuten kann.«
Jaques' Miene deutete an, daß er sich dessen gar nicht so sicher war, doch er sagte nichts. Adalbert fuhr fort: »Eines interessiert mich jedoch brennend: Von dem sicherlich fetten Gewinn einmal abgesehen, den so eine Reise einbringt – warum nimmst du diese Strapazen auf dich?«
Die andern verstummten. Diese Frage hatte noch keiner gestellt. Zu viele Gründe für tolldreiste Fahrten gab es im Fuhrgewerbe, als daß einer mehr oder weniger einen Unterschied gemacht hatte. Geldnot, Geldgier, Abenteuerlust oder schiere Verzweiflung – wen kümmerte es schon, warum man auf dem Bock saß, ein Paar Rösser vor sich oder auch ein Vierergespann? Hauptsache war doch, daß man unterwegs war! Was hätte man auch zu Hause in den engen Gassen innerhalb der Stadtmauern anfangen sollen? Adalbert schienen sie die Frage jedoch zu verzeihen, er war schließlich keiner von ihnen.
Jaques kratzte sich am Bart. Xelia, die ihn die ganze Zeit unter gesenkten Lidern hervor beobachtet hatte, schätzte ihn etwas älter ein als Philip. Er war alles in allem ein schmaler Mann, doch dafür war er groß, selbst im Sitzen ragte er über alle anderen Köpfe hinweg. Sein Gesicht war recht gewöhnlich, und wäre sie ihm am nächsten Tag in einem anderen Gasthaus begegnet,

hätte Xelia Mühe gehabt, ihn wiederzuerkennen. Vielleicht hatte diese Unscheinbarkeit jedoch ihre Vorteile bei einem Leben in der Fremde, sagte sie sich. Wem sollte schon daran gelegen sein, überall sofort als Fremder aufzufallen?

Als der Belgier antwortete, sprach er mit Bestimmtheit und einem nicht zu überhörenden Ehrgefühl. »Seit mehr als fünf Generationen ist meine Familie Hoflieferant. Meine Ahnen haben schon Seide, Gewürze und Silberwaren an die jeweilige Herrscherfamilie geliefert, als diese noch keine Herzöge, sondern einfache Grafen waren.« Er schaute von einem zum andern, als wolle er sich vergewissern, daß er niemanden mit seiner Ausführung langweilte.

Xelia gefiel der Mann. Er schien eine ehrliche Haut zu sein, ein einfacher Kerl, nicht so kompliziert wie Philip und nicht so schlagfertig wie Adalbert, doch man tat wahrscheinlich gut daran, ihn nicht zu unterschätzen. Wie sein unscheinbares Äußeres, konnte auch sein schlichtes Auftreten durchaus seine Art sein, seinen Platz im harten Gewerbe der Fuhrleute und Kaufleute zu behaupten und nicht unnötig den Neid anderer auf sich zu ziehen.

»Wenn es mir nicht gelingt, die Seide zu beschaffen, werden die Mewrzigs für immer von der Liste der Hoflieferanten gestrichen.« Er schaute von einem zum andern. »Bei allem, was mir heilig ist, werde ich das zu verhindern versuchen. Mir geht es nicht ums Geld allein. Wenn unsere Familie jemals in Ungnade fällt, dann will ich die Schuld nicht bei mir suchen müssen.« Bei den letzten Sätzen war er lauter geworden. Danach ging ein fast unmerklicher Ruck durch ihn, als habe er sich dabei ertappt, mehr zu sagen, als gut für ihn war. Er nahm einen Schluck Bier. Einige der Männer brummelten zustimmend, andere murmelten etwas davon, daß man seine Kreuzer auch anderweitig verdienen könnte, und der Mann mit dem roten Gesicht fing wieder mit seiner Wette an, in die sich nun auch andere einmischten.

Jaques indessen lehnte sich zurück und beobachtete das Tischgeschehen, als ginge ihn alles nichts an.
Warum reist du ohne Geleitschutz? hätte Xelia ihn am liebsten gefragt. Welche Pferde nimmst du für die Reise mit? Warum begleitet dich niemand aus deiner Familie bei dem Unternehmen, wenn es doch um so viel geht? Um ihrer Ungeduld ein wenig Luft zu machen, stieß sie Philip mit dem Ellenbogen in die Seite. Warum tuschelten er und Adalbert miteinander, anstelle dem Belgier weitere Einzelheiten zu entlocken? So einen weitgereisten Mann traf man doch nicht alle Tage. Warum war Philip nur so wenig neugierig? Sie hätte platzen können vor Fragen! Um so weniger gefaßt war sie auf Philips nächste Worte.
»Jaques Mewrzig aus Lüttich«, begann er fast feierlich, woraufhin sich erneut einige der Köpfe hoben. »Wir hätten dir einen Vorschlag zu machen.«

Nein, daß er sie mitnehme, sei unmöglich, antwortete Mewrzig bestimmt. »Warum, glaubt ihr, reise ich allein? Wenn es mir um Begleitung gegangen wäre, hätte ich die sehr wohl mitgenommen. Das Risiko, allein zu reisen, nehme ich nicht umsonst auf mich.«
Xelia hielt den Atem an. *Darüber* hatten die beiden getuschelt! Die Strecke nach Meran im Pferdewagen zurückzulegen – das wäre der Himmel auf Erden! Leider sah es jedoch nicht so aus, als würde der Belgier ihnen den Schlüssel zum Himmelstor reichen ...
Philip und Adalbert machten betroffene Mienen, und die andern lauschten der neuen Entwicklung des Gesprächs mit großen Ohren. Würde sich das Gesagte in irgendeiner Weise auf ihre Wette auswirken?
»Nur wenn ich ganz allein fahre, habe ich überhaupt eine Chance, mein Vorhaben in sechs Monaten zu bewältigen«, erklärte der Belgier nicht unfreundlich. Der Klang seiner Stimme, den Xelia zuvor so melodisch gefunden hatte, kratzte nun Wort für

Wort in ihren Ohren. »Sobald andere dazukommen, ist man abhängig«, sagte Jaques gerade. Zustimmendes Murmeln der anderen Fuhrleute. »Es gibt genug Dinge auf einer so langen Fahrt, die ich nicht beeinflussen kann – da will ich wenigstens allein bestimmen können, wieviel ich von mir selbst verlange. Und das ist nicht wenig!«

Xelia hob die Augenbrauen. Nun hörte er sich aber sehr eingebildet an!

»Und dann auch noch mitten im Winter loszufahren!« warf der älteste der Männer dazwischen. »Von uns hat keiner vor, die Alpen im Winter zu überqueren, solange es genügend andere Aufträge gibt.«

Jaques schaute Philip schulterzuckend an. »Das kommt noch dazu, was das Wetter betrifft, muß ich mit dem Schlimmsten rechnen. Und da soll ich mir die Last von Mitreisenden aufladen, die alle paar Stunden nach einer Mahlzeit verlangen oder ihre Notdurft verrichten müssen?«

»Du kannst auch nicht schneller sein, als die besten Pferde es sind«, entgegnete ihm Philip mit der gleichen Arroganz in der Stimme – und Xelia hätte ihn dafür am liebsten geküßt.

»Stimmt. Aber es ist ja wohl unbestritten, daß die Pferde länger durchhalten, je weniger Last sie zu ziehen haben.«

Dagegen konnte Philip nichts einwenden. »Es würde sich ja nicht um die ganze Strecke handeln. Nur um das Stück bis zum Brenner. Und bezahlen würden wir selbstverständlich auch dafür.«

Doch der belgische Kaufmann zuckte nur mit den Schultern, ihm war jedes weitere Wort zu diesem Thema zuviel.

Xelia wäre am liebsten aufgestanden. Ihre Enttäuschung war zu groß, als daß sie einfach weiter dem Tischgespräch folgen und so tun konnte, als sei nichts gewesen.

Adalbert räusperte sich. Er sah gedankenverloren drein. »Es gibt aber etwas, das du über uns nicht weißt. Und das spricht stark dafür, daß du uns mitnimmst«, hub er erneut an.

Xelia spürte, wie ihr Herz ein gutes Stück nach unten rutschte. Was um alles in der Welt redete Adalbert da? Auch die anderen Männer am Tisch hielten inne.
Mewrzig seufzte, und sein Blick sprach Bände: Nichts würde seine Pläne ändern können. Er gähnte und schaute sich demonstrativ im Wirtshaus um, als hoffte er, die letzten Gäste würden endlich gehen und die Tafeln aufgehoben werden, damit er sich zur Nachtruhe legen konnte.
Dennoch sprach Adalbert weiter. Sein Ton war bestimmt, seine Worte präzise gewählt. Er ließ Jaques nicht aus den Augen, und um die andern kümmerte er sich gar nicht mehr.

Am nächsten Tag noch vor dem Morgengrauen waren Xelia, der Hund und die beiden Männer zusammen mit Jaques Mewrzig auf dem Weg in Richtung Süden.

– 49 –

Siehst du, es geht schon los!« Jaques stieß einen langen, fremdländischen Fluch aus, den Xelia nur am Tonfall als solchen erkannte. Sie schaute nach vorn und erkannte die Ursache für Jaques Verärgerung: Am Flußübergang vor ihnen staute sich mindestens ein Dutzend Wagen, auf der Brücke schien es weder vor noch zurück zu gehen.

»Dafür können wir aber weiß Gott nichts!« entgegnete Philip. Er saß vorne neben Jaques auf dem Kutscherbock. Xelia und Adalbert hatten hinten Platz genommen, die Rückwand des Kutscherbocks diente ihnen als Lehne. Lola, die während der letzten Nacht im Stall hatte übernachten müssen, preßte sich mit ihrem ganzen Körper an Xelia. Xelia hätte lieber mit Philip hier gesessen, hätte seine Hände gehalten und genossen, wie ihre Finger sich mit seinen zu einem einzigartigen Muster verwebten. Sie hatte sich darauf gefreut, seine Wärme zu spüren, Seite an Seite mit ihm zu sitzen, so eng, daß keine Maus mehr dazwischen paßte. Aber von Anfang an war klargewesen, daß Philip vorne sitzen würde. Seine Kenntnisse als Kartograph waren es schließlich, zusammen mit Adalberts Fähigkeiten als Arzt, die nach einem guten Stück Überredungskunst dazu geführt hatten, daß Jaques Mewrzig seine Meinung doch noch geändert hatte. »Philip Vogel hier«, so hatte Adalbert am Vorabend dem Belgier erklärt, »ist herzöglicher Landvermesser und kennt sämtliche Wege im Land besser als alle andern. Ihn dabeizuhaben würde einen unschlagbaren Vorteil für dich bedeuten: Wann immer eine Straße wegen schlechter Bodenverhältnisse gesperrt ist, könnte Philip dir eine andere Route nennen.« Auf diese haltlosen Behauptungen hin war Philip recht unruhig auf seinem Sitz hin und her gerutscht, doch Adalbert hatte einfach weiter dick aufgetragen: »Der große Kartograph Vogel schätzt Distanzen mit dem bloßen Auge und seinen Händen besser ein als andere Landvermesser mit den kompliziertesten Gerätschaften. Gerade in fremden Gebieten sind solche Fähigkeiten von unschätzbarem Wert, wenn es beispielsweise darum geht, die Kräfte der Pferde einzuteilen.« An dieser Stelle hatte Xelia auf den Protest von Jaques oder einem anderen Fuhrmann gewartet, doch keiner schien die Widersprüchlichkeit in Adalberts Aussagen zu erkennen, der einerseits behauptete, Philip würde alle Straßen kennen, und andererseits von fremden Gebieten plapperte. Als sich Philip dann zu Wort meldete, war Xelia felsenfest davon überzeugt gewesen, daß dieser nun heftigst alles von sich weisen würde, was der Ältere ihm an Wundergaben zugesprochen hatte. Doch dem war nicht so gewesen: Statt dessen hatte er in die gleiche Kerbe geschlagen und Adalbert als den besten aller Ärzte geschildert, dessen Heilkräfte sich nicht nur auf Menschen, sondern auch auf Pferde erstreckten. Sein Knecht – in diesem Moment nickte Philip Xelia zu, die hastig so tat, als hätte sie etwas unter dem Tisch verloren – könne ihnen derweil die niederen Arbeiten abnehmen und Mahlzeiten bereiten. Irgendwie war es ihnen schließlich gelungen, den Belgier davon zu überzeugen, sie mitzunehmen. Und während der Wirt die Öllampen ausgelöscht und die Männer ihre Schlafmatten ausgerollt hatten, hatten sie ihren Pakt per Handschlag besiegelt: Gegen drei Taler pro Person und tatkräftige Mithilfe bei der Fahrt würde Jaques sie bis zum Tor des Südens mitnehmen. Xelia wäre dem Fremden am liebsten um den Hals gefallen, doch statt dessen hatte sie sich jede Regung verbieten müssen. Sie hatte sich in der Nacht nicht einmal an Philip schmiegen können, sondern mußte wie Adalbert und Philip zwischen einem guten Dutzend stinkender Männerleibern liegen, umgeben von lautem Schnarchen und anderen Körpergeräuschen. Doch als der Morgen kam und es losging, war ihr Herz erneut so voller Glück gewesen, daß es fast überlief.

Sie waren bereits drei Stunden unterwegs, als sie an den Fluß kamen, an dessen anderem Ufer die nächste Poststation auf dem Weg in Richtung Süden lag. Illertissen hieß der Ort, hatte Philip ihnen über die Schulter zugeworfen. Doch statt in dieses Illertissen zu gelangen, wo die Pferde getränkt und gefüttert werden sollten, standen sie nun seit einer halben Ewigkeit hier herum. Die Pferde, aufgeheizt von der Fahrt, wurden unruhig und begannen, mit den Köpfen zu werfen und sich gegenseitig zu zwicken. Mit einem heftigen Zügelruck wies Jaques die Viecher zurecht, dann stieg er ab, um an der Brücke nach dem Rechten zu sehen. Die Zügel warf er Philip zu – in der festen Annahme, dieser könne ein Vierergespann genauso gut bändigen wie er selbst.

Kaum war er einige Schritte entfernt, stießen die drei gleichzeitig einen Seufzer aus.

»Ist das ein komischer Kauz! Aber was für ein Glück, daß er uns mitnimmt.«

»Xelia, paß ja auf, daß dein Hut nicht runterrutscht, er braucht nicht zu wissen, daß du ein Weib bist.«

»Ein sehr fröhlicher Zeitgenosse scheint der Belgier nicht zu sein! Und gesprächig ist er auch nicht zu nennen!«

Sie redeten alle auf einmal und mußten lachen. Xelia suchte Philips Blick, und als er sie ansah, bedauerte sie auf einmal, den Weg nun doch nicht zu Fuß zurückzulegen – denn das hätte bedeutet, mehr Zeit mit ihm verbringen zu können. Aber Philip war so stolz darauf, daß es ihm zusammen mit Adalbert gelungen war, diese Fahrt zu ergattern, daß sie natürlich nichts dergleichen sagte. Er hätte sie nur für eine Närrin gehalten.

Bevor sie sich weiter unterhalten konnten, kam Jaques zurück. Er schüttelte den Kopf. »Soviel Dummheit auf einmal!« Dann ließ er sich wieder neben Philip nieder, nahm ihm die Zügel aus der Hand und schloß für einen Moment die Augen.

Die andern drei warteten auf eine Erklärung. Was war los?

Mit einem Schnalzen und einem linksseitigen Zügelruck wies

Jaques schließlich die Pferde an, umzudrehen. Während die Kutsche ächzend folgte, fluchte er unentwegt in seiner Sprache.

»Und nun?« fragte Philip vorsichtig.

»Das frage ich dich, hochverehrter Kartograph!« kam es zurück. »Die Brücke ist in der zweiten Hälfte eingestürzt, da gibt es kein Übersetzen mehr.«

»Warum denn das? Wie kann eine Brücke einstürzen?« fragte Adalbert fassungslos.

Jaques lachte rauh. »Es gibt scheinbar genügend Trottel unter den württembergischen Fuhrleuten, die keine Straßenregeln kennen!«

Keiner der beiden andern Männer entgegnete etwas, obwohl Xelia sah, daß Philip heftig herunterschluckte.

»Da hat doch wirklich ein Jungspunt mit leerem Wagen gemeint, er müsse einem Brauereigespann mit vollen Fässern das Vorrecht über die Brücke nehmen! Schon kam's zum Zusammenstoß, eines der Rösser rutschte aus, heißt es, und stürzte durchs Geländer. Dabei zog es den Brauereiwagen mit nach unten, und auf einmal hing die halbe Brücke herab.« Er schnaufte. »Hier kommen wir nicht hinüber.«

»Etwas weiter westlich...«, fing Philip eilig an und wurde barsch unterbrochen.

»Die Fähre – ich weiß. Die werden wir nehmen, und zwar *bevor* die andern alle auf denselben Gedanken kommen!«

»Frag ihn, ob jemand verletzt wurde«, flüsterte Xelia Adalbert zu, doch der winkte ab. Inzwischen fand sie den Belgier lange nicht mehr so nett wie am Vorabend. Der erste Eindruck eines Menschen war wohl doch nicht immer entscheidend, ging es ihr durch den Kopf. Wenn sie nur daran dachte, wie garstig ihr Philip anfänglich erschienen war! Andererseits: Bei Adalbert hatte sie vom ersten Moment an das Gefühl gehabt, mit ihm vertraut zu sein. Und das hatte sich nicht geändert, sondern war höchstens noch stärker geworden.

Eine Zeitlang redete keiner. Dank des klaren Himmels, an dem nicht eine Wolke stand, war es eisig kalt. Dafür blieben sie von Schnee verschont. Obwohl sie mit dem Rücken zur Fahrtrichtung saß, spürte Xelia bald ihre Wangen nicht mehr. Ihre tränenden Augen hatte sie fast ganz geschlossen, so daß sie die Landschaft nur durch einen schmalen Schlitz wahrnahm. Philip hatte zwar seine Decken über sie und Adalbert gelegt, doch lediglich Lola schien deren Wärme auszureichen. Adalbert rutschte noch enger an Xelia heran, so daß wenigstens ihre linke Seite warmgehalten wurde. Der Wagen selbst bot keinerlei Schutz und war außerdem recht sonderbar gebaut. Jedenfalls hatte Xelia so einen in Leinstetten noch nicht gesehen. Aus einem besonders hellen Holz, auf niedrigen Rädern, die ihr gerade einmal bis zum Knie gingen, hatte er dafür so hohe Seitenwände, daß Xelia im Sitzen gerade darüber hinwegschauen konnte. Es gab kein Dach, dafür lag in der hintersten Ecke ein dicker Stapel schweres Leinen, von dem Xelia vermutete, daß damit später die eingekauften Waren zugedeckt wurden. Neben den Leinentüchern stand noch eine blecherne Kiste, in die Philip sein Gepäck legen durfte. Außerdem hatte Xelia darin alles mögliche an Lederriemen der feinsten Qualität entdeckt – wahrscheinlich Ersatzmaterial für den Fall, daß beim Zaumzeug etwas in die Brüche ging. Was seine Zugpferde anging, war Jaques das Teuerste scheinbar gerade gut genug, so weich und geschmeidig war ihr Zaum. Dementsprechend sahen die Tiere aus: Zwei Füchse liefen vorn, ein Rappe und ein Brauner kamen dahinter, alle vier waren äußerst kräftig bemuskelt, hatten runde Rücken und Hälse wie sonst nur Hengste. Und nirgendwo eine wundgeriebene Stelle, wo hartes Leder die Haut abgeschabt hätte. Xelia spürte auf einmal einen Schmerz in ihrem Herzen, weil sie an den klapprigen Alois dachte. Warum nur hatten manche Geschöpfe mehr Glück im Leben als andere? Hätte Gott im Himmel die guten Dinge nicht gerechter verteilen können?

Auch Philip schien die außergewöhnliche Qualität der Pferde

bemerkt zu haben. Jedenfalls fragte er Jaques, wie er zu so edlen Rössern kam.
»Die sind gar nicht so edel, wie sie scheinen!« entgegnete dieser. »Eigentlich sind sie so gewöhnlich wie die meisten Pferde, die in Mietställen zu finden sind. Der einzige Unterschied liegt in der Pflege«, erklärte er weiter. »Mein Großvater erzählte uns früher immer, daß er einmal einen Gaul hatte, der ihm allmorgendlich folgendes Sprüchlein zuflüsterte ...« Er schien sich die richtigen Worte in Erinnerung rufen zu müssen. *»Bergauf schone mich, bergab leite mich, geradeaus trabe mich, und im Stall füttere mich!* Und daran halt' ich mich. Gib noch gutes Zaumzeug dazu – und die Viecher danken's dir.« Jaques schnalzte wieder und lenkte das Gespann scharf nach rechts.
»Wohin willst du? Halt, um Gottes willen! Du fährst mitten durch einen Acker, siehst du das nicht?« Philip fuchtelte wild mit dem rechten Arm in Richtung des schneeverkrusteten Bodens, aus dem nur hier und da kleine grüne Triebe hervorlugten. »Womöglich ist da was eingepflanzt!«
Ungerührt steuerte der Belgier seine Kutsche weiter.
»Mewrzig! Halt an! Da vorn das Gehöft – wenn dich einer von denen sieht, mußt du bitterlich hohe Strafen zahlen!«
Xelia wurde unruhig. Ärger mit der Obrigkeit, und sei es auch nur mit einem Landherrn – konnten sie nicht gebrauchen. Was um alles in der Welt trieb Jaques also?
Der zuckte nur mit den Schultern. »Und wenn schon. Dann zahle ich eben. Dafür bin ich aber auch schneller als alle andern.« Er lachte über seine eigene Frechheit. »Auf ein paar Heller hier und da kann ich keine Rücksicht nehmen. Sonst hätte ich gleich warten können, bis die Brücke wieder ganz ist, anstelle die Fähre zu nehmen, die viermal so teuer ist.« Sogleich begann er, wieder zu fluchen.
Xelia und Adalbert schauten sich an. Es schien, als hätten sie noch viel zu lernen über die Art und Weise der Fuhrleute, oder besser gesagt, über Jaques Mewrzigs Art und Weise.

Tatsächlich war das Fährgeld nur doppelt so teuer wie der Brükkenzoll, was Jaques' Laune ein wenig hob. Xelia beobachtete, wie die Pferde mit stoischer Gelassenheit auf die schwankenden Holzbalken marschierten, um dort wie angewurzelt stehenzubleiben. Sie konnte verstehen, daß Jaques sich nicht von ihnen trennen wollte.
Es war noch nicht einmal Mittag, als sie in der Poststation von Illertissen ankamen. Jaques zog aus seiner Kiste einen Brotfladen heraus und begann, diesen zu verspeisen, während er den Pferden irgendwelche Körner in einer Schüssel anbot. Da er keinerlei Andeutung wegen eines gemeinsamen Mittagsmahls machte, ging Philip in ein Wirtshaus, das den treffenden Namen »Zur Post« hatte, und kaufte dort zwei Brotlaibe, einen Krug Wein und einen Tiegel Griebenschmalz. Dann setzte er sich zu Xelia und Adalbert nach hinten in den Wagen, wo sie gemeinsam aßen. Jeder hatte gerade erst eine Scheibe Brot gegessen, als Jaques wieder aufsaß und der Wagen anrollte. Erst jetzt fiel Xelia auf, wie sehr sie der Unterleib drückte, doch um ein Gebüsch aufzusuchen, war es nun zu spät. Dafür verspürte Lola keine Hemmungen, ihr Wasser zu lassen, wie Xelia mit einem Blick auf ihre Decken feststellen mußte: Eine kreisrunde Lache Hundepisse prangte wie ein dunkler Taler in der Mitte.

Jaques achtete genau auf ein gleichmäßiges Schrittempo, und da es weder bergauf noch bergab ging, zockelten die Pferde im Trab vor sich hin.
Bald war Xelia eingeschlafen und merkte nicht, wie sich ein dunkelblauer Nachthimmel vor den taghellen schob. Sie sah weder die Eiskristalle auf dem hölzernen Kutschenrand glitzern noch die klar umrissene Sichel des Mondes, dessen Strahlen alle Sterne übertraf.
An diesem Tag kamen sie bis nach Memmingen, wo sie erneut in einer Poststation haltmachten. Für einen Moment wußte

Xelia nicht, wo sie sich eigentlich befand, ob in der Höhle im Wald, in einer Scheune zusammen mit Philip, oder ... Sie reichte Adalbert, der schon ausgestiegen war, den Hund hinab, dann krabbelte sie selbst aus dem Wagen. In dem Augenblick, als ihre Füße den festen Boden berührten, sackten Xelias Beine weg, und Adalbert stützte sie im letzten Augenblick.
Kraftloser hätte sie nach einem ganzen Tag Fußmarsch auch nicht sein können! Zum ersten Mal bekam sie eine Vorstellung davon, wie ihre Reise in den nächsten Tagen aussehen würde. Den Himmel auf Erden, schoß es ihr durch den Kopf, während sie ihr Kreuz rieb, würde sie wohl nicht erleben, soviel war sicher.

– 50 –

Noch vor dem Morgengrauen rüttelte Jaques seine Mitfahrenden aus ihrem todesähnlichen Schlaf. Xelia beeilte sich, zusammen mit ihrem Hund aus dem Schlafraum der Poststation zu gelangen, um sich unbemerkt in ein Gebüsch verziehen zu können. Sie konnte doch nicht wie die andern Männer eine Brunzkachel verwenden! Sogar beim Wasserlassen haben Weiber es schwerer als die Männer, ging ihr durch den Kopf, als sie sich mit frierendem Hintern in der Eiseskälte erleichterte. Auch Lola schien aus den Erfahrungen des letzten Tages gelernt zu haben. Statt weltvergessen mit einem Zweiglein oder Stein zu spielen, erledigte sie ihre hündischen Bedürfnisse, ohne Zeit zu verlieren.

Ohne ein Morgenmahl eingenommen zu haben, befanden sie sich kurze Zeit später wieder auf dem Wagen. Philip hatte erneut vorne Platz genommen, Adalbert und Xelia lagen hinten und krochen so weit es ging unter ihre Decke. Xelia staunte, wie frisch die Pferde wirkten. Keinem schienen die Meilen des Vortages irgendwie in den Knochen zu stecken, ganz im Gegenteil: Sie schlugen mit den Köpfen und ihr aufbrausendes Schnauben ließ schneeweiße Wölkchen in der Luft stehen. Vielleicht würde Jaques wirklich schaffen, was er sich vorgenommen hatte.

Krampfhaft versuchte sie, nochmals einzuschlafen, doch es war so kalt, daß sie sich nicht entspannen konnte. Sie rutschte noch weiter unter die Decke und bekam im selben Augenblick einen Schlag in den Rücken, da der Wagen durch ein tiefes Erdloch fuhr. Wenn nur Philip hier mit ihr liegen könnte! Dann wüßte sie sich die Zeit wohl zu vertreiben... Oder wenn sie sich wenigstens mit den Männern unterhalten könnte! Den ganzen Tag lang still zu sein wie ein tumber Tor fiel ihr nicht nur schwer, sondern kostete sie ihre ganze Überwindung. Aber Jaques wußte nach wie vor nicht, daß er eine Frau auf dem Wagen hatte, und sie wollte sich natürlich nicht verraten.

»Verflixt noch mal! Die Straßen zerfallen immer mehr!« fluchte der Belgier, während er versuchte, einem kraterförmigen Loch am rechten Rand der Straße auszuweichen.

»Da hast du wohl recht«, pflichtete Philip ihm bei, statt wie am Tag zuvor die Fluchtiraden des Belgiers zu ignorieren. Halb nach hinten gelehnt, als wolle er damit auch Adalbert und Xelia unterhalten, sagte er: »Aus dem alten Römischen Reich ist überliefert, daß ein Brief an Cicero – er lebte im ersten Jahrhundert vor Christi – von England bis nach Rom nur siebenundzwanzig Tage brauchte! So eine erstaunliche Leistung wäre heute, über eintausendsechshundert Jahre später, nicht mehr möglich.«

»Das kommt davon, wenn die feinen Herren in ihren Schlössern lieber feiern und prassen, statt sich um ihr Land zu kümmern«, stimmte Adalbert ein.

»Ha, was das Feiern angeht, habt ihr mit eurem Herzog Ludwig ja den Vogel abgeschossen ...« Jaques hörte sich sehr verächtlich an, gerade so, als spräche er über den schlimmsten Verbrecher und nicht über den Landesherrn. »Man sagt, es gäbe keinen Tag mehr, an dem der Gute nüchtern anzutreffen sei. Wen wundert es da noch, wenn euer Land zerfällt wie ein riesengroßer Ameisenhaufen?« Er schüttelte mit dem Kopf.

»So schlimm ist es nun auch nicht, wer redet so dummes Zeug?« wollte Philip wissen. Daß Herzog Ludwigs Eskapaden sogar im Ausland bekannt waren, verwunderte ihn eigentlich nicht. Aber was ging das den Belgier an? Er fühlte sich verpflichtet zu sagen: »Herzog Ludwig war immerhin nüchtern genug, um mir den bedeutenden Auftrag zu erteilen, sämtliche Forste im Land zu vermessen. Und auch sonst tut er seinen Teil für unser Wohlergehen.«

Für Xelias Ohren hörten sich seine Worte sehr halbherzig an. Das schien auch der Belgier zu finden.

»Aber ein Christoph wird er nie werden!« meinte er in Anspielung auf Herzog Ludwigs Vorgänger.
»Das stimmt wohl!« gab Philip zu. Er hatte noch zu gut die Lobesreden seines Vaters auf Herzog Christoph im Ohr. *Das war ein Schaffer!* sagte der immer. *Der baute auf! Von früh bis spät sah er nach dem Rechten, Müßiggang kannte er nicht!* So hieß es in manchen Stuttgarter Amtsstuben immer noch. Philip konnte das alles nicht mehr hören – was nutzte es, immer nur dem Vergangenen nachzutrauern? Lag es nicht an jedem Landesdiener selbst, sein bestes für Württemberg zu geben? *Er* hatte es jedenfalls vor. Aber was tat er dann hier auf diesem Wagen, der in Richtung Tirol fuhr, fragte er sich plötzlich mit schlechtem Gewissen. Um nicht weiter über seine Verirrungen nachdenken zu müssen, wandte er sich an Adalbert. »Sag', wie kommst du eigentlich mit deiner Abhandlung über die Kartographie voran? Hast du darin meine Arbeit wenigstens mit ein paar Sätzen gewürdigt?«
Adalbert lachte. »Du hättest ein ganzes Kapitel bekommen, lieber Philip! Aber leider ist es bei meinem Wunschgedanken geblieben. Du weißt doch, meine Arbeit ließ mir keine Möglichkeiten mehr, mich anderweitig zu entfalten ...«
»Das ist aber sehr schade«, kam es sehr enttäuscht von Philip. Doch bevor er noch mehr dazu sagen konnte, verwickelte Jaques ihn in ein Gespräch über seine Arbeit als Landvermesser.
Gelangweilt hatte Xelia dem Wortwechsel der Männer zugehört. Wen interessierte es schon, welcher Herzog über ihnen thronte? Die waren doch alle gleich, und am liebsten hätte sie das laut zu Philip gesagt. Nun hielt sie es einfach nicht mehr aus.
»Bedauerst du nicht, daß im Blaubeurener Spital alles ganz anders verlaufen ist, als du dir das ausgemalt hast?« fragte sie Adalbert leise. Sie linste nach vorn zum Kutschbock, doch keiner der beiden anderen schien sie gehört zu haben. Sie waren zu sehr in ihr eigenes Gespräch verstrickt.

Adalbert schaute sie an und seufzte. »Es kommt meist anders, als man es sich ausgedacht hat. Das hast doch selbst du in deinen jungen Jahren schon erfahren müssen, oder? Und es ist ja nicht gesagt, daß ich mein Buch über die Landvermessung gar nicht mehr schreibe. Vielleicht finde ich in Meran die nötige Zeit und Ruhe dazu.«
Sie nickte. Adalbert hörte sich so vernünftig an. Und so… sehnsüchtig!
Er zuckte mit den Schultern. »Ich versuche immer, aus allem das Beste zu machen, das erscheint mir sinnvoller.«
Obwohl er merklich bemüht war, zuversichtlich zu klingen, glaubte Xelia einen traurigen Unterton aus seiner Stimme herauszuhören. Auf einmal hatte sie ein schlechtes Gewissen, in seinen Vorschlag, gemeinsam im Haus seines Bruders Zuflucht zu suchen, eingewilligt zu haben. »Und gehört dazu auch, daß du meinetwegen darauf verzichtest, den Blaubeurener Stadtarzt an den Pranger zu bringen?« wagte sie zu fragen.
Adalbert schaute sie lange an. Nachdenklich, zärtlich. »Du streichst nicht um den heißen Brei herum, das muß man dir lassen«, sagte er dann anerkennend. »Es ist mir in der Tat nicht leichtgefallen, diesen Hundesohn so ungeschoren davonkommen zu lassen.«
Xelia zuckte zusammen. Sie hatte sich immer noch nicht an Adalberts derbe Redeweisen gewöhnt, die so ganz im Kontrast zu seinem freundlichen Wesen standen.
»Aber es ist meine Entscheidung, und ich habe sie überlegt getroffen«, fuhr er fort. »Nun bin ich schon über fünfzig Jahre alt und noch immer fällt es mir schwer, einzusehen, daß ich nicht überall für Gerechtigkeit sorgen kann. Es *gibt* gar keine allumfassende Gerechtigkeit, wie oft hat mir das Schicksal das bewiesen! Und ganz langsam, mit einem kleinen Teil meines Verstandes, bin ich dabei, diese Wahrheit anzunehmen.«
»Das glaube ich nicht!« platzte Xelia lauter heraus, als sie wollte. Erschrocken hielt sie sich die Hand vor den Mund, doch weder

Philip noch Jaques drehte sich zu ihnen um. Jaques lachte gerade über irgend etwas, was Philip gesagt hatte. Sie mußte aufpassen!
Adalbert verzog sein Gesicht zu einem kläglichen Grinsen. »Ganz glaub' ich's selbst noch nicht, aber ich rede es mir zumindest ein.« Seine Stimme war nachdenklich. »Es mag keine Gerechtigkeit geben, aber irgendwie gibt es doch in jedem Leben eine Waage mit zwei Schalen, in denen Gut und Böse liegt.« Er suchte ihren Blick, um herauszufinden, ob sie ihm folgen konnte.
Sie nickte nur. Das Bild mit der Waagschale gefiel ihr.
»Wenn auf meiner Waage die Schale mit dem Böse tiefer nach unten hängt als die andere, dann muß ich dagegen etwas unternehmen, bis wieder ein Gleichgewicht da ist. Dann bin ich mit mir im reinen und kann akzeptieren, daß nicht alles, was ich tue, aus Heldentaten besteht.«
Xelia verzog den Mund. Was Adalbert sagte, klang sehr einleuchtend, aber sie konnte dennoch nichts richtiges mit seinen Worten anfangen. Wie kam er überhaupt auf den Gedanken, alles vollendet machen zu müssen? Kein Mensch war unfehlbar, das wußte er doch, oder? Andererseits: Konnte man eine böse Tat einfach mit einer guten auslöschen? Sie sagte etwas Ähnliches zu ihm.
»Findest du, ich mache es mir zu leicht?« fragte er zurück, ohne eine Spur verärgert zu sein. Den Blick in den erwachenden Morgen gerichtet, sagte er: »Vielleicht hast du damit recht. Nur weiß ich für mich keinen anderen Weg, um mit meinen Sünden zu leben.« Xelia reagierte betroffen. »Daß ich die Aussätzigen im Stich lasse – und eine andere Betrachtungsweise gelingt mir in dem Fall einfach nicht –, lädt mir eine schwere Schuld auf, und ich kann nur hoffen, daß mein Leben mir die Gelegenheit gibt, sie wiedergutzumachen.«
»Aber warum gehst du dann überhaupt weg, wenn du dich dabei so schuldig fühlst?« fragte Xelia verzweifelt nach.

»Was tuschelt ihr da hinten?« warf Jaques plötzlich über seine Schulter. Und zu Philip gewandt, sagte er: »Ist es bei euch Gelehrten üblich, daß man seine Diener unterhält?«
Als Antwort lachte Adalbert laut heraus. »Ich sagte gerade, daß mir der Sinn nach einem roten Wein stünde, auf dem Ofen warm gemacht und mit Kräutern gewürzt. Der würde uns die Glieder durchwärmen.«
»Wein!« gab Jaques heftig zurück. »Wein ist Teufelszeug!« Er spuckte angeekelt aus.
Xelia und Adalbert schauten sich an. Was war denn jetzt wieder los?
»Na, den Teufel stell' ich mir aber anders vor«, entgegnete Philip, der Jaques' Stimmungswechsel nicht mitbekommen hatte und dessen Worte für einen etwas seltsamen Scherz hielt.
Jaques' Kopf fuhr herum, wie von einem Bienenschwarm verfolgt. Er riß den Mund auf, als wolle er Philip aus voller Kehle anschreien, doch er sagte nur leise: »Du solltest meinen Vater kennenlernen. Dann wüßtest du, wovon ich rede.«
Xelia, die nur zu gut in Erinnerung hatte, wie unleidig der Gerber nach einem Krug Wein zuviel immer geworden war, wußte, wovon Jaques sprach. Wahrscheinlich war der alte Mewrzig ein ebenso übler Saufkumpan wie der Herzog. Vielleicht war das auch einer der Gründe dafür, daß Jaques die Reise unbedingt erfolgreich abschließen wollte? Als Ehrenrettung seiner Familie? War etwa der Vater für Jaques' mürrisches Wesen, seine ewigen Flüche verantwortlich? Nun, durch seine Reisen konnte er ihm zumindest für lange Zeit entrinnen. Unvermittelt mußte Xelia zum ersten Mal seit vielen Tagen wieder an ihre Schwestern denken. Anna mit ihrem buckligen Kreuz, und Sybille, die immer so verschreckt dreinschaute wie eine Maus, würden Feltlin nie entkommen. So froh sie war, der Gerberei für immer entronnen zu sein, so sehr schmerzte sie der Gedanke an ihre Schwestern, die zurückbleiben mußten. Wahrscheinlich hatte Adalbert recht, wenn er behauptete, es gäbe keine Gerechtig-

keit! Aber bürdete dieses Wissen ihr nicht eine ganz besondere Last auf? Was hatte er vorhin gesagt? *Ich versuche, aus allem das Beste zu machen.* War es nicht auch ihre Pflicht, im Namen ihrer Schwestern und auch Samuels, der wegen ihr so jämmerlich sterben mußte, etwas wiedergutzumachen? Nur – wie konnte sie dafür sorgen, daß die Waagschale mit dem Guten darin tiefer hing als die Schale mit ihren Sünden?

– 51 –

Die Tage verflogen wie Federn im Wind: Für die Strecke hätten sie zu Fuß mindestens zweieinhalb Wochen benötigt, dank Jaques brauchten sie gerade einmal fünf Tage. Auch das Wetter trug seinen Teil zu ihrem raschen Vorwärtskommen bei: Nicht eine Schneeflocke fiel vom Himmel, kein Nebel behinderte ihre Sicht, keine eisigen Flächen machten die Tritte der Pferde unsicher – Philip war so viel Glück fast schon unheimlich.
Frühmorgens, noch vor dem Hellwerden, bestiegen sie den Wagen, fuhren den ganzen Tag über und machten höchstens eine Rast, wenn Jaques die Pferde tränken und ihnen eine Mischung aus Getreide, Honig und Kräutern geben wollte. Als die Landschaft immer hügeliger und teilweise auch schon recht steil geworden war, machte der Belgier seinen Leitspruch wahr und ließ seine Mitreisenden immer öfter bergaufwärts neben dem Wagen herlaufen. Weder Philip noch Xelia sahen darin eine Mühsal, die Bewegung tat ihnen nach der ewigen Sitzerei sogar gut. Nur Adalbert hatte seine Mühe. Doch Jaques machte auch bei dem Älteren keine Ausnahme, das Wohlbefinden seiner Pferde – keines hatte bisher weder ein lahmes Bein, ein geschwollenes Gelenk, noch andere Ermüdungserscheinungen – war ihm wichtiger als Adalberts.
Nachdem sie in Memmingen die Postroute verlassen hatten, übernachteten sie in Gasthöfen, die Jaques aussuchte. Philip vermutete, daß die Gesichtspunkte, unter denen der Belgier seine Quartiere bezog, weniger mit dem eigenen Komfort zu tun hatten als mit der Qualität des Pferdestalles! Doch schon nach dem ersten Tag war es Philip gleich gewesen, wo er nachts seinen Kopf niederlegte. Die langen Stunden im Pferdewagen

waren so ermüdend, daß er abends in einen totenähnlichen Zustand fiel, sobald sein Kopf den Boden berührte. Und solange Xelia sich unter ihrem Hut und Mantel als Knecht ausgeben mußte, war an ein Beisammensein mit ihr nicht zu denken. Zähneknirschend verschob er deshalb seine Gelüste auf die Zeit nach ihrer Ankunft in Meran, und malte sich aus, wie es sich dann wohl zwischen Xelias Beinen anfühlen würde.

Am Brenner angekommen, stellten Jaques und Philip fest, daß sie auch das nächste Wegstück – nach Sterzing – gemeinsam hatten, und so nahm Jaques sie schließlich bis dorthin mit.
Der Ort war für Philip eine Überraschung. Er hatte mit einem verschlafenen Dorf gerechnet und sich gesorgt, ob sie dort überhaupt etwas zu essen kaufen konnten. Doch Sterzing war nicht nur von einer äußerst imposanten Stadtmauer umgeben, sondern wies eine Vielzahl prächtiger Gebäude auf, von denen jedes zweite draußen ein Wirtshausschild hängen hatte. In den engen Gassen wimmelte es nur so vor Fußgängern, wobei Philip auffiel, daß darunter kaum Weiber zu finden waren. Auch Fuhrwerke waren reichlich unterwegs, und Jaques mußte mehr als einmal zur Seite ausweichen, um hochbeladenen Gegenverkehr durchzulassen.
Der Reichtum der Stadt hätte mehrerlei Gründe, klärte Jaques ihn auf. Da gab es einerseits ein jahrhundertealtes Gesetz, das Reisenden verbot, auf den Höhenwegen an der Stadt vorbeizuziehen. Das hieß, jeder, der an Sterzing vorbei wollte, *mußte* hier Rast machen und ein paar Heller oder Taler für Speis' und Trank und auch Übernachtung ausgeben. Daher die vielen Wirtshäuser und Gasthöfe!
»Und dann gibt es noch die Silberminen.«
»Silberminen? Hier?« Erklärte das die vielen Männer?
Jaques nickte und stieß einen Fluch aus, als ein Junge mit zwei Gänsen unterm Arm, ohne zu schauen über die Gasse rannte, so daß die beiden vorderen Pferde vor Schreck scheuten. Als er sie

wieder beruhigt hatte, sprach er weiter: »Die Silberminen sind heute nicht mehr viel wert, ausgeraubt bis zum letzten wahrscheinlich. Aber mein Urgroßvater erzählte mir, daß in seiner Jugend Zehntausende Menschen hierherkamen, um etwas vom Silber abzukriegen. Meine Familie hat damals regelmäßig Fahrten nach Sterzing unternommen, um von den Fuggern fertig gegossenes Silber zu kaufen. Die Augsburger besaßen nicht nur Dutzende von Silbergruben hier in der Gegend, sondern ließen ihr edles Metall auch noch gleich an Ort und Stelle einschmelzen. Das sind Kaufleute, kann ich dir sagen!«

»Das erklärt natürlich vieles!« meinte Philip. »Kaum ist eine Stadt reich an Bodenschätzen, zieht sie auch andere Gewerbe an wie der Honig die Bienen.« Er zeigte auf einen großen Laden, in dem es dem Anschein nach von der Nähnadel bis zur Pferdekutsche alles zu kaufen gab.

»Und darunter nicht nur ehrenhafte!« Jaques grinste und wies mit dem Kinn auf die andere Straßenseite, wo ein paar Weiber mit nackten Armen aus einem Fenster herausschauten.

Ein Hurenhaus. Philip lachte mit ihm. Wenn er daran dachte, wie er beim Anblick der käuflichen Weiber damals in Anstetten vor Entsetzen die Backen aufgeplustert hatte!

Zum Abschied nahmen sie in einem Wirtshaus gemeinsam mit dem Fuhrmann ein letztes Mahl ein – Vinschgerl, eine Art Fladenbrot, dazu Käse und Schmalzgebackenes, das die seltsame Bezeichnung Türtln trug.

»Nun habt ihr mir doch nicht helfen müssen!« sagte Jaques zwischen zwei Bissen Fleisch. »Weder die Kartenkenntnisse noch die Künste eines Arztes waren mir von Nutzen. Und euer Knecht ...« Er zuckte mit den Schultern, als wolle er sagen: *Euer Knecht taugt zu rein gar nichts!* Dann nahm er einen Schluck Bier – weder Philip noch Adalbert hatten sich getraut, angesichts Jaques' heftiger Abneigung gegen Wein einen Krug davon zu bestellen – und grinste. »Aber gestört habt ihr mich auch nicht!«

Dann wischte er sich die Hände an der Hose ab und packte seine Sachen zusammen. Während des Essens hatte er immer wieder aus dem Fenster nach seinen Pferden geschaut, die er nur sehr ungern hinter dem Wirtshaus angebunden hatte. Nun wollte er zu ihnen zurück.

»Na, dann ist's ja gut«, antwortete Philip. Er wußte bei dem Belgier nie, wann dieser einen Scherz machte und wann es ihm ernst war.

»Und wie geht's jetzt bei dir weiter?« wollte Adalbert wissen.

»Wie bisher auch.« Jaques zuckte mit den Schultern. »Fahren, fahren, fahren. Wenn ich die Alpen erst einmal hinter mir habe, gönne ich den Pferden in Bozen ein paar Tage Ruhe. Die Wochen danach werden weniger anstrengend, weil die Strecke bis Rom und auch danach topfeben ist.«

»Und hast du keine Angst vor Überfällen? Nicht überall ist soviel los wie hier auf dem alten Krönungsweg nach Rom. Was ist, wenn du in eine einsame Gegend kommst und dir Wegelagerer auflauern?« Bei Adalberts Worten schaute nun auch Xelia auf, die sich in die dunkelste Ecke der Bank verzogen hatte.

»Ich habe keine Angst.« Jaques verzog den Mund. »Es sieht doch ein Blinder, daß bei mir nichts zu holen ist. Und auf der Heimreise werde ich Schutz haben, da sei dir gewiß.«

»Und welchen, wenn ich fragen darf?« Fast rechnete Philip damit, der Fuhrmann würde nun etwas von Leibeigenen faseln, die er zu seinem Schutz kaufen würde. Sehr zimperlich, was den Umgang mit anderen anging, war er schließlich nicht. Doch Jaques hatte andere Pläne, über die er bereitwillig Auskunft gab: »In Schahrud gibt es nicht nur feinste chinesische Seide, sondern auch Hunde, die so groß sind wie Bären.« Er warf einen verächtlichen Blick auf Lola, deren Kopf auf Xelias Füßen ruhte. »Die haben Hunde, deren Schädel sind so riesig wie von Ebern. Sie sind eigentlich von ganz ruhiger Natur, aber sie wissen ihren Herrn mit Leib und Leben zu verteidigen. Und wenn sie einmal zupacken, lassen sie nicht mehr los.« Er setzte sich noch einmal und nahm noch einen Schluck. »Vier von den Viechern kaufe ich und binde in jeder Ecke des Wagens einen davon fest. Das Lederzeug dafür habe ich schon mitgebracht. Wer dann noch etwas von mir will, muß es mit den Bestien aufnehmen oder sich ein leichteres Opfer suchen.«

Philip nickte anerkennend. Mewrzig war ein komischer Kauz, aber seine Ideen waren manchmal nicht schlecht!

»Und was machst du mit den Hunden, wenn du wieder zu Hause bist? So große Viecher sind doch sicher sehr wertvoll?« warf Adalbert ein und stellte damit die Frage, die Xelia am Herzen lag.

Jaques lachte. »Die verkaufe ich mit der Seide an den herzöglichen Hof. Anläßlich der Hochzeit können die immer ein paar gute Tiere für ihre Hunde- und Bärenkämpfe gebrauchen.«

Als Philip sah, wie sich Xelias Miene mißbilligend verzog, begann er hastig mit der Abschiedszeremonie. Hände schütteln, Schulter klopfen, gute Weiterreise wünschen. Es war nicht nötig, daß Xelia sich zu guter Letzt doch noch als Weib verriet!

Und dann waren sie wieder zu dritt.

Einen Augenblick lang blieben sie still am Tisch sitzen. Philip kaute gedankenverloren auf einem Stück Fladenbrot, Xelia rückte näher an den Tisch heran, und Adalbert schaute von einem zum andern. Es galt, den leeren Raum, der durch Jaques Abreise entstanden war, wieder zu füllen.

»So, das größte Stück Weg haben wir schon geschafft! Wer hätte gedacht, daß es so schnell gehen würde!« machte Adalbert einen ersten Versuch.

»Ja, vor ein paar Tagen saßen wir noch an einem anderen Tisch und glaubten, mehr als dreißig Tage in Eis und Schnee vor uns zu haben!« Xelia lachte. Wie war das mit dem Pläneschmieden?

»Daß wir den Belgier getroffen haben, war wirklich unser Glück!« pflichtete auch Philip bei. »Aber ich bin nicht böse darüber, daß wir ihn wieder los sind. Mein Fall war er nicht.«

»Nun ja, er hat wirklich seine eigene Art«, meinte auch Adalbert. »Andererseits wird sein Verhalten zum großen Teil auch von seinem Gewerbe bestimmt, nehme ich an.«
»Ach, das ist doch Blödsinn!« entgegnete Philip schärfer, als er eigentlich wollte. »Und was ist mit meinem *Gewerbe*? Reite ich etwa bei meinen Landvermessungen quer über eingesäte Äcker? Oder besteche ich tagtäglich Fährleute, Stallburschen und sonstige Personen, nur um andern Kartographen gegenüber einen Vorteil zu erlangen?«
Adalbert schüttelte den Kopf. »Zugegeben, Jaques ist ein Schlitzohr. Aber du kannst nicht behaupten, daß er jemandem dabei ernsthaft schadet.«
»Na, das ist ja wohl Ansichtssache! Was glaubst denn du, was ...«
»Ich kann's nicht fassen!« Xelia schlug mit ihrer Hand auf den Tisch, woraufhin andere Gäste zu ihnen hinüberschauten. Sie fuhr leiser fort: »Kaum seid ihr wieder allein, geht die Streiterei von vorne los! Ich hielt den Belgier auch nicht gerade für den freundlichsten aller Menschen, aber ich fange jetzt schon an, zu bedauern, daß er nicht mehr bei uns ist!« Verständnislos schüttelte sie den Kopf.
Philip schluckte wütend eine Entgegnung herunter. Sie hatte ja recht. Er wußte selbst nicht, was ihn an Adalbert derart zur Widerrede reizte. War es die *weise* Ausstrahlung des Älteren? War es seine Tatkraft oder die Tatsache, daß Adalbert den rettenden Gedanken mit Meran gehabt hatte? Dabei tat sich sein alter Lehrer weder mit seinem Wissen noch mit sonst etwas wichtig, ganz im Gegenteil: Er war wirklich bescheiden. Weder ihm noch Xelia gegenüber kehrte er den klugen Gelehrten heraus. Vielleicht störte ihn einfach Adalberts Anwesenheit? So ein Blödsinn! Wenn auch nur einer der Gründe zutraf – was war er selbst dann für ein feiner Mensch, dachte Philip und wurde dadurch nur um so wütender.
Das Schweigen zwischen ihnen zog sich in die Länge. Schließ-

lich räusperte sich Adalbert. »Wie geht's nun weiter?« wollte er wissen. Sein Ton war nichtssagend.

Philip gab sich einen Ruck. Was nun an Weg noch vor ihnen lag, war im Vergleich zu dem Stück, das sie hinter sich hatten, verschwindend gering. Aber es war auch der schwierigste Abschnitt, denn von nun an ging es von einem Tal ins nächste, über einen Gipfel zum andern – und das zu Fuß und nicht bequem im Pferdewagen! Er berichtete es den anderen, wobei er sich bemühte, weder altklug noch herausfordernd zu klingen. »Ich würde vorschlagen, daß wir hier übernachten und morgen in aller Frühe losgehen. An einem Tag ist die Strecke von hier bis nach Sankt Leonard sowieso nicht zu schaffen, das heißt, wir müssen mindestens noch einmal irgendwo übernachten.«

Xelia und Adalbert nickten. Beide stießen einen Seufzer der Erleichterung aus. Nachdem sie wegen Jaques nun nicht mehr jedes ihrer Worte auf die Goldwaage legen mußten, hatte ihre innere Anspannung stark nachgelassen. Die Euphorie, in so kurzer Zeit so weit gekommen zu sein, wich langsam wie dünn werdende Nebelschwaden einer großen Müdigkeit. Jeder Knochen tat weh. Ihre Lider waren schwer, ihre Zunge faul. Keinem war nach Streit zumute oder nach ausführlichen Erörterungen über den besten Weg. Das ungewohnt reichhaltige, warme Essen hatte ebenfalls seinen Teil dazu beigetragen, daß sie nur noch eins wollten: schlafen.

– 52 –

Am nächsten Morgen hatten sie Mühe, sich unter ihren Decken hervorzuschälen. Die Kammer war warm, und die Strohmatratzen dufteten nach Spätsommer, so daß Xelia ihr Gesicht tief darin vergrub. Angesichts der vielen Gasthöfe in der Stadt bemühte sich jeder einzelne Wirt um die Reisenden, die bei ihm übernachteten, statt ihnen das Gefühl zu vermitteln, sie seien nur eine lästige Qual. Und so hatte ihr Wirt ihnen eine eigene Kammer gegeben, dazu zwei Öllampen – von denen sie eine hatten brennen lassen – und für jeden eine Kanne Wein. Falls sie noch eine Decke wünschten, bräuchten sie nur danach fragen, hatte er außerdem gemeint. Soviel Gastfreundschaft war ihnen lange nicht mehr begegnet.

Nun, da Jaques weg war, übernahm Philip die Rolle des Schinders und rüttelte Xelia und Adalbert unsanft wach. Der Hund, den Xelia unter ihrem Mantel in die Kammer geschmuggelt hatte, hatte neben ihrem Bett eine Pfütze hinterlassen, stellte er ärgerlich fest. Der säuerliche Geruch ekelte ihn. Seiner Meinung nach machte Xelia viel zuviel Gehabe um das Vieh. Wenn es nach Philip gegangen wäre, hätten sie den Hund längst irgendwo zurückgelassen. Doch da ihr Herz so sehr an Lola zu hängen schien, behielt er seine Meinung für sich.

Nach dem Morgenmahl – das aus heißem Getreidebrei bestand, über den die Wirtin großzügig Honig gegossen hatte – kauften sie noch Proviant ein. Die Summe, welche die Frau für die Speckstreifen und das Fladenbrot von ihnen verlangte, erschien selbst Philip, der sich nicht sonderlich gut mit Preisen auskannte, als horrend hoch und nicht damit zu rechtfertigen, daß im Winter nun einmal alles teurer war. Wahrscheinlich gingen die Sterzinger Kaufleute davon aus, daß jeder hier in der Stadt in Geld schwamm!

Während Xelia und Adalbert draußen warteten, erkundigte Philip sich beim Wirt ein letztes Mal nach den vor ihnen liegenden Jaufenpaß, doch viel Neues erfuhr er dabei nicht. Der Paß sei in in den letzten Wochen in beide Richtungen begehbar gewesen, doch könne sich über Nacht im Gebirge viel ändern. Philip schulterte seine Tasche. So schlau war er auch!

Sie waren zwei Stunden unterwegs, als es zu schneien anfing. Zuerst waren es nur vereinzelte Flocken, doch bald war das Schneegestöber so dicht, daß sie Mühe hatten, den Weg zu erkennen. Nur langsam kamen sie voran, immer wieder blieb Philip stehen, um sich neu zu orientieren. Würden sie den falschen Weg einschlagen, wären sie verloren. Von Xelia und Adalbert war ausnahmsweise einmal kein Geplapper zu hören. Beide hatten Mühe, durch den schwerer gewordenen Boden zu stapfen.
Philip hatte sich fast schon dazu durchgerungen, wieder nach Sterzing umzukehren, als es genauso plötzlich aufhörte zu schneien, wie es angefangen hatte. Kurz darauf hob sich die tiefliegende weiße Decke, in der die Gipfel der Berge eingehüllt gewesen waren. Und noch etwas später schien sogar die Sonne. Es war so gleißend hell, daß sie mit beiden Händen ihre Augen abschirmen mußten. Trotzdem liefen ihnen Tränenbäche über die Wangen.
Philip blieb stehen und wischte sich die Schweißperlen von der Stirn. Im Gebirge war wirklich von einer Stunde auf die nächste mit allem zu rechnen, was das Wetter anging!
Er ließ seinen Blick kreisen, doch in der Helligkeit verschwammen Konturen, Höhen und Tiefen zu einer einzigen weißen Unendlichkeit. Er konnte beim besten Willen nicht abschätzen, wie weit sie gekommen waren. Sterzing war nicht mehr zu sehen, was jedoch nur an der Tatsache lag, daß es durch einen Berg verborgen wurde. Sie befanden sich erst beim Anstieg zum Jaufenpaß, der eigentliche Paß lag noch vor ihnen, doch wie lange es bis dahin dauern würde, wußte Philip nicht.

Er schaute sich um. Die beiden anderen waren ein gutes Stück zurückgefallen, und obwohl keiner einen Ton sagte, erkannte Philip, daß sowohl Xelia als auch Adalbert Mühe mit dem Marsch hatten. Es war Zeit für eine Rast, auch wenn sie durch das Schneetreiben schon genug Zeit verloren hatten.
Sie türmten Schnee zu einer Art Bank zusammen und legten eine von Philips Decken darüber. In der Sonne war es fast warm, und so zogen sie ihre Jacken und Mäntel aus, während sie ihr mitgebrachtes Wasser tranken und von dem Fladenbrot aßen.
»Erzähl doch ein bißchen von deinem Bruder«; forderte Xelia Adalbert auf.
»Ich dachte schon, du fragst mich gar nicht danach!« Adalbert grinste. »Ich kann's kaum erwarten, Michael wiederzusehen! Mehr als zehn Jahre ist's nun her, daß wir uns verabschiedet haben. Wir haben uns zwar so regelmäßig wie möglich geschrieben, aber daß ich ihn nochmals besuchen würde, daran habe ich eigentlich nicht mehr geglaubt«, meinte er.
»Und jetzt dauert's nicht mehr lange«, sagte Xelia.
»Ich wußte bis vor kurzem gar nicht, daß du einen Bruder hast. Soweit ich mich erinnere, hast du ihn in Tübingen nie erwähnt«, bemerkte Philip zwischen zwei Bissen.
»Dir gegenüber vielleicht nicht! Du hattest deine Nase ja ausschließlich in kartographischen Werken vergraben! Den anderen Studenten war Michaels Name zumindest vom Hörensagen her ein Begriff. Er hat sich nämlich auf dem Gebiet der Heilkunde einen ordentlichen Ruf erarbeitet. Und nicht nur die Universitätsklinik in Tübingen sah ihn mit großem Bedauern Richtung Süden ziehen.«
»Und was war sein Fachgebiet?« hakte Philip nach.
»Immer müßt ihr über eure Wissenschaften reden!« Xelia verdrehte die Augen. »Was für ein Mensch ist er? Und wie kam er nach Tirol? Das interessiert mich!«
»Was einer tut und arbeitet, sagt oft sehr viel über ihn als Mensch aus. Wieso hörst du dir deshalb nicht erst einmal an,

was Adalbert über die Arbeit seines Bruders zu erzählen hat?« widersprach Philip. Der Tadel in seinen Worten war nicht zu überhören.

Xelia öffnete den Mund zur Erwiderung, doch Adalbert kam ihr zuvor: »Da hast du ausnahmsweise ein wahres Wort gesprochen! Michael ist wirklich mit Leib und Seele Arzt. Er hat sich auf die Heilkunde bei Kindern spezialisiert. Schon während seiner Ausbildung war ihm aufgefallen, daß es Krankheiten gibt, die vor allem Kinder bekommen. Er führte Untersuchungen durch und schrieb alle Beobachtungen darüber auf. Sehr bald sah er seine Vermutung bestätigt: In der Tat gibt es Krankheiten, die nur Kinder eines bestimmten Alters befallen.«

»*Kinder*krankheiten?« fragte Philip entgeistert nach. Die Familie Hyronimus hatte scheinbar nicht nur einen komischen Kauz mit messerscharfem Verstand hervorgebracht!

Adalbert verzog den Mund. »So ähnlich wie du reagierte damals die gesamte Tübinger Ärzteschaft. Wen interessieren schon Kinder? Als Michael von oberster Stelle die Anweisung bekam, weniger Zeit mit seinen Untersuchungen zu verbringen, zog er die Konsequenz: Er bat um seine Entlassung aus dem herzöglichen Dienst, welche ungern, aber schließlich doch genehmigt wurde. Ein paar Taler hatte er auch gespart, und so stand seinem Fortgang nichts im Weg.«

»Und wie kam er dann nach Meran?« Xelia hatte gespannt zugehört.

»Das war wohl mehr Zufall als Planung.« Adalbert lachte. »Zuerst hielt er sich über ein Jahr lang in München auf, um dort zusammen mit einem Kollegen an einer Abhandlung über den seiner Ansicht nach viel zu häufigen Tod von Neugeborenen zu schreiben. Währenddessen traf er einen Pfarrer aus Sankt Leonard – dem Dorf, das nach dem Jaufenpaß kommt –, der auf der Suche war nach einem Wandmaler für seine Kirche. Die beiden kamen ins Gespräch, wobei sich der Pfarrer sehr wohlwollend über das milde Klima und den Wohlstand Merans ausließ. Als der Kirchenmann dann zurückging – übrigens ohne Maler, den sollte er erst ein Jahr später auf einer Reise nach Italien finden –, schloß sich Michael ihm an. Und seinen Briefen nach hat er es nicht bereut.«

»Dann gilt also nicht nur das Sprichwort: *Alle Wege führen nach Rom,* sondern auch: Alle Wege führen nach Meran!«

Xelia hatte diese Redensart zwar noch nie gehört, trotzdem stimmte sie mit Adalbert in Philips Lachen ein. Zum ersten Mal seit vielen Tagen fühlte sie sich leicht ums Herz. »Und wie kam er schließlich zu seinem Spital?«

»Eine der wenigen noch ansässigen Fürstenfamilien – die meisten Adligen sind vor etlichen Jahren nach Bozen oder Innsbruck gezogen – half ihm dabei.« Adalbert schüttelte den Kopf. »Wenn ich's mir recht überlege, ist Michaels Leben eigentlich eine einzige Aneinanderreihung von Zufällen! Der älteste Sohn jener besagten Adelsfamilie wurde nämlich just zu dem Zeitpunkt von seinem Falken angegriffen, als Michael sich als Arzt in Meran niedergelassen hatte. Der Vogel hatte sein rechtes Auge attackiert und außerdem ein so tiefes Loch in den Schädel des Jungen gehakt, daß der Knochen hervorguckte. Michael war beim Anblick der Wunden selbst erschrocken, hat er mir geschrieben. Ohnmächtig und halbtot sei das Kind gewesen. Keiner habe damit gerechnet, daß er das Augenlicht des rechten Auges würde retten können, und doch hat Michael dieses Wunder vollbracht. Als Dank dafür schenkte die Gräfin ihm ein kleines Haus und auch den Grund, auf dem es stand. Nach und nach baute Michael weitere Kammern an, und so kam eins zum andern. Und heute kommen reiche Familien von weit her, um ihren Kindern von Michael helfen zu lassen. Ob eines unter die Räder einer Kutsche kommt oder ins Wasser des Fischweihers fällt, ob das Neugeborene Husten hat oder sich gelb verfärbt – Michael ist ein begnadeter Arzt und ist sich nicht zu schade für die Kleinsten. So ist er nicht nur berühmt, sondern auch reich geworden. Übrigens«, er wandte sich an Xelia, »er wird äußerst

neugierig sein, darüber zu hören, wie du bei der Zweilingsgeburt vorgegangen bist.«
Philip nickte anerkennend. Zumindest der jüngere der Hyronimus-Brüder schien etwas Geschäftssinn zu haben.
Als könne Adalbert Gedanken lesen, fügte er noch hinzu: »Die kranken Kinder der armen Leute behandelt er natürlich umsonst«, woraufhin sich Xelias Gesicht zu einem breiten Grinsen verzog, und Philip nichts antwortete.
Er stand auf und streckte sich. »Es wird Zeit«, meinte er mit einem Blick auf die Sonne, die gerade eilig hinter einer neuen Wolke verschwand. Sofort wurde es wieder fröstelig kalt. »Ich würde vorschlagen, daß wir mindestens noch diesen Berg dort hinter uns bringen.« Er zeigte nach vorn. »Dahinter kann es zum Jaufenpaß nicht mehr weit sein. Sobald wir dort eine geschützte Stelle finden, schlagen wir unser Nachtlager auf. Und morgen geht's nach Sankt Leonard!« Wenn es nur schon soweit wäre, fügte er im stillen hinzu.
»Der Berg scheint nicht sonderlich hoch zu sein«, meinte Adalbert.
»Ist er auch nicht. Trotzdem werden wir den Rest des Tages dazu brauchen, ihn zu bewältigen. Wir werden ihn nämlich umgehen.« Philip wies nach links, wo eine schmaler Riß die Bergkette zu entzweien schien.
»So weit willst du gehen – warum denn das? Der direkte Weg wäre doch der kürzeste. Die Steigung ist doch völlig harmlos!«
Philip lachte kurz auf. »Das ist ja das Trügerische daran! Ich trau' dem Hang nicht.«
Als alle drei ihr Gepäck geschultert hatten, marschierten sie los.
»Der Berg ist mir zu glatt. Nirgendwo guckt ein Felsen heraus, keine Bäume sind zu sehen, alles ist eine einzige, weiße Fläche.« Philips Blick war skeptisch.
»Du meinst, es besteht die Gefahr, daß Schneemassen herunterkommen?« Nun wurde auch Adalberts Blick besorgt.

Philip nickte. »Ich kenn' mich nicht sonderlich gut aus mit so etwas, das gebe ich ehrlich zu. Aber mir sagt der gesunde Menschenverstand, daß eine hier abgehende Schneemasse nirgendwo Halt fände und uns für immer begraben würde.«
Schweigend stapften sie weiter, Stunde um Stunde, den Berg rechts liegenlassend. Alle paar Schritte blieb Philip stehen und stocherte mit seinem Gehstock im Boden herum. »Wir müssen aufpassen«, sagte er immer wieder. »Der Schnee ist alt und schwer. Wir kennen den Weg nicht und wissen nicht, wie der Untergrund aussieht. Ein unvorsichtiger Schritt könnte genügen und ...«
»Wie lange, glaubst du, ist es noch bis zu dem Paß?« Xelia schauerte es. Die Vorstellung, von einer Ladung Schnee begraben zu werden, hatte ihr schon Angst gemacht, und Philips Verhalten war auch nicht gerade vertrauensfördernd.
Er drehte sich zu ihr um. Ihr Gesicht schimmerte bläulich, und ihre Lippen waren weiß. Obwohl sie sich mit keinem Ton beklagte, sah er, daß sie am Rande der Erschöpfung war. Trotzdem hielt sie den Hund fest an ihre Brust gedrückt. Das war so bezeichnend für Xelia! Die Versuchung, sie in die Arme zu schließen und hier und jetzt ein Lager aufzubauen, war groß, dennoch erlag er ihr nicht. Er mußte zumindest eine wind- und wettergeschützte Stelle finden, sonst würden sie die Nacht vielleicht nicht überleben. Dem Himmel sei Dank, daß dies die einzige Nacht unter freiem Himmel sein würde!

Als wäre ein Zauberer ihnen wohlgesonnen, tauchten eine halbe Meile vor ihnen plötzlich drei Tannen auf. Ihr kräftiges Grün war die einzige Farbe in der Landschaft und wirkte fremd und tröstlich zugleich.
Ungläubig schauten sie sich an. Ihre Schritte wurden wieder schneller, ihre Blicke krallten sich an den Bäumen fest, als ob sie im nächsten Augenblick wieder verschwunden sein konnten. Doch nichts dergleichen geschah, und beim Näherkommen ent-

deckten sie das weiche Bett aus Moos inmitten der Tannen, deren dichtes Nadelkleid den Winter bisher tapfer abgehalten hatte.

Philip fiel ein Stein vom Herzen. Hier würden sie ein sicheres und geschütztes Lager für die Nacht einrichten können.

– 53 –

Am nächsten Morgen waren sie noch keine Meile weit gegangen, als das Unglück geschah.

Die Nacht war eisig und die Tannen boten keinen großen Schutz. Ihr restliches Brot und den Speck hatten sie noch im Licht ihrer Öllampe verzehrt, so daß sie unverzüglich aufbrechen konnten, als es endlich hell wurde. Alles tat ihnen weh, und sie waren sehr müde.

Wie am Vortag war Philip vorangegangen, vorsichtig den Weg mit seinem langen Stock prüfend. Ohne daß er etwas sagen mußte, hatten sich Xelia und Adalbert knapp hinter ihm gehalten und seine Spur für ihre eigenen Schritte benutzt. Eigentlich hätte nichts passieren dürfen, aber . . .

»Was für eine angenehme Überraschung!« hatte Philip ausgerufen. Sie waren gerade um eine kleinere Erhebung gegangen, als er plötzlich vor einem hölzernen Schild stand. »Jaufenpaß, 2 Meilen« hatte darauf gestanden, und ein Pfeil hatte nach geradeaus gewiesen. Nun hatten sie Gewißheit, daß sie auf dem richtigen Weg waren!

Beschwingt waren sie vorangeschritten und hatten Pläne darüber geschmiedet, was sie nach ihrer Ankunft in Sankt Leonard machen wollten. Philip und Xelia hatten sich nur angeschaut und beide den gleichen Gedanken gehabt. Ihre Sehnsucht nach dem anderen war inzwischen übermächtig.

Adalbert hatte damit geliebäugelt, eine Nachricht an Michael schicken zu lassen, um diesen auf ihre Ankunft vorzubereiten. Vielleicht würde sein Bruder ihnen einen Wagen entgegenschicken, hatte er mit einem listigen Blick gemeint. Xelia und Philip hatten begeistert genickt.

Es war nur ein kleiner, ein einziger unachtsamer Schritt Adalberts, in einem Augenblick, in dem keiner von ihnen damit gerechnet hatten. Wer oder was sollte ihnen jetzt noch etwas anhaben? Ein kleines Freudentänzchen andeutend, hatte Adalbert einen Schritt zur Seite gemacht und dabei ein Schneebrett freigetreten. Als es geschah, bemerkten die beiden anderen es gar nicht sofort. Und als Xelia sich umdrehte und Adalbert nicht mehr sah, glaubte sie den Bruchteil eines Wimpernschlages lang, der ewige Anblick des Schnees hätte ihrem Augenlicht geschadet. Doch sofort darauf erhob sich aus der Tiefe Adalberts Fluchen.

Zu Tode erschrocken, registrierte Philip dennoch, daß Adalbert am Leben war. Er warf sein Gepäck zur Seite und rannte die paar Schritte zurück zu der Stelle, wo Adalbert hinuntergestürzt war. »Bleib weg da!« wies er Xelia an und lag schon auf dem Boden, sich langsam an die Kante heranrobbend.

Adalbert war ungefähr zwei Ellen tief gefallen. Die Kante, wo der Schnee unter seiner Last nachgegeben hatte, war messerscharf abgeschnitten.

»Worauf wartest du, willst du mich hier unten verrotten lassen?« Mit verzerrtem Gesicht hatte Adalbert sich wieder aufgerappelt und versuchte, aus eigener Kraft die mannshohe Böschung hinaufzugelangen. Er sah nicht verwundet aus, nur verdutzt.

»Was ist, hast du dich verletzt?« rief Xelia ihm von weiter hinten aus zu.

»Ist alles in Ordnung?« fragte nun auch Philip. Er war immer noch schockiert. Nichts, aber auch gar nichts hatte unter der Schneedecke darauf hingewiesen, daß der Weg seitlich von einem tiefen Graben begrenzt wurde! Alter, brüchiger Schnee hatte die Rinne bis oben hin gefüllt, und Löcher und Spalten hatten sich da gebildet, wo unter Sonneneinstrahlung der Schnee geschmolzen war. Der Neuschnee des vergangenen Tages hatte schließlich alles mit seiner jungfräulichen Decke eingehüllt.

»Ob alles in Ordnung ist, sage ich euch, sobald ich hier draußen bin.« Adalbert warf sein Gepäckbündel nach oben und fuchtelte mit seiner Hand, bis Philip die seine hinabstreckte. Er griff danach. Xelia hatte sich auf Philips Beine gesetzt, um ihn mit ihrem Gewicht vor dem Abrutschen zu bewahren. Lola hüpfte kläffend um die beiden herum, das Verhalten ihrer Kameraden mußte ihr mehr als seltsam erscheinen.
Nach mehreren Anläufen fand Adalbert soviel Halt in der Schneewand, daß er sich hochhangeln konnte. Sein Gesicht war nach der Anstrengung schweißnaß und rot. »Du meine Güte, wie konnte das passieren?« Seine Hände zitterten, als er sich den Schweiß von der Stirn wischte. »Im einen Augenblick war alles noch ganz normal – und plötzlich zog mir jemand den Boden unter den Füßen weg!« Er setzte sich auf den festgetrampelten Schnee.
Xelia beugte sich über ihn und tastete seine Beine ab. Adalbert machte einen ungeduldigen Ruck zur Seite. »Die Beine haben nichts, aber ich glaube, unten am linken Knöchel ist etwas nicht in Ordnung.« Er stand auf und stieß dabei ungewollt einen Schmerzensschrei aus. »Ah, verdammt!« Er machte einen Schritt nach vorn, das linke Bein ein wenig nachziehend. Dann noch einen. Schließlich blieb er stehen. »Na, es geht doch! Wenn wir heute noch in Leonard ankommen wollen, müssen wir uns beeilen.«
Philip gönnte sich einen tiefen Atemzug. Nun, da es schien, als ob Adalbert mit dem Schrecken davongekommen sei, ließ der Krampf in seiner Magengegend langsam wieder nach. Er half Xelia, die noch im Schnee kniete, aufzustehen, schulterte sein Gepäck wieder und ging erneut voraus. Gott sei Dank war noch mal alles gutgegangen – er hätte nicht gewußt, was er im anderen Fall getan hätte!

Seine Erleichterung sollte nicht lange andauern, denn schon kurze Zeit später wurde Adalbert erst langsamer, dann blieb er

ganz stehen. Er sah verlegen aus, als sei ihm ein schlimmes Mißgeschick geschehen, an dem er allein die Schuld zu tragen habe. »Es geht nicht, es tut mir leid.« Er schaute zu Philip. »Ihr müßt allein weiter.«
Philip erwiderte erst einmal gar nichts. Seine Gedanken rasten hilflos im Kreis herum, was ihn angesichts der wenigen Möglichkeiten, die ihnen blieben, um so mehr ärgerte. Logisches Denken war gefragt und kein hilfloses Trudeln, einem Ertrinkenden in einem See gleich!
Xelia hatte sich neben Adalbert aufgebaut, als wolle sie sagen: *Nie und nimmer lasse ich dich allein!* Ihre Augen waren ein Stück enger zusammengerückt, ihre Stirn kräuselte sich, und er sah, wie sich ihr Brustkorb hob und senkte. Wie gut er das Weib inzwischen kannte! Gleich! Gleich würde wieder einer ihrer forschen Sprüche kommen, von wegen, man müsse zusammenhalten, einander beistehen und so weiter. Und sie würde ihn dabei mit ihren herausfordernden Augen anschauen, so daß er sie am liebsten geschüttelt hätte. Natürlich hatte sie mit vielem recht, doch war es nicht vernünftiger, erst einmal darüber nachzudenken, wie das *Einanderbeistehen* aussehen sollte? Vertraute sie ihm immer noch nicht? Warum bloß fühlte er sich immer dann, wenn es kritisch wurde, Xelia gegenüber so fremd? Gerade eben noch hatte er geglaubt, voller Gefühle in der Tiefe ihrer Augen versinken zu müssen, und nun war es wieder, als stünde eine Fremde vor ihm.
Philip riß sich zusammen und wischte alle Gedanken wie lästige Fliegen weg. »Ich gehe los und hole Hilfe!« Sein Tonfall und sein Blick ließen keine Widerrede zu, und so kam auch kein Mucks von Xelia. Anstelle von Abwehr sah er sogar etwas Vertrauensseliges in ihren Augen, das ihm irgendwie leichter ums Herz werden ließ. »Bis zum Paß sind's zwei Meilen, danach vielleicht nochmals vier oder fünf bis Sankt Leonard. Das bedeutet, daß ich spätestens am Nachmittag dort sein werde.« Er schaute sich um. »Ihr müßt aus Schnee eine Mauer bauen und euch

dahinter so gut es geht vor der Kälte schützen. Ich lasse euch mein ganzes Gepäck samt Decken da. Ohne Gewicht bin ich um so schneller.« Er strich Xelia über die Wangen. »Sorge dich nicht, ich komme wieder, und zwar mit Hilfe!«

»Was mach' ich nur? Was mach' ich nur?« wisperte Xelia monoton immer wieder vor sich hin. Aufgeregt sprang Lola an ihr hoch, zerrte an ihrem Ärmel, dann stieg sie wieder auf Adalberts Brust und schleckte ihm übers Gesicht. Mit ihrer rechten Hand schob Xelia den Hund zur Seite, dann legte sie ihre Hand an Adalberts Hals. Sein Herzschlag war noch regelmäßig, aber sehr schwach. »Lieber Gott im Himmel, so hilf' mir doch!« flehte sie und dachte im selben Augenblick, wie sinnlos ihr Gebet vermutlich war. Warum sollte Gott ihr gerade jetzt zuhören, wo sie doch sonst nie betete?
Die Stille war so erdrückend, daß ihr die Geräusche ihres Körpers quälend laut erschienen. Ihr Atem rasselte, als sie Luft holte, weiße Wolken ausstieß und Rotz zurück in ihre Nase zog, wo er sich kalt gegen ihre Stirnwand preßte. Sie hörte, wie ihre Zähne aufeinander mahlten wie Mühlsteine und war machtlos dagegen – und auch gegen den kalten Schauer, der ihr dabei über den Rücken lief.
Xelia schaute in die endlose weiße Landschaft. Von Philip war nichts zu sehen. Hatte er sich verlaufen und war jetzt dem Tod geweiht wie Adalbert und sie? Oder war er auf dem Weg zu ihnen und brachte Hilfe mit? Sie wußte nicht, wieviel Zeit vergangen war, seit er losgezogen war, aber es kam ihr vor wie eine Ewigkeit. Sie hätte alles dafür gegeben, zu wissen, ob es ihm gutging. Konnte er sich in dem Schneesturm zurechtfinden? Er war doch Kartograph, das mußte ihm doch irgendwie helfen, oder?
Sie nahm Adalberts Kopf auf ihren Schoß. So munter er anfangs gewesen war – er hatte ihr sogar bei dem Errichten der Schneehütte geholfen –, so rapide war es mit ihm bergab gegangen.

»Verdammt, ist das kalt«, hatte er gesagt und seine Jacke enger um sich gezogen. Wenig später hatte er sich hingelegt. Seine Zähne klapperten, als er ein mißratenes Lächeln versuchte. Xelia hatte ihn vom Einschlafen abhalten wollen – instinktiv spürte sie, daß Schlaf nicht gut für ihn war. Doch er hatte sich nur weggedreht und gemurmelt: »So vergeht die Zeit viel schneller.«
Seine Lider zuckten unruhig. Kalter Schweiß lief ihm über die Stirn, den Xelia immer wieder abzutrocknen versuchte. Doch kaum war sie mit ihrem Rockzipfel über sein Gesicht gefahren, brach neuer Schweiß aus den Poren seiner kalkweißen Haut. Was war nur los mit ihm? War es der Schreck über seinen Sturz, der ihm so zu schaffen machte? War es Erschöpfung? Die Kälte, vor der sie sich nicht ausreichend schützen konnten? Er war so mager, kein Fleisch auf den Rippen konnte ihm als wärmendes Polster dienen! Xelia rückte näher an ihn heran und spürte dabei schmerzlich, wie kalt sie selbst war. Wie sollte sie ihn da wärmen?
Eine Weile saß sie so da. Immer dickere Flocken fielen lautlos vom Himmel, der Eingang zu ihrer Schneehöhle hob sich nicht mehr von den Wänden ab. Wenigstens blies kein Wind, schoß es Xelia durch den Kopf, und sie mußte fast lachen. Was machte es schon aus, ob sie wegen eines eisigen Windes erfroren oder durch den Schnee allein? Vielleicht hätte der Wind ihr Elend wenigstens zu einem schnelleren Ende gebracht? Sie schüttelte den Kopf. Was dachte sie da für einen Blödsinn! Sie war froh, daß sie in weiser Voraussicht nicht nur eine Mauer, sondern eine kleine Höhle aus Schnee gebaut hatte! Sonst wären sie vielleicht schon längst erfroren.
Sie spürte, wie sie müde wurde. Wie gerne hätte sie sich wie Lola zusammengerollt und geschlafen. Doch wer würde dann auf Adalbert aufpassen? Wer würde seinen Schweiß trocknen, seinen Kopf hoch halten, damit er genügend Luft bekam? Sie wußte, wenn sie es sich gestattete, einzuschlafen, würde sie nicht mehr aufwachen. »Denk' nach, Xelia!« Ihre Stimme war rauh,

aber sie hörte sich vertraut an. »Statt den lieben Gott zu bemühen, solltest du besser deinen Verstand anstrengen!« befahl sie sich selbst.
Sie spürte eine kleine Bewegung von Adalbert. Bemüht, keine kalte Luft an seinen frierenden Körper zu lassen, krabbelte sie unter der Decke hervor. Nachdem sie sichergestellt hatte, daß sein Leib ganz eingehüllt war, nahm sie den Hund und legte ihn auf Adalberts Bauch. So konnten sie sich gegenseitig wärmen. Dann krabbelte sie an der halbrunden Wand entlang, bis sie zu dem Loch kam, das ihren Unterschlupf mit der weißen Endlosigkeit verband. Noch immer kein Philip, weit und breit. Vielleicht war er schon tot, im Himmel, bei ihrer Mutter. Eine seltsame Vorstellung. Sie fühlte sich so allein!
»Mutter, ich brauche deinen Rat«, jammerte sie. »Wie würde die Heilerin Eulalia Adalbert helfen?«
»Lali?« hörte sie eine Stimme hinter ihrem Rücken flüstern. »Lali?« kam es nochmals, fragender, forschender.
Xelia drehte sich erschrocken um. Adalbert hatte seinen Kopf ein wenig erhoben. Seine Augen waren offen, glanzlos, aber es war Leben darin. »Wo ..., wer ...?«
»Psst. Nicht sprechen, das kostet zuviel Kraft.« Xelia hielt ihm einen Finger auf den Mund und spürte dabei, wie sich seine Lippen dennoch bewegten. Ein kleines Lächeln huschte über ihr Gesicht. Selbst in diesem Zustand war Adalbert noch wißbegierig. Sie hatte keine Ahnung, was in seinem Kopf vorging, aber sie war so froh, daß er wach war. Nun mußte sie ihn unter allen Umständen wach halten! »Eulalia hieß meine Mutter«, erklärte sie und strich ihm dabei über die Stirn. »Sie war auch Heilerin und eine sehr weise Frau. Wann immer ich nicht weiterweiß im Leben, frage ich mich, was sie an meiner Stelle wohl tun würde. Aber ...« – Xelia winkte ab – »du sollst dir keine Sorgen machen. Bald wird Philip mit Hilfe hiersein, und dann wird alles gut.« Sehr tröstlich hörte sie sich nicht an, nachdem sie gerade eben ihre eigene Hilflosigkeit zugegeben hatte.

»Ich... kannte... auch einmal... eine Frau, die... Eulalia hieß«, kam es stockend.
Xelia wußte nicht, was sie von Adalberts Worten halten sollte. Spielte sein Verstand ihm einen Streich, oder sollte das wirklich zutreffen? Eulalia war ein sehr seltener Name. Ihre Mutter hatte ihr einmal erzählt, daß er in Württemberg eigentlich nicht gebräuchlich war.
»Lali wurde sie genannt«, flüsterte Adalbert, und seine Stimme verriet, daß er ziemlich aufgeregt war.
»Das ist ja ein Zufall! Erzähl mir von dieser Lali!« forderte Xelia ihn auf. Reden, schimpfen, weinen – nur nicht einschlafen!
»Weißt du noch, daß ich einmal... gesagt habe, du würdest mich an jemanden erinnern? Es war... gleich zu Beginn, als du mich aus dem Spital befreit hast, ich glaube, in... der ersten Nacht in der Scheune. Ich... schaute dich an – und sah plötzlich Lali vor mir stehen! « Seine Worte kamen stockend.
Xelia nickte. Und ob sie sich an den Moment erinnerte! Vor allem an Philips Feindseligkeiten. War er damals auf den Älteren eifersüchtig gewesen? Sie schüttelte den Kopf. Diese Vorstellung war zu absurd.
»Du lachst sogar wie sie.« Adalbert hörte sich verwundert an.
Auf einmal huschte ein silberner Streif über Xelias Seele. Mit felsenfester Bestimmtheit wußte sie auf einmal Bescheid. *Adalbert sprach von Eulalia, ihrer Mutter!* Sie konnte sonst nichts weiter denken, aber das war auch nicht notwendig. Doch Wärme durchflutete sie wie heißer Tee, der die Kehle hinabrinnt.
Auch Adalbert schien diese Wärme zu spüren. Er setzte sich aufrecht hin, seine Wangen waren nicht mehr leichenblaß, sondern von einem leichten Rosa überzogen. »Sie hatte auch einen Hund. Und sie hatte mindestens ein genauso großes Herz wie du. Ich habe sie sehr geliebt, sie war mein ein und alles. Lali...« Seine Augen verdunkelten sich wie eine sternenlose Sommernacht.
Die seltsamen Worte machten Xelia angst. Noch nie hatte sie

jemanden sagen hören, ein anderer Mensch sei sein *ein und alles.* Aber es hörte sich schön an. Genauso schön wie das *Lali,* das auf einmal vieles wiedergutmachte: den manchmal weltentrückten Ausdruck auf Eulalias Gesicht, als würde sie sich fragen: *Was mache ich hier eigentlich?* Ihre vor Gram gebückte Gestalt, ihre nie ausgesprochene, aber für die Kinder spürbare Angst vor dem Ehemann. Daß sie in einem früheren Leben von einem so wundervollen Menschen wie Adalbert Lali genannt worden war, erfüllte Xelia im nachhinein mit einem tiefen Glück, aber auch mit tausend Fragen. »Und was ist aus ihr geworden?« War das ihre Stimme, dieses blecherne Scheppern?

Auch Adalbert hing seinen Gedanken nach, jetzt jedoch hellwach und weit davon entfernt, wieder in den schlafartigen Zustand zurückzufallen. Er antwortete mit unendlich trauriger Stimme: »Ich habe sie aus den Augen verloren. Es ... ist schon lange her, aber das Elend, das ich damals fühlte, überfällt mich seitdem immer wieder.«

»Wie lange ist es her? Und was ist geschehen?« hakte Xelia ungeduldig nach. Sie wollte die Gewißheit, die sie längst in sich spürte, aus seinem Mund hören.

Die Ungeduld in ihrer Stimme ließ ihn aufschauen. Und da sah er die Wahrheit in Xelias Augen. »Du meinst ... Das ist doch ... unmöglich. Nein – das ist es nicht!« Die Kälte und Anstrengung der letzten Stunden ließen alle Gedanken in seinem Kopf verschwimmen, untergehen. Doch einer tauchte hartnäckig immer wieder an der Oberfläche auf. »Du meinst ...«, wiederholte er und brach nochmals ab. Die Zeit schien in der eisigen Luft still zu stehen. Tränen schossen ihm in die Augen, die er hastig trokken wischte.

»Du bist Lalis Tochter! Verdammt noch mal, du bist Lalis Tochter!«

– 54 –

Xelia erwachte vom Geruch der Luft, die durch das undichte Fenster und die Ritzen der Tür in ihre Kammer wehte. Es roch nicht nach einer Sommerwiese, einem blühenden Rosenbusch oder einem Räucherofen, in dem gerade Fleisch seine würzige Haltbarkeit bekommt. Es waren ganz alltägliche Gerüche, die ihr in die Nase stiegen, das unverwechselbare Bukett eines Hauses und seiner Menschen: nach Gemüsesuppe, die zu lange auf dem Feuer stand und leicht angebrannt war, nach dem Holzboden, dessen Dielen von unzähligen Besuchern glatt gelaufen waren, nach den zurückgebliebenen Ausdünstungen der Menschen, die vor Philip und ihr hier geschlafen hatten. Die Decke auf ihrem Lager – kein Leinen, sondern aus einem Garn, das sie nicht kannte – roch nach Sonne und Wärme.

Daß es überhaupt nach etwas roch, war das Besondere! Es bedeutete *Leben.* Der Schnee, die Berge, ihr weißwandiger eisiger Unterschlupf, in dem sie auf Philip gewartet hatten – alles war eine einzige geruchlose Erstarrung gewesen.

Sie blinzelte. Draußen war es hell. Die Sonne schien. Neben ihr drehte sich Philip auf die linke Seite und nahm den Großteil der Decke mit.

Philip. Nach seinem Marsch durch den Sturm mußte er todmüde sein. Sie strich ihm eine Haarsträhne aus dem Gesicht.

Es hatte einen Augenblick gegeben, da hatte sie nicht mehr daran geglaubt, daß er es schaffen würde. Als der Schneesturm so dicht geworden war, daß die Wände ihres Unterschlupfes sich nicht mehr von der Außenwelt abhoben. Da hatte sie sich zwar noch nicht mit dem Tod abgefunden, aber sie war nahe daran gewesen. Und dann – just in dem Moment, als Adalbert und sie sich in den Armen lagen, überwältigt von den Gefühlen, daß er

ihre Mutter gekannt hatte – war aus der Ferne ein silbernes Klingeln zu hören gewesen. Philip! Und er hatte Hilfe mitgebracht. Gemeinsam mit dem Besitzer des Paßgasthofes hatte er Adalbert auf einen schmalen Pferdeschlitten gehoben. Heulend hatte Xelia ebenfalls Platz genommen, den halberfrorenen Hund auf ihrem Schoß. Sie waren gerettet, doch es hatte eine Weile gedauert, bis sie es wirklich glauben konnte.
Philip stöhnte leise im Schlaf, doch seine Gesichtszüge waren entspannt. Vorsichtig legte Xelia auch noch den Rest der Decke über ihn und stieg aus dem Bett. Sie schaute aus dem Fenster. Meran! Wie gut, daß der Schlittenbesitzer sich bereiterklärt hatte, in einem Zug hierherzufahren. Sonst hätten sie in seinem Gasthof oder in Sankt Leonard übernachten müssen. Doch Philips Argument, Adalbert brauche dringend ärztliche Hilfe, und zwar die seines Bruders Michael, und ein tiefer Griff in den Geldbeutel hatten den Mann überzeugt, die lange Fahrt in einem Stück zu machen. Xelia war das nur recht gewesen, sie wollte nicht mehr unterwegs sein, sie wollte endlich irgendwo ankommen. Was sie gestern übermüdet nur am Rande wahrgenommen hatte, empfing sie nun mit voller Wucht: die Fruchtbarkeit und Wärme der Stadt, die dem Winter trotzte mit allem, was ihr zur Verfügung stand. Im Hintergrund erhob sich die schneebedeckte Ewigkeit der Alpen gegen einen leinblumenblauen Himmel, doch die Hügel rings um Meran waren frei vom Schnee. Manche der Obstbäume, die zu Hunderten die Hänge hinaufwuchsen, hatten einen Teil ihres Blätterkleides gerettet, dazwischen standen Weinstöcke, die ebenfalls etwas altes Grün aufwiesen. Direkt vor Michaels Haus war eine Aussparung zwischen den Pflastersteinen, und dort ragte ein Nadelbaum in die Höhe, wie Xelia noch keinen gesehen hatte. Sie mußte unbedingt jemanden fragen, wie dieses Gehölz hieß!
Die Sonne wärmte ihr Gesicht. Von unten hörte sie aufgeregtes Hundegebell und eine Männerstimme, die wahrscheinlich zu dem kleinwüchsigen Adolf gehörte. Sie hatte Lola über Nacht in

der Küche gelassen und wollte Michael heute fragen, ob er überhaupt einen Hund in seinem Haus erlaubte. Wenn nicht, mußte sie ihr im Garten hinter dem Haus einen Stall bauen. Doch in ihrem Innersten war Xelia davon überzeugt, daß Michael Hyronimus sich nicht an dem kleinen Tier stören würde.

Sie zog ihre Schuhe und die Jacke an und stieg mit schmerzenden Knien die Treppe hinab. Sie konnte es kaum erwarten, mit Adalbert zu reden. Was war zwischen ihm und Eulalia gewesen? Wie war sie von Tübingen auf die Alb gekommen und wann? Und warum hatte sie den Gerber geheiratet, wo Adalbert sie doch so sehr geliebt hatte? Was konnte so schlimm sein, daß es zwei Menschen auseinanderbrachte? So sehr ihr diese Fragen auf der Zunge brannten, mußte sie sich dennoch gedulden – Adalbert brauche dringend Ruhe, hatte Michael gemeint, der seinen Bruder sofort nach ihrer Ankunft untersucht hatte. Die Erfrierungen an seinen Füßen seien nicht besorgniserregend, aber das lange Ausharren in der Kälte und der vorangegangene Marsch hätten sämtliche Kräfte in ihm aufgezehrt. Und nach dem, was er aus Philips kurzer Erzählung schließen konnte, sei die Zeit bei den Aussätzigen für Adalbert auch keine Erholung gewesen ...

Michael. Er und Adalbert waren wirklich aus dem gleichen Holz geschnitzt! Keine dummen Fragen nach dem Woher und Warum, als plötzlich mitten in der Nacht ein Schlitten vor seiner Tür anhielt, der ihm seinen todkranken Bruder sowie zwei Fremde brachte. Kein Hadern oder Zögern wegen der Umstände, die ihr plötzlicher Besuch sicherlich machte. Er hatte Xelia mit Herzenswärme umarmt, so daß sie ihm gegenüber von Anfang an dieselbe Vertrautheit spürte wie bei Adalbert. Sie freute sich darauf, Michael Hyronimus kennenzulernen! Ihn und die andern Hausbewohner, die letzte Nacht bei ihrer Ankunft nur kurz aus ihren Kammern herausgeguckt hatten: Giuseppa, die Magd, die kaum älter zu sein schien als Xelia, und Adolf, der so klein war wie ein Kind, aber das Gesicht eines alten

Mannes hatte. Welche Aufgaben er in Michaels Spital hatte, wußte Xelia noch nicht, aber es gab sicher eine Menge zu tun in einem so großen Haus.
Überhaupt – das Haus. Nach Adalberts Schilderung hatte sie sich etwas ganz anderes vorgestellt, eine Hütte vielleicht, bei der in Flickarbeit Wand für Wand wie die Jahresringe eines Baumes entstanden waren. Nichts dergleichen war der Fall! Michaels Zuhause war groß und aus hellem Stein gebaut und hatte zwei Säulen vor der Tür, die nur den Zweck erfüllten, dem Auge des eintretenden Besuchers zu gefallen. Die Comtessa, die Michael aus lauter Dankbarkeit das Haus vermacht hatte, schien nicht nur großzügig zu sein, sondern auch reich!
An der untersten Treppenstufe angelangt, stieß Xelia einen tiefen Seufzer aus. Sie wußte nicht, ob es an der Umgebung lag, an Michaels schönem Haus oder daran, daß sie neben Philip aufgewacht war – jedenfalls fühlte sie sich ganz und gar zufrieden. Sie hatte weit reisen müssen, doch nun war sie angekommen.

Kurze Zeit später saß sie mit Michael zusammen am Tisch. Im Eingangsraum des Hauses warteten mehrere Mütter mit ihren Kindern darauf, daß der Arzt sich um die Kleinen kümmerte, doch Michael wollte es sich nicht nehmen lassen, seinen Gästen bei ihrem ersten Morgenmahl in seinem Haus Gesellschaft zu leisten. Daß nur Xelia wach war, war ihm gleichgültig. Er selbst habe schon vor Stunden gegessen, meinte er und forderte sie auf, bei den gekochten Eiern und dem ofenwarmen Brot, das Guiseppa lächelnd auf den Tisch brachte, zuzugreifen. Das mußte er nicht zweimal sagen. Xelia hatte das Gefühl, eine ganze Sau verschlingen zu können! Sie aß und aß. Lola saß derweil auf einem braunen Schaffell neben dem Ofen und kümmerte sich keinen Deut um Xelia. Sie kaute an einem Knochen, der fast so groß war wie sie selbst. Neben ihr stand eine Schüssel Milch. Xelia lächelte. Die Frage, ob der Hund im Haus störte, konnte sie sich sparen!

Adalbert gehe es den Umständen entsprechend gut, berichtete Michael. Er habe am frühen Morgen mit seinem Bruder gesprochen und ihm etwas heiße Suppe verabreicht. Er sei müde, aber guter Dinge gewesen. Und nach Philip wolle er auch noch schauen, bevor er zu seinen anderen Patienten ging, doch vermutlich wäre dieser ebenfalls nur vollkommen erschöpft und bräuchte Ruhe.

»Nun habe ich also Verstärkung bekommen.« Michael lächelte.

Xelia hielt mit dem Löffeln inne. Die Miene des Arztes war undurchschaubar, seine Lippen zitterten seltsam. War es ihm vielleicht gar nicht recht, daß sie und Adalbert – und Philip für die Dauer des Winters – sich bei ihm einnisten wollten? Erst jetzt kam es ihr in den Sinn, danach zu fragen, ob sie überhaupt erwünscht waren. Sie überlegte, wie sie eine diesbezügliche Frage formulieren konnte, ohne Michael in die eine oder andere Richtung zu drängen. Während sie im Geiste noch Worte hin und her schüttelte wie ein Spieler seine Würfel, hörte sie ein seltsames Geräusch.

Michael weinte.

»Nie in diesem verfluchten Leben hätte ich gedacht, daß ich Adalbert noch einmal wiedersehe! Ich freue mich ja so! Heiliger Strohsack, ich will verdammt sein, wenn wir nach seiner Gesundung nicht das größte Fest feiern, das diese elende Hütte jemals gesehen hat!« Er wischte sich die Augen trocken und schlug mit der Faust auf den Tisch. »Egal, was es kostet, wir werden feiern und singen und tanzen, auf daß sich die Balken biegen! Und wenn ich dafür ein paar Adelsbälger extra behandeln muß!«

Xelia grinste. Er und sein Bruder schienen mehr als eine Gemeinsamkeit zu haben.

»Adalbert sagte mir vorhin, du seist eine Heilerin.« Michael hatte sich wieder gefangen und nun doch ein Stück Brot genommen, das er in zwei Teile brach. Eines davon warf er Lola zu, die

sich auffordernd neben ihm plaziert hatte, vom andern biß er herzhaft ab.
Xelia nickte. Michaels Themenwechsel kam überraschend für sie. Was hatte Adalbert ihm noch erzählt?
Fragend zog Michael die Augenbrauen hoch. »Und? Erzählst du mir, was du alles kannst – oder willst du mir deine Geheimrezepte nicht verraten?«
Wie meinte er das? Machte er sich über sie lustig? Sie schaute zur Tür, hilfesuchend, doch niemand erlöste sie. »Ich ...« Was sollte sie ihm sagen? Eigentlich konnte sie doch nur das, was sie Eulalia abgeschaut hatte. »Ich habe keine Geheimrezepte.« So, am besten erfuhr er gleich die Wahrheit!
»Aber mit Kräutern kennst du dich doch aus?« Ein Hauch von Skepsis schwang in Michaels Stimme mit. Er musterte sie mit zugekniffenen Augen, als frage er sich, ob Adalbert wohl einer Gaunerin auf den Leim gegangen sei.
Xelia mußte lächeln. Sie konnte in Michaels Miene lesen wie in der seines Bruders, so ähnlich waren sich die beiden. Auf einmal kam ihr ihre Scheu lächerlich vor. »Ja, mit Kräutern kenne ich mich aus. Ein bißchen zumindest.« Sie erzählte ihm, mit welchen Sorgen die Leinfeldener zu ihr gekommen waren und wie sie ihnen geholfen hatte.
Michaels Züge entspannten sich wieder. »Und Philips Bein«, er wies mit dem Kinn nach oben, wo Philip immer noch schlief, »wie hast du das behandelt?«
Bereitwillig erzählte sie ihm von den Kräuterauflagen.
Der Arzt rieb sich die Nase. »Ich glaube nicht, daß es die Kräuter allein waren. Hättest du das Bein nicht richtig geschient, wäre es nicht so gut oder vollkommen falsch zusammengewachsen.«
Xelia nickte. »Das glaube ich auch«, sagte sie. Sie wollte nicht eitel klingen, aber hatte sie nicht lange genug nach einem geeigneten Ast gesucht, mit dem sie Philips Bein schienen konnte? Irgendein Holzstück hatte sie nicht nehmen wollen, sie hatte eine ganz besondere Form im Kopf gehabt und ...

Michael seufzte. »Wenn du wüßtest, mit wie vielen Knochenbrüchen ich es zu tun habe! Manchmal drängt sich mir der Verdacht auf, die Meraner hätten eine besondere Begabung, sich ihre Glieder zu brechen!«
Xelia lachte. Die Vorstellung, daß ein ganzes Dorf humpelnd oder mit verbundenen Armen daherkam, war zu komisch!
Michael fiel in ihr Lachen ein, und Guiseppa, die den Tisch abdeckte, lachte ebenfalls mit, obwohl sie kein Wort verstand – sie spräche nur Italienisch, hatte Michael ihr zuvor erklärt. Dann wurde er wieder ernst. Er legte eine Hand auf Xelias Arm.
»Ich freue mich, daß ihr hier seid – und hierbleiben wollt, nach dem, was Adalbert vorhin angedeutet hat ... Es muß nicht heute sein und auch nicht morgen – aber irgendwann solltest du mir einmal deine Geschichte erzählen. Daß es eine solche gibt, sehe ich in deinen Augen. Doch worum es auch geht – hier bist du sicher. Mir kannst du vertrauen, das weißt du doch, oder?«
Xelia nickte stumm. Was sah er in ihren Augen? Kummer, den sie selbst nicht mehr spürte? Angst vor dem, was kommen würde? Die hatte sie nicht, so seltsam es auch war. Angst wäre in der Fremde schließlich das Natürlichste von der Welt gewesen.
»Jeder Mensch hat eine Geschichte«, erwiderte sie spröde, weil sie das Gefühl hatte, daß eine Antwort von ihr erwartet wurde. Im gleichen Atemzug fragte sie sich, ob das stimmte. Hatten Anna und Sybille eine Geschichte? Oder Samuel? Wenn ja, dann waren es jämmerliche Geschichten. So wie ihre, als sie noch in der Gerberei gefangen gewesen war. Das war es! Mußte man nicht frei sein, um eine Geschichte zu haben? Philip hatte eine Geschichte, aber Philip war auch ein freier Mensch, er konnte kommen und gehen, wie es ihm beliebte und er ...
Erschrocken fuhr sie zusammen, als Michael in die Hände klatschte.
»Lassen wir's für heute gut sein. Auf jeden Fall bist du herzlich willkommen! So erschöpft Adalbert gestern war, so hat er es sich doch nicht nehmen lassen, mir von seiner Befreiung durch deine

Hilfe zu erzählen!« Er klopfte ihr auf die Schulter. »Allein dafür bin ich dir natürlich für immer dankbar.«
Xelia wollte etwas erwidern, doch er ließ sie nicht zu Wort kommen. »Aber ich bin auch noch aus einem andern Grund froh, daß du hier bist. Die Arbeit ist für mich allein schon längst zuviel und – du wirst es nicht glauben – ich spiele schon seit einiger Zeit mit dem Gedanken, mich nach einem zweiten Arzt umzusehen. Und schau, was sendet mir das Schicksal vor die Tür? Eine Kräuterfrau! Wenn das nicht Bestimmung ist!« Sein Strahlen reichte von Ohr zu Ohr.
»Aber..., ich bin doch kein Arzt!« rief Xelia aus. »Wie soll ich einen Arzt ersetzen?« Sie schluckte. Michael machte sich wohl vollkommen falsche Vorstellungen von ihrem Können! »Außerdem – dein Bruder ist doch auch noch da, und Adalbert ist Arzt!«
Er wischte ihre Zweifel mit einer weiten Handbewegung fort. »Arzt, Heilerin, Kräuterfrau – was macht das für einen Unterschied? Hauptsache, jemand versteht sein Handwerk! Wo und wie er es gelernt hat, ist für mich völlig zweitrangig. Was Adalbert angeht, habe ich das Gefühl, daß er sich mit andern Gedanken trägt, als seine Tage mit kranken Menschen zu verbringen. Er erzählte mir etwas von einem Buch, das er schreiben will. Jedenfalls denke ich, daß wir uns prächtig ergänzen werden – du mit deinem Kräuterwissen und ich mit...« – Michael lachte – »nun ja, mit dem, was ich halt so kann.«

Das, was er halt so konnte, stellte sich als eine ganze Menge heraus, wovon Xelia sich kurze Zeit später überzeugen durfte.
Nachdem von Philip immer noch nichts zu sehen oder hören war, begleitete sie Michael hinaus in sein Behandlungszimmer. Wie Perlen an einer Schnur kamen die Kranken zu ihm, einer nach dem andern, und es waren beileibe nicht nur Kinder, wenn diese auch den Hauptteil seiner Patienten ausmachten. Doch es kamen auch erwachsene Leute, und jeder hatte etwas anderes: Nacheinander behandelte er einen Husten, rote Hautpusteln,

ein trübes Auge – der gleiche Mann hatte auch noch Sorgen mit dem Wasserlassen – und einen ausgerenkten Arm, wobei Michael Xelia bedeutungsvoll anschaute. Die Meraner mit ihrem Hang zu verletzten Gliedern …

Sie zwinkerte zurück und fühlte sich gut dabei. Überhaupt fühlte sie sich ausgesprochen wohl in Michaels Gegenwart und der seiner Patienten. Für jeden hatte er ein freundliches Wort, wenn auch eine gewisse Schärfe in seinem Witz nicht zu überhören war. Doch die Leute schienen ihm seine scharfe Zunge nicht krummzunehmen, auch diejenigen, die mit mürrischem Gesicht kamen, gingen letztlich mit einem Lächeln davon.

Bei den ersten beiden Kranken hatte Xelia Michael nur zugesehen und zugehört. Als der dritte kam – der Mann, bei dem das Wasserlassen so fürchterlich brannte, als »habe er ein Feuer in seinem Schwengel« –, fragte der Arzt Xelia zum ersten Mal um Rat. »Ein Tee aus Bärentraubenblättern«, antwortete sie, ohne lange nachzudenken. »Er muß den Tee mindestens fünfmal am Tag trinken, dann geht es ihm in drei Tagen wieder gut. Ich glaube, ich habe einen Beutel von dem Kraut mitgebracht«, fügte sie noch hinzu.

Michael nickte und wies sie an, es zu holen. Nachdem sie das Kraut aus ihrem Gepäck, das noch in der Küche stand, hervorgekramt hatte, füllte sie dem Mann ein paar Handvoll davon ab und gab ihm außerdem noch etwas, womit er sein trübes Auge spülen konnte.

Er bedankte sich tausendmal, zahlte Michael für dessen Behandlung und drückte Xelia wie selbstverständlich auch ein paar Münzen in die Hand, bevor sie etwas dagegen sagen konnte. Verdutzt starrte sie das fremde Geld an. Der Mann hatte nicht wissen wollen, wer sie eigentlich war, sondern hatte ganz selbstverständlich ihren Rat angenommen und sogar dafür bezahlt.

»Was soll ich damit?« Sie hielt Michael das Geld hin. »Es gehört dir, du bist der Arzt, nicht ich!« In ihrer Aufregung wurde ihre

Stimme schrill. »Und außerdem: Was mache ich, wenn mein Kräutervorrat verbraucht ist? Vielleicht wächst hier nichts von dem, was ich kenne. Vielleicht sind die Kräuter hier zu nichts ...«

»Vielleicht, vielleicht, vielleicht!« Der Arzt unterbrach sie gestenreich. »Vielleicht bist du mal einen Moment lang still und hörst mir zu?« Xelia schwieg.

»Warum schaffst du Probleme, wo keine sind? Laß uns doch erst einmal schauen, ob und wie du mir helfen kannst. Und dann können wir uns gemeinsam überlegen, wer welches Geld wofür bekommt, einverstanden?« Er suchte ihren Blick, den sie zu Boden gesenkt hatte. »Ich bin weiß Gott kein Mensch, der sich um Geld streitet«, fügte er noch hinzu.

»Aber ich doch auch nicht!« Du meine Güte, wie konnte er sie so mißverstehen! »Ich meinte doch nur, es ...«

Er winkte lächelnd ab. »Ich glaube, ich weiß schon, was du meinst. Du wolltest mir nichts von meinem Lohn wegnehmen, nicht wahr?« Er schüttelte den Kopf. »Da brauchst du dir keine Gedanken zu machen. Was dir zusteht, bekommst du. Und was deine Sorge um die Kräuter angeht: Ein Großteil von dem, was du aus den Wäldern der Alb kennst, wächst auch hier. Manches gibt es natürlich nicht, aber dafür wachsen hier andere, wundervolle Pflanzen, deren Heilkraft auch nicht zu unterschätzen ist.«

Xelias Augenbrauen wölbten sich zweifelnd zu zwei hohen Bögen, und so fuhr er fort: »Spätestens im Frühjahr werden wir gemeinsam losgehen und Felder und Wiesen auskundschaften. Ich habe das Gefühl, als könnten wir viel voneinander lernen!«

Obwohl Xelia ihm immer wieder einen skeptischen Blick zuwarf, spann er sie danach in jede seiner Behandlungen ein. Eine Widerrede war ihr nicht möglich, denn jedesmal, wenn sie ihre Zweifel über ihr Können laut werden lassen wollte, wies er sie an, einen Verband auszuwechseln, eine Salbe aufzutragen oder auf eine andere Art zu helfen. Jedem Patienten stellte er

Xelia als seine neue Helferin vor und pries ihr Kräuterwissen in den Himmel, obwohl er noch kaum etwas von ihr wußte! Doch auch da ließ er keine Widerrede zu, und so verdrehte sie zwar manchmal die Augen, aber als es gegen Mittag ging, hätte sie ihre Glückseligkeit am liebsten laut herausgeschrien. Durfte das alles wirklich wahr sein?

Sie konnte es kaum erwarten, Philip in jeder Einzelheit von ihrem Vormittag zu erzählen!

– 55 –

Nicht einmal Xelias verheißungsvolle Aufzählung aller Köstlichkeiten, unter denen sich der Küchentisch bog, brachte es fertig, Philip aus dem Bett zu bekommen. Er gähnte und streckte sich, küßte sie auf die Nase und drehte sich dann wieder weg. Xelia blieb nichts anderes übrig, als ihn weiterschlafen zu lassen. Aber es kostete sie ihre ganze Willenskraft, ihn nicht wieder zu wecken und mit ihren ganzen Neuigkeiten zu überschütten.

Guiseppa, Adolf und Michael saßen schon am Tisch, als sie sich zu ihnen gesellte. Es gab Maisbrei, Schweinefleisch und dicke, weiße Bohnen in einer dunklen Tunke, Brot, geräucherte Wurst und sauer eingelegte Gurken. Zu allen Speisen nannte Guiseppa ihr den jeweiligen Namen, doch Xelia war zu aufgekratzt, als daß sie sich auch nur einen hätte merken können. Sie würde sicher einige Brocken Italienisch lernen, aber das mußte doch nicht gleich an ihrem ersten Tag geschehen! Hilfesuchend wandte sie sich an Michael, der etwas zu der Magd sagte, woraufhin diese verstummte. »Sie ist eine gute Seele«, sagte er dann zu Xelia. Sie nickte. Das bezweifelte sie nicht! »Allerdings muß man ein wenig auf sie aufpassen, unser Mädle hat nämlich heißes Blut!« Er lachte.

Guiseppa, die ahnte, daß über sie gesprochen wurde, lachte gutmütig mit.

»Sie stammt aus einer Familie der fahrenden Völker. Ihre Eltern sind schon lange tot – aber das weiß hier niemand. Als ich vor einigen Jahren einmal in Bozen war, wollte ihr Onkel sie auf dem Markt an den Meistbietenden verkaufen. Er pries sie an wie ein Stück Vieh. Sie war fast noch ein Kind, und mir tat es im Herzen weh, zu sehen, daß sie so verschachert werden sollte. Also ging ich zu dem Mann und machte mit ihm einen Handel.«

»Und welchen?« Xelia bemühte sich, nicht allzu auffällig zu Guiseppa hinüberzustarren.
Michael winkte ab. »Ist doch unwichtig. Hauptsache ist, daß sie nicht in die Hände eines Schurken gelangt ist. Sie ist eine vorzügliche Köchin geworden und eine große Hilfe für mich.« Er verdrehte die Augen. »Wenn sie nur nicht unentwegt reden würde! Und wenn nicht ihretwegen dauernd die Burschen um mein Haus schleichen würden! « Er schaute Xelia bedeutungsvoll an. »Das meinte ich vorhin mit heißblütig ...«
Während des Essens sprach Xelia dann mit Michael nochmals die interessanteren Krankengeschichten des Vormittags durch. Er ließ sie reden, wie ihr der Schnabel gewachsen war, hakte aber nach, wo sie seiner Ansicht nach zu ungenau in ihren Aussagen blieb, und hielt auch mit Kritik nicht hinterm Berg. Xelia genoß jeden Augenblick.
Als sie das Gefühl hatte, fast platzen zu müssen, stand Guiseppa auf und kam mit einer riesigen Schüssel voller süßer Speise aus Äpfeln, Eiern und Nüssen wieder. Grinsend hielt sie Xelia die duftende Masse unter die Nase und sagte etwas in ihrer Sprache. Um die Magd nicht noch einmal vor den Kopf zu stoßen, nahm Xelia sich schließlich noch eine Portion davon und würgte sie hinunter. Michael hatte sich nach einem hastigen Teller Maisbrei mit dem Hinweis verabschiedet, er müsse nun Hausbesuche machen und wolle nicht, daß Xelia ihn begleite. »Schau dich im Haus um, geh ein wenig nach draußen oder gönne dir einfach etwas Ruhe! Lauf nicht gleich am ersten Tag der Arbeit nach, denn bald schon wird sie dir nachlaufen!« hatte er gemeint und keine Widerrede zugelassen.
Nach dem reichlichen Mittagsmahl hätte Xelia sich am liebsten wieder zu Philip gelegt, so schwer waren ihre Glieder auf einmal, doch sie rappelte sich wieder auf. Sie konnte ihren ersten Tag in Meran doch nicht verschlafen oder sich gar mit Philip fleischlichen Gelüsten hingeben! Eine Weile blieb sie noch am Tisch sitzen und schaute Guiseppa zu, die mit flinken Händen das

Geschirr zu einem steinernen Trog trug und dort abwusch. Dann drehte sie sich zu Xelia um und strahlte. *»Dottore Michael e un uomo molto formidable.«*
»Ich ... verstehe leider nicht, was du sagst«, meinte Xelia bedauernd. Sie lächelte die Magd an, die daraufhin einen nicht enden wollenden Schwall Italienisch losließ. Aus der Begeisterung in Guiseppas Stimme und der Tatsache, daß immer wieder Michaels Name fiel, schloß Xelia, daß es wohl eine Art Lobeshymne auf den Herrn des Hauses war, die da gehalten wurde. Das war ja alles schön und gut, doch bald wurde es Xelia zu langweilig. Sie winkte Guiseppa zu und verschwand aus der Küche. Lola, die Untreue, blieb neben dem Ofen sitzen – es konnte ja womöglich noch ein Brocken aus einer der Schüsseln für sie abfallen.

Draußen auf dem Gang hörte Xelia jemanden ihren Namen rufen. Adalbert! Sie stolperte die Stufen zu seiner Kammer unter dem Dach hinauf. »Was ist? Wie geht's dir? Brauchst du etwas? Soll ich dir etwas zu essen holen?« Mit drei Schritten war sie an seinem Bett.
Adalbert lächelte. »Setz dich. Ich brauche nichts. Vorhin hat mir ein junges Mädchen, das unaufhörlich plapperte, etwas zu essen gebracht.« Er deutete auf ein hölzernes Tablett, auf dem die Überreste einer Mahlzeit standen. »Ich hätt' nur gern etwas Gesellschaft.«
Ohne darüber nachzudenken, nahm sie seine Hand. »Wenn's weiter nichts ist! Mir ist eh' langweilig.« Sie erzählte ihm von Michaels Hausbesuchen und dann von ihrem Vormittag.
Adalbert nickte. Von Zeit zu Zeit spielte ein Lächeln um seine Lippen. »Ich hab' gleich gewußt, daß ihr beide gut miteinander auskommen werdet!« Dann wollte er wissen, wie es Philip ging, und Xelia erzählte ihm lachend von dessen Tiefschlaf.
Wie auf ein Stichwort, fielen daraufhin auch Adalberts Augen zu. Enttäuscht starrte sie den Schlafenden eine Weile lang an. Es schien, als müsse sie den Rest des Tages irgendwie allein herum-

bringen. Langsam, um ihn nicht zu wecken, richtete sich Xelia aus ihrer sitzenden Haltung auf und wollte schon gehen, als seine Hand nach ihrer griff.

»Hast du eigentlich Geschwister?«

Die Frage kam so überraschend, daß Xelia im ersten Moment glaubte, nicht richtig gehört zu haben. »Ja«, antwortete sie dann langsam. »Zwei Schwestern. Warum?«

Adalbert schüttelte sich wie ein Hund, der Regentropfen von seinem Fell loswerden wollte. »Dann hatte sie also doch recht. Du meine Güte, ich ...« Er murmelte noch etwas vor sich hin. Seine Augen waren auf die weiße Wand gegenüber seines Lagers gerichtet.

Xelia setzte sich wieder. Sie kam sich wieder einmal vor wie ein lästiges Anhängsel. Philip schlief, ohne sich auch nur einmal nach ihrem Befinden zu erkundigen, Michael wollte sie nicht mitnehmen, und Adalbert warf ihr erst einen Brocken zu wie einem Hund, nur um ihn gleich wieder wegzuziehen! »Schau mich an, verdammt noch mal! Ich will jetzt auf der Stelle wissen, warum du mich nach meinen Schwestern gefragt hast.«

Daß sie, die sonst nie fluchte, diese Worte über die Lippen gebracht hatte, schien Adalbert irgendwie zu beeindrucken. Er schüttelte sich, als wolle er schnellstens einen anstrengenden Traum loswerden. Dann setzte er sich aufrecht hin, bis er mit dem ganzen Rücken an der Wand lehnte. »Ich glaube, es ist an der Zeit, über deine Mutter zu reden«, sagte er leise. Dann schwieg er wieder.

Xelia biß sich auf die Lippen vor lauter Ungeduld, aber es gelang ihr, sich zu beherrschen. Um seiner Gesundheit willen wollte sie Adalbert nicht drängen, obwohl alles in ihr danach schrie.

Eigentlich wäre es *seiner* Mutter zuzuschreiben, daß er Eulalia überhaupt kennengelernt hatte, meinte er schließlich. Margarete Hyronimus hatte ihren Sohn Adalbert auf einen Botengang geschickt. Er sollte ans nördliche Stadttor von Tübingen gehen und dort nach einer Haarspinnerin namens Eulalia Heyen fra-

gen. Sie hätte einen Auftrag für diese: Aus dem Haar der gerade verstorbenen Großtante wollte sie ein feines Netz flechten lassen. Adalbert war die ganze Angelegenheit lästig gewesen. Er hatte wissen wollen, warum seine Mutter mit dieser Lappalie nicht einfach zu der großen Spinnerei ging, die nur eine Straße entfernt lag. Dort würde man sich mit so etwas nicht abgeben, das Haar von Toten zu verspinnen sei schließlich unehrenhaft, hatte Margarete darauf geantwortet.
Xelia hatte einen dicken Kloß im Hals, der auch noch in ihrer Kehle drückte, nachdem sie geschluckt hatte. Ihre Mutter eine Haarspinnerin? Warum hatte sie davon nie etwas erzählt? Welche Ironie des Schicksals, daß sie schließlich den einzigen Gerber in einem Dorf voller Leinenspinner und -weber geheiratet hatte!
Also war Adalbert mit einem Beutel voll mausbraunem Frauenhaar in die Straße gegangen, in der die Hütte der Haarspinnerin liegen sollte. Nach zweimaligem Nachfragen fand er sie dann auch. Es war eine der kleinsten und stand am äußersten Ende der Stadt, rückwärtig an die Stadtmauer gelehnt, in deren langem Schatten es nie richtig hell wurde.
»Hinter mir in der Gasse lauerte eine Horde Kinder, die mich anstarrte wie ein Wolf seine Beute. Ich klopfte an, und als die Tür endlich aufging, war ich fast schon erleichtert, eintreten zu können.« Adalberts Augen waren zwar auf Xelia gerichtet, doch sein Blick ging nach innen. »Die Hütte war so düster, daß ich erst einmal gar nichts sah. Ein großer schwarzer Hund kam auf mich zugesprungen, und mir stockte das Herz. Aber er schnupperte nur an meiner Hand und trollte sich dann in eine Ecke. Und dann war da noch der Geruch ... Es roch fruchtig, nach dieser Blume, die nur im Mai in den Wäldern blüht, du weißt schon, welche.«
Xelia nickte. Sie konnte sich noch genau erinnern, wie Eulalia diese Blumen im Frühjahr immer gesammelt und zusammen mit etwas Honig in einen Krug Wasser gegeben hatte. Das

Getränk, welches dabei entstanden war, schmeckte süß und verheißungsvoll nach Sommer.

»Und dann stand ich ihr gegenüber.« Adalbert mußte sich räuspern. »Sie war so schön wie keine andere Frau. Ihr Haar war noch heller als deines, es hing ihr in weichen Wellen bis über die Hüfte hinab, ihre Haut war hell wie Milch, ihre Augen dunkel wie Kohlestücke. Ich mußte dreimal ansetzen, bis ich endlich herausbrachte, was meine Mutter von ihr wünschte, so verwirrt war ich. Und Eulalia? Sie lächelte nur, sprach kein Wort, stand da wie ein Wesen aus einer anderen Welt.« Er schaute auf. »Ich liebte sie vom ersten Augenblick an.«

»Und wieso hast du sie dann verlassen?« kam es gereizt von Xelia. *Wie ein Wesen aus einer anderen Welt* – diese Beschreibung hatte mit der gebückten Gestalt ihrer Mutter, wie Xelia sie in Erinnerung hatte, gar nichts gemein! Was Adalbert bisher erzählte, hörte sich genauso an wie die Floskeln, die Samuel ihr immer ins Ohr geflüstert hatte! Und was war *daraus* geworden?

»Eulalia hat mich verlassen.« Seine Stimme klang gepreßt, als müsse er gegen einen Widerstand ankämpfen. »Aber so einfach war es nicht. Ich habe an allem schuld, was geschehen ist. Meine Zögerlichkeit, meine Feigheit, mein . . .«

Xelia schüttelte ihn am Arm. »Was soll das? Wen willst du quälen? Mich? Dich? Erzähle mir doch einfach, wie es war!«

Es war die Geschichte einer Freundschaft, die in den Augen der Tübinger nicht sein durfte. Adalbert, der Universitätsgelehrte und Eulalia, die Haarspinnerin – wohin sollte das führen? Die beiden wußten es selbst nicht, aber das Bedürfnis, in der Nähe des anderen zu sein, war stärker als jede Frage der Konvention. So trafen sie sich immer wieder. Und das unter den Augen der Öffentlichkeit, denn wie es sich herausstellen sollte, war Eulalia nicht nur Haarspinnerin, sondern eine gefragte Heilerin. Tagtäglich kamen Leute zu ihr, von der Bettlerin bis zur Gattin des Forstrates, vom Eisenschmied bis zum Gelehrten von der Universität, der hochrot im Gesicht anlief, als er in Eulalias Hütte plötzlich einem Kollegen gegenüberstand. Jedenfalls waren Adalbert und Eulalia selten allein. Er genoß es trotzdem, einfach in ihrer Nähe zu sein. Auch Geistliche gingen bei Eulalia ein und aus. Vor allem der Pfarrer der Sankt Bernhardinus-Kirche war von ihrem Wissen sehr angetan. Er kam fast jede Woche und fragte sie nach allem Möglichen aus. Bereitwillig gab Eulalia Auskunft über die Heilkraft der Kräuter. Als er jedoch Zaubersprüche von ihr wissen wollte, schüttelte sie den Kopf. Davon wisse sie nichts, antwortete sie, was der Pfarrer jedoch nicht glauben wollte. Wer soviel im Wald war und nach Pflanzen Ausschau hielt, mußte dabei doch auch auf Geister und Zauberer treffen, die ihr geheime Worte verrieten, sagte er immer wieder, doch Eulalia verneinte. Als er wieder einmal gegangen war, hatte sie Adalbert aus großen Augen angestarrt. Die Angst in ihrem Blick war nicht zu übersehen.

Adalberts Herz blutete wie mit tausend Nadeln gestochen. Lalis Angst war nicht unbegründet. Als Heilerin wandelte sie auf einem schmalen Pfad: Auf der einen Seite stand die Dankbarkeit der Menschen, denen sie helfen konnte – auf der anderen Seite ihr Mißtrauen darüber, wie diese Hilfe zustande gekommen war. Woher hatte die Heilerin ihr Wissen? Welche Kräfte waren im Spiel, wenn sie ihre Tees und Elixiere braute? Wehe, sie konnte einmal einem Kranken nicht helfen, oder wehe, seine Krankheit verschlimmerte sich! Dann war *sie* schuld daran, und es wurde getuschelt und geflüstert über Teufelswerk und Schadenszauber. Sie wurde in die Ecke des Bösen gedrängt und konnte nichts dagegen tun. Eine Weile versiegte nach solch einem Ereignis der Fluß der Kranken in Lalis Hütte, aber bald war der Leidensdruck der Menschen stärker als ihr Aberglaube, und sie kamen wieder.

»Obwohl mir auch nicht wohl war bei dem Gerede des Pfarrers, habe ich gelacht und ihn als Wichtigtuer bezeichnet, der sich gern mit fremden Federn schmückte. Wahrscheinlich wollte er ein Zaubersprüchlein in eine seiner langweiligen Predigten einbauen, um seine Schäflein bei Laune zu halten, sagte ich zu Eulalia, aber es gelang mir nicht, sie von ihrer düsteren Vorahnung, daß der Pfaffe sie ins Unglück stürzen würde, zu befreien.«

Xelia war seltsam zumute. Es fiel ihr schwer, die Geschichte, die Adalbert erzählte, mit ihrer Mutter in Verbindung zu bringen.

»Und dann kam eines zum andern: Zwei Mißernten hintereinander, in einem großen Teil des Landes wütete die Pest, dazu ein eisiger Winter – und der Hunger war da! Ganz Tübingen sah aus wie ein hohlwangiges, dem Tod geweihtes Schreckensbild. Wieder kamen die Leute zu Eulalia und flehten sie um Hilfe an. Sie tat, was sie konnte, ging mit den Menschen hinaus in die Wiesen und Felder und zeigte ihnen, welche Pflanzen sie essen konnten und welche ihren ausgemergelten Körpern Kraft spendeten. Damit begann das Unglück, denn der Sankt Bernhardinus-Pfarrer hatte seine eigene Art, mit dem Hunger umzugehen! Er verkaufte für teuerstes Geld Amulette, welche sich die Leute um den Hals hängen sollten. Diese würden sie vor dem Hunger feihen, meinte er. Eulalia hielt das für Unsinn, und das sagte sie auch zu jedem, der es hören wollte. Sie war wütend, daß der Pfarrer die Menschen aufforderte, ihr letztes Geld für sinnlosen Tand auszugeben! Kurze Zeit später fingen die Gerüchte an. Mir selbst kamen sie natürlich als allerletztes zu Ohren, denn viele an der Universität wußten inzwischen von meiner Freundschaft zu Lali. Es hieß, sie sei eine *Zaubersche.* Eine Hexe, die den schwarzen Zauber ausübt, verstehst du?«

Xelia nickte beklommen. Sie hatte schon von solchen Frauen gehört.

Adalbert fuhr fort: »War nicht schon ihr Name ein Zeichen dafür? Eulalia allein hörte sich schon seltsam genug an, aber ihr zweiter Name Heyen sei der Beweis: Man mußte nur das Y durch ein X ersetzen, und schon erfuhr man Eulalias wahre

Tätigkeit, wurde in den Gassen geflüstert. Geschürt wurden diese böswilligen Verleumdungen natürlich durch den Kirchenmann. Von der Kanzel herab verkündete er, ein dreibeiniger Teufel sei in seiner Kirche erschienen und hätte ihm eingeflüstert, daß die Hexe schuld war an dem Hunger. Wenn man sie wegtäte, wäre auch der Hunger weg, schrie er in die Menge, die jedes Wort aufsog wie ausgemergelter Boden langersehnten Regen.« Adalbert seufzte. Er sah todmüde aus, seine Kräfte waren längst verbraucht. Doch Xelia beharrte stumm darauf, daß er weitersprach. Zum Innehalten war es zu spät.

»Ich wußte nicht, was ich tun sollte. Ich war so hilflos wie Lali selbst!« Er ließ die Hände in den Schoß fallen. »Ich versuchte, mit den Leuten zu reden, und diejenigen, die mir gegenüberstanden, wagten es auch nicht, etwas gegen sie zu sagen. Aber die andern?« Wieder fielen seine Hände in einer resignierten Geste nach unten. »Eines Nachts kam Lali zu mir in meine Kammer in der Universität. Sie weinte. Neben ihr lag ein Bündel, und der Hund begleitete sie. Sie müsse fort, brachte sie unter Tränen hervor. Sie habe keine Zeit mehr zu verlieren, um ihr Haus herum schlichen düstere Gestalten, die an ihrem Fenster und der Tür rüttelten. Einer habe eine Fackel an die Hauswand geworfen, deren Flamme sie im letzten Augenblick mit einem Sack ersticken konnte. Sie flehte mich an, mitzukommen! Es gäbe etwas Wichtiges, was ich noch nicht wüßte, was sie mir aber sagen wollte, wenn ich mit ihr ginge.« Adalberts Gesicht war tränenverschmiert. Das Weiße in seinen Augen schimmerte rot, als habe er zu lange an einem Räucherfeuer gestanden.

»Und? Was hast du getan?« fragte Xelia mit heiser Stimme.

Er schüttelte den Kopf. »Ich habe sie im Stich gelassen.« Er schluchzte. Seine Augen suchten verzweifelt ihren Blick. »Verstehst du nicht, was sie von mir verlangte? Ich sollte mitten in der Nacht mein ganzes Leben aufgeben! Ich sollte mit Sack und Pack weggehen, wohin, wußte Lali selbst nicht. Mir erschien das zu überstürzt. Ich bot ihr an, in meiner Kammer zu bleiben, bis sich die Unruhe um ihre Person gelegt hatte. Ich wollte für sie in die Stadt gehen und schauen, wie die Stimmung war. Ich würde auf sie aufpassen, versprach ich ihr. Und wenn es gar nicht anders ging, würde ich mit ihr von Tübingen weggehen. Aber alles zu seiner Zeit.«

Xelias erster Impuls, mit ihren geballten Fäusten auf Adalbert einzuschlagen, versiegte. Ihre Nägel bohrten sich in ihr Handinneres, aber sie blieb still sitzen. Was er sagte, klang so vernünftig! So nachvollziehbar! Was sollte sie dem entgegensetzen? Wie sollte sie ihn anklagen, wo sie doch verstehen konnte, was damals in ihm vorgegangen war? Andererseits verstand sie Eulalia noch besser. Ihre Angst in dieser Nacht war so nahe, so greifbar für Xelia, daß sie sich in einer bisher unbekannten Weise mit ihrer Mutter verbunden fühlte. Doch diese Innigkeit schloß Adalbert nicht aus, ganz im Gegenteil. In seiner schonungslosen Offenheit lag etwas Heiliges, Vertrauensvolles. Er flehte nicht um eine Freisprechung von seinen Sünden, sondern erlegte sich die Qualen seiner Vergangenheit nochmals auf. Er hatte nicht – wie die meisten Menschen es zu tun pflegten – mit dem Abstand der vielen Jahre seine Vergangenheit geschönt, seine Schuld verharmlost. Statt dessen blieb er bei der Wahrheit, so quälend sie für sie beide auch sein mochte.

»Ich konnte sie in jener Nacht nicht aufhalten. Ich habe alles versucht, aber sie ist gegangen. Als die Tür hinter ihr zuschlug, war mir, als würde der Himmel auf mich einstürzen. Ich rannte in meiner Kammer umher wie ein gefangenes Tier.« Adalbert fuhr sich mit der Hand durch seine weißen Haare. »Sie war noch nicht lange weg, da hielt ich es nicht mehr aus. Ich rannte hinaus in Richtung Stadttor. Sie hatte mir gesagt, daß sie die Wache bestechen wollte, um hinausgelassen zu werden. Ich wollte das gleiche tun. Ich mußte sie noch einmal sprechen!« Er schüttelte den Kopf.

Xelia legte ihre Hand auf seine Schulter. Adalbert sah auf einmal so alt aus. Sie fühlte sich elend und hatte ein schlechtes Gewissen, weil sie ihm soviel zumutete.

»Ich holte sie wirklich noch einmal ein, eine halbe Meile außerhalb der Tübinger Stadtgrenze. Wieder flehte ich sie an, dazubleiben, zu warten, bis ich alles geregelt hatte. Einen Augenblick lang hatte ich das Gefühl, sie überredet zu haben. Sie drehte sich zu mir um, ihr Gesicht war so weich und liebenswert wie eh und je, und sie öffnete den Mund, als wolle sie mir zustimmen. Doch dann schien sie es sich im letzten Moment noch einmal zu überlegen. Ich hatte das Gefühl, als würde sie gegen ihre ureigene, innere Überzeugung handeln, und sagte ihr das auch. Aber Lali antwortete, daß dem nicht so sei und daß sie ihre Gründe hätte, so zu handeln. ›Wovon redest du?‹ wollte ich wissen, denn sie meinte damit offenbar nicht die aufgebrachte Meute, die ihr in der Stadt auflauerte.«

»Und? Was war das für ein Grund?«

Adalbert seufzte. Er preßte seine Lippen so fest aufeinander, daß sie weiß wurden. »Ich ... weiß gar nicht, wie ich es dir sagen soll ... Es ist so unglaublich ..., es ist so schrecklich und dann auch wieder so ...« Er brach ab. Sein ganzer Leib wurde von einem Heulkrampf geschüttelt. Wie ein Kind hielt er die Fäuste vor seine Augen. Trockene Töne kamen tief aus seiner Kehle.

Xelia fühlte gar nichts mehr. Sie hatte keine gute oder böse Vorahnung, konnte sich nicht im geringsten vorstellen, was er als nächstes sagen würde. Sie war nur müde. Adalberts Geschichte, die ja zu einem Teil auch ihre Geschichte war, hatte sie genauso erschöpft wie ihn. War Eulalia krank gewesen? Hatte sie sich in einen andern verliebt? Vielleicht in den Gerber, der in diesem Fall in Tübingen zu Besuch gewesen sein mußte? Gleichgültig, was Adalbert erzählen würde, es war vorbei! Die Vergangenheit war vorüber, und Tote sollte man ruhen lassen – an diesem Gedanken richtete Xelia sich auf, hieraus schöpfte sie Kraft. Und die brauchte sie.

»Lali trug ein Kind im Leib!« platzte Adalbert unvermittelt heraus. »Und wenn's nicht mit dem Teufel zugeht, dann muß eine deiner Schwestern das Kind sein, das sie von mir bekommen hat!«

Schweigen.
Die Luft in der Kammer war aufgeladen wie vor einem Gewitter. Xelia lachte. »Du bist verrückt! Meine Schwestern sind doch beide jünger als ich, die ...«
Noch während sie sprach, hob sich der Nebel, der die Wahrheit so lange verhüllt hatte.
»Nein!« schrie sie laut auf.
Adalbert griff nach ihren Händen, doch sie entzog sich ihm. »Du?« fragte er tonlos. Er, dessen Verstand sonst immer schneller arbeitete als der anderer Menschen, war auf einmal so begriffsstutzig wie ein tumber Tor. »Dann bist du ...« Seine Augen flatterten, fanden kein Ziel mehr, das sie anpeilen konnten, um ein Gleichgewicht in seinen Blick zu bringen. »Heiliger Vater im Himmel!«
Xelia hörte ihn gar nicht. Sie starrte in die Leere. Nichts mehr auf der Welt konnte die Wahrheit auslöschen, die sich aus tausend kleinen Steinen zu einem Mosaik zusammenfügte: Sie war nicht Feltlins Tochter! War das der Grund für die Gewalt, die er ihr angetan hatte? Nur ihr, dem Bastard, aber nicht den beiden andern Schwestern. Und daß sie sich ewig fremd gefühlt hatte in Feltlins kleiner, grausamer Welt – hatte sie damals schon etwas geahnt? Und die seltsamen Blicke, mit denen Eulalia sie musterte, wenn sie glaubte, Xelia würde es nicht bemerken. In ihnen hatte wohl die unausgesprochene Frage gelegen, ob sie sich richtig entschieden hatte, damals, vor den Toren Tübingens. Auf einmal verstand Xelia so vieles, was ein Leben lang so schwer auf ihrer Seele gedrückt hatte. »Ach Mutter! Warum hast du es mir nie erzählt?« Ihre Stimme erstickte wie eine Flamme, über die ein Tuch geworfen wurde. Einen Augenblick lang hatte Xelia ihr Gegenüber vergessen, dann schaute sie auf. Ihr Gesicht war tränenüberströmt, ihre Lippen bebten. Sie schluchzte – und dann endlich war Platz für ein unendlich glückseliges Lächeln.
Sie war Adalberts Tochter.
Sie saß ihrem Vater gegenüber.

– 56 –

Wie ein bunter Schmetterling wirbelte Xelia durch den Garten von Michaels Haus. Sie kam kaum einen Schritt weit, ohne daß jemand ein paar Worte mit ihr wechseln wollte, jeder wollte ein Lächeln der Signorina mit dem silbernen Haar ergattern. Und Xelia hatte für jeden ein Lächeln übrig.
An der Mauer der überhängenden Terrasse blieb sie stehen und genoß es, für einen Augenblick den Zaungast zu spielen: Wohin sie blickte, sah sie lachende Gesichter. Michael hatte eingeladen, und Dutzende von Gästen waren gekommen. Befreundete Gelehrte, die wie er im sonnigen Meran ihr Zuhause gefunden hatten, ehemalige Kranke, die er geheilt hatte, die Familie der Comtessa, Freunde, Nachbarn. Alle feierten mit, wobei die meisten wahrscheinlich nur einen Grund für das große Fest kannten: Michaels Wiedersehen mit seinem Bruder Adalbert. Dabei gab es soviel mehr zu feiern!
Es war früher Abend, und die Sonne verschwand als tiefroter Ball in ihrem Nest. Obwohl es erst Anfang März war, war es warm, und die Luft roch so süß wie zu Hause im Mai oder Juni. Xelia schlang die Arme um sich und wiegte sich hin und her. Sie glaubte, ihr Herz müsse im nächsten Augenblick platzen vor Glück.

Vom anderen Ende des Gartens aus, auf einer kleinen Bank an der Hausmauer sitzend, genoß auch Philip das Fest.
Michael hatte sich nicht lumpen lassen. Als es hieß, sie würden mit der Willkommensfeier warten, bis es warm genug war, um draußen zu feiern, hatte Philip zuerst geglaubt, daß dies ein Aufschieben bis in alle Ewigkeit bedeutete. Da aber hatte er Michael falsch eingeschätzt! Philip hatte durchgezählt und war auf mehr

als hundert Personen gekommen. Hundert Menschen, für die Michael Speis und Trank auftischte! Und nicht das Schlechteste: An zwei Spießen brieten Spanferkel, auf einem Tisch lagen geräucherte Schinken und Würste, von denen Guiseppa jedem dicke Scheiben abschnitt und mit einer Scheibe Brot in die Hand drückte. Zwei junge Weiber liefen unentwegt mit Kannen herum und schenkten dunkelroten Wein aus, dessen Trauben laut Michael in den Weinbergen gediehen, die sie vom Haus aus sehen konnten. Überall standen Schalen mit Nüssen, getrockneten Früchten und Honigkuchen, von allem konnte man sich im Vorübergehen nehmen. Musik gab es auch, Lautenklänge mischten sich mit denen einer Mandoline, zusammen mit dem Vogelgezwitscher aus den frisch belaubten Baumkronen erklang die süße Melodie des erwachenden Lebens. Auf einmal spürte Philip einen dicken Kloß in seinem Hals. Bald . . .

»Na, was sitzt du hier und sinnierst? Kann sich unser Studiosus nicht einmal auf einer so prächtigen Feier amüsieren?« Adalberts Hand fiel auf Philips Schulter nieder. Seine Worte klangen zwar amüsiert, aber es fehlte ihnen an Schärfe. Er und Philip hatten es irgendwie geschafft, die Spannungen zwischen ihnen aus dem Weg zu räumen. Ob es damit zu tun hatte, daß er Xelias Vater war? Philip wußte es nicht, aber er war nicht böse darüber, daß er kein Verlangen mehr verspürte, unentwegt Worte mit Adalbert zu kreuzen wie Speere.

»Ach, eigentlich geht mir nichts Besonderes durch den Sinn«, antwortete er. »Ich denke nur über das Leben im allgemeinen und ein wenig auch im besonderen nach.«

»Nun ja, wenn's weiter nichts ist! Damit hast du von Sokrates bis Melanchthon nicht die schlechteste Gesellschaft.« Adalbert rüttelte kurz an Philips Schulter. »Ich habe trotzdem das Gefühl, daß dich eher etwas *im besonderen* plagt.«

Philip lachte. »Und wenn's so wäre? Du kannst mir nicht helfen, glaub' mir.«

Adalbert schwieg. Eine Weile lang schauten sie stumm dem

festlichen Treiben zu. Der Wein und die Musik hatte die ersten Gäste in die Mitte der Terrasse gelockt, wo sie sich an den Händen faßten und im Takt der Musik hin und her tanzten.
»Wie kommst du voran mit deiner Kartenmalerei?«
Philip schaute erstaunt auf. Der alte Fuchs! Adalbert hatte mit seiner Frage den Nagel auf den Kopf getroffen. »Gut. Ich habe fast alles aufgearbeitet, was ich an Skizzen hatte. Der Kirchheimer Forst ist fertig, der Tübinger sowieso, und der Uracher auch. Als nächstes wäre der Blaubeurener Forst dran, dann der Zwiefaltener und dann ...« – er zuckte mit den Schultern – »... dann ginge es wieder in Richtung Norden. Schorndorf und so.«
»Du sagst das so, als ob du dir deines Weges nicht sicher seist ...«
Philips Lachen fehlte es wieder an Heiterkeit. »Du sprichst mir aus der Seele! Ich ...« Er hob die Hände in die Luft und ließ sie in einem weiten Bogen wieder fallen. »Ich weiß bald gar nichts mehr.« Er zog laut die Nase hoch. »Wo gehöre ich hin? Nach Württemberg? Oder hierher? Zu Xelia? Oder in die Dienste des Herzogs?« Es war ihm anzusehen, wie schwer es ihm fiel, seine Zweifel zuzugeben. »Ich habe das Gefühl, weder ohne das eine noch das andere sein zu können!«
Adalbert nickte mit dem Kopf. »Du stehst vor einer schwierigen Entscheidung. Vor der schwierigsten deines Lebens vielleicht. Ich kann dir dabei wirklich nicht helfen, so gern ich es täte. Nur einen Rat kann ich dir geben: Laß dir Zeit! Auch, wenn du glaubst, daß gerade die Zeit dein schlimmster Feind ist! Mit deiner einmal getroffenen Entscheidung wirst du für immer leben müssen. Was machen da ein, zwei Monate hin oder her aus?«
Philips Kopf fuhr herum. Konnte sein alter Lehrer Gedanken lesen? Seit Tagen quälte er sich damit, was seine Obersten in Stuttgart zu seiner langen Abwesenheit wohl sagen würden. Vielleicht war er schon längst kein herzöglicher Kartograph mehr? Vielleicht hatte man ihn schon abgesetzt? Oder für tot erklärt?

»Es gibt keine *einzige richtige* Entscheidung«, fuhr Adalbert fort, als spräche er zu sich selbst. »Glaub mir, jede Entscheidung ist ein wenig richtig und ein wenig falsch. Das macht es sicherlich nicht leichter für dich, aber es wäre dumm, wenn du dich der Illusion hingibst, durch logisches Nachdenken die einzig wahre Wahl treffen zu können.« Sein Blick war skeptisch, als ob er sich nicht sicher sei, die richtigen Worte zu finden. »Es ist keine Schande, das zu fühlen, was du gerade fühlst. Angst und Unsicherheiten gehören zum Leben wie die Geburt und der Tod. Es wäre höchstens eine Schande, vor solchen Gefühlen wegzulaufen, sich ihnen nicht zu stellen. Ich weiß, wovon ich rede, glaub mir. Nachdem Lali vor siebzehn Jahren vor den Tübinger Bürgern fliehen mußte, rannte auch ich unentwegt vor mir selbst davon.«

Philip nickte. Das war eine Erklärung für Adalberts Rastlosigkeit. Dafür, daß er es nie länger als ein paar Jahre an einem Ort ausgehalten hatte.

Sie sprachen noch über ein paar Belanglosigkeiten, dann verschwand Adalbert wieder zwischen den Feiernden. Philip blieb noch eine Weile auf der Bank sitzen. Bald hatte die Mauer ihre von der Sonne gespeicherte Wärme abgegeben, und in ihrem Schatten wurde es kühl. Er gab sich einen Ruck und stand auf. Wie ein Traumwandler schritt er durch den Garten, in dem unzählige Kerzen wie übergroße Glühwürmchen leuchteten. Der weiße Jasmin, der an den Steinwänden so üppig wucherte, duftete süß und verführerisch. Seine Augen suchten die Menge nach Xelia ab. Als er sie neben der Comtessa entdeckte, die mit ihren Händen fuchtelnd versuchte, Xelia etwas zu erklären, setzte sein Herz einen Augenblick lang aus. Sie war so schön! Bei ihrem Anblick kam ihm ein Feld wilder Blumen in den Sinn: Ihr Haar glänzte wie eine Silberdistel, ihre Augen waren so blau wie Kornblumen, ihre Wangen so zart gefärbt wie eine frisch erblühte Heckenrose.

Xelia. Wie sollte er ohne sie weiterleben? Wie sollte er ohne ihre gemeinsamen Nächte, in denen nicht nur ihre Körper, sondern auch ihre Seelen miteinander verschmolzen, weiterleben? Er hörte ein Wimmern und stellte verschämt fest, daß es aus seiner Kehle gekrochen war. Was war nur los mit ihm? Wahrscheinlich würde er im nächsten Augenblick losjammern wie ein altes Waschweib! Er wandte sich ab, ging zur Ballustrade und schaute auf die Stadt, die im dunkel werdenen Abendlicht zur Ruhe fand.

Freuen sollte er sich, jawohl! Glücklich sein darüber, daß sich alles so wundervoll entwickelt hatte. Was wäre gewesen, wenn Michael seine Gäste nicht für immer aufgenommen hätte? Sicher, Xelia und auch Adalbert hätten sich sonstwo niederlassen können, doch eine so gesicherte Existenz wie in Michaels Haus hätten sie sich nicht aufbauen können. Oder was wäre gewesen, wenn Xelia den Fluch des Verfolgtwerdens auch hier nicht losgeworden wäre? Wenn durch irgendeinen elenden Zufall jemand aus der alten Heimat auf sie aufmerksam geworden wäre? Hier war sie endlich sicher, niemand wußte, woher sie kam, keiner hatte je von den grundlosen Anklagen gegen sie gehört. Hier in Meran war sie nur Xelia, die Heilerin. *Nur* – ha! Die Menschen beteten sie regelrecht an, manche von Michaels Patienten legten in der Zwischenzeit schon den größten Wert darauf, von Xelia behandelt zu werden. Ein Glück, daß Michael darauf so großmütig reagierte! Ein eifersüchtiger Kleingeist wäre mit ihrer Beliebtheit sicher nicht zurechtgekommen, erkannte Philip. Michael hingegen tat seine Großzügigkeit ab, als sei sie etwas ganz Normales. »Xelia ist doch meine Nichte! Die Fähigkeiten zum Heilen liegen bei uns eben in der Familie!« hatte er Philip zur Antwort gegeben, als dieser ihn auf Xelias wachsende Beliebtheit unter seinen Patienten angesprochen hatte.

Daß Adalbert Xelias Vater war! Auch diese Neuigkeit hatte Michael auf seine Art aufgenommen: Er ließ Guiseppa ein Festmahl kochen, um mit Speis und Trank die neue Familienbande zu feiern. Xelias Mutter hatte er nie kennengelernt, da Adalbert seine Liebschaft zu Lali vor der Familie geheimgehalten hatte, doch nun freute er sich um so mehr, seine Tochter kennenzulernen!

Philip hatte sich eine Zeitlang fast geweigert, eine so unbegreifliche Geschichte zu glauben, aber Adalbert und Xelia hatten ihm immer wieder vorgerechnet, daß es keinerlei Zweifel daran geben konnte! Man stelle sich das einmal vor: Seinen Vater nach so vielen Jahren kennenzulernen! Seit Xelia davon wußte, war sie wie ausgewechselt – ihre unterschwellige Traurigkeit, ihre Verschlossenheit, das Grüblerische in ihr –, alles war verflogen. Wenn Philip ihr heute ins Gesicht schaute, hatte er nicht mehr das Gefühl, erst einmal durch eine harte Schale hindurchgucken zu müssen. Heute war ihre Miene offen, sie schien nicht mehr das Gefühl zu haben, ihr Innerstes schützen zu müssen, als nähere sich ständig eine Horde Räuber! Falls dies überhaupt möglich war, war Xelia noch liebenswerter geworden. Oder erschien sie nur in seinen Augen so? In den Augen der Liebe? Auch stritten sie lange nicht mehr soviel wie zuvor, sondern entdeckten statt dessen immer mehr Gemeinsamkeiten bei ihrer Sicht der Dinge. Erst letzte Woche hatte sie ihm gegenüber bemerkt, daß er recht gehabt habe mit seiner Ansicht, die Arbeit eines Menschens sage viel über ihn selbst aus. »Ich weiß inzwischen nicht mehr, was ich ohne Arbeit täte!« hatte sie lachend ausgerufen, und Philip hatte sich im stillen dasselbe gefragt. Was würde *er* ohne seine Arbeit tun?

Adalbert schienen solche Sorgen nicht im geringsten zu plagen. In Philips Augen war dessen Tagwerk jedoch eher dürftig: Bis in die späten Morgenstunden saß sein alter Lehrer bei Guiseppa in der Küche, gegen Mittag ging er in die Stadt, um andere Gelehrte zu besuchen. Denen erzählte er immer wieder lang und breit – und ob sie es hören wollten oder auch nicht – von seiner Tochter, der begabten Kräuterfrau. Von solchen Besuchen kam er meist erst spät zurück, und oftmals war er auffallend heiter, was Philip

dem roten Rebensaft zuschrieb, der dank Merans geschützter Lage hier so wundervoll gedieh. Zu Philips Enttäuschung hatte Adalbert noch nicht einmal mit seinem Werk über die Kartographie angefangen! Erst vor ein paar Tagen hatte Philip ihn darauf angesprochen und seine Hilfe angeboten – schließlich waren seine Tage nun auch nicht mehr von früh bis spät mit der Arbeit an seinen Karten gefüllt –, aber Adalbert hatte nur abgewinkt und gemeint, das hätte noch Zeit. Philip zuckte mit den Schultern. Jedem das seine ... Solange Michael den Müßiggang seines Bruders tolerierte und ihm freie Kost und Logis bot, solange wollte *er* auch nicht den Richter spielen. Außerdem hatte er weiß Gott genug eigene Sorgen!
»Ist es nicht unglaublich?« hörte er plötzlich Xelia neben sich sagen. Sie war so leise an ihn herangetreten, daß er fast aufschreckte. »Es ist noch gar nicht lange her, da glaubten wir, der Winter würde nie enden, und jetzt?«
Er ließ ihre Frage unbeantwortet und legte statt dessen einen Arm um sie. Eine Weile lang standen sie schweigend da, Schulter an Schulter, und genossen die Wärme des andern. Das Lachen und Singen der Leute klang nun gedämpfter zu ihnen herüber, als habe sich die Dunkelheit wie eine Haube über die Feier gelegt. In den Straßen wurden die Laternen angezündet, in deren Licht das Kopfsteinpflaster glänzte.
»Ach, die Stadt ist so wunderschön!« Xelia stieß einen tiefen, zufriedenen Seufzer aus.
»Nun ja.« Als wunderschön hätte Philip Meran zu allerletzt bezeichnet! In seinen Augen war es eher ein Kuhdorf, dessen Öde allein durch sein mildes Klima erträglich gemacht wurde. »Vielleicht war die Stadt einmal ganz ansehlich, aber heute ist von ihrem alten Glanz nicht mehr viel zu spüren.« Er wies nach unten. »Die Straßen verkommen, viele Häuser stehen leer und zerfallen und da, auf dem Hügel –«, er zeigte mit dem Kinn auf den gegenüberliegenden Hang, an den sich ein halbes Dutzend kleine Burgen und Schlösser schmiegten, »alles verlassen! Das

sieht doch aus, als habe die Pest gewütet!« fuhr er heftiger fort, als er wollte. Sofort spürte er, wie Xelia ein Stück von ihm abrückte.
»Ich finde es trotzdem schön hier!« sagte sie trotzig. »Und daß die ganzen Adligen nach Bozen oder sonstwohin gezogen sind, stört mich nicht im geringsten! Vielleicht ist die Stadt nicht so lebhaft wie dein Stuttgart oder Tübingen, aber auch das ist mir recht.«
»So war es doch nicht gemeint!« Philip drückte Xelia fester an sich. »Ich finde es auch sehr angenehm hier, und vor allem die Menschen sind überaus freundlich!« Worüber zankten sie eigentlich? Das elende Kuhdorf war es doch gar nicht wert!
Ein Schauer durchlief Xelias Körper. Auch sie war alles andere als streitsüchtig gesonnen.
»Laß uns hineingehen«, flüsterte sie.

– 57 –

Wie jede Nacht fanden ihre Körper zueinander und alles, was am Tage vorgefallen war an Glück und Streit, Ärger und Erfreulichem, war vergessen. Michaels Gäste, das Fest, die Musik – alles war so weit weg. Weibliche Rundungen schmiegten sich an männliche Kanten, Hände krallten sich ineinander fest, Kräuterduft verschmolz mit dem herben Farbengeruch seiner Hände, die vom Kartenmalen blaue Daumen aufwiesen. Sie atmeten die gleiche Luft, so nahe waren ihre Münder beeinander, ihre Leiber hoben und senkten sich im selben Takt. Es war, als habe ihre Liebe eine neue Intensität erreicht. »Im warmen Federbett liegt es sich halt besser als in deiner kalten Höhle«, hatte Philip vor ein paar Tagen lachend zu Xelia gesagt. Doch das war nicht die Erklärung, nach der Xelia suchte. Natürlich hatte Philip recht: Die Kammer, die Michael ihnen zugewiesen hatte, war überaus angenehm – warm, mit einem großen Lager und einer weichen Decke aus Wolle. Auch zur Schlafenszeit brannte immer eine kleine Öllampe, so daß nie völlige Dunkelheit herrschte. Aber es war nicht allein die Bequemlichkeit, die ihre Körper in so ungeahnte Höhen trug, daß Xelia manchmal glaubte, wie ein Vogel über allem zu schweben. Natürlich lag es auch daran, daß sie sich mit jedem Tag besser kannten. Auch war Philip längst nicht mehr der Grünschnabel, dem sie jedes Häppchen mühsam füttern mußte! Er wußte inzwischen längst, wie er eine Frau beglücken konnte. Ein Schauer lief ihr über den Rükken, als sie an seine Hände dachte, die so beharrlich waren und so zärtlich. Sie verschränkte die Hände hinter ihrem Kopf. Schläfrigkeit machte das Nachdenken schwierig, und so ließ sie ihren Gedanken freien Lauf, ohne sie beherrschen zu wollen.
Da war noch etwas anderes: Hier in Meran, in der Sicherheit,

fand nicht nur ihr Kopf, sondern auch ihr Körper seine Ruhe. Schlagartig fiel es ihr wie Schuppen von den Augen: Der elende Zwang, sich bei jeder Gelegenheit waschen zu müssen, bis ihre Haut blutig war, war verschwunden! Seit wann? Sie wußte es nicht. Sie wollte sich aufsetzen, doch Philip zog sie sanft zurück. Erstreckte sich ihre gute Beobachtungsgabe denn nur auf andere? War sie blind, wenn es um sie selbst ging? Nun *mußte* sie nachdenken, und das gelang ihr besser im Sitzen. Also schob sie Philips Hand zur Seite und machte einen neuen Versuch, sich aufzurichten.

Natürlich genoß sie es, sich mit dem warmen Wasser, das Adolf jeden Morgen vor ihre Türe stellte, zu waschen. Wenn das Wasser lau über ihren Leib prickelte, hörte sie sich manchmal vor Lust seufzen. Vor Lust, wohlgemerkt! Nicht vor Qual. Sie verstand selbst nicht ganz, was mit ihr geschehen war, aber es war so, daß sie sich wusch, weil sie Freude daran fand und nicht, weil sie sich schmutzig fühlte! Überhaupt mochte sie sich viel mehr, als das früher der Fall gewesen war: Ihr Körper war nicht mehr ihr Gefängnis, in dem sie gezüchtigt wurde und aus dem es kein Entfliehen gab. Ihr Körper war ... einfach da und gehörte zu ihr wie ihr Haar, ihre Stimme oder ihre Fähigkeit zu denken. So, wie Lola mit jedem Tag ein bißchen mehr ihre noch viel zu große Welpenhaut ausfüllte, so erging es auch Xelia: Auch sie wuchs in ihre Haut hinein – wenn man so etwas bei Menschen überhaupt sagen konnte! Sie lachte. Auf was für Gedanken sie kam!

»Was ist?« fragte Philip schläfrig.

Xelia seufzte. Wenn sie jetzt still blieb, würde es nur noch einen kurzen Augenblick dauern, bis Philip tief und fest schlief. Wollte sie das? Wollte sie mit ihren Gedanken allein bleiben? Sie entschied sich dagegen. »Mir geht so vieles durch den Sinn.«

»Mmhh.« Er räkelte sich.

Obwohl er tat, als sei er schläfrig, spürte Xelia, daß er zuhörte. »Ich habe manchmal das Gefühl, ein ganz anderer Mensch zu sein, seit ich hier bin«, versuchte sie sich zu erklären. Doch laut ausgesprochen kamen ihr die Worte hohl und nichtssagend vor.

»Das bist du doch auch!« entgegnete Philip und streichelte ihren Arm.

Sie stutzte. Klang da ein Vorwurf mit? Sofort verwarf sie den Gedanken. »Und du?« flüsterte sie. »Bist du denn noch der alte?« Kaum hatte sie die Frage ausgesprochen, wurde ihr klar, wie berechtigt sie war.

Nun rappelte sich auch Philip auf. Er drehte den Docht der Öllampe etwas höher. Im heller werdenden Licht erkannte Xelia die steile Falte zwischen seinen Augen, die seine Stirn teilte.

»Ob ich noch der alte bin?« wiederholte er gedankenverloren ihre Worte. »Die Frage ist doch: Wer *war* ich zuvor?« Ruckartig drehte er sich zu ihr um. »Es ist ganz seltsam. Wenn ich an die Zeit in Württemberg zurückdenke, die Zeit vor der Höhle, dann sehe ich mich immer nur mit einem Bogen Pergament in der Hand durch die Landschaft marschieren und diese in Quadrate aufteilen. Ob in Tübingen oder auf meiner Reise: immer nur das eine Bild. Das kann doch nicht sein! Bestand denn mein Leben nur aus meiner Arbeit?«

Xelia zuckte mit den Schultern und schwieg. Sie konnte es schließlich auch nicht leiden, wenn ihr jemand sagte, wie sie die Dinge zu sehen hatte. Außerdem waren sie und Philip sich in den seltensten Fällen darin einig!

»Das Schlimme ist, daß ich selbst gar nicht gemerkt habe, daß meinem Leben etwas fehlte! Wenn Adalbert mich mit einem seiner philosophischen Werke beglücken wollte, hatte ich nur abgewinkt. Zeitverschwendung, pah! Wenn meine Kameraden mich zu einer Feier einluden, habe ich ebenfalls nein gesagt: sinnlose Zerstreuung, pah! Inzwischen glaube ich, daß ich ein ganz armer Tropf gewesen bin. Was wußte ich denn schon von der Welt und dem Leben? Nichts! Und von den praktischen Seiten erst recht nichts. Ich konnte ja noch nicht einmal ein Feuer anzünden.«

Xelia war bestürzt. Sein Innerstes nach außen zu kehren war ganz und gar nicht Philips Art! Was war über ihn gekommen, daß er auf einmal so schonungslos offen war? Sie spürte den Zwang, etwas Tröstendes zu sagen. Statt dessen streichelte sie ihm über den Kopf.

»Mein Leben ist erst so bunt und aufregend, seit ich dich kenne! Du bist es, die mich so verändert hat!« Er hörte sich fast verzweifelt an. »Was bin ich also ohne dich?«

Seine Heftigkeit machte Xelia Angst. Sie dachte nach. »Niemand kann einen andern Menschen vollständig verändern, oder?« sagte sie dann langsam. »Sonst hätte der Gerber doch schöne Arbeit an mir vollbracht. Aber das ist ihm schließlich nicht gelungen, oder?« Sie zog die Nase hoch. Sie war sich ihrer Sache ganz und gar nicht sicher, trotzdem ließ sie die Worte aus ihrem Mund purzeln, wie sie kamen. »Nein. Wenn sich jemand ändert, dann nur, weil er selbst es will! Aber – vielleicht haben wir uns auch gar nicht geändert? Vielleicht haben wir bisher einfach nur nicht diejenigen sein dürfen, die wir von Natur aus sind? Schau, hier in Meran kann ich zum ersten Mal in meinem Leben so sein, wie ich mich tief drinnen fühle. Ich muß mich nicht ducken, verstellen oder verstecken wie daheim auf der Alb. Ich kann einfach Xelia sein! Und du solltest einfach nur Philip sein.«

Philip schaute auf. Der Gedanke schien ihn zu berühren.

Der Anblick von Philip, wie er auf seiner Unterlippe herumkaute, ließ Xelias Herz flattern, so verletzlich sah er auf einmal aus. Sie wollte ihm so gern etwas *Eigenes* geben! Etwas, worauf er sein Leben aufbauen konnte. So, wie ihr Adalbert etwas gegeben hatte. Adalbert – sie brachte es immer noch nicht fertig, ihn *Vater* zu nennen.

Er lachte bitter. »Wen meinst du denn? Philip, den Kartographen, oder Philip, den Mann, der neben dir liegt? Verflucht, es ist, als ob zwei Herzen in meiner Brust schlügen! Sieh mal, du und deine Arbeit – ihr seid eines. Da gibt es nicht Xelia, die Heilerin und daneben Xelia, die Frau.« Er winkte ab, als ob ihm das Gespräch lästig würde. Seine Augen waren dunkel vor lauter Gefühlen. »Was ich eigentlich nur sagen will: Die letzten Wochen waren die schönsten meines Lebens! Seit ich dich kenne, ist mir, als sei eine Sonne aufgegangen. Und diese Sonne bist du.« Seine Stimme war nur noch ein Flüstern, sein Atem strich über ihre Wangen.

Xelia zog ihn fest an sich. So schön seine Worte klangen – sie wollte sie nicht hören. »Du machst mir Angst, Philip.« Sie klang ein wenig verwundert, als ob sie ihre Offenheit selbst nicht erwartet hätte. »So spricht doch nicht der Mann, der wie besessen Schritte gezählt hat? Nicht *ich* sollte dein Lebensinhalt sein, sondern deine Arbeit!« Ihre Stimme klang mit jedem Satz fester. »Du sagst, es gibt nur eine Xelia – du hast recht! Weil ich mein Leben fortan so lebe, wie es wohl für mich bestimmt ist, ob vom Herrgott droben im Himmel oder von ...« Sie zuckte mit den Schultern. »Niemand kann vor sich und seinen Aufgaben weglaufen. Und niemand kann vor sich selbst weglaufen. Vielleicht fühlst du dich nur deshalb wie mit einer Axt gespalten, weil du deine Arbeit vermißt? Weil dir etwas fehlt, was für dich und dein Leben wichtig ist?« Ihr war, als steche sie sich selbst einen Dolch in den Leib, aber sie mußte diese Fragen stellen. Philips Unzufriedenheit nahm mit jedem Tag, den er länger untätig in Meran blieb, mehr Platz in seinem Herzen ein. Bis eines Tages seine Liebe zu ihr dadurch verdrängt werden würde. Das durfte sie nicht zulassen. Trotzdem wagte Xelia nicht, den Schmerz, der mit diesem Wissen einherging, an sich heranzulassen. Als Philip sie in den Arm nahm, ihr Gesicht mit federweichen Küssen bedeckte, da scheuchte sie ihre düsteren Gedanken weg wie unwillkommene Stechmücken.

– 58 –

In den nächsten Tagen kam Michaels Haus samt seinen Bewohnern nicht mehr zur Ruhe.

Am Tag nach dem Fest stolperte Adolf über Lola und stürzte dabei so unglücklich, daß er der Länge nach auf dem Küchenboden aufschlug. Ein gebrochener Arm und zwei gebrochene Rippen waren die Folge. Xelia gab sich die größte Mühe beim Schienen und Verpacken des Armes – für den Kräuterumschlag ging sie zum ersten Mal in Meran in den Wald, da frische Kräuter besonders wirksam waren –, doch bei den gebrochenen Rippen war selbst sie machtlos. Sie konnte schließlich nicht Adolfs ganzen Leib einschienen! Mit versteinerter Miene saß der kleinwüchsige Mann nun tagsüber in seiner Kammer. Das Gefühl, zu nichts nutze zu sein, lastete so schwer auf ihm, daß er das Essen verweigerte und kaum ein Wörtchen mit jemandem redete. Daß die anderen ihm immer wieder versicherten, seine Arbeiten in den nächsten Wochen gern für ihn mit zu verrichten, machte die Sache nicht besser, ganz im Gegenteil: Er sah ihre Bemühungen nicht als Hilfe an, sondern als ein Zeichen dafür, wie leicht er zu ersetzen, wie unnütz seine Person also in Wirklichkeit war. Im ganzen Trubel fand kaum jemand Zeit dafür, ihm ständig das Gegenteil zu versichern. Philip wäre der einzige gewesen, der Muße genug gehabt hätte, sich ein wenig um ihn zu kümmern, doch ihm war in der Gegenwart des Zwerges – wie er ihn im stillen nannte – nicht wohl, und so vermied er, so gut es ging, mit diesem zusammenzutreffen.

Guiseppa war die nächste, die für Aufregung sorgte. Und wieder geschah es in der Küche, als läge auf ihr plötzlich ein besonderer Bann.

Später als sonst hatten sich alle zur Morgenmahlzeit am Tisch

versammelt. Zuvor hatte Adalbert Brennholz ins Haus gebracht, Xelia einen riesigen Korb verschmutzter Tücher in einem Bottich Seifenwasser eingeweicht und Michael den Ofen in seinem Behandlungszimmer zum Feuern gebracht – alles Aufgaben, die sonst Adolf erledigte. Nun drängten sie darauf, von Guiseppa den heißen Honigmaisbrei ausgeteilt zu bekommen, um so schnell wie möglich mit ihrem jeweiligen Tagwerk beginnen zu können. Doch kaum hatte diese den Schöpflöffel in der Hand, begann sie zu würgen, als habe sie etwas verschluckt. Unter den Augen der anderen warf sie den Löffel auf den Tisch und rannte aus dem Zimmer. Michael ging ihr nach. Als er zurückkam, war seine Miene verschlossen, fast ärgerlich. »Sie bekommt ein Kind«, war alles, was er sagte. Keine Erklärungen dazu, wie Guiseppa in diese mißliche Lage gekommen war oder wer der Vater sein mochte. Xelia biß sich auf die Lippen. Was nun? Würde Michael die Magd hinauswerfen?
Gegen Mittag ging es Guiseppa wieder besser, und sie bemühte sich, ein besonders feines Essen auf den Tisch zu bringen – wohl, um den Hausherrn damit milde zu stimmen. Doch Michael war immer noch stumm und wütend. Xelia kannte einige Kräuter, nach deren Einnahme eine ungewollte Frucht schneller abging, als sie gepflanzt worden war ... Sie kannte aber auch genügend Kräuter, die einem Weib die Monate bis zur Kindsgeburt erleichterten. Daß sie Guiseppa helfen würde, daran bestand für Xelia kein Zweifel, nur in welcher Art?
Zeit zum Nachdenken blieb ihr keine, denn kaum hatten sie den ersten Bissen gekaut, ertönten vor dem Fenster laute Rufe. Vor der Tür standen drei Männer und wollten hereingelassen werden. Michael fiel fast vom Stuhl, als ihm klar wurde, daß er über der ganzen Aufregung den seit Ewigkeiten angekündigten Besuch dreier hochberühmter Ärzte aus Rom vergessen hatte!

Die drei waren auf der Durchreise, auf dem Weg nach Norden. Auf ihrer langen Reise hatten sie verschiedene Visiten einge-

plant, um den Gedanken- und Wissensaustausch zwischen den Besten ihrer Zunft zu fördern. So war es auch zu dem Besuch bei Michael gekommen, dessen Ruf als Arzt für Kinderheilkunde weitere Kreise zog, als er selbst ahnte. Die drei hatten einen erheblichen Umweg in Kauf genommen, um Michael Hyronimus zu besuchen. Dabei war jeder von ihnen selbst eine Koryphäe auf seinem Gebiet: Einer verstand sich besonders gut aufs Behandeln und Ziehen kranker Zähne, ein anderer schnitt und brannte wunde Körperteile so geschickt, daß in neun von zehn Fällen eine Heilung eintrat. Selbst Adalbert hatte in Tübingen schon von dem Mann gehört und fragte ihn nun nach Strich und Faden über dessen Techniken aus. Der dritte von ihnen war im Grunde genommen gar kein Arzt, sondern tat nichts anderes, als mit den verschiedensten Mitteln zu experimentieren und immer neue Medikamente zu erfinden.
Nachdem die Begrüßung mit viel Lärm und Durcheinander vonstatten gegangen und jedem der Männer eine Kammer zugeteilt worden war, gab es im Haus nur noch ein Gesprächsthema: die Gesundheit, oder besser gesagt, die Krankheiten der Menschen und deren Behandlung. Da Adalbert genausowenig wie Xelia des Italienischen mächtig war, einigte man sich ihm zuliebe auf die deutsche Sprache, wovon natürlich auch Xelia profitierte. Ihre Augen und Ohren wurden immer größer, und der Nachmittag war noch nicht vergangen, da hatte sie sich schon mit einem der Männer in eine Ecke des Hauses verzogen.
Philip nannte ihn den Pillendreher. Er hatte die Ankunft der Fremden mit Skepsis, um nicht zu sagen mit größtem Mißtrauen beobachtet. Ärzte auf der Wanderschaft – da kamen ihm sofort die Quacksalber in den Sinn, die er auf seinem Weg durch Württemberg oftmals in den Städten angetroffen hatte. Auf den Marktplätzen hatten sie gestanden, Wagen an Wagen mit Bärentreibern, Huren und Wahrsagern hatten sie ihre Dienste angepriesen. Philip grauste es bei dem Gedanken, unter welch unsäglichen Bedingungen dabei Zähne gezogen, Wunden

behandelt oder gar Gliedmaßen abgeschnitten worden waren. Er war immer so schnell wie möglich seines Weges gegangen, wenn er die farbigen Schilder solcher *Ärzte* gesehen hatte. Ärzte, pah! Abdecker waren das in seinen Augen. Und ob die drei, die laut ihren eigenen Angaben auf dem Weg ins englische Königreich waren, auch nur einen Deut besser waren, mußte sich erst noch herausstellen!

Noch während er im stillen vor sich hin grollte, mußte er zugeben, daß sein Mißmut über die Besucher weder Hand noch Fuß hatte. Bei ihnen handelte es sich um äußerst gebildete Wissenschaftler, deren Gesellschaft er unter andern Umständen sicher auch zu schätzen gewußt hätte. Es war nur so, er fühlte sich so ... überflüssig! Das ewige Gerede über Krankheiten grauste ihn allmählich.

Rastlos ging er hinters Haus in den Garten. Ausnahmsweise folgte ihm Lola. Da weder Guiseppa noch Adolf in der Nähe waren, und sie somit jede Futterquelle versiegt sah, und da Xelia nur noch Augen für den fremden Mann hatte, erhoffte sie sich wenigstens von Philip ein wenig Abwechslung in ihrem Hundetag.

»Dummes Tier!« Mit einem sanften Fußtritt jagte Philip den Hund davon. Er setzte sich auf die Bank an der Hausmauer und kam sich dabei vor wie ein alter Mann, der seine schlechte Laune pflegte wie andere das Vieh im Stall. Über Nacht waren die Knospen der Magnolienbäume aufgebrochen, ihre Farbenglut vom zartesten Weiß bis zum tiefsten Lila sprang ihm ins Gesicht. Er schloß die Augen. Er wollte weder die Magnolienblüte noch das saftige Grün der jungen Baumwipfel sehen, und am liebsten hätte er sich auch noch die Ohren zugehalten, um das Vogelgezwitscher auszusperren. Irgendwie wäre es ihm lieber gewesen, es hätte in Strömen geregnet, oder der Winter wäre noch einmal zurückgekommen. Beides hätte viel besser zu seiner düsteren Stimmung gepaßt. Doch ein Phänomen wie die eisigen Tage im Mai, die den schwäbischen Bauern alljährlich die Saat gefährdeten, gab es hier ja nicht! Hier war es schließlich fast das ganze Jahr über mild und warm und ...

Er wurde erst wieder wach, als ein kühler Schatten über sein Gesicht fiel.

»Wo steckst du denn die ganze Zeit? Ich habe schon das Haus nach dir abgesucht!« Xelia setzte sich lachend neben ihn. Aus ihrem Zopf hatten sich etliche Strähnen gelöst und hingen ihr ins Gesicht. Sie sah erhitzt und in Eile aus.

»Wer's glaubt, wird selig!«

»Wie meinst du das?« fragte sie, immer noch lachend.

Philip stand schweigend auf und ging zu der Mauer, hinter der die Straße lag.

Xelia ging ihm nach. »Was ist?« Ihre Hand legte sich auf seine Schulter. Das Lächeln auf ihrem Gesicht war verschwunden.

Er zuckte mit den Schultern.

»So rede doch! Was ist mit dir?« fragte sie noch einmal.

Philip drehte sich zu ihr um. Ihre Augen trafen sich. Und jeder las die Wahrheit im Blick des andern. Die Zeit war gekommen, in der sie sich entscheiden mußten.

Sie machten es sich nicht leicht. Sie redeten Stunde um Stunde. Der Nachmittag ging, es wurde dunkel. Aus dem Haus war das Geklapper von Geschirr zu hören – Guiseppa ging es anscheinend gut genug, um ein Abendmahl für die Gäste auf den Tisch bringen zu können. Weder Xelia noch Philip war nach Essen zumute. Statt dessen gingen sie hinüber zum Backhaus, in dem Guiseppa montags das Brot für die Woche backte. Dort drinnen, wo es nach Mehl und Mäusekot roch, setzten sie sich auf den Boden, während Lola jede Ecke des alten Gemäuers auskundschaftete.

»Und wenn du doch Adalberts Werk über die Kartographie schreiben würdest?« griff Xelia erneut den Faden auf, den Philip zuletzt gesponnen hatte.

Er schaute sie an. Sein Blick war nicht mehr so euphorisch wie zuvor.

Xelia jedoch klammerte sich an die Idee, wie ein Ertrinkender sich an einen Holzscheit klammert. »Du wärst doch befähigt dazu! Dein Wissen würde einfließen, und es würde ein großartiges Werk werden, das sicherlich vielen Kartographen als Grundlage dienen könnte.« Als Philip weiterschwieg, fuhr sie fort: »Dann könnte Adalbert ohne schlechtes Gewissen seine Tage verbummeln!«

»Ob ihm das guttäte? Ich habe das Gefühl, daß Adalbert für's Altenteil eigentlich noch viel zu jung ist! Und außerdem: Was ist ein Buch über die Grundlagen der Kartographie gegen ein Lebenswerk? Ich habe vom Herzog den Auftrag bekommen, Württemberg zu vermessen. Als erster Mensch habe ich die Möglichkeit, die Grenzen des Herzogtums zu erfassen, sie in einem riesigen Kartenwerk festzuhalten für alle Ewigkeit. Jeder Kartograph, der nach mir kommt, wird sich an meiner Arbeit orientieren, mein Name wird für immer unauslöschlich bleiben.«

Seine Augen glänzten. »Ist das nicht ein Stück Unsterblichkeit?« Er schaute zu Xelia hinüber, und ein Schauer durchlief ihn. Er strich ihr eine silberne Strähne aus dem Gesicht. »Darf ich diese Gelegenheit denn einfach wegwerfen?«

Unwillkürlich mußte sie angesichts seiner großen Worte lächeln. Sie ergriff seine Hand. »So spricht Philip, der Schrittezähler, wie ich ihn kenne! Ich habe schon gefürchtet, die Begeisterung in deiner Stimme nie mehr zu hören!« Jedes ihrer Worte kostete sie unheimliche Überwindung, jedes schnitt ihr tief ins Herz. Dennoch sprach sie weiter.

»Du *mußt* wieder zurück nach Württemberg, das weißt du so gut wie ich. Vergiß mein ganzes Gerede über Adalberts Buch – es war nicht mehr als dumme Träumerei.«

Philip schaute vor sich auf den Boden, als würde er neben Xelias eindringlichen Worten nicht auch noch ihren Blick ertragen.

Sie holte Luft. »So, wie ich hier die Heimat gefunden habe, die Württemberg nie für mich war, so liegt deine Heimat in deiner Arbeit.«

Er nickte stumm. »Aber was wird dann aus uns? Was aus unserer Liebe?«
Nun war es an Xelia, wegzuschauen. Daß es ihr Herz zerreißen würde, wenn Philip sie verließ – das durfte er nicht wissen. Nie und nimmer.

Obwohl die Nacht zuvor lang und rotweinschwer gewesen war, saßen die drei Ärzte, wenn auch mit etwas benommenen Mienen, pünktlich zum Morgenmahl wieder am Tisch. Xelia hatte darauf gedrängt, daß auch Philip und sie sich in der Küche blikken ließen. Die Luft zwischen ihnen war mit jeder Stunde düsterer und bedrückender geworden, so daß Xelia geglaubt hatte, es keinen Moment länger in ihrer Kammer aushalten zu können. Es war, als trieben sie sich gegenseitig scharfe Speerspitzen in den Leib, so sehr quälte sie das Ganze. Und dabei drehten sich ihre Gespräche doch nur im Kreis ...
Und dann erhielt Xelia beim Morgenmahl den Wink des Schicksals, auf den sie schon nicht mehr gehofft hatte.
Ganz beiläufig erwähnte einer der Ärzte, daß ihre nächste Visite sie nach Ulm führen würde, wo sie den Hausarzt der Fuggerfamilie besuchen wollten.
Ulm. Philip und Xelias Köpfe schossen im selben Moment hoch, ihre Blicke trafen sich über die Tafel hinweg. Während die andern lachten und scherzten, aßen und tranken, stellten sich beide dieselbe, stumme Frage: Konnte Philip die gute Gelegenheit, mit den Ärzten zu reisen, vorüberziehen lassen? Und beide lasen im Blick des andern die Antwort.
Sie *mußte* Philip dazu bringen, mit den Ärzten zu reisen!

Drei Tage später reiste er ab.

Vor dem Haus häuften sich Berge von Gepäck. Adolf war in den naheliegenden Mietstall geschickt worden, um zu veranlassen, daß die Pferde der Ärzte herübergebracht wurden. Für Philip

sollte außerdem ein eigenes Pferd geholt werden. Jetzt, im Frühjahr, nach der Schneeschmelze, waren die Pässe durchweg begehbar, und so konnte die Reise über die Alpen problemlos zu Roß zurückgelegt werden.
Während die andern im Haus bei einem letzten Krug Wein auf die Ankunft der Pferde warteten, gingen Philip und Xelia nach draußen. Sie konnten das Gelächter und Geplänkel der andern nicht ertragen. Doch so kostbar diese letzten Momente auch für sie waren – sie konnten doch nichts damit anfangen. Was sollten sie sich ins Ohr flüstern? Welche Worte waren gut genug und welche zu bedeutungslos für diesen Augenblick? Sagte eine Umarmung nicht mehr als tausend Worte? Oder würde sie ihnen das Herz brechen? So standen sie Schulter an Schulter an der Mauer und blickten hinüber zu den Weinbergen, wo ein Bauer versuchte, mit einer Rätsche einen Vogelschwarm zu vertreiben.
Xelia war die erste, die das Schweigen brach. »Vielleicht kannst du im nächsten Winter wiederkommen?« Ihre Stimme war brüchig, als sei ihr Hals entzündet.
Philip griff nach ihren Händen. »Nicht vielleicht – ganz bestimmt komme ich wieder!« Er zählte zum x-ten Mal die Fakten auf, an denen sie sich in den letzten Tagen festgehalten hatten: »Wenn ich von April bis Ende Oktober Württemberg bereise, dann habe ich genügend Skizzen, um den ganzen Winter über davon Karten ins reine zeichnen zu können. Und du glaubst doch nicht, daß ich mich auch nur von einem Menschen davon abhalten lasse, dies hier bei dir zu tun!« Seine Augen funkelten. »Ganz davon abgesehen – wenn die in Stuttgart erst einmal erkennen, was ich ihnen schon jetzt an Landkarten abzuliefern habe, wird keiner etwas gegen meine Vorgehensweise sagen.«
Xelia nickte. Das war Philip, wie sie ihn kannte! Die Selbstsicherheit in seinen Worten war ihr Bestätigung genug, daß sie sich richtig entschieden hatte. Außerdem wußte sie, daß er die Wahrheit sprach. Er würde wiederkommen.

»Wie es wohl Alois geht? Ob der alte Gaul den Winter überlebt hat?« Sie versuchte ein klägliches Grinsen.
»Und ob! Der ist doch zäh!« munterte Philip sie auf. »Ich werde dir schreiben, was es mit dem Vieh auf sich hat. Und falls es dich interessiert, kann ich ja auch noch ein paar Worte über mich dazuschreiben.« Er gab ihr einen kleinen Schubs. Danach wurde er wieder ernst. »Machen wir es richtig? Tu *ich* das Richtige?« Seine Augen klammerten sich an ihr fest.
»Ich glaube schon. Es...«, begann Xelia mit bemüht fester Stimme.
»Noch kann ich hierbleiben«, unterbrach Philip sie. »Ich muß nur eine entsprechende Nachricht nach Stuttgart schicken, und alles wäre erledigt. Ich wäre ein freier Mann.«
»Philip! Wozu haben wir eigentlich die ganzen Gespräche geführt!« mahnte sie sanft. »Du würdest hier nicht glücklich werden. Deine Arbeit würde dir fehlen, und Adalberts Buch wäre kein ernsthafter Ersatz.« Sie hob die Augenbrauen. »Glaubst du, ich könnte damit leben, wenn ich wüßte, daß du meinetwegen unglücklich bist?«
»So wäre es ja auch nicht«, wehrte Philip ab.
»Doch«, antwortete sie fest. »Du würdest alles opfern, was dir lieb und teuer ist, nur um mit mir zusammen zu sein. Und *damit* würdest du *mich* unglücklich machen!«
Er schwieg. Ein langer Seufzer, der genausoviel Bedauern wie Erleichterung enthielt, kroch aus seiner Kehle. »Guiseppa wird dich brauchen. Und nicht nur sie.«
Xelia stutzte. »Ja«, sagte sie. »Es scheint, sie trägt schwer an dem Kind. Aber ich werde auf sie aufpassen.« Da Philip entschlossen schien, keinen Trübsal mehr zu blasen, schlug sie in die gleiche Kerbe. »Und noch etwas habe ich mir vorgenommen: Ich will Adalbert dazu bewegen, doch mit seinem Buch anzufangen. Es war ihm schließlich einmal so wichtig!«
»Ja, das wäre gut. Sag ihm, daß wir bei meinem nächsten Besuch alles, was er bis dorthin fertig hat, ausführlich erläutern könnten.«

Xelia nickte stumm. Es gab noch so vieles, was ihr auf der Zunge lag, was ihr im Herzen brannte. Philip schien es nicht anders zu gehen, immer wieder hob er an, etwas zu sagen, um im letzten Moment doch den Mund wieder zu schließen. Jedes weitere Wort hätte ihrem Abschied zusätzliche Schwere und etwas Endgültiges gegeben, und das wollten beide unbedingt vermeiden.

Auf einmal stieg maßlose Angst in ihr hoch: Ein Jahr war lang, und trotz Philips festem Vorsatz, wiederzukommen, würde viel passieren können, auf das sie keinerlei Einfluß hatten. Was, wenn Philip einen Unfall hatte, so wie damals mit Alois? Was, wenn er überfallen würde? Oder wenn er ...

»Psst«, sein Atem strich über ihre Wange. »Es wird alles gut werden!« Als hätte sie ihre Ängste laut hinausgeschrien! »Du bist doch meine Liebe, mein Leben.«

Von der Straße her war das Geklapper von Pferdehufen zu hören. Aus dem Haus drangen Männerstimmen zu ihnen herüber, Schritte kamen näher. Einige Nachbarn hatten sich auch versammelt, angelockt vom Trubel. Zwei Weiber, jedes ein Kind auf dem Arm, die unentwegt krähten, standen mittendrin und schauten sich fragend an. Im gleichen Augenblick fuhr eine Kutsche vor, und die Comtessa und ihr Sohn stiegen aus.

Es war Montag morgen – und die ersten Patienten waren da.

Es war Zeit.

»Ich werde an dich denken, jeden Tag. Ich werde dir immer nahe sein.« Xelia küßte Philips Augen, seinen Mund. Dann wandte sie sich ab, noch ehe er ihre Tränen sehen konnte. Lola folgte ihrer Herrin mit eingezogenem Schwanz. Halb taumelnd, halb stolpernd lief Xelia an den drei Ärzten vorbei, unfähig, ihnen Lebewohl zu sagen. Im Türrahmen stand Adalbert, hinter ihm Guiseppa. Keiner sagte etwas zu ihr, keiner versuchte sich an tröstenden Worten. Xelia war ihnen dafür sehr dankbar.

Die Männer saßen auf. Philips Pferd, ein Rappe, vollführte ein kleines Tänzchen, und er hatte alle Hände voll zu tun, das Vieh in den Zaum zu bringen. Einer der Ärzte rief ihm etwas zu, woraufhin er lachte. Beide Zügel in eine Hand nehmend, winkte er Xelia und den andern mit seiner freien Hand zu. Seine Miene war gelöst, fast heiter. Die Gefühlsqualen der letzten Tage und der Abschiedsschmerz waren der Aufregung über die bevorstehende Reise gewichen. Angespannte Erwartung lag in seinem Blick – und Freude!

»Ich komme wieder! Paßt gut auf euch auf! Wir sehen uns im November!« rief er allen Umstehenden zu. Über die Köpfe der andern hinweg verabschiedete er sich mit einem zärtlichen Blick stumm von Xelia.

»Ich liebe dich auch, Schrittezähler!« flüsterte sie zurück. Dann drehte sie sich um und ging ins Haus.

Der halbe Vormittag war schon vorüber, und es gab noch so viel zu tun.

Nachwort

Manchmal reicht eine kleine Zeitungsnotiz aus, um meine Phantasie zu beflügeln. Als ich im Juli 1996 las, daß das württembergische Landesvermessungsamt das Lebenswerk des großen württembergischen Kartographen Georg Gadners – einen Atlas mit insgesamt 28 Karten aus dem Jahr 1596 – neu auflegt, schoß es mir spontan durch den Sinn: *Was für ein spannendes Leben muß dieser Mensch gehabt haben!* So begann ich zu recherchieren, und bald darauf nahm »Die Liebe des Kartographen« erste Formen an. Im Gegensatz zu meinen ersten beiden historischen Romanen erlaubte ich mir dieses Mal jedoch den größtmöglichen Spielraum, den eine Autorin haben kann: Philip Vogel, der Landvermesser, entstand zwar in Anlehnung an die Figur Georg Gadners, ist jedoch ebenso eine Schöpfung meiner Phantasie wie alle anderen Personen. Während Georg Gadners Lebenswerk »Chorographia Würtembergica« hieß, nennt Philip Vogel das seine »Cartographia Würtembergica«.
Als Vorlage zu Philip Vogels Reise diente mir zwar Gadners Kartenatlas – dies hielt mich jedoch nicht davon ab, Dörfer wie Leinstetten, Anstetten oder Rüdling zusätzlich auf die Landkarte zu zaubern. Blaubeuren hingegen gab es damals schon – seine Bürger mögen mir die Freiheit verzeihen, die ich mir nahm, indem ich ihrer Stadt einen bösen Stadtarzt sowie ein Aussätzigenspital andichtete.
Daß auf der Schwäbischen Alb früher viel Flachs angebaut und verwebt wurde, ist wahr und erklärt vielleicht das Phänomen der unzähligen namhaften Bekleidungsfirmen, die auch heute noch dort ansässig sind.
Herzlichen Dank sage ich allen, die mir beim Entstehen des Buches geholfen haben!